TOUT SE PAYE

George P. Pelecanos est né à Washington en 1957. Après des études cinématographiques à l'Université du Maryland, il exerce divers métiers jusqu'à ce qu'il décide de vivre de son art. Il a aujourd'hui dix romans à son actif dont *King Suckerman*, finaliste du Golden Dagger Award en 1999. Il collabore en tant que chroniqueur à divers journaux tels que *Washingtonian* et le *Washington Post*. Il vit avec sa femme et ses trois enfants à Silver Spring dans le Maryland, une banlieue de Washington, qui est le cadre privilégié de son œuvre.

George P. Pelecanos

TOUT SE PAYE

ROMAN

Traduit de l'anglais (États-Unis)
par François Lasquin et Lise Dufaux

Éditions de l'Olivier

TEXTE INTÉGRAL

TITRE ORIGINAL
Hell to pay
ÉDITEUR ORIGINAL
Little, Brown and Company, 2002

ISBN 2-02-065399-0
(ISBN 2-87929-320-0, 1re publication)

www.seuil.com

À Dennis K. Ashton Jr., sept ans,
tué d'un coup de feu le 27 juin 1997
à Washington, D. C.,
par un malfaiteur armé.

« Ne regarde pas
Un homme de haut…
Sauf si tu t'apprêtes
À le relever. »

Inscription sur la fresque qui orne la façade des pompes funèbres Taylor, à l'angle de Randolph Place et de North Capitol Street, à Washington, D. C.

1

Vautré derrière le volant d'une Caprice dont le moteur tournait au ralenti, Garfield Potter caressait du pouce la crosse en caoutchouc du Colt à barillet glissé entre ses cuisses. Carlton Little était assis à côté de lui sur la banquette, s'appuyant de l'épaule à la vitre du passager. Little bourrait une enveloppe de cigare White Owl avec de la beu, la tassant du pouce. Potter et Little attendaient Charles White, qui était au fond du jardin de sa grand-mère, faisant sortir son clébard de sa cage.

– Y paye vraiment pas de mine, hein ? fit Potter en baissant les yeux sur ses cuisses.

Les lèvres de Little s'écartèrent paresseusement pour former un sourire.

– C'est ce que les meufs doivent dire quand tu sors ton machin.

– Comme ta copine Brianna, tu veux dire ? Elle l'a même pas vu, parce que je la fourrais par-derrière. Mais elle l'a senti passer. Au point d'en oublier ton existence. Quand j'ai fini de la niquer, elle se souvenait même plus de ton nom.

– Elle se souvenait pas non plus du sien, parce qu'elle devait être complètement bourrée pour baiser avec un pauvre nase de ton genre.

Little émit un bref rire tout en grattant une allumette et en l'approchant du bout de son cigare.

– C'est du calibre que je parlais, bouffon.

Potter leva le Colt, de façon que Little le voie tandis qu'il allumait le cigare bourré d'herbe.

– D'accord, d'accord. Où c'est que tu l'as trouvé ?

– Je l'ai échangé contre vingt grammes de beu à un mec de la cité. Il avait pas servi plus de deux trois fois. Le canon a que cinq centimètres de long, on pourrait croire qu'il fait pas de dégâts. N'empêche que c'est un trois cent cinquante-sept. On appelle ça une arme de poche, parce qu'on peut se balader avec sans que personne la remarque. Moi toute façon, j'ai pas besoin d'un canon plus long. Le boulot, j'aime mieux le faire de près.

– Moi, mon neuf millimètres fait très bien l'affaire. Ton petit revolver de merde, tu sais même pas s'il fonctionne.

– Il fonctionne d'enfer. Si ton flingue s'enraye, viens pas me demander de te le passer.

Potter était grand, clair de peau, le ventre plat, la poitrine sans relief, avec des avant-bras et des biceps minces et noueux. Ses cheveux coupés très court étaient divisés par une raie en diagonale. Ses iris d'un brun sombre lui mangeaient les yeux ; il avait un nez de blanc, fin et aquilin. Il souriait facilement. Son sourire pouvait être avenant quand la fantaisie l'en prenait, mais en général il inspirait de la peur.

Little était de taille plus modeste. Il avait des bras et des épaules fortement développés, mais des jambes maigrichonnes. C'était avec des haltères qu'il s'était musclé la partie supérieure du corps d'une façon impressionnante, mais ses jambes, qu'il ne faisait jamais travailler, trahissaient le gamin malingre et sous-alimenté qu'il avait été. Ses cheveux étaient noués en tresses serrées et il s'était laissé pousser une barbiche en broussaille sous la lèvre inférieure.

Ils étaient vêtus tous les deux de jeans de charpentier et de chemisettes Nautica à carreaux avec des cols à pointes boutonnées au-dessus de tricots de corps en coton blanc. Potter était invariablement chaussé du modèle dernier cri que la succursale de la chaîne Foot Locker exhibait dans sa vitrine de City Place ; ce jour-là, c'étaient des Air Max noir et bleu. Little avait aux pieds des chaussures de chantier Timberland chamois, dont il s'était soigneusement gardé de nouer les lacets.

Little aspira une généreuse bouffée qu'il retint un bon moment en regardant droit devant lui, puis souffla un nuage de fumée en direction du pare-brise.

– Voilà Raton. Putain, t'as vu comme il gonfle la poitrine ? Il se la pète à mort à cause de son clebs.

Charles White passait avec son pitbull, Trooper, à côté d'un chêne rabougri qui avait perdu presque toutes ses feuilles. Un pneu était suspendu par une chaîne à l'une de ses branches. Quand Trooper était chiot, il avait passé des heures à se balancer au pneu en s'y accrochant par les crocs, ce qui lui avait solidifié les mâchoires.

– Comme chien de combat il vaut que dalle, dit Potter. Raton sait pas y faire avec les chiens.

White tenait Trooper, chien brun au masque blanc et aux yeux rose doré, au bout d'une courte laisse attachée à un large collier de cuir renforcé par de lourds anneaux. Les oreilles du chien avaient été taillées au ras du crâne, pour le combat. White, qui était de taille moyenne et vêtu de la même façon que ses potes, s'avança jusqu'à la voiture, ouvrit la portière arrière et y fit monter le chien avant d'y monter à son tour.

– Ça roule, les mecs ? dit-il.

– Salut, Raton, fit Little en lui jetant un regard par-dessus le dossier.

Certains pensaient que le blaze de White était en rapport avec sa couleur, tellement il était foncé. Mais Little savait d'où lui venait ce surnom. Raton et lui s'étaient connus quand ils étaient mioches dans la Section Eight, au début des années 90, au temps où White se coiffait d'un bonnet en poil de raton laveur, pour se faire la tête du bouffon qui chantait dans Digital Underground, un groupe de rap qui cartonnait grave à l'époque. Mais il n'y avait pas que ça : White avait aussi un nez pas possible, immense et long, semblable à celui d'une bestiole de dessin animé. Et il marchait le buste penché en avant, en ouvrant ses doigts osseux comme des griffes, à la façon d'un animal des bois.

– File-moi une latte, Dèg.

Dèg était le blaze de Little, ainsi surnommé parce qu'il parlait avec délectation des parties génitales des meufs. Et de celles des keums. Et aussi parce qu'il aimait s'empiffrer de hamburgers bien gras. Little passa le spliff à White, qui tira dessus un bon coup.

– Ton champion est prêt ? lui demanda Potter.

– Quoi ? fit White.

On avait du mal à s'entendre dans la Caprice. Potter avait capté le nouveau disque de DMX sur WPGC, et il avait mis la radio à fond.

– Je te demandais si ce con de clebs allait nous rapporter un peu de thune aujourd'hui ! fit Potter en élevant la voix.

White ne répondit pas tout de suite. Il retint la fumée dans ses poumons et la relâcha petit à petit.

– Il va nous rapporter un max de blé, T, fit-il à la fin.

White tendit le bras et malaxa les muscles puissants qui faisaient saillie autour de la mâchoire du chien. En signe de plaisir, la gueule de Trooper s'entrouvrit et il leva les yeux sur son maître.

– Hein, petit gars ?

– T'es sûr qu'il est assez costaud ?

– Hier matin, il l'était assez pour faire le tour du pâté de maisons avec un rondin dans la gueule.

– Je t'ai pas demandé s'il était capable de faire des tours de cirque. Est-ce qu'il peut assurer quand il se bat ?

– T'inquiète.

– Moi, il m'en a encore jamais fait la démonstration.

– Et la branlée qu'on a foutue au clebs du mec de Crittenden Street ?

Le regard de Potter croisa celui de White dans le rétroviseur.

– Ce clebs de Crittenden Street était qu'un petit bâtard de merde. Et le tien aussi est qu'un petit bâtard minable.

– Mon cul. Aujourd'hui, il va te montrer.

– Y a intérêt. Parce que je vais pas perdre mon temps ni mes thunes sur une bestiole qu'a pas de couilles au cul.

Potter fourra son Colt dans la ceinture de son jean.

– Il va te montrer, je te dis.

– Allez, T, dit Little. Faut démarrer.

Le blaze de Garfield Potter était Tueur. Il en était pas si enchanté que ça depuis qu'une meuf qu'il voulait niquer lui avait dit que ça lui foutait les boules. Il était jamais arrivé à se la faire, du coup. Là-dessus, il s'était dit que ce blaze lui portait la poisse, mais que ç'aurait été encore pire d'en changer. Désormais, ses potes disaient simplement « T ».

Potter fit tourner la clef de contact, et celle-ci émit un épouvantable grincement. Little se frappa dans les mains et éclata de rire.

– Oh, putain ! s'exclama-t-il en se frappant une deuxième fois dans les mains. Le moteur tournait déjà, c'était pas la peine de mettre le contact ! Peut-être que si t'avais baissé un peu la musique, tu t'en serais aperçu.

– Vu comme cette tire est bruyante, en plus, dit White.

– Va chier, Raton, dit Potter. Tu vas pas baver sur cette bagnole alors que tu te balades à bord d'une Toyota pourave, qu'a l'air d'une Cadillac pour Espingouins.

– On est bourrés de pognon, dit Little, et on se trimbale dans une poubelle.

– On va pas tarder à s'en débarrasser, dit Potter. Par

contre, c'est pas une raison pour vous fendre la gueule comme vous le faites.

– T'as raison. Je sais pas ce qui m'a fait marrer.

Little prit le spliff que White lui tendait par-dessus le dossier et le contempla d'un œil hagard.

– Je te jure, mon pote, cette beu m'a pété la tête grave.

Les combats de chiens avaient lieu dans un garage de grandes dimensions qui donnait sur l'allée de derrière d'une maison d'Ogelthorpe Street, dans le quartier de Manor Park, à Northwest. Les combats se tenaient une fois par semaine pendant plusieurs heures, dans la journée, alors que la plupart des résidents du coin étaient partis bosser. Ceux qui restaient chez eux avaient bien trop peur des jeunes mecs qui venaient assister aux combats de chiens pour aller s'en plaindre aux flics.

Potter gara la Caprice dans l'allée de derrière. Ses potes et lui descendirent de voiture, White tenant Trooper de près. Ils marchèrent jusqu'à l'extrémité de l'allée, en saluant de la tête, sans leur sourire, quelques jeunes mecs connus pour appartenir à la bande de Delafield. D'autres, debout dans l'allée, tenant leurs chiens en laisse, tiraient sur des joints et portaient à leurs lèvres des bouteilles emballées dans des sacs en papier brun. Potter pénétra dans le garage, et les deux autres y entrèrent à sa suite.

Une quinzaine de jeunes mecs étaient épars çà et là à travers le vaste espace du garage. Un groupe disputait une partie de craps dans un coin. D'autres se faisaient passer des pètes. Un ghetto-blaster diffusait à plein tube l'album *2001* de Dr Dre, avec Snoop, Eminem et toute la bande.

Au milieu du garage, le périmètre réservé aux combats, tapissé de moquette industrielle et séparé du reste par une clôture métallique basse, était accessible par deux grilles d'angle. Dans l'un des coins de l'enclos, un homme tenait au bout d'une chaîne d'acier tendue au maximum un pitbull noir au ventre et au poitrail constellés de taches brunes. Le chien s'appelait Diesel. Il avait les oreilles toutes bouffées et l'encolure couverte de balafres en relief qui avaient l'air de gros vers roses.

Potter observait un type plus âgé que les autres, d'une bonne trentaine d'années, qui allumait une cigarette seul dans un coin.

– Je reviens tout de suite, dit Potter à Little.

– Ils vont pas tarder à présenter les chiens, dit Little.

– Si ça tenait qu'à moi, je miserais bien sur le chien noir. Mais t'as qu'à parier sur Trooper, t'entends ?

– Trois cents dollars ?

– Va pour trois cents.

Potter s'approcha du type qui fumait sa clope, et lui fit face. Il était court sur pattes, ramassé sur lui-même, et il avait la tronche d'un minable qui touche vraiment le fond.

– Je te connais.

Le clopeur leva paresseusement les yeux, en faisant de son mieux pour avoir l'air détaché.

– Ah bon ?

– T'es pote avec Lorenze Wilder, c'est ça ?

– Ça m'arrive de le voir, mais c'est pas pour ça qu'on est potes.

Le clopeur venait de reconnaître Potter, et sa volonté de rester digne à tout prix l'avait soudain abandonné. Il baissa les yeux sur le sol en béton.

– Sortons, dit Potter.

Le type plus âgé que les autres émergea à la suite de Potter dans la lumière du jour, sans trop d'empressement, mais sans émettre de protestation. Potter le guida jusqu'au mur extérieur du garage, qui regardait vers l'ouest, face aux jardins du voisinage.

– Comment tu t'appelles ?

– Edward Diggs.
– Y en a qui te surnomment Digger Dog ?
– Des fois.
– C'est le nom que Lorenze t'a donné quand on lui a vendu de la beu il y a quelques semaines. T'étais à côté de lui. Tu me remets, maintenant ?

Diggs resta muet et Potter s'avança jusqu'à ce que son visage soit à quelques centimètres du sien, le dominant de toute sa hauteur. Diggs était acculé au mur du garage.

– Il est où, ton pote Lorenze ?
– J'en sais rien, moi. Il habite l'ancienne baraque de sa mère…
– Dans une petite rue qui donne dans North Dakota. Je sais où c'est, et ça fait un moment qu'il y met plus les pieds. En tout cas, il est jamais là quand je m'y pointe. Il a pas une gonzesse chez qui il lui arrive de squatter ?

Diggs évita le regard de Potter.

– Pas que je sache.
– Et de la famille, il en a ?

Diggs tira une dernière taffe de sa cigarette, en la faisant durer le plus longtemps possible, puis laissa tomber le mégot par terre et l'écrasa sous la semelle de sa basket. Il jeta un coup d'œil vers sa droite, du côté de l'allée, mais elle était déserte. Tout le monde était à l'intérieur du garage à présent. Potter souleva un pan de sa chemise et le fit passer derrière la crosse de son Colt, afin de le faire voir à Diggs.

Le regard de Diggs redevint fuyant et il baissa la voix. Il fallait bien qu'il cède quelque chose à ce jeune mec, pour qu'il lui lâche la grappe.

– Lorenze a une frangine. Elle habite du côté de Park Morton avec son petit garçon.
– Peut-être que je passerai la voir. Comment elle s'appelle ?

– Moi, à ta place… Enfin, si je peux me permettre de te donner un conseil…

Potter frappa Diggs au visage, paume ouverte. De la main gauche, il tordit le col de sa chemise, tira brutalement Diggs vers lui et le gifla une deuxième fois.

Diggs ne dit rien, se laissant mollement aller. Potter le tenait fermement.

– Comment elle s'appelle, sa frangine ?

Diggs avait les larmes aux yeux. Il s'en voulait de réagir ainsi. Il aurait simplement souhaité donner un conseil à ce jeune mec, lui dire de ne pas chercher d'embrouilles à la sœur de Lorenze ou à son gosse. Mais à présent il était trop tard.

– Je sais pas comment elle s'appelle, dit-il. Et toute façon, Lorenze passe jamais chez elle. D'après ce que j'ai compris, sa frangine et lui se parlent pas des masses. Des fois, il va voir le gosse jouer au football ; il est plaqueur dans son équipe. Mais il s'approche pas plus que ça de sa sœur.

– Où il joue, le gosse ?

– D'après Lorenze, il s'entraîne le soir sur le terrain d'un lycée.

– Quel lycée ?

– Il habite à Park Morton, donc ça doit être le lycée Roosevelt. Il est qu'à quelques rues de là…

– Je t'ai pas demandé comment on y allait. Vu que j'habite Warder Street, j'ai pas besoin que tu me fasses un plan.

– Tout ce que je voulais te dire, c'est que c'était pas très loin.

Le regard de Potter s'adoucit. Il sourit et libéra Diggs.

– Je t'ai pas fait mal, hein ? Parce que j'ai rien contre toi, tu comprends.

Diggs rajusta son col.

– Ça va, dit-il.

– Passe-moi une de tes cigarettes, mon frère.

Diggs plongea une main dans sa poche-poitrine et y pêcha son paquet de Kool. Une cigarette en glissa au creux de sa paume, et il la tendit à Potter.

Potter brisa la cigarette en deux et fit rebondir les deux moitiés sur la poitrine de Diggs. Il laissa échapper une espèce d'aboiement de rire, tourna les talons et s'éloigna.

Diggs rajusta sa chemise et se dirigea d'un pas rapide vers l'extrémité de l'allée. Jetant un regard en arrière, il constata que Potter avait disparu à l'angle du bâtiment. Diggs plongea une main dans sa poche et fit tomber une autre cigarette du fond de son paquet, dont il avait troué le bas du carton.

Son pote Lorenze créchait à Northeast avec une gonzesse qu'il connaissait. Lorenze avait pris l'affaire à la légère. Il disait qu'il habiterait chez cette fille le temps que Potter oublie qu'il lui devait des thunes. Aux yeux de Diggs, Potter n'était pas du genre à oublier une dette. N'empêche, il était fier de ne pas avoir mangé le morceau au sujet de Lorenze. La plupart des gens qu'il connaissait ne l'auraient jamais cru aussi fort.

Diggs gratta une allumette. Au moment où il l'approchait de sa cigarette, il s'aperçut que sa main tremblait.

Une fois de retour dans le garage, Potter se faufila jusqu'à Little. Debout à quelques pas d'eux, le propriétaire de l'endroit, qui faisait aussi office de bookmaker, tenait une liasse de billets dans une main et enregistrait les paris de dernière minute.

Dans un coin de l'enclos, Charles White achevait d'éponger le corps de Trooper avec de l'eau savonneuse tiède. Dans le coin opposé, le propriétaire de Diesel agissait de même. Il n'était pas rare que des chiens soient enduits de produits chimiques destinés à désorienter l'adversaire. Dans une arène comme celle-ci, il était de règle que les chiens soient lavés en prélude au combat.

White gratta le crâne de Trooper, se pencha et lui souffla à l'oreille des paroles sans suite d'une voix apaisante. L'arbitre, un jeune mec obèse, entra en piste sur un signe de tête du propriétaire du garage.

– Les adversaires sont prêts ? demanda l'arbitre. Que les managers évacuent la piste.

White passa derrière son chien pour s'approcher de la grille ouverte, tout en continuant à le retenir.

– Placez vos chiens face à face, dit l'arbitre.

Ils obtempérèrent, et aussitôt l'arbitre ordonna :

– Lâchez-les !

Les chiens se ruèrent vers le centre de l'arène. Dressés tous les deux sur leurs pattes de derrière, ils attaquèrent l'adversaire à la tête en jouant des mâchoires. Ils se mordaient mutuellement les oreilles et cherchaient une prise dans la région de l'encolure. Dans la fureur de leur affrontement, les chiens ne produisaient pas le moindre son. Le garage résonnait des cris et des éclats de rire des spectateurs massés autour de l'enclos.

L'espace d'un moment, les chiens semblèrent avoir atteint une sorte d'impasse. Tout à coup, leurs mouvements s'accélérèrent. Leurs corps se fondirent en une mêlée confuse de brun et de noir, du centre de laquelle leurs gencives à nu lançaient des éclairs rose vif. Des éclaboussures de sang s'élevaient en arc au milieu de l'arène.

Diesel, qui avait refermé ses crocs sur le cou de Trooper, le jeta à terre. Rassemblant toute son énergie, ses yeux lançant des lueurs folles, Trooper parvint à se redresser et à se libérer de cet étau. L'une de ses oreilles avait été à moitié arrachée, et son mufle blanc ruisselait de sang. Diesel revint à l'assaut, cherchant de nouveau à lui happer le cou. Et Trooper se retrouva au sol, entre les mâchoires de Diesel, se tortillant sous le chien noir.

– Arrêtez tout ! beugla White.

Potter donna un coup de coude à Little, qui lui répondit d'un hochement de tête.

– Ça suffit, fit l'arbitre en agitant les bras.

White pénétra dans l'enclos, saisit Trooper par les pattes de derrière et le tira vers lui. Le propriétaire de Diesel agit de même. Diesel desserra les mâchoires, restituant Trooper à son maître. Les spectateurs s'éloignèrent de l'enclos en riant et en se frappant dans les mains, essayant déjà les uns sur les autres des anecdotes qui théâtralisaient les phases successives du combat.

– T'avais raison, dit Little. Ce clebs est qu'un bâtard minable.

– Je te l'avais bien dit, dit Potter. La force de caractère d'un chien égale celle de son maître.

White vint les rejoindre, tenant de nouveau Trooper en laisse.

– Faut que je m'occupe de lui, dit-il, en évitant le regard de ses potes.

– On n'a qu'à s'en occuper tout de suite, dit Potter. Allons-y.

Deux rues plus loin, près de Fort Slocum Park, Potter engagea la Caprice dans une petite allée déserte où rien ne bougeait. Il coupa le contact et se retourna vers White ; Trooper pantelait à côté de lui sur la banquette, s'appuyant de la hanche à celle de son maître.

– Faut qu'il aille pisser, dit Potter.

– C'est déjà fait, dit White. Emmenons-le chez le véto, c'est tout.

– Il a déjà foutu plein de sang sur la banquette arrière. S'il pisse dessus en plus, je l'aurai mauvaise. Allez, file-moi la laisse, que je l'emmène faire un tour.

– C'est moi qui vais l'emmener faire un tour, dit White.

Tandis qu'il disait cela, sa lèvre supérieure tremblait.

– Laisse donc T l'emmener faire un tour, Raton, dit

Little. Si le clebs a besoin de pisser, on s'en fout de savoir qui l'accompagne.

Potter descendit de voiture et en fit le tour pour gagner la portière de White. Il l'ouvrit et se saisit de la laisse. Le chien lança un regard à White, puis il lui sauta par-dessus les cuisses et se retrouva dehors.

Potter fit avancer le chien le long de l'allée jusqu'à ce qu'ils soient dissimulés par une haute palissade de bois. Potter jeta un regard circulaire autour de lui, et ne voyant personne dans les jardins d'alentour ou aux fenêtres des maisons il ordonna au chien de s'asseoir.

Quand Trooper fut assis, Potter tira le Colt .357 de sa ceinture, le braqua à bout portant sur l'œil droit du chien et appuya sur la détente. Le museau de Trooper et une bonne partie de sa tête furent projetés dans l'allée en une bouillie indistincte de sang et d'os. Le chien s'affaissa sur le flanc et ses pattes se raidirent en un dernier spasme. Potter fit un pas en arrière et lui logea une deuxième balle dans le poitrail. Le cadavre de Trooper se souleva de deux ou trois centimètres, puis retomba inerte sur le sol.

Potter regagna la voiture et reprit place derrière le volant. Little approchait une allumette de la moitié encore intacte de son joint White Owl.

– Mon flingue fonctionne, dit Potter.

Little hocha la tête.

– Et il fait du boucan.

Potter mit le contact, plaça son bras droit en travers du dossier et se retourna pour regarder par la lunette pendant qu'il sortait de l'allée en marche arrière. White fixait sa vitre d'un œil vide, le visage barbouillé de larmes qu'il s'était efforcé d'essuyer.

– Allez, nettoie-moi ça, dit Potter. Si les gens que tu connais te voient chialer à cause d'une bête à la con, ils vont te prendre pour une gonzesse. Et je veux pas de ça dans ma caisse.

Potter, Little et White achetèrent un kilo d'herbe à leur dealer de Columbia Heights, repassèrent chez eux pour en répartir une moitié en sachets de dix dollars qu'ils allèrent distribuer à leurs petits revendeurs afin qu'ils aient de quoi fournir leur clientèle de la soirée. Ensuite, ils prirent Georgia Avenue en direction du nord et bifurquèrent à gauche pour gagner le lycée Roosevelt. Ils entrèrent dans le parking de Iowa Avenue et garèrent la Caprice à côté d'une Cadillac Brougham noire. Il y avait plusieurs autres véhicules dans le parking.

Potter chercha dans le rétroviseur le visage de White, qui regardait fixement devant lui.

– C'est réglé, Raton ?

– C'était qu'une bête à la con, comme tu disais. J'en ai rien à battre.

Le ton de sa voix ne plaisait pas à Potter. Mais il fallait bien laisser White faire un peu étalage de fierté. Ça valait mieux, mais jamais il ne péterait vraiment les plombs. Il n'avait pas plus de couilles au cul que son clebs.

– Je vais voir ce qui se passe, annonça Potter à Little.

Il traversa le parking et s'arrêta face au grillage qui donnait sur le stade en contrebas. Au bout d'un moment, il revint sur ses pas et remonta en voiture.

– Tu l'as vu ? lui demanda Little pendant qu'il reprenait place au volant.

– Non, dit Potter. J'ai vu que des gamins qui jouent au football. Avec quelques vieux cons qui leur servent d'entraîneurs, ou je ne sais quoi.

– On reviendra un autre jour.

– Y a intérêt. Et si jamais je tombe sur l'autre enfoiré, je lui ferai la peau.

– Wilder te doit que cent dollars, T.

– Il se figure qu'il peut faire comme s'il me devait rien. Il essaye de me faire passer pour un con ; tu sais bien que je peux pas le permettre.

– C'est pas comme si t'avais besoin de ce fric aujourd'hui ni rien.

– C'est pas à cause du fric, dit Potter. Et j'ai tout mon temps.

2

Au moment où Derek Strange sortait d'un salon de massage, son bipeur se mit à vibrer contre sa hanche. Il vérifia le numéro inscrit sur son petit écran rectangulaire et sortit de Chinatown pour gagner la 9e Rue, où une rangée de téléphones publics s'alignait à l'extérieur de la bibliothèque Martin-Luther-King. Strange avait un portable, mais il s'entêtait à faire usage de cabines chaque fois qu'il en avait l'occasion.

– Janine ? dit-il.

– Salut, Derek.

– Tu m'as appelé ?

– Ces deux femmes ont encore essayé de te joindre. Tu sais, les deux enquêtrices du comté de Montgomery.

– Je les ai rappelées, pourtant.

– C'est moi qui les ai rappelées. Il y a une semaine qu'elles font des pieds et des mains pour avoir un rendez-vous avec toi.

– Autrement dit, elles ont de la suite dans les idées.

– Elles sont même plus opiniâtres que ça. Elles sont en route pour Washington en ce moment même. Elles veulent que tu déjeunes avec elles. C'est elles qui régleront l'addition.

Strange tira sur le tissu de son jean, qui lui comprimait désagréablement l'entrejambe.

– C'est un boulot rémunérateur, Derek.

– Ne quitte pas, Janine.

Strange plaça le combiné contre sa poitrine tandis qu'un homme qui passait dans la rue s'arrêtait pour échanger une poignée de main avec lui.

– Comment tu vas, Tommy ?

– Très bien, Derek, dit Tommy. Dis, t'aurais pas un petit quelque chose à m'avancer jusqu'à notre prochaine rencontre ?

Tommy avait des valoches noires sous les yeux, et son futal menaçait de glisser de ses hanches osseuses. Strange avait grandi avec son frère aîné, Scott, lequel avait succombé dix ans plus tôt au cancer qui l'avait vidé de sa substance. Pour rien au monde Scott n'aurait voulu que Strange file du pognon à son petit frère, surtout vu l'usage que Tommy comptait en faire.

– Pas aujourd'hui.

– Bon, tant pis, dit Tommy.

L'air honteux, mais pas autant qu'il n'aurait fallu, il s'éloigna d'un pas nonchalant.

Strange reprit sa conversation téléphonique.

– Où veulent-elles que je les retrouve, Janine ?

– Au Frosso's.

– Appelle-les et dis-leur que j'y serai dans une vingtaine de minutes.

– Est-ce que je te verrai ce soir ?

– Peut-être après l'entraînement.

– J'ai mis un rôti de bœuf à mariner, je le passerai au gril. Lionel sera à l'entraînement, n'est-ce pas ? De toute façon, tu comptais le déposer chez nous, pas vrai ?

– Si.

– On en discutera quand tu repasseras au bureau. T'as rendez-vous avec George Hastings à deux heures.

– J'avais pas oublié. D'accord, on en discutera.

– Je t'aime, Derek.

Strange baissa la voix.

– Moi aussi, je t'aime, mon cœur.

Sur ce, il raccrocha le téléphone. C'était vrai qu'il

aimait Janine. Et sa voix, plus que ses paroles, avait fait naître en lui un sentiment de culpabilité pour l'acte auquel il venait de se livrer. Mais d'un côté il y avait l'amour et la sexualité, et de l'autre la sexualité. Et aux yeux de Strange, il n'y avait aucun rapport entre les deux.

Strange roulait vers l'est à bord de sa Caprice blanche et noire de 1989, accompagnant, d'une voix très douce, la chanson que diffusait la stéréo. C'était le premier couplet de « Wake Up Everybody », où la voix de Teddy Pendergrass susurrait un appel aux armes avec l'arrangement de Gamble et Huff en arrière-plan, incitant ceux qui l'écoutaient à ouvrir les yeux, à regarder autour d'eux et à s'impliquer dans le renouveau spirituel. Il n'y avait pas beaucoup de choses plus belles dans la musique américaine.

Son plan Rand McNally de Washington était posé sur la banquette à côté de lui. Il avait un Leatherman multi-usages fixé à la ceinture, à côté d'un couteau de chasse Buck dont la gaine était accrochée à sa hanche droite. Il portait son bipeur à gauche. Le reste de son équipement était réparti entre la boîte à gants fermée à double tour et le coffre de la voiture. Par les temps qui couraient, l'essentiel du travail d'enquête se faisait au bureau ou sur Internet. Strange, quant à lui, se voyait nanti de deux bureaux, celui qui lui servait de base à Petworth, et celui qu'il avait sous la main dans sa voiture. Et il avait une nette préférence pour le travail de terrain.

On était au début du mois de septembre. Dans la journée, il régnait encore une chaleur étouffante en ville, mais les nuits s'étaient quelque peu rafraîchies. Ce climat allait dominer le district de Columbia pendant encore un mois à peu près.

– *The world won't get no better*, chantait Strange, *if we just let it be…*[1]

1. « Le monde ne s'améliorera pas si on le laisse en l'état… »

Sous peu, Rock Creek Park changerait de couleur. Ensuite, durant les semaines précédant Thanksgiving, le temps allait se refroidir pour de bon, alors que la chute des feuilles se poursuivrait. Strange avait inventé un nom pour cette période de l'année : il l'appelait le cœur de l'automne. C'était sa saison préférée à Washington.

Le Frosso's, bâtisse isolée au toit de chaume verdâtre, se dressait à l'angle de la 13e Rue et de L Street, dans Northwest, comme un bouton sur le cul d'une jolie fille. Le Méditerranéen à qui appartenait le restaurant était propriétaire des murs et ne voulait rien entendre pour les revendre, en dépit de toutes les offres qu'on lui faisait et des immeubles de bureaux flambant neufs qui champignonnaient autour. Le Frosso's servait des hamburgers et des plats du jour, le bar débitait des cocktails à prix réduit de six à sept, et il était surtout fréquenté par des ouvriers qui buvaient sec, fumaient ou n'étaient pas dérangés si l'odeur du tabac imprégnait leurs fringues. Dans ce quartier, les brasseries à ciel ouvert n'étaient pas très courantes.

Strange traversa la salle bruyante de restaurant pour gagner une table de quatre qui était au fond, près de la cabine de téléphone et des toilettes, et où deux femmes avaient pris place. Il reconnut l'équipe de deux enquêtrices, formée d'une blanche et d'une noire, d'après la description qu'un article du *City Paper* en avait donnée quelques mois plus tôt. Leur spécialité consistait à retrouver de jeunes fugueuses reconverties dans le tapin. Elles travaillaient la main dans la main avec une association locale subventionnée qui s'était vouée corps et âme à la cause des prostituées.

– Derek Strange, dit-il, serrant la main de la femme noire, puis celle de la femme blanche avant de s'asseoir.

– Je m'appelle Karen Bagley, et voici Sue Tracy.

Strange fit glisser sa carte de visite dans leur direction. Bagley lui en donna une en échange, et il l'examina avec attention. Elle annonçait « Service d'enquêtes, Bagley et Tracy » et précisait au-dessous, en plus petits caractères : « Spécialistes de la recherche des mineurs en fuite ». Elle était sobre, sans fioritures, et Strange se dit, elles auraient pu inventer un logo, histoire de donner du caractère à leur carte de visite, pour que leurs clients se souviennent d'elles.

Bagley était d'un teint pas trop sombre, avec un nez épaté. Elle avait de grands yeux, très bruns, aux cils soulignés de mascara. Ses joues étaient criblées de taches de rousseur qui ressemblaient à du poivre grossièrement moulu. Sue Tracy était une blonde aux yeux verts avec des cheveux coupés à la lionne, qui gardait encore une trace de son hâle estival. Ses épaules étaient plus étroites que celles de Bagley. Ces jeunes femmes aux visages sérieux et néanmoins avenants semblaient toutes deux solidement charpentées. Strange supposa en outre – il ne pouvait voir cette partie cruciale de leurs corps, puisque la table la dissimulait – qu'elles avaient des cuisses fortement musclées. Elles avaient bien la dégaine de deux anciens flics, conforme au portrait que l'article de journal avait dressé d'elles. Pour tout dire, elles étaient plus agréables à regarder que la plupart des femmes flics que Strange avait croisées au cours de sa carrière.

Tracy désigna de l'index la chope posée devant elle. La main de Bagley était refermée autour d'une autre chope.

– Vous voulez une bière ?

– Il est trop tôt pour moi. Par contre, je mangerais bien un hamburger. À point, avec des miettes de fromage bleu sur le dessus. Et une ginger ale. En bouteille, pas à la pression.

Tracy héla la serveuse et, s'adressant à elle en l'appelant par son prénom, passa commande du hamburger pour Strange. La serveuse fit : « C'est parti, Sue » et après avoir déchiré une page de son carnet elle tourna les talons et s'éloigna en direction du comptoir.

– C'est pas évident de vous mettre la main dessus, dit Bagley.

– J'étais assez occupé, dit Strange.

– Trop d'affaires à traiter, c'est ça ?

– J'en manque pas.

On venait de placer un verre devant Strange. Il s'aperçut que son rebord présentait une tache suspecte.

– Il est propre, ce restau ?

– Aussi propre qu'une langue de chien, dit Tracy.

– C'est ce qu'on dit parfois de l'arrière-train d'un chien, dit Strange. Mais pour rien au monde je n'y mettrais les lèvres.

– Peut-être que c'est ce qu'ils devraient inscrire sur leur panneau dehors, dit Tracy sans même esquisser l'ombre d'un sourire. « Ici, la bouffe est succulente, et c'est aussi propre que le cul d'un chien. »

– Si ça se trouve, ça leur attirerait de nouveaux clients, dit Strange. Sait-on jamais.

– Ils ont pas besoin de nouveaux clients, dit Bagley. Déjà qu'ils grouillent d'habitués.

– Vous êtes vous-mêmes des habituées, si je comprends bien.

– Dans le temps, on venait souvent ici en quête d'informations, dit Tracy. Et on fréquentait aussi le CVS ouvert toute la nuit, juste au-dessous de Logan Circle.

– C'est les tapineuses qui vous fournissaient des informations ? demanda Strange.

Bagley hocha affirmativement la tête.

– Ces filles-là se pointaient au CVS à n'importe quelle heure, pour s'acheter des bas, des tampons et compagnie.

– Y avait aussi les amateurs d'héro, dit Strange. Ils sont pris d'une fringale de chocolat en pleine nuit. J'en voyais tout le temps là-bas, attrapant à pleines poignées des barres de chocolat Hershey sur les présentoirs, avec les paupières en berne.

– Vous y traîniez souvent aussi ? demanda Bagley.

– Au temps où l'endroit s'appelait encore People's Drug, ce qui doit bien remonter à plus de dix ans. J'y faisais un saut pour me ravitailler en produits de première nécessité, à l'heure où tous les autres magasins étaient fermés. À l'époque, j'étais moi-même du genre noctambule.

– La démographie a pas mal changé depuis deux ou trois ans, dit Tracy. Une bonne partie de ces activités s'est déplacée vers l'est, du côté du nouveau centre-ville où sont regroupés les hôtels.

– Mais l'endroit où nous sommes était très fréquenté par les tapineuses, n'est-ce pas ?

– Pour elles, c'était une sorte de refuge, dit Bagley. Ici, on leur foutait une paix royale. Elles s'enfilaient une bière en grillant une cigarette. Ça leur faisait un moment de tranquillité.

– C'est plus pareil aujourd'hui ?

Bagley eut un haussement d'épaules.

– Un arrêté municipal leur interdit de mettre les pieds dans des établissements publics.

Tracy fit décrire un demi-cercle à sa chope posée sur la table.

– Les pouvoirs publics préfèrent qu'elles se gèlent sous une porte d'immeuble en plein hiver au lieu de venir se réchauffer dans un endroit comme celui-ci.

– Si je comprends bien, vous seriez plutôt favorables à la légalisation de la prostitution ? Après tout, il s'agit d'une forme de délit qui ne fait pas de victime.

– Faux, dit Tracy. À ma connaissance, c'est la seule forme de délit où la personne qui le commet en est elle-même victime.

Ne voyant pas comment il aurait pu réfuter cette affirmation, Strange la laissa passer.

– Et vous ? lui demanda Bagley. Quelle est votre position sur ce problème ?

Le regard de Strange s'éloigna tout à coup de celui de Bagley et alla se perdre quelque part derrière elle.

– Pour être tout à fait franc, je n'y ai pas réfléchi tant que ça.

Bagley et Tracy le dévisagèrent avec insistance. Strange tourna la tête, et regarda ce qui se passait du côté du gril. Où était son hamburger ? Bon, se dit-il, je vais manger mon repas en les écoutant me débiter leur laïus de pures et dures, et ensuite j'irai me faire voir ailleurs.

– Vous nous avez été chaudement recommandé, dit Bagley en captant de nouveau son attention. Deux avocats avec qui nous avons travaillé au tribunal du district nous ont dit qu'ils avaient eu recours à vos services et qu'ils en avaient été très satisfaits.

– Ils ont sans doute fait appel à mon adjoint, Ron Lattimer. Il s'est spécialisé dans les affaires de ce genre. Ron est un garçon tout ce qu'il y a de plus intelligent, mais il n'aime pas qu'on l'oblige à transpirer. C'est pour ça qu'il aime bosser pour les tribunaux. Dans ces cas-là, on dispose automatiquement du pouvoir d'assigner n'importe qui à comparaître. La compagnie du téléphone, les services du logement, ou qui on veut. Ce qui nous facilite bougrement le travail.

– Ça vous arrive à l'occasion, dit Bagley.

– Bien sûr, mais je préfère travailler à l'air libre que passer mes journées derrière un ordinateur, vous voyez ce que je veux dire ? J'aime être sur le terrain, c'est tout. Et puis, ma petite affaire a un caractère tout à fait local. Voilà plus de vingt-cinq ans que j'opère dans le même quartier. Alors, il vaut mieux que je sois présent sur les lieux, à la façon…

– D'un flic, dit Tracy.

– Exactement. Je suis un ancien flic, comme vous deux. Mais il y a plus de trente ans que j'ai quitté l'uniforme.

– Les anciens flics, ça n'existe pas, dit Bagley.

– Pas plus que les anciens alcooliques ou les anciens marines, dit Tracy.

– Vous avez raison, dit Strange.

Ces deux femmes commençaient à lui paraître un peu plus sympathiques qu'au début.

Strange fit tourner son verre de ginger ale de façon que la tache ne soit pas de son côté et il en but une gorgée. Il reposa le verre sur la table et pencha le buste en avant.

– Bon, maintenant qu'on s'est remis de notre premier baiser, si vous m'expliquiez ce que vous attendez de moi, jeunes femmes ?

Bagley lança un bref regard à Tracy, qui était en train d'allumer une cigarette.

– On travaille avec un groupe qui s'appelle l'APD, dit Bagley. Vous en avez entendu parler ?

– Il en était question dans l'article que le journal vous a consacré. Il s'agit de porter secours aux prostituées, c'est ça ?

– Aide aux prostituées en détresse, dit Tracy en exhalant sa fumée en direction de Strange.

– C'est une bande de jeunes amateurs de punk-rock qui avait créé cette association, pas vrai ?

– Ils faisaient partie du mouvement punk il y a vingt ans, dit Tracy. Comme moi. Mais ce ne sont plus des gamins. Ils sont plus âgés que Karen et moi.

– Qu'est-ce qu'ils font, au juste ?

– Un tas de choses. Ça va de la simple distribution de préservatifs à la dénonciation des clients violents. Ils font également office de centre d'information. Ils disposent d'un numéro vert et d'un site Web auquel les prostituées et leurs parents peuvent adresser des e-mails.

– C'est là que vous intervenez, n'est-ce pas ? Vous vous chargez de récupérer des fugueuses qui font le tapin, c'est bien ça ?

– Ce n'est qu'un aspect de notre activité, dit Bagley.

Et on est trop occupées pour faire tout le travail à nous deux. Rien qu'avec les affaires qui restent limitées à notre comté, on est complètement débordées. On aurait besoin d'un coup de main à Washington même.

– Vous auriez besoin de moi pour retrouver une gamine ?

– Pas exactement, dit Bagley. On s'est dit qu'on pourrait vous mettre à l'essai sur quelque chose d'un peu plus simple, histoire de voir si ça vous conviendrait

– Continuez, je vous écoute.

– Il y a une fille qui tapine dans la 7e Rue, entre L Street et Massachusetts Avenue, dit Tracy.

– À deux pas du chantier de construction du nouveau palais des congrès, dit Strange.

– C'est ça, dit Tracy. Depuis une quinzaine de jours, un mec la harcèle. Il se range au bord du trottoir avec sa voiture, et il essaye de lui soutirer un rendez-vous.

– C'est pas le but de la manœuvre ?

– Si, dit Bagley. Mais ce mec-là n'est pas net. Il arrête pas de lui demander si elle aime qu'on lui fasse mal. Il lui répète qu'elle va prendre son pied, que c'est écrit sur sa figure, vous voyez ?

Strange se déplaça sur sa chaise.

– Et alors ? Y a pas besoin d'être une professionnelle pour tomber sur un taré de cette espèce. Ça peut arriver à n'importe quelle fille dans un bar.

– Toutes les professionnelles ont un instinct très sûr dans ces cas-là, dit Bagley. Si elle dit que ce type-là est louche, c'est forcément vrai. En plus, il veut pas la payer. Il soutient qu'il n'y est pas obligé, vous comprenez ? Elle a la trouille. Elle peut pas aller trouver les flics. Et son mac lui foutrait une trempe s'il apprenait qu'elle refuse une passe.

– Même s'il s'agit d'une passe gratuite ?

Strange regardait Tracy droit dans les yeux. Elle ne détourna pas le regard.

– C'est toute l'information dont on dispose, dit-elle. Alors, ça vous intéresse ou pas ?

– J'ai saisi, dit Strange, mais je ne vois pas très bien ce que vous attendez de moi. Si vous espérez que je vais foutre les foies à un mec, vous vous trompez d'adresse.

– Vous avez un appareil photo ? demanda Tracy.

– Oui, et j'ai aussi un caméscope, dit Strange.

– Prenez quelques clichés pour nous, dit Bagley, ou une cassette vidéo. On remontera jusqu'à lui à partir de ses plaques d'immatriculation, et on se chargera de le contacter nous-mêmes. Faites-moi confiance, on sait se montrer persuasives quand il faut. Ce mec doit avoir une femme. Ou mieux encore, des enfants. On fera en sorte qu'il ne harcèle plus jamais la fille.

– La vache, fit Strange en riant entre ses dents, vous êtes pas du genre commode.

La serveuse s'approcha de leur table et plaça le hamburger de Strange devant lui. Il la remercia, l'entama avec son couteau, en inspecta le centre. Il en porta un morceau de belle taille à sa bouche et le mastiqua en fermant les yeux.

– Il est à point, comme je l'avais demandé, dit-il après l'avoir avalé. Je dois au moins leur accorder ça.

– Leurs hamburgers sont extra, dit Bagley en esquissant un sourire pour la première fois.

Strange se tamponna les lèvres de sa serviette en papier.

– Au fait, je prends trente-cinq dollars de l'heure.

Tracy tira sur sa cigarette, et cette fois elle évita de souffler la fumée au visage de Strange.

– Si notre copain avocat a bonne mémoire, il vous payait trente dollars de l'heure.

– C'est le souvenir qu'il en a gardé ? dit Strange. Eh ben moi, je me souviens de l'époque où un billet de cinéma coûtait cinquante cents

– C'est vrai, vous vous en souvenez ? demanda Tracy.
– Je suis vieux, dit Strange avec un haussement d'épaules.
– Pas si vieux que ça, dit Bagley.
– Merci, dit Strange.
– Donc, vous êtes d'accord ? dit Tracy.
– Je suppose qu'elle travaille tard le soir.
– Cette semaine, elle bossera tous les soirs, dit Tracy.
– J'entraîne une équipe de football junior en début de soirée.
– Elle sera dans la rue entre dix heures et minuit, dit Tracy. Noire, dans les vingt-cinq ans, avec les traits marqués. Ce soir, elle portera une jupe en cuir rouge.
– Elle vous a décrit la voiture du mec ?
– C'est une conduite intérieure noire, dit Bagley. Une Chevrolet de modèle récent.
– Une Caprice, peut-être ?
– Tout ce qu'elle a dit, c'est que c'était une Chevrolet de modèle récent.
Tracy écrasa son mégot dans le cendrier.
– J'ai encore quelque chose à vous montrer, dit-elle.
Elle plongea une main dans la serviette en cuir posée par terre à ses pieds et en tira une feuille de papier jaune bouton d'or, qu'elle fit glisser en direction de Strange.
Le tract était barré d'un titre en grosses capitales annonçant : EN DÉTRESSE. Au-dessous, il y avait la photo d'une gamine blanche, que les photocopies successives faisaient paraître floue. Elle avait des bras fluets et les mains croisées sur la poitrine, pose que prennent souvent les filles de son âge pour l'album de leur lycée. Son sourire découvrait son appareil dentaire. Strange lut son nom et ses particularités, qui figuraient sous la photo, déduisant d'après sa date de naissance qu'elle n'avait que quatorze ans.
– On en parlera une autre fois, dit Bagley. Si le cœur

vous en dit. C'était simplement pour que vous ayez une idée du genre d'affaires dont on s'occupe.

Strange hocha la tête, plia le tract avec soin et le glissa dans la poche revolver de son jean. Ensuite il se concentra sur son repas, que Bagley et Tracy le laissèrent terminer en sirotant leurs bières.

Son assiette une fois vide, il fit signe à la serveuse.

– Je vois qu'il y a du steak sur le tableau noir où sont inscrits vos plats du jour.

– Vous avez encore faim ?

– Mais non, mon petit, je suis repu. Je me demandais simplement si vous auriez pas des os en rab dans la cuisine.

– Si, on doit en avoir.

– Vous pourriez m'en emballer quelques-uns ?

– Je vais voir ce que je peux faire.

La serveuse s'éloigna, et Strange expliqua aux deux femmes :

– J'ai un chien à la maison. Un boxer, qui s'appelle Greco. Faut bien que je m'occupe de lui aussi.

Un peu plus tard, Bagley et Tracy regardèrent Strange sortir de la salle de restaurant, son sac en papier rempli d'os à la main. Bagley étudia sa démarche pleine d'assurance, la façon dont ses épaules musclées faisaient saillir le dos de sa chemise, ses cheveux taillés très court et élégamment constellés de gris.

– À ton avis, quel âge il peut avoir ? demanda Bagley.

– Un peu plus de cinquante ans, dit Tracy. Il m'a bien plu.

– À moi aussi.

– J'avais remarqué, dit Tracy.

– J'aime bien voir un homme prendre plaisir à son repas, c'est tout, dit Bagley. Tu crois qu'on aurait dû lui donner plus de détails ?

– Il a bien compris que ça ne s'arrêtait pas là. Mais il veut se faire une idée par lui-même.

– Bref, il est du genre curieux ?

– Exactement, dit Tracy en vidant sa chope et en la reposant sur la table d'un geste décidé. Quelque chose me dit qu'il va faire du beau boulot.

3

Strange bifurqua dans la 9e Rue entre Kansas Avenue et Upshur Street, à un jet de pierre de Georgia Avenue. Il repéra une place devant le salon mortuaire Marshall, y gara sa Chevrolet et la verrouilla. Il passa devant une boucherie qui servait aussi des repas à midi, et dont la vitrine annonçait simplement « Viande », et adressa un signe de tête à un coiffeur nommé Rodel, qui était debout sur le seuil du salon de coiffure Hawk, et tirait avec délectation sur une Newport.

– Comment ça va, grand chef ?

– Tout baigne, dit Strange. Et toi, quoi de neuf ?

– Bah, on nous sert que du réchauffé.

– Bennett bosse aujourd'hui ?

– Je sais pas s'il bosse, mais il est là.

– Dis-lui que je passerai d'ici une petite heure. J'ai besoin qu'il me rafraîchisse les tifs.

– Je vais le prévenir.

Strange leva les yeux sur l'enseigne jaune qui surmontait l'entrée de son agence. Elle annonçait « Strange enquêtes », avec une moitié des lettres plus grosses que les autres à cause de la loupe placée au-dessus. Strange aimait beaucoup ce logo, qu'il avait inventé lui-même. Il nota au passage que le rectangle de verre qui servait à éclairer l'enseigne avait des taches.

Strange se plaça devant la porte vitrée de son bureau et y frappa un petit coup. Janine enfonça le bouton de l'interphone et la cloche tinta au moment où il passait le seuil. George Hastings, alias Triple Trois, était assis dans la salle d'attente, à droite de la porte, les mains à plat sur les cuisses.

– Salut, George.

– Ça va, Derek ?

– Je serai à toi dans une minute, le temps de me poser.

Hastings hocha la tête. Strange se tourna vers Ron Lattimer qui était assis à son bureau. Lattimer était vêtu d'un costume griffé, acheté en confection, avec une cravate peinte à la main dont le nœud saillait au-dessus de son col rond, style Pat Riley. Cela faisait un peu trop maniéré au goût de Strange, mais il devait bien reconnaître que ce garçon était toujours d'une propreté aussi impeccable que la pelouse de la Maison-Blanche. Et il avait fait de son bureau un espace bien à lui : Lattimer occupait un siège ergonomiquement parfait et avait disposé derrière sa table de travail une chaîne compacte Bose qui diffusait à jet continu du hip-hop aux inflexions jazzy.

– Sur quoi tu travailles, Ron ?

– Je faxe une assignation à comparaître, dit Lattimer.

– T'es toujours sur l'affaire de la bande de la cité des 3500 ?

– Ça nous fera pas mal d'heures à facturer, patron.

– C'est dommage que tu ne mettes jamais le nez dehors, tiré à quatre épingles comme tu es. Avec tout le mal que tu te donnes pour être élégant, comment les gens vont-ils s'en apercevoir ?

– Moi, je m'en aperçois.

– Je peux te poser une question ? Est-ce qu'il t'arrive de passer devant un miroir sans penser à te regarder dedans ?

– Les monospaces sont pas mal pour ça, dit Lattimer sans quitter des yeux l'écran de son Mac. Les vitres de ces bagnoles sont exactement à la bonne hauteur.

Strange dépassa un bureau couvert de papiers en désordre et d'emballages de chewing-gums et il s'arrêta face à Janine Baker. Il ramassa les trois ou quatre messages téléphoniques préimprimés de couleur rose qu'elle avait poussés vers lui et les parcourut des yeux.

– Comment s'est passé ton déjeuner ? lui demanda Janine.

– Ces deux femmes sont sympa, dit Strange. Passons un instant dans la pièce du fond, tu veux bien ?

Il entra dans son bureau et Janine lui emboîta le pas. Lamar Williams, un grand adolescent dégingandé de dix-sept ans qui habitait dans le quartier, était en train de transvaser la corbeille à papier de Strange dans un sac-poubelle. Lamar allait en classe le matin au lycée Roosevelt et travaillait pour Strange presque tous les après-midi.

– Laisse-nous seuls quelques instants, Lamar, dit Strange. Va donc chercher l'escabeau et file un coup de Glassex à mon enseigne, si tu veux bien.

– D'accord.

– Tu viens à l'entraînement ce soir ?

– Je peux pas.

– T'as quelque chose de plus important à faire ?

– Ma mère m'a demandé de garder ma petite sœur.

– Bon, très bien. Ferme la porte derrière toi en sortant.

Quand la porte se fut refermée, Strange et Janine se retrouvèrent en tête-à-tête. Elle se nicha au creux de sa poitrine et il l'embrassa sur les lèvres.

– Ta journée a été bonne ?

– Tu viens de l'embellir, dit Strange.

– Tu dîneras chez nous ce soir ?

– À condition qu'on mange aussitôt après l'entraînement. Ces femmes m'ont confié un boulot et je vais tâcher de l'expédier cette nuit.

– Ça m'ira très bien.

Strange l'embrassa encore une fois avant de passer

derrière son bureau. Au moment de s'asseoir, il vit la barre chocolatée PayDay posée à côté du téléphone.

– C'est tout toi, dit Janine, son regard liquide le détaillant des pieds à la tête. Je me suis dit que tu aurais envie de te rincer la bouche après ton déjeuner.

– Merci, mon cœur. Retourne à ton bureau et envoie-moi George.

Il la regarda se diriger vers la porte dans son ensemble aux couleurs éclatantes. Jamais il n'avait eu de meilleure assistante. C'était même elle qui faisait marcher la baraque, il n'avait pas peur de le reconnaître. Et grâce au Ciel, elle avait une sacrée paire de miches. Qui ondulait comme une vague sous le tissu de sa jupe. Au bout de tant d'années, le seul fait de la regarder éveillait toujours les sens de Strange. En voyant comment elle était bâtie, des gens qui avaient les qualifications requises auraient pu s'exclamer que c'était de la pure poésie. Mais Strange n'avait jamais été trop porté sur les poèmes. La façon qui lui semblait convenir le mieux pour décrire Janine, quand il posait les yeux sur elle, c'était qu'elle faisait naître en lui un sentiment de paix.

George Hastings et Strange se connaissaient depuis le début des années 60, au temps où ils faisaient tous deux partie de l'équipe de football du lycée Roosevelt. À l'époque, Strange était pote avec George et Virgil Aaron, aujourd'hui décédé, et Lydell Blue, qui était aussi footballeur, arrière dans l'équipe et le plus doué des quatre. Strange et Blue étaient entrés dans la police, et Hastings était devenu fonctionnaire au Bureau fédéral de la monnaie.

– Merci d'avoir bien voulu me recevoir, Derek, dit Hastings.

– C'est la moindre des choses, George. Tu le sais bien.

Strange continuait d'appeler Hastings par son prénom, bien que presque tout Washington ne le connaisse plus désormais que sous le sobriquet de Triple Trois. Au début des années 70, Hastings avait joué l'improbable combinaison de 3-3-3 et elle lui avait rapporté trente-cinq mille dollars. À l'époque, ça faisait un beau paquet, surtout pour le milieu dont ils étaient issus, mais mis à part la Buick Electra flambant neuve qu'il s'était offerte, Hastings avait placé son argent avec beaucoup de discernement. Il s'était acheté des actions de chez AT & T et IBM, et avait sagement attendu qu'elles fassent des petits. Par rapport à la moyenne du quartier, Hastings était devenu un richard, et Strange ne l'ignorait pas.

Il n'ignorait pas non plus que Hastings aimait bien qu'il l'appelle par son nom de baptême. George était un prénom qui passait pour ringard chez les noirs de la jeune génération. D'abord, parce que c'était un nom générique que les planteurs du Sud utilisaient pour désigner leurs esclaves de sexe masculin. Et dans le monde actuel, c'était devenu une manière argotique de parler du petit ami d'une fille, comme dans « Alors, ma poule, tu t'es trouvé un George ? ». Par conséquent, les jeunes noirs n'aimaient guère ce prénom et il était tout à fait exceptionnel qu'ils en baptisent leurs nouveau-nés. Mais la mère de George Hastings, une brave femme venue de sa lointaine campagne que Strange avait chérie presque autant que sa propre mère, n'avait jamais vu d'inconvénient à ce prénom, si bien que Hastings et Strange le trouvaient l'un et l'autre à leur goût.

Hastings avança le buste et donna une chiquenaude à la tête articulée de la statuette en plâtre du joueur des Redskins qui ornait le bureau de Strange. La tête oscilla de gauche à droite.

– L'uniforme de l'époque héroïque. À combien d'années ça remonte ? Trente ?

– Quarante, dit Strange.

– Qui lui a peint la tronche en marron ? Je sais qu'à l'époque on ne les faisait pas de cette couleur.

– Lionel, le fils de Janine.
– Qu'est-ce qu'il devient ?
– Il est en classe de terminale à Coolidge, et il vient de s'inscrire à l'université du Maryland. C'est un brave petit. Des fois, il fait sa mauvaise tête, comme presque tous les garçons de son âge. Mais il se débrouille bien.
– T'as vu Westbrook, l'autre soir ?
– Il a bloqué pas mal de balles.
– Oui. C'est toujours lui qui prend l'offensive et ça rend mabouls les défenseurs de l'équipe adverse. Il est gonflé.
– Gonflé n'est pas le mot qui convient, dit Strange. Moi, je le trouve sûr de lui. Westbrook va faire la plus belle saison de sa carrière, George. Il fera autant d'étincelles à lui seul que Chuck Brown et toute l'équipe des Soul Searchers.
– Il n'a pas l'envergure de Bobby Mitchell, dit Hastings. Et encore moins celle de Charley Taylor.
Strange eut un demi-sourire.
– À tes yeux, personne ne leur arrive à la cheville, George.
– Enfin passons, dit Hastings.
Il plongea une main dans la poche intérieure de sa veste de sport. Vu le tissu d'une légèreté remarquable, Strange se dit qu'elle avait bien dû lui coûter dans les cinq ou six cents dollars. Elle était sobre, ornée d'un motif délicat. C'était un vêtement de qualité et pas trop m'as-tu-vu, comme tout ce que possédait George. Comme sa Volvo haut de gamme datant d'il y a deux ans et l'imposante maison de style Tudor qu'il habitait à Shepherd Park.
Hastings posa une feuille de papier pliée en deux sur le bureau. Strange s'en saisit, la déplia et la parcourut.
– C'est ce que tu voulais, dit Hastings.
Strange déchiffra les nom et prénom de l'individu en cause : Calhoun Tucker. Hastings lui avait fourni le

numéro de l'Audi S4 qui appartenait à Tucker, à moins qu'il ne l'ait acquise en leasing. Un reçu de carte de crédit était agrafé à la feuille. Il provenait d'une boîte de nuit que Strange connaissait de nom. Elle se trouvait dans U Street, à l'est de la 14e Rue. Hastings avait griffonné au-dessous un paragraphe qui contenait un certain nombre de détails personnels sur Tucker : son adresse la plus actuelle, son dernier lieu de travail connu, et ainsi de suite.

– Comment t'es-tu procuré le reçu de carte de crédit ? demanda Strange.

– J'ai fouillé dans le sac à main de ma fille. Ils venaient de dîner ensemble, et il a dû lui demander de le garder pour lui. Ça ne m'enchantait guère de mettre le nez dans ses affaires, mais je l'ai fait quand même. Alisha est sur le point de faire le grand saut. Tu comprends, quand les jeunes décident de se marier, ils ne savent jamais vraiment où ça risque de les mener.

– Je me le suis déjà laissé dire.

– Si Linda, Dieu ait son âme, était encore des nôtres, elle agirait exactement de la même façon. Pour tout te dire, elle voyait les petits amis d'Alisha d'un œil encore plus mauvais que moi. Ce garçon vient de débarquer ici il y a à peine six mois – il n'est même pas de Washington, Derek – et tu voudrais que je reste là à ne rien faire pendant qu'il met notre vie sens dessus dessous ? Enfin quoi, je ne sais même pas de quelle famille il sort.

Strange laissa retomber la feuille de papier.

– Pas la peine de te justifier, George. Je passe mon temps à vérifier des antécédents. Il n'y a aucun sous-entendu négatif vis-à-vis de ta fille ou de ce garçon, en tout cas pas pour l'instant. Et tu n'as strictement aucun reproche à te faire. C'est de ta fille qu'il s'agit, il est normal que tu t'inquiètes à son sujet.

– Même si je pensais que ce garçon était quelqu'un de bien, je prendrais ce genre de dispositions.

– Mais tu ne l'apprécies pas tant que ça ?

Hastings se lissa la joue de l'index.

– Ce jeune Tucker ne me paraît pas net.

– Tu es sûr que ce qui ne te paraît pas net n'est pas tout simplement l'idée qu'un jeune mec s'apprête à te ravir ta petite fille chérie ?

– D'accord, ça entre en ligne de compte, je ne peux pas soutenir le contraire. Mais il n'y a pas que ça. Ne me demande pas de te dire exactement de quoi il s'agit. Quand on a atteint un certain âge, ce sont des choses qu'on sent.

– Explique-toi quand même, sans essayer d'être exact.

– Eh bien d'abord, il roule à bord d'une bagnole allemande de grand luxe. Et puis il est toujours sapé comme un prince, avec la panoplie au grand complet : portables, bipeurs, et tout le toutim. Et je n'arrive pas à comprendre ce qui lui en donne les moyens.

– Jadis, ça voulait peut-être dire quelque chose. Dans le temps, il fallait être plein aux as ou dealer en gros pour avoir de quoi s'offrir ces gadgets. Mais de nos jours, n'importe quel demeuré capable d'apposer sa signature au bas d'un contrat de leasing se retrouve au volant d'une Mercedes. Même un môme de douze ans a droit à une carte de crédit.

– Je veux bien, mais ce n'est pas un môme de douze ans qui va mener ma petite fille à l'autel. Il s'agit d'un garçon de vingt-neuf ans, qui tire ses revenus de Dieu sait où. D'après lui, il serait une sorte d'imprésario, ou d'organisateur de spectacles. Il en fourgue à toutes sortes de boîtes de Washington. Il a une carte de visite qui annonce « Calhoun et Cie ». Moi, dès que je vois un « et Cie » sur une carte de visite, je me dis qu'on pourrait aussi bien lui ajouter « pour rester dans le vague » ou « j'ai pas besoin d'un vrai boulot » ou tout simplement « c'est du chiqué », tu vois ce que je veux dire ?

Strange se marra doucement.

– D'accord, George. Y a autre chose ?

– Je ne peux pas saquer ce garçon, Derek. Il me sort par les trous de nez. C'est déjà quelque chose, non ?

Strange hocha la tête.

– Je peux te poser une question ? Tu crois qu'il est mêlé à des activités délictueuses ?

– Je ne peux pas en jurer. Tout ce que je sais, c'est que…

– Tu ne peux pas le saquer. D'accord, George. Je vais prendre ça comme point de départ.

Hastings se déplaça sur son siège.

– Ton tarif est toujours trente dollars de l'heure ?

– Non, trente-cinq.

– T'as augmenté.

– L'essence aussi. Ça t'arrive d'aller dans un bar ? Faut casquer cinq dollars pour une bière en bouteille.

– En incluant les deux dollars que tu leur fourres dans le string ?

– Très drôle.

– Combien de temps ça va te prendre ?

– T'en fais pas, ça ne me demandera pas plus de quelques heures. Ces recherches, on les fait surtout à partir d'ici, par ordinateur. D'ici quarante-huit heures, t'auras la joie de signer un tas de chèques pour le mariage.

– Y a ça aussi. La réception va me coûter les yeux de la tête.

– Si tu ne peux pas claquer ton fric pour Alisha, qu'est-ce que tu vas en faire ? Ta fille est belle comme le jour, George. Elle est ravissante, et elle a du cœur. Alors, mettons-nous-y à deux pour nous assurer qu'elle fait le bon choix.

Hastings exhala lentement son souffle en se laissant aller en arrière sur son siège.

– Merci, Derek.

– Ce genre de boulot, c'est mon pain quotidien, dit Strange.

4

Strange posa la feuille de papier que Hastings lui avait donnée sur le bureau de Janine.

– Dès que t'auras un moment, soumets ces données au programme Westlaw et vois ce que t'arrives à en tirer en guise d'informations de base.

– Tu veux que je vérifie les antécédents d'un certain… (Janine parcourut la feuille du regard)… Calhoun Tucker ?

– C'est ça. Le futur gendre de George. Je ferai un saut chez vous pour prendre Lionel et je le ramènerai après l'entraînement.

– Entendu.

– Au fait, il faudrait que tu passes un coup de fil à Terry. Il bosse à la librairie aujourd'hui. Rappelle-lui qu'il doit entraîner l'équipe ce soir.

– Je n'y manquerai pas.

Lattimer leva les yeux au moment où Strange passait devant son bureau.

– Tu travailles qu'une demi-journée aujourd'hui, patron ?

– Faut que je me fasse couper les tifs.

– Chez le coiffeur d'à côté ? Ça t'est déjà arrivé de te demander pourquoi la boutique du coiffeur et celle du boucher étaient contiguës ?

– J'avais jamais fait le rapprochement. S'il y a une chose dont j'ai pas besoin, c'est de claquer quarante dollars pour me faire couper les tifs, comme toi.

– Enfin, il vaut mieux que tu y ailles, c'est vrai. Tu commences à ressembler à Tito Jackson.

Strange se retourna pour se regarder dans le miroir fêlé accroché à un clou planté dans la colonne qui occupait le milieu de la pièce.

– Bon Dieu, mais t'as raison, mon garçon. (Il se tapota le côté du crâne du plat de la main.) Faut que je me fasse ratiboiser tout ça.

Strange raccompagna deux des gamins chez eux après l'entraînement. Ensuite, lui et Lionel remontèrent Georgia Avenue en direction de Brightwood Park à bord de la Cadillac Brougham V-8 de 1991, noire avec intérieur en cuir noir et calandre chromée. Sa deuxième voiture. Strange avait mis une vieille cassette dans le lecteur stéréo, celle d'*Al Green Gets Next To You*, et il avait toutes les peines du monde à se retenir de chanter en chœur.

– On dirait du gospel, dit Lionel. Mais c'est à une fille qu'il s'adresse, non ?

– C'est « God Is Standing By », dit Strange. Un vieux tube de Johnny Taylor, et tu n'as pas tort. Ça date de l'époque où Al était déchiré entre le profane et le sacré, si tu vois ce que je veux dire.

– Vous voulez dire qu'il aime Jésus mais qu'il aime aussi niquer des gonzesses ?

– Je ne l'aurais pas exprimé dans ces termes-là, mon garçon.

– Bon, mais ça revient au même.

Strange lui jeta un regard en coin.

– Tu as des leçons à apprendre ce soir, pas vrai ?

– Y a des chances.

– Ce n'est pas le moment de te laisser aller, simplement parce que tu viens de t'inscrire à l'université. Il ne faut pas que tu lâches tes manuels.

– Si vous voulez que je passe la soirée dans ma chambre, vous avez qu'à me le dire.

– Ce n'est pas tout à fait ce que j'avais en tête.

Lionel eut l'un de ces petits sourires narquois qui faisaient grimper Strange aux murs.

Janine Baker habitait Quintana Place, entre la 7e et la 9e Rue, non loin du commissariat du Quatrième. Quintana Place était une petite rue exiguë où s'alignaient de vieilles baraques de style colonial pourvues chacune d'une véranda. Leurs façades étaient recouvertes de crépi et peintes les unes de tons ocre et les autres de couleurs vives, allant du bleu turquoise au vert éclatant. La maison des Baker, un modeste pavillon de couleur parme, était non loin de l'angle de la 7e Rue.

Dans la salle à manger, ils dégustèrent un rôti de bœuf grillé, noir au-dehors et rose au-dedans, accompagné d'une purée de pommes de terre arrosée de sauce et de chou vert pimenté, que Strange et Janine firent descendre avec des Heineken bien fraîches. Lionel monta dans sa chambre dès qu'il eut achevé son dîner. Après avoir rapidement avalé une tasse de café, Strange s'essuya la bouche.

– C'était un vrai délice, mon cœur.

– Je suis ravie que ça t'ait plu.

– Tu veux que je repasse quand j'aurai terminé mon boulot ?

– Ça ne me déplairait pas. Et j'ai emballé l'os du rôti dans du papier alu pour Greco, alors amène-le avec toi.

– En s'y mettant tous les deux, on va pourrir ce chien jusqu'au trognon.

Strange fit le tour de la table, se pencha au-dessus de Janine et l'embrassa sur la joue.

– Je serai de retour avant minuit, c'est promis.

Strange regagna son propre pavillon, une maison mitoyenne de Buchanan Street, et il cogna sur le sac de sable du sous-sol pendant un assez long moment, histoire de perdre au moins une partie de la graisse qu'il avait accumulée en se bourrant de bidoche ce jour-là. Quand il en eut terminé il s'aperçut que sa sueur sentait la bière, puis il gagna le premier étage, où se trouvaient aussi sa chambre à coucher et son bureau, pour prendre une douche et se changer. Dans le bureau, tandis que Greco jouait avec sa balle en caoutchouc à pointes, Strange vérifia l'état de ses placements et lut une lettre d'information sur la Bourse sur le Net, en écoutant la bande originale du *Retour de Ringo*, par Ennio Morricone, que diffusaient les petites enceintes Yamaha de son ordinateur.

Strange consulta sa montre, un modèle de l'armée suisse avec bracelet en cuir noir, et son regard se posa sur son chien.

– Faut que j'aille au boulot, mon petit vieux. Je repasserai te prendre dans un petit moment.

Le tronçon de queue de Greco remua deux fois, puis il leva la tête vers Strange, lui exhibant le blanc de ses yeux.

Strange descendit Georgia Avenue à bord de sa Caprice, traversa Petworth et pénétra dans Park View. Il y avait foule sur les trottoirs, comme tous les vendredis soirs, surtout des jeunes, certains glandant, d'autres s'occupant de leur petit commerce. À l'angle de Morton Street, une queue s'était formée devant le Capitol City Pavilion, que les gens du coin et les flics désignaient sous le sobriquet de Trou Noir. Comme presque tous les week-ends, son enseigne lumineuse annonçait le passage de Black Yard, un groupe disco qui se produisait depuis une éternité à Washington. Dans quelques heures, des voitures de police du commissariat du Quatrième bloqueraient Georgia Avenue et détourneraient la circulation. Des querelles qui avaient éclaté à l'intérieur du club dégénéraient souvent en affrontements collectifs aussitôt après l'heure de la fermeture, quand la clientèle se déversait sur le trottoir.

Dans la queue qui s'était formée à l'extérieur du club, Strange aperçut Lamar Williams, vêtu d'un pantalon en toile beige bien repassé et chaussé de Timberland chamois. Dans la portion d'avenue qui s'étendait entre Kenyon Street et Harvard Street, des jeunes fourguaient de l'herbe en pleine rue, dans un marché à ciel ouvert.

Passant de Georgia Avenue dans la 7e Rue, Strange arriva en vue de l'immense chantier de construction du futur palais des congrès, gigantesque trou étalé en travers de plusieurs rues. À sa gauche, il y avait un tronçon dans lequel les commerces s'alignaient à la queue leu leu. La tapineuse à la jupe en cuir rouge battait la semelle devant l'entrée d'un restau fermé, ses traits masculins et durs illuminés par le bout rougeoyant d'une cigarette sur laquelle elle tirait avidement. Sans même ralentir, Strange continua à rouler vers l'ouest, bifurqua en direction du nord au troisième coin de rue, puis rebroussa chemin, faisant un détour pour trouver un emplacement du côté est du chantier. Il gara sa Caprice dans la 9e Rue, le long de l'une des palissades du chantier. Il glissa un bloc-notes dans sa poche de poitrine à laquelle il fixa un stylo-feutre avant de mettre pied à terre.

Strange ouvrit le coffre de sa Caprice. Après avoir écarté son fichier d'affaires en instance, le dossier de l'équipe de football et sa boîte à outils, il mit la main sur son caméscope, qui était rangé dans son étui, à côté de son Canon AE-1 muni d'un objectif de 500 mm. Il vérifia la cassette, la remit en place. Strange aimait bien ce caméscope, dont il venait de faire l'acquisition. C'était un Sony 8 mm à vision nocturne avec un zoom digital de 360, parfaitement adapté à ses besoins, et en particulier au boulot de ce soir. Ce caméscope, qu'un client lui avait procuré en règlement d'une dette, ne voyait pas plus le jour que Stevie Wonder.

Strange gagna l'angle de la 7e et de L Street, un peu

au nord de l'endroit où la tapineuse était postée, et s'arrêta à l'embouchure d'une allée qui ouvrait une brèche dans la palissade du chantier. Il se plaça derrière la palissade, de sorte à ne pas être plus visible des conducteurs qui roulaient vers le sud que de leurs passagers. Il resta là un moment, dirigea l'objectif de sa caméra de la façon qui lui convenait et s'assura qu'elle fonctionnait bien. Il suivit du regard le manège de la tapineuse tandis qu'elle discutait avec un micheton potentiel qui venait de s'arrêter à sa hauteur au volant d'une Honda Accord. Quand le micheton eut redémarré, la tapineuse s'alluma une nouvelle cigarette. L'estomac de Strange se mit à gargouiller, car l'image de son restaurant italien préféré, l'AV, qui se trouvait à une courte distance de là, juste au coin de Massachusetts Avenue, venait de lui traverser l'esprit. Il avait les crocs comme toujours, bien qu'il soit sorti de table peu de temps auparavant.

Une Chevrolet noire de modèle récent, roulant à petite vitesse le long de la 7e Rue, ralentit puis s'arrêta à la hauteur de la tapineuse. Strange s'adossa à l'angle de la palissade, régla son zoom de façon à cadrer la voiture avec le plus de netteté possible, et se mit à filmer. Le micheton baissa sa vitre, et de la fumée de cigarette s'en échappa. La tapineuse s'appuya des deux bras au rebord de la vitre ouverte. Elle secoua négativement la tête, et l'homme éclata de rire avant de redémarrer. Sa voiture était immatriculée à Washington. C'était une Impala, avec une de ces carrosseries design dernier cri que Strange n'appréciait guère.

Il resta à l'affût. L'Impala resurgit en provenance du nord, ayant contourné le pâté de maisons. Le conducteur s'arrêta à l'endroit exact où il s'était garé cinq minutes plus tôt. La tapineuse eut une hésitation, regarda autour d'elle, s'avança vers la vitre ouverte, mais cette fois ne s'y appuya pas. Elle écouta en silence l'espace d'un moment, l'expression de son visage passant de l'indifférence à l'exaspération, puis à quelque chose qui ressemblait à de la terreur. Strange entendit un nouvel éclat de rire. Ensuite le conducteur redémarra en faisant crisser ses pneus. La tapineuse lui adressa un signe obscène, mais seulement après que la voiture eut disparu au coin de la rue.

Strange inscrivit le numéro de l'Impala sur le bloc-notes qu'il avait glissé dans sa poche de poitrine. Il aurait pu s'en abstenir, car sa mémoire l'avait enregistré au premier coup d'œil, faculté qu'il avait toujours possédée et qui lui avait rendu de multiples services au temps où il était flic en uniforme.

De toute façon, les deux lettres qui précédaient les chiffres de la plaque d'immatriculation lui avaient appris tout ce qu'il avait besoin de savoir. Bagley et Tracy étaient sans doute aussi au courant de ce détail. Si elles l'avaient embringué là-dedans, se dit-il, c'était pour le mettre à l'épreuve. Il n'y avait pas de quoi se foutre en rogne. C'était un boulot comme un autre.

Les deux lettres de la plaque disaient GT. Ce qui signifiait que le conducteur était en civil ou en planque. Le micheton agressif était un flic.

5

– Ne quittez pas, Derek, dit Karen Bagley. Je vais nous mettre en conférence avec Sue.

Strange éloigna le combiné de son oreille et se laissa aller en arrière dans le fauteuil de son bureau. Il suivit des yeux le manège de Lamar Williams qui montait sur un escabeau pour donner un coup de plumeau aux stores vénitiens.

– Tu viendras avec moi à l'entraînement ce soir, Lamar ?

– Si vous y tenez.

– Je me demandais si ça te serait possible. T'as pas besoin de garder ta petite sœur ce soir aussi, au moins ?

– Non, c'est pas la peine.

– Vendredi soir, je t'ai vu à l'entrée du Trou Noir, tu comprends.

Lamar abaissa son plumeau.

– C'est vrai que j'y étais. Mais avant, j'avais gardé ma petite sœur, je vous ai pas raconté de blague.

– Elle est pas un peu craignos, cette boîte ?

– C'est le seul endroit du quartier où il y a de la musique disco, et où j'ai peut-être une chance de brancher une nana. Je regarde pas n'importe qui dans les yeux. Je marche sur les pieds de personne, je cherche pas la baston. La seule chose qui m'intéresse, c'est de m'éclater un peu. Vous y voyez rien à redire, hein, patron ?

– Je voulais seulement que tu saches que je t'avais vu.

Strange entendit des voix dans le téléphone et se colla de nouveau l'écouteur à l'oreille.

– C'est bon, dit Strange.

– On est au complet ? demanda Bagley.

– Je t'entends, dit Tracy. Vous êtes là, Derek ?

– J'ai ce que vous vouliez, dit Strange. J'ai filmé tout ce qu'il fallait avec mon caméscope.

– Ça n'a pas traîné, dit Bagley.

– Je m'en suis occupé vendredi soir. Je me suis dit qu'il valait mieux laisser passer le week-end, pour pas vous gâcher votre grasse matinée du dimanche.

– Qu'est-ce que vous avez découvert ? demanda Tracy.

– Votre miché pourri est un flic. En voiture banalisée. Mais à mon avis, vous étiez déjà au courant. Quand vous m'avez dit qu'il lui répétait sans arrêt qu'il était pas obligé de payer, ça m'a mis la puce à l'oreille. Reste à savoir pourquoi vous ne m'avez pas fait part de vos soupçons.

– On voulait s'assurer que vous étiez quelqu'un de sûr, dit Tracy.

Elle y va pas par quatre chemins, se dit Strange. Ça me plaît bien.

– Je vais remettre la cassette et les informations dont je dispose à un ami qui est lieutenant dans la police de Washington. Lui et moi, on se connaît depuis l'enfance. Il repassera le bébé à l'inspection générale des services, qui prendra l'affaire en main.

– Vous avez filmé sa voiture, c'est ça ? demanda Bagley. Mais est-ce que son visage apparaît en clair ?

– Non, pas vraiment. Mais la voiture est à lui, et on voit bien qu'il essaye de la lever. Il prétendra peut-être que c'était pour lui soutirer des informations, ou Dieu sait quoi, mais sa réputation en prendra tout de même un coup. On lui fera subir un interrogatoire en règle, et à mon avis ça lui foutra les jetons. Il n'emmerdera plus cette fille. C'est bien ce que vous souhaitiez, n'est-ce pas ?

– Oui, dit Bagley. Vous avez fait du beau boulot.

– Oh, j'ai pas fait du si beau boulot que ça. Vous avez dû voir *Les Sept Mercenaires* toutes les deux, non ?

Bagley et Tracy marquèrent un temps avant de répondre simultanément, l'une d'un « oui », l'autre d'un marmonnement vaguement affirmatif. Elles doivent se demander où je veux en venir, se dit Strange.

– C'est un de mes films préférés, dit-il. Y a une scène dans laquelle James Coburn, qui joue le rôle du lanceur de couteau texan, abat un cavalier d'une balle de revolver à une distance d'au moins deux cents mètres. Le jeune mec qui place tous ces héros sur un piédestal, celui qui est censé être mexicain mais dont le rôle est tenu par un acteur allemand, s'exclame : « J'ai jamais vu quelqu'un tirer aussi bien », et Coburn lui répond : « J'ai tiré comme un pied, c'est le cheval que je visais. »

– Qu'essayez-vous de nous dire par là ? demanda Bagley.

– Que j'aurais voulu vous fournir des éléments un peu plus concluants. Mais si ça se trouve, ceux que j'ai recueillis suffiront. En tout cas, on peut espérer que vous aurez confiance en moi désormais.

– Comme je vous l'ai expliqué, dit Tracy, quand on a été flic, c'est pour la vie. Et les flics sont presque toujours réticents à balancer un collègue.

– Les deux métiers qui sont les plus utiles à la société sont aussi ceux qui rapportent le moins en matière de salaire et de considération, dit Strange. Mais si on choisit d'être flic ou prof, on en accepte l'idée dès le départ. La grande majorité des flics et des profs sont d'une probité irréprochable. Mais il y aura toujours des enseignants qui tripoteront leurs petits élèves, et il y aura toujours des flics qui abuseront de leur pouvoir et de leur position. À mes yeux, dans un cas comme dans l'autre, c'est la pire trahison. Par conséquent, ça ne me dérange pas de balancer un mec de cette espèce. Sauf que…

– Quoi ? demanda Tracy.

– Ne me faites plus de cachotteries, d'accord ? Ça peut passer pour cette fois, mais que ce soit la dernière. Si jamais vous me refaites ce coup-là, on ne retravaillera plus jamais ensemble.

– On a eu tort, dit Bagley. Oubliez ça.

– Qu'est-ce que vous voulez que j'oublie ?

– Et l'autre affaire ? demanda Tracy. Celle du tract qu'on vous a filé ?

– Y a un gars auquel j'ai recours dans ces cas-là. Terry Quinn. Ex-flic de la police de Washington, désormais détenteur d'une licence de détective privé en bonne et due forme. C'est lui qui va s'en charger.

– Pourquoi pas vous ? demanda Bagley.

– J'ai du boulot par-dessus la tête.

– Comment pouvons-nous le joindre ? demanda Tracy.

– C'est rare qu'il soit au bureau. Il travaille à mi-temps dans une librairie d'occasion de Silver Spring. On peut l'appeler là-bas, et il a un portable. Je dois le voir ce soir. Je lui filerai le tract, vous en faites pas.

Strange leur donna les deux numéros.

– Merci, Derek.

– Je vous envoie ma facture sur-le-champ.

Strange raccrocha et son regard se déplaça vers Lamar.

– T'es prêt, mon garçon ?

– Oui.

– Allons-y.

Après avoir récupéré la bande vidéo du flic et de la pute, qu'il avait casée tant bien que mal dans son fichier football, Strange rabattit le hayon.

– Voilà pour toi, dit-il en tendant la cassette à Lydell Blue.

– C'est à ce sujet que tu m'as appelé ?

– Oui. J'y ai noté un certain nombre de précisions, ce que les enquêtrices qui m'ont mis sur l'affaire m'avaient appris, quelques phrases que j'ai saisies sur place, et cetera. J'ai apposé ma signature au document, pour le cas où l'inspection générale des services voudrait me contacter.

Blue lissa son épaisse moustache grise.

– Je vais m'en occuper.

Ils traversèrent le parking en direction de la clôture qui entourait le terrain de football, passant devant la Chevelle bleue au moteur gonflé de Quinn et l'Infiniti I30 noire de Dennis Arrington.

Strange connaissait l'entraîneur de l'équipe de football du lycée Roosevelt – il s'était livré à une enquête très simple pour son compte sans lui faire débourser un *cent* – et ils s'étaient arrangés entre eux pour que l'équipe de Strange puisse s'entraîner sur le terrain du lycée aux heures où il était libre. En contrepartie, Strange branchait l'entraîneur sur certains joueurs particulièrement prometteurs tout en faisant de son mieux pour que les autres futurs élèves de Roosevelt ne s'écartent pas non plus du droit chemin.

– Toi et Dennis, vous prendrez les Gnomes ce soir ?

– Ce soir ? Oui, pourquoi pas ?

– Alors, Terry et moi on s'occupera des Petits Bouts.

– Enfin quoi Derek, t'organises les choses de cette façon presque tous les soirs.

– Que veux-tu, j'ai un faible pour les plus jeunes, dit Strange. Terry et moi, on va pas les lâcher, à moins que ça t'ennuie.

– Non, ça me va.

Au sein de leur association, réseau informel de clubs de quartier, l'équipe des Gnomes était formée de gamins de dix à douze ans pesant de trente-huit à quarante-huit kilos. Les Petits Bouts étaient âgés de huit à onze ans, et leur poids allait de vingt-sept à trente-huit kilos. Il existait aussi une section minime et une section cadet, mais le club de Petworth s'était avéré incapable d'attirer un nombre suffisant de garçons de ces catégories d'âge – treize à quinze ans – pour constituer une équipe. C'était l'époque de leur vie où ils étaient pour la plupart détournés des occupations de cette nature par d'autres centres d'intérêt – les filles, par exemple – ou l'obligation de dénicher des petits boulots. D'autres, happés par la rue, avaient déjà glissé sur une pente fatale.

Strange se faufila à la suite de Blue dans une brèche de la clôture et ils gagnèrent le centre du terrain. Une cinquantaine de gamins, vêtus d'uniformes rembourrés de partout, y étaient rassemblés, se plaquant mutuellement, échangeant des vannes, shootant dans des ballons ovales, se chahutant entre eux. Lamar Williams allait des uns aux autres, leur donnant des conseils et faisant le clown par la même occasion. Il y avait aussi une poignée de mères de famille et deux pères, qui bavardaient entre eux.

Le périmètre du terrain était délimité par une piste encadrée d'une double ligne bleu ciel. Plusieurs rangées de gradins faits de sièges en alu fixés à des supports en béton lui faisaient face d'un seul côté. Des touffes de mauvaise herbe avaient jailli des fissures du béton.

Dennis Arrington, analyste-programmeur et diacre bénévole de son église, échangeait des balles dans la zone de but avec le quart-arrière des Gnomes. À quelque distance de là, Terry Quinn montrait à Joe Wilder, membre de l'équipe des Petits Bouts, quel était l'endroit idéal où heurter le corps de l'adversaire. Pour procéder à cette démonstration, Quinn était obligé de s'accroupir.

Malgré sa taille minuscule, Wilder avait des muscles bien dessinés et des abdos en tablette de chocolat. Il venait tout juste d'avoir huit ans et ses vingt-huit kilos en faisaient le joueur le plus léger de l'équipe.

Strange usa du sifflet qu'il portait au cou.

– Allez tous vous aligner là-bas.

Il leur désigna la ligne tracée en travers de la piste, mais ils savaient où elle était.

– Magnez-vous le train, dit Blue.

– Quatre tours de terrain, dit Strange, et que personne ne rechigne, ça ne fait même pas deux kilomètres.

Il donna un nouveau coup de sifflet, couvrant le concert de plaintes et de protestations que cela ne manquait jamais de soulever.

– Si j'en prends un seul à marcher, vocifèra Arrington au moment où ils démarraient au petit trop, vous serez tous bons pour quatre tours supplémentaires.

Depuis la zone de but, les quatre hommes suivirent des yeux la mer d'uniformes d'un vert délavé qui ondoyait lentement autour de la piste.

– La maman de Jerome Moore m'a appelé aujourd'hui, dit Blue. Jerome a été exclu provisoirement de Clark parce qu'il avait menacé un enseignant d'un couteau.

– Clark ? L'école élémentaire ? demanda Quinn.

– Oui. Sa mère m'a dit qu'on ne le reverrait pas à l'entraînement avant une huitaine de jours.

– Tu n'as qu'à la rappeler pour lui annoncer qu'on ne veut plus de lui, dit Strange. Il ne fait plus partie de l'équipe. De toute façon, je trouvais que sa présence n'était pas bonne pour les autres gamins. C'était un tire-au-flanc qui n'avait que des gros mots à la bouche et qui cherchait tout le temps la bagarre.

– Il n'a que neuf ans, dit Quinn. Je croyais que c'était justement ce genre de mômes en péril qu'on voulait aider à s'en sortir.

– Ils sont tous en péril, Terry. Je suis prêt à en lâcher un pour éviter qu'il ne contamine les autres. En plus, pour eux, ce sera une sorte de leçon de choses. Qui leur montrera qu'on n'est pas seulement là pour leur apprendre à jouer au football. Et qu'il n'est pas question qu'on tolère ce genre de comportement.

– À mon point de vue, dit Quinn, c'est quand ces gamins s'aperçoivent qu'on les lâche qu'ils tournent mal.

– Je ne le lâche pas plus qu'un autre. S'il s'amende, il pourra reprendre sa place dans l'équipe la saison prochaine. Mais en ce qui concerne la saison présente, c'est fichu. Il s'est grillé tout seul. T'es pas de mon avis, Dennis ?

Dennis Arrington baissa les yeux sur le ballon ovale qu'il faisait tourner entre ses grosses paluches. Il était de la même taille que Quinn, plutôt moyenne, mais bâti en force, comme un arrière.

– Si, tout à fait, Derek.

Arrington lança un bref regard à Quinn. Ce dernier savait qu'Arrington ne serait jamais d'accord avec lui sur rien. Arrington n'était pas avare de sourires, de poignées de main et de tapes amicales dans le dos avec la majorité des noirs qui honoraient le terrain de football d'une petite visite. Quinn avait beau éprouver de la sympathie pour Arrington, il lui semblait que la sympathie n'était pas réciproque, et qu'Arrington ne lui témoignait pas tout le respect qu'il aurait dû. Et quelque chose lui disait que c'était simplement parce qu'il était blanc. Quinn avait été en butte au même genre de traitement de la part de certains des gamins quand il avait fait ses débuts d'entraîneur. Mais à quelques rares exceptions près, ça avait fini par leur passer.

Strange se tourna vers Quinn, lequel avait des cheveux coupés en brosse, une large bouche, une mâchoire proéminente et des yeux verts. Quand il était entouré d'amis, ses yeux étaient la douceur même, mais lorsqu'il se trouvait face à des inconnus, ou simplement absorbé dans ses pensées, son regard devenait dur et froid. En vêtements d'hiver, il avait l'aspect d'un type de taille moyenne, et même un peu en dessous de la moyenne, qui était doté d'un ventre plat mais dont la carrure n'avait rien d'exceptionnel. Pourtant, sur le terrain de football, en pantalon de survêtement et tee-shirt blanc, avec les veines saillantes de ses avant-bras qui lui remontaient en serpentant jusqu'aux biceps, sa force physique sautait aux yeux.

– Pendant que j'y pense, il y a deux femmes qui vont peut-être t'appeler, Terry. Je leur ai donné ton numéro à…

– C'est déjà fait. Elles m'ont appelé sur mon portable alors que je venais de monter en voiture pour venir ici.

– Oui, ce sont des rapides. Je t'ai apporté la documentation nécessaire, au cas où ça t'intéresserait.

– Tu tiens vraiment à ce que je m'en charge ?

– Le boulot sera rémunérateur pour nous deux.

– Ça te rapporterait plus de pognon si tu t'en occupais seul.

– J'ai trop à faire, dit Strange.

Essoufflés et dégoulinants de sueur, les gamins revinrent vers eux.

– Formez le cercle, dit Blue.

Il cria les noms des deux capitaines qui allaient diriger la séance d'échauffement.

Après s'être placés au centre du grand cercle, les capitaines ordonnèrent à leurs coéquipiers de courir sur place.

– Vous vous sentez comment ? vociférèrent les capitaines.

– Gonflés à bloc ! répondirent les autres.

– VOUS VOUS SENTEZ COMMENT ?

– GONFLÉS À BLOC !

– FENTE AVANT !

– HOU !
– FENTE ARRIÈRE !
– HOU !
– FENTE AVANT !
– HOU !

Chaque fois qu'ils en recevaient l'ordre, les gamins adoptaient la position voulue en criant « HOU ! ». Ce surplace accompagné de clameurs guerrières dura encore quelques minutes. Ensuite ils passèrent à une autre sorte de gymnastique : des mouvements d'assouplissement, des pompes en équilibre sur les poings et des abdos qui consistaient à s'allonger sur le dos, les deux jambes tendues à vingt centimètres du sol et à rester dans cette position en se martelant le ventre du plat des deux mains jusqu'à ce qu'on leur dise d'arrêter. Une fois la séance de gym terminée, leurs maillots avaient des auréoles sombres et leurs visages étaient emperlés de grosses gouttes de sueur.

– Maintenant vous allez cavaler un petit coup sur les gradins, leur dit Strange.

– Oh non ! s'exclama Rico, le demi de mêlée des Petits Bouts.

Rico n'avait pas son pareil comme fonceur et feinteur. Il était le plus doué d'entre tous. Mais il était toujours le premier à rouspéter aussi.

– Allez bouge ton cul, Rico, dit Dante Morris, le quart-arrière maigre et dégingandé qui n'ouvrait pratiquement jamais la bouche, sauf quand on lui posait une question ou pour encourager ses coéquipiers de la voix. Faut qu'on en finisse.

– En avant, panthères ! beugla Joe Wilder avec un grand geste du bras en direction des marches en béton.

– C'est ce petit bonhomme qui va sonner la charge ? dit Blue.

– Et ils vont le suivre, en plus, dit Strange.

D'autres mères de famille étaient arrivées, et elles se

tenaient en retrait de la ligne de touche. L'oncle de Joe Wilder s'était pointé, lui aussi. Appuyé à la balustrade qui séparait la piste des gradins, il plongeait la main droite dans un sac en papier blanc graisseux.

– Il fait humide ce soir, dit Blue.

– Les fais pas cavaler trop longtemps sur les marches, dit Strange. Écoute, il faut que je te quitte un instant pour retourner à ma voiture. Puisque dorénavant tu vas prendre les Gnomes sous ton aile, je vais te filer le dossier de l'équipe. Je reviens tout de suite.

Strange traversa le terrain et il évita de regarder l'oncle de Wilder au moment où il passait devant lui. Mais l'oncle l'apostropha, l'obligeant à s'arrêter.

– Eh, m'sieur l'entraîneur.

– Comment ça va ? demanda Strange.

– Très bien. Je m'appelle Lorenze, mais les amis disent Lo. Je suis l'oncle de Joe Wilder.

– Mon nom à moi est Derek Strange. Je vous ai déjà aperçu deux trois fois.

Du coup Strange se vit contraint de lui serrer la main. La main dont Lorenze s'était servi pour puiser des frites dans son sac en papier était huileuse, et il la frotta sur son jean avant de la tendre à Strange, essayant d'échanger avec lui la poignée de main fraternelle qui est de tradition chez les militants noirs, celle où l'on joint d'abord les pouces, puis les quatre autres doigts. Strange la lui rendit sans enthousiasme.

– Vous avez bientôt fini ?

– On s'arrêtera un peu avant la tombée de la nuit.

– Comme je viens de débouler sur ce putain de terrain, je sais pas depuis combien de temps vous y êtes.

Lorenze eut un sourire. D'un geste impatient, Strange fit passer son poids d'un pied sur l'autre. Lorenze avait la trentaine bien tassée, mais son tee-shirt s'ornait de la photo d'un zozo en dreadlocks chaussé d'Air-Jordan même pas lacées et tirant sur un énorme pétard. Strange ne savait rien de précis au sujet de cet individu. Mais il connaissait les types de son espèce.

Blue cria aux gamins qu'ils pouvaient redescendre des gradins. Exténués, ils cessèrent de courir et revinrent vers le centre du terrain.

– Joe viendra avec moi après l'entraînement, dit Lorenze. J'ai pas ma voiture ce soir, mais je le raccompagnerai à pied jusqu'à chez lui.

– J'ai dit à sa mère que je le ramènerais à la maison, comme d'habitude.

– On va faire un peu de marche à pied, c'est tout. Faut qu'il apprenne à connaître son oncle.

– Il est sous ma responsabilité, dit Strange d'une voix très égale. Si sa mère m'avait averti de votre venue, ce serait différent…

– Vous en faites pas, mon frère. On est du même sang, le petit et moi.

– Je vais le reconduire jusqu'à chez lui, dit Strange, en se forçant à sourire. Comme je viens de vous le dire, c'est ce que j'ai promis à sa mère. Il faut que vous le compreniez.

– La seule chose qu'il faut que je fasse, c'est d'être noir et de crever, dit Lorenze.

Il sourit jusqu'aux oreilles, ravi d'avoir eu la repartie aussi facile.

Strange ne fit aucun commentaire. Cela faisait des années qu'il entendait des noirs de Washington, jeunes et moins jeunes, user de cette formule à tout bout de champ. Elle lui avait toujours écorché les oreilles.

Quelqu'un siffla au loin, et leurs regards à tous les deux se déplacèrent en direction du grillage qui surplombait le parking, à l'autre extrémité des gradins. Un jeune type de haute taille, accoudé au grillage, les regardait en souriant. Il tourna les talons, s'éloigna et disparut.

– Bon écoutez, dit Strange, faut que j'aille chercher

quelque chose dans ma voiture. On se reverra tout à l'heure, d'accord ?

Lorenze hocha distraitement la tête.

Strange se dirigea vers le parking. Le jeune type qu'il avait vu appuyé au grillage était maintenant assis au volant d'une voiture immatriculée à Washington dont le moteur tournait au ralenti. C'était une Caprice beige, vieille d'une bonne dizaine d'années, avec un toit en vinyle marron et des jantes chromées, qui s'était garée en marche arrière à quatre emplacements de distance de la Chevrolet de Strange. La rouille avait commencé à s'étendre comme un cancer sur le panneau latéral côté conducteur. Le pot d'échappement crachait un panache blanchâtre qui restait en suspens dans l'air, se mêlant à la fumée de marijuana qui sortait des vitres ouvertes.

Un deuxième jeune mec était assis sur le siège du passager, un troisième à l'arrière. De celui qui occupait le côté droit de la banquette avant, Strange ne distingua pas grand-chose d'autre que des cheveux coiffés en petites tresses serrées.

Strange avait ralenti le pas, et il examinait la voiture, en s'arrangeant pour que ses occupants n'en ignorent rien. Son visage était impassible et son langage corporel n'exprimait aucune menace.

Strange continua de marcher jusqu'à sa voiture, dont il ouvrit le coffre. Il entendit les trois garçons s'esclaffer tandis qu'il soulevait le couvercle de sa boîte à outils pour y chercher… quoi, au fait ? Il ne possédait pas d'arme à feu. Si ces gars-là étaient enfouraillés et s'ils avaient l'intention de faire un carton sur lui, il n'avait aucun moyen de les empêcher. Mais il se laissait un peu trop emporter par son imagination. Ce n'étaient jamais que trois jeunes mecs à l'air pas commode qui étaient venus se défoncer dans un parking.

Strange dénicha un crayon dans sa boîte à outils et inscrivit quelque chose sur l'enveloppe qui contenait le dossier Petits Bouts. Après avoir mis la main sur le dossier Gnomes, celui qu'il était venu chercher pour le donner à Blue, il rabattit le hayon.

Alors qu'il traversait le parking dans l'autre sens, le conducteur de la Caprice passa la tête par la vitre et lui cria :

– Yo, Fred Sanford[1] ! Fred !

Cela provoqua un nouvel accès d'hilarité, et Strange entendit l'un des trois s'écrier :

– Et Lamont, où c'est qu'il est passé ?

Les rires redoublèrent, entrecoupés d'autres plaisanteries. Strange saisit les mots « vieux schnoque » et il sentit la chaleur lui monter au visage, mais il continua à marcher. Tout ce qu'il voulait, c'était que ces trois-là se barrent, qu'ils évacuent le périmètre du lycée, qu'ils soient le plus loin possible de ses gamins. Et lorsqu'il entendit leurs pneus crisser, il se décontracta, sachant que son vœu était en train de s'exaucer.

Quand son regard se dirigea vers le centre du terrain, il s'aperçut que Lorenze, l'oncle de Joe Wilder, avait mis les bouts.

Strange se félicitait de ne pas avoir été en compagnie de Terry Quinn dans ces instants-là, car Quinn aurait sûrement foutu la zone. Quand on lui cherchait des crosses, Quinn ne savait réagir que de cette façon. On ne pouvait pas relever le moindre affront, ni répondre à chaque regard hostile par un regard tout aussi hostile, car dans un quartier comme celui-ci les incidents de ce genre étaient monnaie courante. Ça deviendrait vite exténuant. On finirait par se bagarrer du matin au soir, sans jamais reprendre haleine, en ne pensant plus qu'à la survie.

1. Allusion au personnage principal de *Sanford and Son*, feuilleton des années 70 où un ferrailleur noir sexagénaire essaye vainement de garder auprès de lui son fils Lamont. (*N. des T.*)

Strange se faisait ces réflexions, en espérant que sa colère allait retomber, tandis qu'il regagnait le terrain de football.

6

Les attaquants de l'équipe des Petits Bouts interrompirent leur conciliabule et allèrent se placer le long de la ligne de mêlée. Quelques-uns d'entre eux se tenaient trop loin de leurs voisins, ce qui n'échappa pas à Strange.

– Resserrez-vous, dit Strange.

Ils se rapprochèrent les uns des autres, posant chacun une main sur l'épaulière du voisin. Ils étaient espacés comme il convenait, à présent.

– C'est parti ! fit Dante Morris, qui avait passé les deux mains entre les jambes du centre.

Les attaquants frappèrent tous ensemble sur leurs cuissardes.

– Mettez-vous en formation !

Ils claquèrent une fois des mains et se mirent en position de crabe.

– Allez-y !

Sur la dernière syllabe, Rico se saisit du ballon que lui passait Dante Morris, le tenant maladroitement, hésitant à s'en emparer pour de bon, si bien que deux défenseurs le bloquèrent derrière la ligne.

– Stop ! cria Quinn.

– Qu'est-ce que tu fabriques, Rico ? demanda Strange. C'était quoi, la tactique ?

– Un « trente et un » par le deux, dit Rico en ôtant une touffe d'herbe de son casque.

– Qu'est-ce que c'est, le « trente et un » ?

– C'est quand un demi de mêlée passe par la brèche numéro un ouverte par un seul joueur, dit Joe Wilder.

– Toi tu le sais, d'accord, dit Strange. Mais c'est à Rico que je posais la question.

– Joe vous a expliqué, dit Rico.

– Pourtant c'est pas vers la brèche que tu te dirigeais, hein, fiston ?

– Je me suis mélangé les pinceaux.

– Réfléchis, dit Strange en se frappant la tempe de l'index.

– En plus, tu ne tenais pas les mains comme il fallait, dit Quinn. Quand tu saisis le ballon qu'on te passe et que tu pars vers la gauche, où doit être ta main droite ?

– Sur le dessus. Avec la main gauche appuyée sur le ventre.

– Voilà. Et inversement si tu pars vers la droite.

Quinn posa les yeux sur les deux joueurs qui l'avaient plaqué.

– Vous vous êtes bien défendus. C'est comme ça qu'il faut s'y prendre pour le moucher. Reprenons tout de zéro.

Pendant le conciliabule, Dante annonça un « trente-cinq ». Le trois signifiait toujours qu'un demi de mêlée devait tenter une percée. Le deuxième chiffre précisait par quelle brèche il devait passer. Les chiffres impairs désignaient les brèches qui se trouvaient du côté gauche, la une, la trois et la cinq. Les chiffres pairs celles de droite, la deux, la quatre et la six. Tout chiffre supérieur à six désignait une passe latérale.

Ils eurent recours à la tactique prévue. Cette fois, Rico attrapa le ballon sans difficulté, trouva la brèche et fonça ventre à terre, s'échappant grâce à un blocage impeccable de Joe Wilder.

– Bien joué, dit Quinn en assenant une tape amicale au casque de Joe tandis que ce dernier retournait au petit trot vers le cercle de ses coéquipiers. Ton placage était du tonnerre, Joe.

Joe Wilder hocha la tête et bomba le torse tout en continuant à courir. Un large sourire était visible derrière le grillage de son casque.

Un peu avant la tombée de la nuit, Strange donna un coup de sifflet prolongé pour signaler aux gamins qu'il était temps de se rassembler au centre du terrain.

– Agenouillez-vous, leur dit Blue.

Serrés les uns contre les autres, les gamins posèrent un genou à terre et levèrent le regard sur leurs entraîneurs.

– Aujourd'hui, j'ai reçu un coup de fil au bureau, dit Dennis Arrington. L'un d'entre vous voulait savoir comment procéder pour se fabriquer un protège-dents à partir du matériel de base qu'on vous a fourni. Évidemment il aurait mieux fait de me demander le mode d'emploi avant de le faire, ou mieux encore de m'écouter la première fois que je vous l'ai expliqué. Parce qu'il l'a fait bouillir pendant trois minutes et n'en a ressorti qu'un bout de plastique tout ramolli.

– Il l'a passé à l'attendrisseur, dit Blue et quelques-uns des gamins s'esclaffèrent.

– Vous ne le laissez dans l'eau bouillante que vingt secondes, dit Arrington. Et avant de vous le mettre dans la bouche pour qu'il prenne sa forme, vous le trempez dans de l'eau froide. Si vous faites pas ça, vous allez vous brûler méchamment.

– Erreur qu'on ne répète jamais deux fois, dit Strange.

– Des questions ? demanda Blue.

Personne n'en avait aucune à poser.

– Je voudrais vous parler de quelque chose ce soir, dit Strange. Je vous ai entendus en discuter entre vous et je me suis dit qu'il valait mieux soulever le problème. Aujourd'hui, l'un de vos camarades s'est mis dans une sale histoire à l'école, une affaire dans laquelle il était question d'un couteau. Je sais que vous êtes déjà au courant des détails, ou en tout cas de ceux qui vous sont venus à l'oreille, aussi je ne vais pas m'étendre dessus, et du reste ce ne serait pas bien de parler des problèmes de ce garçon en son absence. Mais je veux que vous sachiez qu'il ne fait plus partie de l'équipe. Il n'en fait plus partie parce qu'il n'a pas respecté le contrat qu'il avait passé avec ses entraîneurs et avec vous, qui êtes ses coéquipiers, le contrat par lequel il s'engageait à se conduire d'une certaine manière. C'est la conduite que vous devez observer vous-mêmes si vous voulez devenir de vraies Panthères. Et ce n'est pas seulement du terrain de football qu'il s'agit. Je parle aussi de la manière dont vous vous conduisez chez vous et à l'école. Parce que nous vous consacrons notre temps sans recevoir aucune rémunération en échange, et parce que vous vous dépensez sans compter, en suant sang et eau, pour que notre équipe soit la meilleure possible. Et nous n'accepterons pas qu'on nous manque de respect de cette façon, qu'il s'agisse de nous ou de vous. Vous me comprenez ?

Ils marmonnèrent des « oui » entre leurs dents. Le centre de l'équipe des Petits Bouts, un petit Africain taciturne qui s'appelait Prince, leva la main, et Strange lui donna la parole.

– Ssi on vous apporte nos bulletins scolaires, çça ira ? demanda Prince.

Égayé par son défaut d'élocution, son voisin de droite se retint de rire.

– Oui, ça nous sera utile de voir vos premiers bulletins de l'année. En faisant spécialement attention à ce qu'ils disent de votre conduite. À part ça, on a un match samedi prochain, vous êtes au courant, n'est-ce pas ? (Les visages des gamins s'illuminèrent.) S'il y en a parmi vous qui n'ont pas encore acquitté leurs droits d'inscription, il faut qu'ils arrangent ça avec leurs parents ou les gens chez qui ils habitent, parce que s'ils ne les payent pas, ils ne joueront pas. Et il faudra aussi que vous m'apportiez tous un certificat médical.

– On va avoir des uniformes neufs ? demanda un gamin au dernier rang du groupe.

– Pas cette saison, dit Strange. À chaque séance d'entraînement, il y en a un qui me pose cette question. Ce qui prouve que vous n'êtes pas tous très attentifs.

Deux ou trois lâchèrent des jurons étouffés, mais les autres ne pipèrent pas.

– Prochain entraînement mercredi à six heures, dit Blue.

– Quelle heure ? demanda Dennis Arrington.

Les gamins scandèrent en chœur :

– SIX HEURES TAPANTES ET PAS DE RETARD !

– Faites le cercle, dit Quinn.

Les gamins formèrent un cercle rapproché, en faisant de leur mieux pour joindre les mains au milieu.

– PANTHÈRES DE PETWORTH ! PANTHÈRES DE PETWORTH !

– Bon, on a fini pour aujourd'hui, dit Strange. Ceux qui ont des vélos ou qui habitent à deux pas d'ici n'ont qu'à rentrer chez eux tout de suite, avant qu'il fasse nuit noire. Ceux qui ont besoin qu'on les raccompagne n'ont qu'à venir rejoindre les entraîneurs au parking.

À chaque séance d'entraînement, à chaque match, on retrouvait une dizaine de spectateurs, parents proches et éloignés ou tuteurs légaux. Leur dévouement était sans faille et ils faisaient preuve de beaucoup d'enthousiasme et de tendresse. Il y avait une majorité de femmes, et seulement deux hommes. Toujours les mêmes visages. Les parents qui ne se montraient jamais avaient trop de mal à joindre les deux bouts ou aimaient mieux rester en compagnie de leur mec ou de leur nana.

D'autres s'en battaient l'œil, purement et simplement. Un grand nombre de ces gamins vivaient chez leurs grands-parents ou leur tante. Beaucoup avaient des pères absentéistes, et certains n'avaient jamais connu leur père.

Si bien que les parents qui avaient choisi de s'impliquer étaient toujours prêts à rendre service. Comme les entraîneurs, ils gardaient à l'œil les gamins qui avaient besoin d'être raccompagnés chez eux après l'entraînement et transportés dans les deux sens les jours de match. Faire marcher une équipe comme celle-ci, en évitant aux mômes de se laisser embarquer sur la mauvaise pente, était l'affaire d'une collectivité entière. Dont une poignée de membres particulièrement motivés endossaient la responsabilité.

Strange prit Georgia Avenue en direction du sud. Lamar et Joe Wilder étaient à l'arrière, et Wilder exhibait à Lamar ses figurines guerrières, qui ne le quittaient pour ainsi dire jamais, même les jours où il venait à l'entraînement. Lamar lui posait des questions et faisait preuve d'une patience infinie tandis que Joe lui expliquait les rapports compliqués entre ces personnages, que Strange trouvait franchement monstrueux.

– Tu vas regarder Monday Nitro ce soir ? demanda Joe.

– Je le rate jamais, dit Lamar.

– Tu veux venir le regarder chez moi ?

– Je peux pas, Joe. Faut que je garde ma petite sœur ; ma mère doit sortir. (Lamar tapota amicalement du poing l'épaule de Joe.) On pourra peut-être le regarder ensemble la semaine prochaine.

Strange amenait Lamar à l'entraînement pour lui éviter de se fourrer dans des embrouilles, mais il le secondait utilement, ainsi que les autres entraîneurs. Lamar et Lionel savaient tous les deux s'y prendre avec les petits.

À côté de Strange, la place du passager était occupée par Prince, le centre des Petits Bouts. Prince était l'un des trois Africains de l'équipe. Comme eux, Prince était d'un tempérament égal, flegmatique même, et se montrait toujours poli. Son père était chauffeur de taxi. Prince était grand pour ses dix ans, et sa voix avait déjà commencé à prendre des inflexions graves. Quelques garçons de l'équipe, moins délicats que les autres, avaient tendance à singer son léger zézaiement. Mais dans l'ensemble, il était plutôt populaire et on respectait sa force de caractère.

Dans la 9e Rue, Strange désigna son enseigne et dit :

– Là, c'est mon bureau.

Chaque fois que l'occasion s'en présentait, il rappelait aux gamins de son équipe qu'il avait grandi dans le même quartier qu'eux et que sa petite entreprise lui appartenait.

– Pourquoi vous avez accrossé une loupe là-haut ? demanda Prince.

Il tenait son casque entre ses mains, caressant la décalcomanie d'une panthère noire qui en ornait un côté.

– Ça veut dire que je retrouve des objets. Que je les examine de plus près afin que les autres gens les voient mieux. C'est clair ?

– Oui, ze crois, dit Prince en hochant la tête. Un zour, mon père m'a donné une loupe.

– C'est vrai ?

– Ze vous zure. Une fois, comme y avait du soleil, mon petit frère et moi on a mis des cafards sur le perron de derrière, près des poubelles, et on a tenu la loupe au-dessus d'eux. Le ssoleil les a fait fumer. On les a brûlés jusqu'à ce qu'ils crèvent.

Strange savait qu'à cet endroit il aurait dû faire remarquer que cramer des insectes jusqu'à ce que mort s'ensuive n'était vraiment pas ce qu'il y avait de plus sympa. Mais il se contenta de dire :

– À ton âge, je faisais pareil.

Prince habitait Princeton Place, au milieu d'une rangée de maisons mitoyennes de Park View. Le pavillon de ses parents était mieux entretenu que les autres maisons de la rue. On avait laissé la lumière de la véranda allumée en prévision de son retour. Strange lui dit bonne nuit et le regarda gravir les marches en béton qui menaient à sa porte.

Un petit groupe de garçons un peu plus âgés que Prince glandaient au coin de la rue. Il en fusa quelques quolibets au sujet de son uniforme, puis l'un d'eux lui lança :

– Eh, Pwinze, où ch'est que tu fonches comme cha ?

Ils riaient aux éclats, mais Prince continua à marcher sans même tourner la tête, et il se tint droit comme un i jusqu'à ce qu'il ait franchi la porte et disparu à l'intérieur.

T'as raison, se dit Strange. *Garde la tête haute et tiens-toi droit.*

La lumière de la véranda s'éteignit.

Strange regagna Georgia Avenue qu'il reprit en direction du sud, et passa devant un petit commerce d'herbe tenu par une demi-douzaine de gamins. Une partie de ce qu'ils gagnaient remontait par divers canaux jusqu'à l'un des deux gangs qui tenaient l'ensemble du quartier sous leur coupe. Au sud du quatrième district, juste au-dessous de Harvard Street, une petite bande faisait des affaires en franc-tireur, sans empiéter sur le domaine réservé des gangs d'en haut.

Strange bifurqua à gauche dans Park Road, puis il pénétra dans la cité du nom de Morton Park, qui abritait un complexe de logements sociaux article 8[1], construits

1. L'article 8 de la loi sur le logement de 1937, amendé en 1974, permet à des constructeurs privés de louer des appartements à des « cas sociaux » avec les subsides de l'État fédéral, le Ministère du Logement fixant alors lui-même un « loyer équitable ». (*N. des T.*)

avec l'aide du gouvernement fédéral. Des gamins assis sur un muret en briques à l'entrée de la cité suivirent Strange d'un œil hargneux lorsqu'il s'engagea dans l'allée.

La cité était plongée dans la pénombre, le seul éclairage provenant d'ampoules de 25 watts qui pendaient dans les cages d'escalier aux murs de parpaings. Dans l'une d'elles, un groupe formé de jeunes mecs et de quelques mecs moins jeunes faisaient une partie de craps. Certains serraient dans leur poing des billets de banque, d'autres tenaient des sacs en papier brun dissimulant des bouteilles de jus de fruit dont la moitié avait été remplacée par du gin, ou des maxi-canettes de bière de malt.

– C'est ton bâtiment, Joe ? demanda Strange.

Il était toujours obligé de lui poser la question, car les logements de ce grand ensemble étaient d'une monotonie désolante, rompue çà et là par quelque geste héroïque : l'effigie de Jésus-Christ scotchée à une vitre, une guirlande lumineuse de Noël, une plante en pot à deux doigts de l'agonie.

– Il habite le suivant, dit Lamar.

Strange continua à rouler et se gara, laissant le moteur tourner au ralenti.

– Raccompagne-le jusqu'à chez lui, Lamar.

– Vous me ferez jouer le quarante-quatre passe arrière pendant le match, monsieur Strange ? demanda Joe.

– On verra. On tentera le coup mercredi, d'accord ?

– Six heures tapantes et pas de retard, dit Joe.

Strange brossa de la main les cheveux crépus du gamin pour en chasser de menus fragments de peluche. Il avait le crâne chaud, encore humide de sueur.

– Vas-y, fiston. Tu t'occuperas bien de ta mère, hein ?

– Promis.

Strange suivit du regard Lamar et Joe jusqu'à ce qu'ils aient disparu dans l'escalier qui menait à l'appartement de Joe. En face de lui, les vestiges rouillés d'un terrain de jeux se découpaient en ombres chinoises sur une cour en terre battue parsemée de vieux emballages de fast-food en polystyrène, de papiers gras et d'autres détritus. La cour était éclairée indirectement par les lampes allumées dans les appartements. Une impalpable fumée tourbillonnait dans la lumière pâle.

Quand Lamar revint enfin, il s'accouda à la vitre ouverte côté passager.

– Pourquoi as-tu tellement tardé ?

– Y avait personne chez Joe. Il a fallu que j'aille chercher la clé chez le voisin.

– Où est sa mère ?

– Elle a dû aller s'acheter des cigarettes au supermarché, ou une connerie de ce genre.

– Surveille ton langage, mon garçon.

– Excusez-moi.

Lamar jeta un coup d'œil par-dessus son épaule, puis son regard se posa de nouveau sur Strange.

– Vous en faites pas pour Joe. S'il a besoin de quelque chose, il a mon numéro.

– Monte en voiture, je vais te déposer chez toi.

– J'habite de l'autre côté de la cour, dit Lamar. Je vais rentrer à pied. À demain, patron.

– D'accord, dit Strange.

Il regarda Lamar traverser la cour en évitant de hâter le pas comme s'il avait eu peur, tête droite, menton levé. Strange se disait *Tu as vite fait d'apprendre, Lamar, et tu as bien appris*. Dans un endroit comme celui-ci, la bonne démarche était la clé de tout, c'était un instrument essentiel à la survie. Tout individu dont le langage corporel exprimait de la peur devenait fatalement une proie.

Sur le chemin de chez lui, Strange remonta les vitres de sa Brougham et régla la clim sur le minimum. Il inséra dans le lecteur une cassette de War, *Why Can't*

We Be Friends, et la fit avancer jusqu'à ce qu'il tombe sur leur merveilleuse ballade, « So ». Il se laissa glisser au creux de son siège, le poignet mollement posé au bord du volant, et se mit à chanter en chœur. Ne serait-ce que l'espace d'un moment, tandis qu'il s'abandonnait à sa musique dans sa voiture hermétiquement close, il jouit d'une espèce de sérénité.

7

Assise à une table de deux, côté fenêtre, Sue Tracy observait les allées et venues sur les trottoirs de Bonifant Street, une rue passante du centre de Silver Spring, quand Terry Quinn refit son apparition avec deux cafés. Ils étaient chez l'Éthiopien, à deux pas du Quarry House, le bar en sous-sol où Quinn allait parfois écluser quelques bières.

– Il est bon ? demanda Quinn quand Sue eut trempé ses lèvres dans le café.

Elle y avait fait ajouter un sucre, histoire de l'édulcorer un tant soit peu.

– Excellent, dit-elle. J'aurais pu me passer du sucre.

– Ici, on ne laisse jamais le café s'éventer. Ces gens-là sont fiers de leur commerce.

– La librairie où vous travaillez est dans la même rue, n'est-ce pas ?

– Un peu plus loin, au prochain coin, dit Quinn.

– À côté de l'armurerie ?

– Oui, mais il y a aussi de petits immeubles d'habitation, un restau thaïlandais, un restau africain, une boutique de tatoueur. Mis à part le marchand d'armes, c'est un tronçon de rue plutôt sympa. Pas le moindre magasin à succursales multiples, rien que des petits commerçants. La plupart des autres ont été rasés ou expropriés, on les a effacés du tableau pour faire place au centre rénové de Silver Spring. Mais la rue où nous sommes, ils ne sont pas encore arrivés à la bousiller complètement.

– Vous avez quelque chose contre le progrès ?

– C'est quoi pour vous, le progrès ? Avoir le privilège de raquer cinq dollars pour une tomate dans le supermarché chicos qui vient d'ouvrir chez nous, comme font les gogos qui habitent à l'autre bout de la ville ? C'est de ce genre de progrès que vous parlez ?

– Vous n'avez qu'à rester fidèle à Safeway.

– Écoutez, c'est le quartier où j'ai grandi. J'en connais beaucoup, de ces petits commerçants ; ils ont vécu ici toute leur vie, et ils n'en auront plus les moyens quand les proprios augmenteront le prix du mètre carré. Et où iront les travailleurs qui habitent les appartements du coin quand les loyers vont monter en flèche ?

– Ça doit être génial pour les gens qui ont investi dans la pierre.

– Comme je ne possède pas de baraque à moi, je me tape complètement de la flambée des prix de l'immobilier. Je me déplace à pied dans cette ville, et chaque semaine elle se transforme un peu plus, vous voyez ? Vous comprendrez peut-être pourquoi ça ne me fait pas sauter de joie. Ce que je veux dire, c'est qu'ils assassinent mon passé, jour après jour.

– J'ai l'impression d'entendre mon père.

– Qu'est-ce qu'il a de particulier ?

– Il a les mêmes idées que vous, c'est tout.

Tracy dévisagea Quinn, et son regard s'attarda sur lui une seconde de trop, en sorte que son manège ne lui échappa pas, puis elle se pencha pour prendre quelque chose dans la serviette en cuir posée à ses pieds.

Quand elle se redressa, des papiers à la main, Quinn la fixait toujours des yeux. Elle était vêtue d'une chemise blanche sans col rentrée dans un pantalon de toile gris-bleu dont la forme rappelait celle d'un pantalon de travail, mais qui avait dû lui coûter cher et dont l'aspect utilitaire n'était sans doute qu'un trompe-l'œil. Ses seins haut perchés pointaient sous sa chemise, dont ses bras bronzés soulignaient la blancheur. Elle avait aux pieds une paire de Skechers, des richelieux noires à surpiqûres blanches. Ses cheveux blonds tirés en arrière étaient maintenus en place par un chouchou bleu pâle, d'où une mèche rebelle lui retombait sur la joue. Quinn se demanda si elle avait arrangé cela à dessein.

Il était vêtu pour sa part d'un tee-shirt blanc fourré dans un jean Levi's.

– Qu'est-ce qu'il y a ? demanda Tracy.

– Rien.

– Vous me regardiez fixement.

– Excusez-moi.

– Je ne sais pas pourquoi je vous ai parlé de mon père.

– J'en sais rien non plus. Si on se mettait au boulot ?

Tracy passa à Quinn une liasse d'affichettes en tout point semblable à celle que Strange lui avait remise la veille.

– Il vous en faudra peut-être plus, dit-elle. On en placarde un peu partout en ville, mais elles sont vite arrachées.

Quinn se saisit du feutre posé sur le bloc-notes dont il avait pris soin de s'équiper.

– Qu'est-ce que vous pouvez me dire d'autre au sujet de cette gamine ?

Tracy poussa une autre feuille de papier vers lui.

– Jennifer s'est sauvée de la maison de ses parents à Germantown il y a plusieurs mois.

Quinn parcourut rapidement la feuille du regard.

– Ça ne nous dit pas pourquoi.

– Quand elle a atteint l'âge de la puberté, les hormones se sont mises à la travailler. Et par-dessus le marché, les potes avec lesquels elle passait le plus clair de son temps se défonçaient. Bref, l'histoire habituelle, pas très différente de la plupart de celles qu'on entend. D'après les entretiens que nous avons eus avec les copains de sa bande, elle aurait commencé à tapiner avant même de s'être barrée du comté.

– Dans cette banlieue perdue ?

– Vous vous figurez peut-être que cette partie du monde est à l'abri de tout ça ? Au début, une gamine monte en voiture avec un type d'un certain âge et lui fait une pipe pour avoir de quoi s'éclater la tête avec ses copains l'espace d'une soirée. Peut-être même qu'elle se laisse pénétrer, par le vagin ou par l'anus, pour se faire un peu plus de fric. Les premières fois, elle se fait pas déchirer ni passer à tabac – bref quoi, ça ne lui apprend rien – et à partir de là les choses s'accélèrent. Ça devient si facile.

– Elle n'a que quatorze ans.

– Je sais bien.

– Bon, alors elle s'est barrée de Germantown. Qu'est-ce qui vous fait penser qu'elle est à Washington ?

– Toujours ses copains. Elle leur a dit où elle allait. Mais depuis, elle leur a pas donné de nouvelles.

– Vous m'avez dit qu'elle prenait des drogues. Lesquelles ?

– D'après la rumeur, elle avait un faible pour l'ecstasy. Mais elle prenait n'importe quoi d'autre qu'on lui offrait, si vous voyez ce que je veux dire.

– Qu'est-ce que vous savez de plus ?

– On s'est contentées d'interroger ses parents et quelques copains à elle. Comme nous l'avons dit à Derek, on est complètement noyées sous les affaires qui relèvent du comté. Voilà pourquoi on tient tellement à nous associer avec Strange et vous quand les choses se passent à Washington. Mon équipière voulait faire votre connaissance, mais en ce moment même elle est en train d'alpaguer une gamine dont elle vient de retrouver la trace.

– Alpaguer ?

– Une fois qu'on les a retrouvées, on commence par les arracher à leur trottoir sans perdre une seconde. On dispose d'une fourgonnette sans vitres à l'arrière…

– C'est légal, ce genre d'opérations ?

– Oui, du moment qu'elles sont mineures. Elles n'ont aucun pouvoir de décision sur elles-mêmes, et si leurs parents nous ont signé une procuration nous permettant d'aller à leur recherche, y a pas de lézard. Si des répercussions en découlent, on ne s'en occupe que par la suite. On a des avocats qui bossent pour nous à titre bénévole. Notre motivation de base, c'est d'aider ces gamines à s'en sortir.

– C'est sympa. Mais en ce qui concerne cette affaire, Derek n'a jamais dit que ce serait du bénévolat. Et en plus de ce que nous facturons habituellement à l'heure, je serai obligé de vous présenter une note de frais.

– Du moment que vos dépenses sont détaillées, on vous les remboursera.

– Ça risque de vous coûter bonbon.

– Les gens de l'APD prennent tout ça en charge.

– Ils doivent disposer de ressources illimitées.

– Ils sont subventionnés.

– Quelque chose me dit qu'il va falloir que j'arrose pas mal de gens pour leur soutirer des renseignements.

– D'accord. Mais j'aurai quand même besoin de notes détaillées.

À intervalles réguliers, la main de Tracy disparaissait à l'intérieur du fourre-tout en cuir qu'elle avait posé sur la table. Elle tripotait quelque chose, retirait sa main du sac, puis la replongeait dedans.

– Vous avez quoi, dans ce sac ?

– Mon paquet de cigarettes.

– Vous devriez cesser de lui faire du rentre-dedans de cette façon. On n'a pas le droit de fumer ici.

– On n'a le droit de fumer nulle part, dit Tracy, ajoutant en guise d'explication : C'est à cause du café.

– Quand vous buvez du café, vous ne pouvez plus vous passer de tabac, c'est ça ?

Quinn plongea une main dans sa poche et jeta sur la table un paquet de chewing-gum sans sucre.

– Essayez ça.

– Non merci.

– On n'en a plus que pour une minute, après vous pourrez aller en griller une dehors.

Quinn tapota son bloc-notes du bout de son feutre Paper Mate.

– Moi la chose qui me tarabuste, c'est que si une gamine se sauve de chez elle, il doit y avoir une bonne raison. Ça ne peut pas être seulement à cause des hormones qui s'emballent et des copains bourrés de drogues.

– Quelquefois, des sévices infligés par un membre de la famille entrent effectivement dans l'équation, si c'est à ça que vous faites allusion. Des sévices psychologiques, physiques ou sexuels, voire même une combinaison des trois. Une partie de notre boulot à Karen et à moi consiste à passer pas mal de temps chez les parents, en tâchant de déterminer si c'est le meilleur endroit où renvoyer la fugueuse. Et quelquefois, le domicile parental n'est pas un environnement idéal pour elle. Mais vous avez tort sur un point : dans bien des cas, c'est seulement à cause des hormones, des copains de son âge et de l'accélération des événements qu'une gamine finit par fuguer. Dans celui de Jennifer, nous avons la certitude que c'étaient les seuls facteurs qui entraient en jeu.

– D'après vous, par où faut-il que je commence ?

– Je vous suggère de commencer par planquer, comme nous. Le centre commercial de Wheaton, qui n'est pas loin de la limite du district, et qui nous a toujours été bénéfique. Les clubs de rave, de jungle, de trance, ou de n'importe quel style de techno qui est à la mode cette semaine. Il y en a où des groupes live alternent avec des bandes préenregistrées. Comment s'appelle cette boîte de Southeast, dans Half Street ?

– Nation.

– C'est ça. Il y a aussi le Platinum qui n'est pas mal, au coin de la 9e et de F Street.

– Moi, les planques, ça me gonfle. J'aime mieux me montrer et engager la conversation avec les gens.

– Les planques, ça ne plaît à personne. Mais agissez à votre guise, du moment que ça donne des résultats.

– Qu'est-ce que vous avez d'autre à me dire ?

– Des indications d'ordre général. Les fugueuses blanches font généralement leurs débuts à Northwest, où elles sont dans un environnement familier.

– Les jeunes de leur âge sont presque tous blancs.

– Exactement. Surtout dans des quartiers comme Georgetown. Elles s'accrochent à des drogues beaucoup plus dures, un mac les prend sous son aile et...

– Elles se déplacent vers l'est.

Tracy hocha affirmativement la tête.

– C'est inévitable, bien que graduel. Leur dernière étape, ce sont les hôtels sordides de New York Avenue, dans Northeast. Je préfère ne pas vous dire ce qui se passe dans ces bouges-là.

– Je suis déjà au courant. Au temps où j'étais flic, je patrouillais dans ce genre de quartiers, ne l'oubliez pas.

Tracy fit lentement tourner sa tasse de café sur la table.

– En plus vous n'étiez pas n'importe quel flic.

– C'est vrai. J'ai eu mon heure de gloire.

– Il n'y a rien de nouveau là-dedans pour moi. On a soumis votre nom à un moteur de recherche, et on a eu une avalanche de réponses.

– Apparemment, il y a des gens qui ont du mal à digérer cette histoire.

– C'est possible. Mais entre vous et moi, il n'y a aucune raison que ça entre en ligne de compte.

– Merci.

– De toute façon, dès le premier coup d'œil, j'ai eu l'impression que vous étiez quelqu'un de bien.

– Moi aussi, j'ai eu l'impression que vous étiez quelqu'un de bien.

– Un jour, j'ai acheté une tomate chez Fresh Fields.

– Et en plus, vous avez sûrement payé cette chemise beaucoup trop cher.

– C'est un chemisier, pas une chemise. Il m'a coûté dans les quarante dollars.

D'un doigt, Quinn effleura son propre tee-shirt.

– C'est un Hanes, vous voyez. Ils coûtent douze dollars les trois chez Target, dans la 29e Rue.

– Je devrais y faire un saut avant qu'ils n'aient écoulé leur stock.

Quinn tapota de la main les affichettes empilées sur la table.

– Je vous téléphonerai pour vous tenir au courant.

– C'est dans vos cordes ?

– Je suis un peu rouillé, dit Quinn. N'empêche, ça m'excite beaucoup.

Elle le regarda sortir du café éthiopien, étudiant le fessier bombé qui carguait son jean et sa démarche pleine d'aplomb. En temps normal, elle n'aurait jamais parlé de son père, en livrant quelque chose d'elle-même, à un type qu'après tout elle ne connaissait guère. Et puis merde, elle aurait dû se méfier un peu plus de lui, puisqu'il était flic. Mais il existait déjà un lien entre eux, sexuel et sans doute aussi sentimental ; chez elle, ça se produisait toujours aussi rapidement, ou pas du tout. Elle l'avait compris alors qu'ils n'étaient assis face à face que depuis deux minutes, et en croisant son regard vert meurtri, elle avait lu la même chose : il l'avait compris aussi.

Strange parcourut des yeux le dossier sur Calhoun Tucker que Janine venait de déposer sur son bureau.

– C'est du beau travail, dit-il.

– Merci, dit Janine, qui avait pris place dans le fauteuil réservé aux clients. J'ai soumis son numéro d'immatriculation au site Westlaw. À partir de là, tout est sorti très facilement. Le sous-programme qui s'appelle PeopleFinder m'a donné la liste complète de ses adresses précédentes.

Strange étudia le résultat des recherches. La plaque d'immatriculation de Tucker leur avait fourni son numéro de sécurité sociale, sa date de naissance, la liste de ses biens et avoirs, son casier judiciaire et ses antécédents juridiques. Janine avait imprimé en outre la nomenclature complète de tous les crédits qu'il avait souscrits et de ses emplois successifs. Le crédit constituait une base de données essentielle ; c'était la fondation même de toute enquête menée par les détectives privés qui fonctionnaient désormais à l'aide d'ordinateurs. Il n'était d'aucune utilité quand on voulait reconstituer le parcours d'indigents ou de délinquants qui n'avaient jamais été détenteurs de cartes de crédit ni effectué d'achats à tempérament. Mais lorsqu'il s'agissait de quelqu'un comme Tucker, qui était bien intégré au système, il donnait d'excellents résultats.

Janine avait introduit le numéro de sécurité sociale dans le sous-programme de Westlaw, qui lui avait fourni la liste de ses voisins passés et présents.

– À première vue, il a l'air plutôt réglo.

– Son casier judiciaire est vierge, dit Janine. Hormis une traite en retard sur une voiture, il n'a pas commis le moindre faux pas.

Strange lut la première page.

– Diplômé de Virginia Tech. Après la fac, a résidé plusieurs années à Portsmouth, où il était le représentant local de Strong Services, une société dont on ignore la nature exacte.

– Je me renseignerai là-dessus.

– Apparemment, il s'était acheté une maison à Portsmouth. Vérifie ce détail, s'il te plaît. Tâche de voir si des gens s'étaient portés garants pour lui, et cetera.

– Entendu.

– Ensuite il est allé vivre à Virginia Beach.

– C'est sûrement là qu'il a noué des relations dans le milieu du spectacle, dit Janine. Il s'est mis à faire l'article pour persuader des boîtes et des associations d'étudiants d'engager des artistes. À ce qu'on dirait, il a repris le même genre d'activités chez nous, avec les boîtes de U Street fréquentées par les étudiants de l'université Howard et les clubs huppés des 9e et 12e Rues.

– L'Audi à bord de laquelle il se déplace…

– Il l'a achetée en leasing. Peut-être que c'est au-dessus de ses moyens, mais quand on traite d'affaires de ce genre, l'image est plus importante que tout.

– C'est assez bien vu, dit Strange en reposant le dossier sur son bureau. Bon, je vais aller faire un tour pour voir si j'arrive à déterrer quelque chose. On n'est jamais sûr de rien tant qu'on n'a pas rencontré des gens en chair et en os.

– Moi, ce Tucker me fait l'effet d'être sans tache.

– J'espère que tu as raison, dit Strange. Rien ne me ferait plus plaisir que de remettre un rapport irréprochable à George Hastings.

Strange se leva et fit le tour de son bureau. La porte qui donnait sur l'antichambre était fermée. Il effleura de ses doigts la joue de Janine, puis lui saisit la nuque, se pencha et l'embrassa sur la bouche.

– T'as bon goût.

– C'est de la fraise, dit Janine.

Strange fixa son bipeur à son ceinturon et prit le dossier sur le bureau.

– Terry nous a passé un coup de fil, dit Janine. Il était à Georgetown. Il a demandé à Ron de soumettre le nom d'une gamine au Net, pour vérifier si elle avait déjà eu affaire à la police dans le district.

– Il s'occupe d'une affaire que ces deux femmes de Virginie nous ont confiée. Tu leur as envoyé une facture pour le boulot que j'ai fait pour elles l'autre soir ?

– Je l'ai postée hier.

– Parfait, dit Strange en se dirigeant vers la porte. À plus tard, ma chérie.

– On se voit ce soir ? lui demanda Janine alors qu'il lui tournait déjà le dos.

– Je te tiendrai au courant, dit Strange sans ralentir l'allure.

8

Quinn gara sa Chevelle dans R Street le long de Montrose Park, à mi-chemin de Dunbarton Oaks et du cimetière d'Oak Hill, dans le nord de Georgetown. Il remonta à pied jusqu'à Wisconsin Avenue avec une liasse d'affichettes, une petite agrafeuse et un rouleau d'adhésif de qualité industrielle, qu'il transportait dans un sac à dos JanSport.

Les passants étaient peu nombreux dans le quartier commerçant, où des salariés du coin profitaient de la pause-déjeuner en même temps que des étudiants et les derniers touristes de la saison d'été qui faisaient du lèche-vitrine en allant d'une boutique hors de prix à l'autre. On pouvait dégoter les fringues et les produits de beauté qui s'y étalaient n'importe où ailleurs, et à meilleur compte. Pour Quinn et pour la plupart des résidents de longue date de Washington, Georgetown était dans la journée un piège à touristes dépourvu de charme, où se garer était un vrai cauchemar et qu'il fallait éviter coûte que coûte.

Quinn marcha encore un moment le long de l'avenue, puis bifurqua à gauche dans les rues résidentielles qui lui étaient perpendiculaires, agrafant des affichettes à des poteaux téléphoniques, en scotchant d'autres à des poubelles municipales. Il savait que la plupart auraient disparu d'ici la tombée de la nuit, ou peut-être même avant, arrachées par des habitants du quartier ou des flics patrouillant à pied. Les chances pour que cela donne un résultat étaient infimes, mais c'était au moins un début.

Non loin de l'intersection de P Street, il s'arrêta pour engager la conversation avec un type maigre, aux membres grêles et filiformes, dont la silhouette évoquait celle d'une araignée, qui se tenait sur le seuil de Mean Feets, la boutique de chaussures la plus branchée de Washington, et tétait une Newport en s'appuyant négligemment au chambranle. À l'intérieur de la boutique, un type classe, un peu plus âgé, chaussait d'un geste délicat et précis le pied droit d'une jeune femme tandis qu'une chanson de D'Angelo s'échappait par la porte ouverte.

Ayant été flic, Quinn savait que les vendeurs de chaussures du centre-ville passaient le plus clair de leur temps debout à la porte de leur boutique, s'adressant aux femmes qui passaient sur le trottoir en essayant de les convaincre d'entrer pour les prendre dans leur toile. Puisqu'il s'agissait d'un impératif du métier, ils se souvenaient non seulement des pointures, mais des visages et des noms. En plus, ils fournissaient beaucoup de tapineuses locales, ainsi que leurs macs.

Quinn salua le type décharné, puis ouvrit un porte-cartes en cuir pour lui exhiber sa plaque et sa licence. Aux yeux du premier quidam venu, sa panoplie avait tout l'air d'un insigne de flic. À côté d'une image du drapeau du district, on y lisait effectivement « Metropolitan Police Department » avec juste au-dessous « Private Investigator ». Ainsi que Strange le lui avait suggéré, Quinn avait pris le pli d'exhiber sa licence et sa plaque le temps que les intéressés entrevoient le drapeau et la première ligne de texte, puis de les rengainer aussitôt.

– Je suis enquêteur à Washington, dit Quinn.

Strange lui avait aussi enseigné ce petit subterfuge.

Qui n'avait rien d'illégal. Ce n'était même pas un mensonge.

– Qu'y a-t-il pour votre service, inspecteur ?

– Je m'appelle Terry Quinn, et vous ?

– Antoine.

Quinn déplia l'affichette qu'il avait glissée dans sa poche-revolver et la lui tendit. Antoine plissa des yeux pour la regarder à travers les volutes paresseuses qui s'élevaient de la cigarette fichée au coin de ses lèvres.

– Est-ce que par hasard vous auriez aperçu cette fille ?

– Sa tête ne me dit rien.

– Il vous arrive de vendre des chaussures à des prostituées, n'est-ce pas ?

– Oh, bien sûr, j'ai des belles de nuit qui viennent régulièrement m'acheter une paire de chaussures pour la soirée. Mais elle, je la reconnais pas. Il y a pourtant un bail que je fais ce métier à Washington. Elle tapine ?

– Y a des chances.

– Pour autant que je me souvienne, j'ai jamais vu une fille aussi jeune dans mon magasin. Ou alors, je ne m'en suis pas aperçu.

– Rendez-moi un service. Affichez ça dans l'arrière-boutique, à côté des toilettes ou je ne sais quoi.

Quinn tendit sa carte de visite à Antoine.

– Si vous l'apercevez, vous ou l'un des autres employés du magasin, même si elle passe simplement dans la rue, vous n'aurez qu'à me téléphoner aussitôt.

Antoine laissa tomber sa cigarette et l'écrasa sous son talon. Il sortit son portefeuille, glissa la carte de Quinn à l'intérieur, en sortit sa propre carte de visite et la tendit à Quinn.

– Rendez-moi un service aussi, inspecteur. Si vous avez besoin d'une paire de grolles un peu élégantes, pour vous changer des New Balance que vous avez aux pieds, des bottines à la dernière mode ou quelque chose dans ce goût-là, passez-moi un coup de fil, d'accord ?

Antoine. Si vous entrez dans ce magasin, ne demandez jamais personne d'autre.

– J'ai le cou-de-pied large.

– Je vous arrangerai ça. Antoine n'a pas son pareil pour assouplir les chaussures.

– Entendu, dit Quinn. À un de ces quatre, alors.

– Mon nom est Antoine.

Quinn remonta Wisconsin Avenue jusqu'à une boîte de strip-tease, s'arrêtant au passage à un distributeur automatique de billets de banque. L'entrée de la boîte n'était pas payante, et un videur le mena jusqu'à une table étroitement imbriquée dans une rangée de tables qui occupait toute la longueur de la salle exiguë. La table faisait directement face à l'une des estrades, et trois types cravatés qui s'étaient retroussé jusqu'aux coudes leurs manches de chemise y étaient installés. Ils firent comme s'ils ne voyaient pas Quinn. Une jeune femme avenante, vêtue d'une robe bras-nus, arriva aussitôt pour prendre sa commande. Elle se mit la main en pavillon autour de l'oreille pour entendre ce qu'il disait à travers le vacarme assourdissant de la reprise de « Faith » par Limp Bizkit que diffusaient les haut-parleurs.

Quinn passa en revue les danseuses, qui s'enroulaient autour des poteaux de leurs estrades en se laissant guider par la musique, souriant poliment aux spectateurs mais les yeux perdus dans le vide. Des filles minces, jeunes, musclées, et dans l'ensemble agréables à regarder. L'une d'elles était franchement séduisante, avec le teint vermeil d'une pom-pom girl et des mamelons d'un beau rouge sombre. Les fins connaisseurs prétendaient qu'aucun autre club en ville n'avait des danseuses aussi expertes et aussi saines d'aspect. Tout cela était affaire de goût et de discernement ; Quinn connaissait des gars qui ne juraient que par une boîte de strip qui était du côté de Florida Avenue. Quinn n'y avait été qu'une seule fois, et pour lui c'était un repaire de pouffes.

La fille revint avec une bouteille de Bud, qui coûtait la peau des fesses. Il lui montra l'affichette. Elle y jeta un vague coup d'œil et fit non de la tête. Quinn lui régla l'addition, ajouta un pourboire et lui demanda une facture.

La salle était surveillée par plusieurs videurs, tous équipés de mini-écouteurs. Les clients avaient le droit de s'approcher des estrades et de filer un billet ou deux aux danseuses, mais s'ils s'attardaient trop dans l'allée qui y conduisait, un videur leur intimait l'ordre de regagner leur place. Quand les consommateurs faisaient durer leur bière plus qu'il n'aurait fallu, on les incitait à écluser ce qui en restait et à en commander une autre sous peine d'être reconduits à la porte. C'était ce Nouvel Ordre Mondial qui s'était instauré dans les boîtes de strip-tease. Aux yeux de Quinn, elles manquaient désespérément de vie et personne n'avait l'air de s'y amuser.

Quinn avait le sentiment d'avoir déjà vu quelque part le videur noir aux traits asiatiques posté à côté de l'entrée. Il comprit que c'était un flic qui arrondissait ses fins de mois en tenant cet emploi. Il ne le connaissait pas personnellement, et il ne savait pas son nom. Quinn attendit la facture et sans même toucher à sa bière se leva et se dirigea vers le videur. Il se présenta au type, lui serra la main et lui montra l'affichette.

– Je la connais pas, dit le flic.

Il scruta Quinn du regard.

– Vous étiez stationné où, déjà ?

– Les derniers temps, je patrouillais dans le troisième district.

Le flic saisit alors à qui il avait affaire, et un voile que Quinn avait déjà vu bien des fois lui obscurcit le regard.

– Vous n'avez qu'à garder l'affichette, dit Quinn en lui tendant simultanément sa carte de visite. Si vous la voyez, ce serait gentil de me passer un coup de fil.

Quinn sortit de la salle, laissant derrière lui les braillements de Kid Rock. Il savait que le videur allait foutre à la poubelle l'affichette et sa carte de visite. Il faisait partie de ces mecs qui ne voulaient plus avoir aucun rapport avec Quinn dès qu'ils avaient compris qui il était. Pour lui, le fait que Quinn avait tué un collègue était une barrière insurmontable.

Quinn remonta en voiture et prit la direction de l'est, traversant le pont de P Street pour gagner la limite extérieure de Dupont Circle. Il trouva une place dans la 23e Rue, passa à pied devant une boîte gay qui existait depuis les débuts de la vague disco et s'arrêta à la hauteur d'un café qui occupait le coin de rue suivant. Il n'était qu'à deux pas de la plage de P Street, une section de Rock Creek Park qui depuis quelques années était réputée comme un endroit idéal pour prendre des bains de soleil, draguer et s'offrir des parties de jambes en l'air. Y ayant patrouillé autrefois, Quinn se souvenait qu'il était facile de s'y procurer de l'ecsta et que les clubs de la 18e Rue étaient à proximité. C'était aussi un secteur où opéraient des jeunes gens prêts à monnayer leurs charmes.

Il s'acheta une tasse de café au comptoir et ressortit avec pour s'installer à une table en terrasse. Après avoir trouvé une place, il examina du regard les occupants des autres tables. La grande majorité des consommateurs de café et de tabac étaient d'âge résolument adulte, mais il y avait aussi des ados épars çà et là. Les uns au milieu d'un groupe de copains ; les autres, garçons ou filles, en compagnie d'un homme mûr. Quinn supposa que parmi ces gamins il y avait des lycéens venus s'encanailler pendant qu'ils séchaient leurs cours et des fugueurs qui en étaient réduits à se faire héberger à droite à gauche. Seule une infime poignée d'entre eux étaient des professionnels qui essayaient de racoler dans ces lieux bondés.

D'après les regards qui croisaient le sien, Quinn eut le sentiment que plusieurs de ces gamins l'avaient catalogué comme flic. Strange soutenait que c'était une dégaine qu'on ne perdait jamais. Quinn était nettement trop âgé pour être de leur nombre, trop jeune pour être un micheton et, se racontait-il, il était trop bien de sa personne pour être du genre à raquer pour ça. Tout en remuant ces pensées, il s'efforçait de mettre au point un stratagème qui lui permettrait d'aborder une de ces gamines.

Oh et puis merde, se dit-il en se levant et en traversant la terrasse qui débordait sur le trottoir pour s'approcher d'une table occupée par deux adolescentes assises devant des tasses vides qui secouaient la cendre de leurs cigarettes sur l'asphalte.

– Comment ça va, jeunes filles ? demanda Quinn.

Elles levèrent les yeux sur lui, mais l'une des deux rebaissa le nez aussitôt.

– Très bien, merci, dit l'autre.

Elle avait l'air de ces filles élevées chez les rupins auxquelles on n'apprend jamais à être polies avec les serveuses.

– On peut faire quelque chose pour vous ? ajouta-t-elle.

Quinn s'était planté, ça sautait aux yeux.

– Vous permettez que je vous tape une cigarette ?

Elle leva les yeux au ciel, fourragea dans son sac et lui tendit une clope sans même lui accorder un regard. Il la remercia et regagna sa table, remarquant au passage qu'un jeune garçon et sa copine se payaient sa tronche. Il sentit la colère lui monter au visage et essaya de se calmer tout en cherchant une bonne position dans son siège. Une cigarette à la main, mais ne disposant même pas d'une allumette pour donner de la consistance à son stratagème.

Il sortit son portable de son sac à dos et appela le bureau. Janine lui passa Ron Lattimer.

– T'as fait mouche ? demanda Ron.
– Pas encore. Elle est fichée, cette gamine ?
– Elle s'appelle Jennifer Marshall. J'ai sa fiche sous les yeux.
– On l'a embarquée pour racolage ?
– T'as gagné le gros lot.
– Il y a une adresse ?
– D'après la fiche, elle serait domiciliée au 517 J Street, à Northwest. Cette rue, ce serait coton de la dénicher, à moins que quelqu'un ne l'ait construite la semaine dernière.
– Il n'y a pas de J Street à Washington.
– Sans blague ?
– Elle a le sens de l'humour, en tout cas.
– C'est peut-être le gars qui lui a suggéré de donner cette adresse qui en a.
– Merci, Ron. Je lirai la suite quand je passerai au bureau. Derek est là ?
– Non, il est allé vérifier les antécédents de quelqu'un.
– Tu lui diras que je l'ai cherché, d'accord ?
– Appelle-le sur son portable.
– Il l'éteint presque toujours.
– Mais rien t'empêche de lui laisser un message.
– C'est vrai.
– Si je le vois, je lui dirai.

Au moment où il remettait son portable dans son sac, Quinn s'aperçut qu'une fille était debout devant lui. Elle était vêtue d'un jean de coupe boot-cut et d'un bustier rose à fines bretelles à l'effigie d'une Japonaise qui tenait sa guitare électrique à la hauteur des cuisses, façon Keith Richards. Elle portait en bandoulière un sac en vinyle blanc, de forme ovale. Ses cheveux d'un blond terne lui retombaient sur les épaules. Elle avait des hanches étroites et des seins menus où dominaient les mamelons, visibles à travers le tissu de son bustier. Son visage était pâle, avec des yeux marron sans éclat, et elle avait au cou un naevus brun clair en forme de fraise. Elle portait des lunettes rondes à monture métallique. Elle aurait pu à la rigueur passer pour mignonne, mais elle n'avait pas le moindre soupçon de beauté. À vue de nez, elle devait avoir dans les seize ans, dix-sept à tout casser.

– Vous allez la fumer ?

Quinn regarda la cigarette qu'il tenait à la main comme s'il venait seulement de s'apercevoir de son existence.

– Je crois pas.

– Vous pouvez me la filer, alors ?

– Pas de problème.

Elle s'assit sans y avoir été invitée, et il lui tendit la cigarette.

– Vous avez du feu ?

– Non, je regrette.

– Faudrait vous trouver une autre façon de brancher, dit-elle en fouillant dans son sac pour y pêcher des allumettes.

Quand elle eut trouvé une pochette d'allumettes, elle en gratta une et en approcha la flamme de la cigarette.

– Celle-là est vraiment trop nulle.

– Vous trouvez ?

– Vous tapez une tige aux deux meufs sans leur demander du feu, et vous êtes même pas foutu d'avoir des allumettes sur vous.

Quinn apprécia à leur juste valeur son langage, ses inflexions, les termes d'argot dont elle émaillait ses phrases. Comme celui de la plupart des jeunes blanches qui faisaient le trottoir, c'était un langage artificiel, mélange incongru du parler des péquenots du Sud et de celui des filles noires élevées en ville.

– J'ai pas été très malin, hein ?

– Et si vous aviez envie de tirer un coup, vous auriez pas dû essayer de lever parmi toutes les nanas qu'y a ici aujourd'hui les seules qui se sont encore jamais fait troncher. C'est deux gonzesses de Sidwell Friends[1] qui viennent tâter la température de la rue l'espace d'une journée avant de remonter dans la Mercedes de papa, qu'elles ont garée dans une rue de derrière. (Elle eut un sourire.) Et si ça se trouve, vous fumez même pas.

– J'ai essayé une fois, et j'ai été malade comme un chien.

– N'empêche que vous voulez quelque chose, dit-elle.

Sa voix était tellement dépourvue de timbre, tellement dépourvue de vie, que Quinn en eut le cœur serré.

– Je cherche une fille.

– Vous êtes flic ?

– Non.

– Si vous l'êtes, la loi vous oblige à me le dire. Sinon ce serait un coup monté.

– Je ne suis pas flic. Je cherche une fille, c'est tout.

– S'il vous en faut une à baiser, je peux vous la dégoter en un rien de temps.

Elle battit des paupières pour lui décocher une œillade suggestive. Les verres de ses lunettes lui grossissaient les yeux.

– Si c'est tout ce que vous voulez, vous pouvez même me niquer moi, merde.

Quinn sortit une affichette de son sac à dos, la posa sur la table et la poussa vers elle.

– C'est cette fille-là que je cherche.

Il l'observa tandis qu'elle examinait la photo et en parcourait la légende. Si elle avait reconnu Jennifer Marshall, son regard n'en laissa rien deviner.

– Je la connais pas, dit-elle. Mais j'aurais peut-être

1. École quaker de Wisconsin Avenue fondée par Thomas Sidwell, fréquentée par des jeunes demoiselles de la haute classe. *(N. des T.)*

un moyen de vous mettre en contact avec quelqu'un qui sait qui elle est.

– Vous jouez les entremetteuses ? demanda Quinn.

– Chaque fois que j'en ai l'occasion. On a du mal à se défendre dans ce secteur, vous savez. La concurrence est rude. Avec la gueule que j'ai, je plais jamais au premier coup d'œil. Quand une fille a des lunettes, les mecs lui courent pas après, c'est bien connu. Au temps où elle m'abreuvait de ses sages préceptes, ma mère me l'a mille fois répété. Mais les verres de contact me font mal aux yeux. C'est pour ça qu'on me prend pour une lycéenne forte en thème qui essaye de vendre son cul. En plus, mes nichons sont trop petits. Les michetons blancs aiment que les chattes noires, et avec mes hanches d'enfant de huit ans les blacks me défoncent à tous les coups. Je suis peut-être pas faite pour ce métier. Qu'est-ce que vous en dites ?

Quinn lui adressa un bref signe du menton.

– Vous vous appelez comment ?

– Stella. Et vous ?

– Terry Quinn. Et ce contact dont vous me parliez, Stella ?

– Ça va vous coûter cinquante dollars.

– Rien que pour un nom ?

– C'est un nom qui vous sera utile.

– Qu'est-ce qui me le prouve ?

– Ma parole d'honneur. Alors vous me les allongez, ces cinquante dollars ?

Quinn lui fila discrètement le fric. Elle tira une dernière bouffée de sa cigarette et la laissa tomber sur le sol en ciment.

– Y a une fille qui est danseuse au Rick's. La boîte est dans New York Avenue, pas loin de la sortie de la ville, juste après North Capitol Street.

– Je connais l'endroit.

– C'est une noire, qui danse sous le nom d'Eve. On la

surnomme Eve Cul-Double ; en la voyant, vous saurez tout de suite pourquoi. Votre fille, elle la connaît.

– Comment vous le savez ?

Pour la première fois, l'assurance de Stella vacilla un peu. Mais elle retrouva vite ses esprits, avec un petit sourire en coin semblable à celui d'un gosse pris en flagrant délit de mensonge. C'est alors que Quinn vit, l'espace d'un bref instant, la fillette qu'on avait bercée pour l'endormir, couverte de cadeaux, aimée tendrement. Il n'en avait peut-être pas toujours été ainsi – l'un ou l'autre de ses parents, la mère ou le père, avait dû tout foirer à un certain moment. Mais il voulait croire que cette gamine n'avait pas manqué d'amour dans le temps.

– D'accord, je peux pas vous jurer qu'Eve connaît cette fille, mais vous pouvez me croire, c'est les filles de ce genre-là qu'Eve finit par rencontrer un jour ou l'autre. Elle rôde autour de ce coin de rue, dans les gares routières et les centres commerciaux, à la recherche de talents prometteurs qu'elle pourra canaliser vers son mac. Toutes les filles qui bossent dans le quartier savent qui elle est. Les plus anciennes dans le métier l'évitent comme la peste et restent toujours de ce côté de la rivière. Mais la fille de la photo, c'est de la chair fraîche. On voit tout de suite qu'elle y connaît que dalle. C'est les nunuches, celles qui sont le dos au mur, qui se laissent embarquer par Eve. Moi, je me contente d'établir des rapports entre les choses. De toute façon, si ça tourne pas comme prévu avec Eve, vous aurez qu'à revenir me voir, et on reprendra tout de zéro.

– En échange d'une rallonge.

Stella haussa les épaules.

– Qu'est-ce que vous voulez, faut bien que je me défende.

– Comment est-ce que je pourrai vous joindre ?

Stella fila son numéro de portable à Quinn, et il l'utilisa aussitôt pour l'appeler de la table où ils étaient assis. Son portable se mit à sonner. Elle le pêcha au fond de son sac en vinyle blanc et répondit au téléphone.

– Allôôôô ? Inspecteur Quinn ?

– D'accord, dit Quinn.

Il coupa la communication et lui donna une de ses cartes de visite.

– Si vous voulez me parler, vous n'avez qu'à m'appeler.

– C'est pas en vous parlant que j'arriverai à régler mes factures.

Elle le jaugea du regard.

– Par contre si vous allongez cinquante dollars, je vous taillerai une pipe.

– Si l'affaire tourne bien, vous toucherez cinquante dollars de plus rien que pour m'avoir rencardé.

– C'est pas de refus. Mais évitez de prononcer mon nom quand vous aurez un entretien avec Eve.

– Merci du conseil. En huit ans de service, j'ai pas grillé un seul de mes indics.

– Je savais bien que vous étiez flic.

– C'était dans une autre vie, dit Quinn en se levant et en s'éloignant de leur table à reculons. On reste en contact, d'accord ?

9

Calhoun Tucker était grand, mince et de toute évidence bien musclé sous la chemise beige impeccablement repassée qu'il portait avec un élégant pantalon noir à pinces. Il arborait une fine moustache à la Billy Dee Williams et ses cheveux coupés très court étaient enduits d'une espèce de gel luisant. Il portait des lunettes noires d'aspect coûteux et un portable dernier cri était accroché à sa ceinture. Détails que Strange discernait à l'aide d'une paire de jumelles 10 × 50, alors que, assis à bord de sa Caprice, il surveillait depuis l'autre côté de la rue le domicile de Tucker, une maison de location située entre Silver Spring et Wheaton, non loin du parc d'un hôpital.

Tucker avança le long du trottoir pour rejoindre sa voiture, une Audi rouge cerise, modèle surpuissant de la gamme S4, qui était un équivalent approximatif de la BMW M3. La peau de Tucker était d'un brun profond, pas assez sombre pour estomper ses traits, pas assez clair non plus pour suggérer qu'il aurait pu avoir du sang blanc. Sa démarche était pleine d'assurance, et il gardait le menton haut, comme tous les jeunes types qui ont conscience de leur pouvoir de séduction. Il avait une de ces allures qui plaisent aux femmes ; et un homme qui affiche une telle sûreté de soi leur fait toujours un sacré effet. Strange n'avait pas de peine à comprendre qu'Alisha Hastings ait été sensible, ne serait-ce que superficiellement, aux attraits de Tucker.

Le moteur de l'Audi se mit à rugir et Tucker braqua pour s'engager sur la chaussée. Strange le prit en filature, en s'arrangeant pour qu'il y ait constamment plusieurs véhicules entre eux tandis qu'ils roulaient en direction du sud. Juste après la ligne de démarcation qui séparait Silver Spring de la ville de Washington, Tucker bifurqua à droite dans Alaska Avenue, puis prit une deuxième fois à droite dans la 13e Rue, pénétrant dans un quartier aux rues bordées d'arbres et de jardins fleuris, où il tourna à gauche dans Iris Street. Il se rendait chez George Hastings. Strange fit le tour du pâté de maisons en sens inverse de l'itinéraire de Tucker et alla se garer dans l'allée de derrière de Juniper Street. Il descendit de voiture et émergea de l'allée à pied, ses jumelles à la main.

Le temps que Strange soit arrivé à l'intersection d'Iris Street et de la 13e, Alisha Hastings était sortie de la maison de son père et s'accoudait à la vitre côté conducteur de l'Audi de Tucker, qui s'était rangée derrière la Volvo de George, moteur tournant au ralenti. Alisha arborait une de ces tenues qu'on est censé avoir improvisées pour traîner à la maison, mais qui ont sans doute été savamment calculées. Tucker avait dû l'appeler de son portable pour lui annoncer qu'il s'arrêterait chez elle avant de gagner le centre-ville. Strange comprenait très bien pourquoi Tucker avait envie de la voir avant de commencer sa journée ; Alisha était une jeune femme radieuse, au maintien plein de grâce, dont l'adorable sourire creusait de profondes fossettes de part et d'autre de ses lèvres. Tucker lui avait posé une main sur l'avant-bras, qu'il caressait légèrement tandis qu'il lui parlait, la faisait éclater de rire, la rendait tellement heureuse qu'elle se sentait obligée de détourner les yeux. Les voir ainsi tous les deux rappelait à Strange une jeune femme dont il avait été éperdument amoureux au début des années 70. Il les regarda s'embrasser. Une pointe de remords lui serra la poitrine et il fit demi-tour pour regagner sa voiture.

Il suivit Tucker jusqu'à Shaw Avenue. Tucker se gara dans U Street, et Strange trouva un emplacement pour sa Caprice dans la 10e Rue, le long d'une palissade de chantier. Il remonta au petit trot jusqu'au coin de la rue et aperçut Tucker qui marchait d'un bon pas en direction de l'ouest, une serviette à la main. Il lui fila le train jusqu'à ce qu'il gravisse les marches menant à l'entrée d'une boîte de nuit qui dans la journée était un bar tranquille où l'on servait des repas à midi. Tucker ressortit au bout de dix minutes et continua sa marche vers l'ouest, jusqu'à une autre boîte du même genre. Quand il eut disparu à l'intérieur, Strange s'éloigna de quelques pas et s'adossa au poteau d'un parcmètre qu'on avait dépouillé de sa tête. Un peu plus loin dans la rue, une foule nombreuse se pressait autour du bar en face duquel il venait de s'arrêter, car c'était l'heure du déjeuner. Le spectacle lui fit monter l'eau à la bouche et son estomac se mit à gargouiller, si bien qu'il détourna le regard.

Tucker ne ressortit de la boîte qu'au bout d'un assez long moment. Strange connaissait l'endroit. Quelques années auparavant, au temps où elle n'était encore qu'un bar de quartier, il venait y boire un coup à l'occasion. L'été, les patrons mettaient en place des haut-parleurs à l'extérieur, et certains soirs, lorsqu'il roulait à petite vitesse le long d'U Street, Strange entendait le « Payback » de James Brown, une chanson de Slave ou le duo d'Otis et Carla sur « Tramp », et il n'en fallait pas plus pour l'inciter à s'arrêter et à aller boire une petite bière. À l'époque, ce bar accueillait des gens de toutes sortes, et même quelques blancs ; on pouvait être habillé n'importe comment, ça ne soulevait pas de vagues. Mais par la suite ils avaient changé leur fusil d'épaule, instituant un code vestimentaire et apparemment aussi une sorte de code racial, car un soir Strange avait vu un groupe de frangins super sapés foutre la trouille à un jeune blanc qui sirotait tranquillement une bière au comptoir. Ce jeune blanc ne cherchait noise à personne, mais comme il n'était pas de la bonne couleur et n'était pas fringué à leur goût, ils l'avaient fixé des yeux avec tant d'insistance qu'il en avait conclu qu'il n'était pas le bienvenu et n'avait pas tardé à vider les lieux. Depuis ce soir-là, Strange n'avait plus remis les pieds dans cet endroit. À vrai dire, il était de toute façon trop vieux pour la clientèle qui le fréquentait, et il préférait être entouré de prolos quand il allait boire un verre quelque part. Et puis surtout, il n'avait jamais pu encaisser la discrimination, de quelque côté qu'elle vienne. Il en avait trop vu dans sa vie pour passer ce genre d'attitude à qui que ce soit, même à ses frères de race. Si c'était ça la nouvelle U Street, il n'avait plus rien à y faire.

Après avoir récupéré sa Caprice, Strange alla se placer dans U Street, moteur tournant au ralenti, et attendit que Tucker ressorte. Au bout d'un moment, Tucker redescendit les marches du bar en chaussant ses lunettes noires, et se dirigea vers sa voiture. Il s'engagea dans la circulation, et Strange le suivit.

Tucker prit vers l'est, roula jusqu'à la hauteur de Barry Place et gara son Audi entre Sherman Avenue et la 9e Rue, à deux pas de l'université Howard. Strange continua sa route et fit le tour du pâté de maisons.

Après s'être garé au coin de Sherman Avenue et de Barry Place, il sortit du coffre son AE-1 équipé d'un objectif de 500 mm, sans perdre de vue Tucker, qui s'éloignait à présent le long du trottoir en parlant à quelqu'un avec son portable. Strange reprit place à l'avant de sa Caprice, d'où il avait une vue bien dégagée sur Tucker, dont il prit plusieurs clichés tandis qu'il gravissait l'escalier d'une petite maison mitoyenne et attendait sur le perron qu'on vienne lui ouvrir. Il prit un dernier cliché de Tucker au moment où il franchissait le seuil, capturant du même coup la femme chez qui il entrait. Il fit usage du zoom pour déchiffrer le numéro inscrit sur l'un des piliers en briques qui soutenaient l'auvent du perron, et il appela Janine avec son portable pour lui communiquer l'adresse. Janine disposait sur son ordinateur d'un programme spécial où figuraient tous les immeubles et toutes les maisons, grâce auquel elle obtiendrait un numéro de téléphone et un nom correspondant à celle-ci.

Strange passa une bonne heure à l'avant de sa Caprice. Tout en prélevant de loin en loin une gorgée de sa bouteille d'eau et en écoutant sur WOL l'émission de Joe Madison, il se demandait ce qui pouvait se passer dans la maison. C'était peut-être un rendez-vous d'affaires, ou une amie chez qui Tucker déjeunait en tête-à-tête. Mais le plus vraisemblable était qu'en cet instant même Tucker était occupé à faire une partie de jambes en l'air avec la femme que Strange avait aperçue dans l'embrasure de la porte. Strange en éprouvait de la déconvenue, mais ça ne l'étonnait pas. L'idée de ce que ce jeune homme et cette jeune femme faisaient dans la maison éveillait un trouble en lui. Il s'était donné suffisamment de mal pour aujourd'hui. Il avait faim et sa vessie le torturait.

Strange mit le contact, et il roula jusqu'à Chinatown, où il se gara dans une petite allée derrière I Street. Un type dont la dégaine lui était familière, le junkie qui faisait la manche dans l'allée, surgit du néant comme un fantôme, et Strange lui allongea un billet de cinq dollars pour qu'il garde sa voiture à l'œil. Ensuite il franchit la porte de derrière, à côté des poubelles, prit un couloir, passa devant une cuisine et plusieurs portes fermées et pénétra en écartant un rideau de perles dans une petite salle de restaurant où une musique de cithares jouait en sourdine. Il s'installa à une table de deux et commanda une soupe aigre bien pimentée et des nouilles façon Singapour à une dame d'un certain âge qui l'avait salué en l'appelant par son nom. Il fit descendre son déjeuner avec une Tsingtao.

– Toi bien mangé ? demanda son hôtesse.

– Oui, mamie, c'était très bon. Donne-moi l'addition.

– Toi vouloir ? dit-elle avec un bref coup d'œil en direction du rideau de perles qui donnait sur le couloir. Ton amie être là.

Strange fit oui de la tête.

Il régla l'addition en espèces, suivit le couloir jusqu'à une porte qui faisait face à la cuisine, la franchit et la referma derrière lui. Il était dans une pièce aux murs blancs éclairée par des bougies votives parfumées. Il y passait la même musique que dans la salle de restaurant. Le milieu de la pièce était occupé par une table capitonnée, flanquée d'un chariot sur lequel étaient disposées des lotions, des serviettes et une cuvette.

Strange franchit une autre porte, alluma la lumière et se déshabilla dans une pièce qui renfermait un W.-C., un lavabo et une cabine de douche carrelée. Après avoir suspendu ses vêtements à un portemanteau, il prit une douche très chaude et se noua une serviette autour des hanches. Ensuite il regagna la pièce éclairée par des bougies et s'allongea à plat ventre sur la table capitonnée. Quelques instants plus tard, il entendit une porte s'ouvrir et un rai de lumière s'insinua dans la pièce, disparaissant dès que la porte fut refermée.

– Bonjouw, Stwange.

– Bonjour, mon chou.

Strange perçut le bruit d'une lotion giclant de son tube, et sentit aussitôt après le contact des doigts gras et tièdes de la jeune femme. Elle pétrit les muscles de ses épaules et de son dos pour y faire pénétrer le produit, qui répandait une odeur suave. Ses tétons rugueux lui effleurèrent le dos quand elle se pencha pour lui parler à l'oreille.

– Toi bonne journée aujourd'hui ?

– Oui oui.

Tout en lui massant le dos, elle fredonnait avec la musique. Le son de sa voix et le contact de ses mains le faisaient triquer. Il se retourna et la serviette se détacha de ses hanches. Elle lui massa la poitrine, les mollets, les cuisses, se rapprochant peu à peu de ses couilles. À cet endroit, la lotion donnait une sensation de chaleur ; Strange déglutit.

– Toi aimer ?

– Oui, ça me fait du bien.

Elle se remit de la lotion sur les mains et referma le poing sur sa queue. Ses gestes étaient lents. Chaque fois que sa main remontait le long du membre, elle lui titillait le gland du bout des doigts. Strange ouvrit les yeux.

Elle devait avoir autour de vingt-cinq ans. Son rouge à lèvres avait été maladroitement appliqué et ses yeux ressemblaient à des noyaux d'olive noirs. Elle portait pour tout vêtement une petite culotte de dentelle rouge. Elle était menue, et ses hanches auraient mieux convenu à une femme d'un gabarit supérieur. Ses seins étaient menus et fermes. Strange frotta de ses doigts un mamelon jusqu'à ce qu'il soit dur comme la pierre, et quand il sentit son bas-ventre s'embraser il le pinça jusqu'à ce qu'elle émette un gémissement. Qu'il soit simulé ou pas, ça lui était égal.

– Vas-y, dit-il, et elle accéléra le mouvement.

Son orgasme fut d'une force incroyable, et il s'éclaboussa le ventre et la poitrine de jute.

– Toi avoir besoin, dit la jeune femme en pouffant discrètement.

Tandis qu'elle l'essuyait avec une serviette humide, Strange lui répondit :

– C'est vrai.

Une fois rhabillé, il déposa quarante-cinq dollars dans un bol en faïence placé à côté de la porte.

Dès qu'il fut dans l'allée de derrière, son bipeur retentit. Le numéro qui s'afficha était celui de son bureau. Fallait-il qu'il rappelle ? Après avoir pesé un moment le pour et le contre, il monta en voiture et composa le numéro sur son portable. Ce fut la voix de Quinn qui lui répondit.

– J'ai fait un saut au bureau pour que Ron me donne la fiche de Jennifer Marshall, dit Quinn. T'es dans quel coin ?

– À Chinatown, dit Strange.

– Ah bon.

– Fallait bien que je déjeune.

– D'accord.

Strange avait déballé tout ce qu'il avait sur le cœur un soir que Quinn et lui avaient autant forcé sur la bière l'un que l'autre. Il en avait trop révélé à Quinn sur son propre compte, et maintenant ça lui retombait sur la gueule. C'était toujours une erreur.

– Je vais faire un tour au Rick's, le bar de New York Avenue, annonça Quinn.

Il exposa les raisons de sa visite, puis ajouta :

– Tu veux m'accompagner ?

– Oui, pourquoi pas ?

– Passe me prendre au bureau. Comme ça, on ira là-bas dans la même voiture.

– Retrouvons-nous au Rick's, dit Strange. Dans une demi-heure, ça te va ?

– Oui, ça colle, dit Quinn. Apporte quelques billets verts.

Strange coupa la communication. S'il était repassé au bureau, ça l'aurait obligé à raconter des balivernes à Janine, et il n'en avait aucune envie. Ça l'avait soulagé de ne pas entendre sa voix quand il avait appelé le bureau.

Tandis qu'il roulait en direction de l'est, il passa devant la rangée de maisons mitoyennes de Barry Place où Calhoun Tucker était allé voir sa dulcinée cet après-midi-là. L'Audi de Tucker n'était plus là.

10

Le Rick's était une bâtisse en bois de forme pyramidale isolée au milieu d'un tronçon de New York Avenue, à plusieurs kilomètres à l'est de North Capitol. Cette partie de l'avenue ressemblait à une zone bombardée ; c'était la voie royale par laquelle passaient les touristes qui n'avaient encore jamais visité Washington et avaient eu la malencontreuse idée de s'y rendre par la route.

L'édifice qui abritait désormais ce rade avait été à l'origine un fast-food de la chaîne Roy Rogers. Les Roy Rogers ayant subi le même sort que les téléphones fixes, cette succursale s'était métamorphosée par un nouvel avatar en une combinaison de rendez-vous d'amateurs de sport et de boîte de strip-tease fréquentée par de simples prolos.

La reconversion n'avait pas été des plus compliquées. Les nouveaux propriétaires avaient fait démantibuler l'intérieur du Roy Rogers, n'en conservant que la cuisine et la plomberie des chiottes, et ils avaient orné la salle de toutes sortes de souvenirs des Redskins, des Wizards et des Orioles. Ils avaient délibérément omis d'y ajouter des fanions de l'équipe de hockey des Washington Capitals, car c'était un sport qui ne passionnait guère les noirs. En guise de touche finale, ils avaient fait murer à l'aide de briques les fenêtres qui couraient auparavant sur trois côtés du bâtiment. En règle générale, les fenêtres bouchées de la sorte n'avaient que trois significations possibles : bâtiment victime d'une tentative d'incendie, boîte de pédés ou boîte de strip-tease. Une fois que lc bouche à oreille eut fait connaître la nature exacte du Rick's, ses propriétaires ne s'étaient même pas donné la peine de faire apposer une enseigne à la façade.

Le Rick's était pourvu de son propre parking, dont il avait hérité en même temps que du bail du Roy Rogers. Au cours des derniers douze mois, deux habitants du quartier avaient été abattus dans ce parking, mais en fin d'après-midi et en début de soirée, tant que les boissons fortes n'avaient pas transformé des individus aux mœurs paisibles en bravaches, puis en fous furieux, l'endroit n'avait rien de spécialement dangereux.

Strange rangea sa Caprice à côté de la Chevelle bleue de Quinn, qui était garée dans un angle désert du parking. Quinn descendit de voiture au moment où Strange mettait pied à terre. Ils s'avancèrent l'un vers l'autre et échangèrent une poignée de main. Quinn renifla ostensiblement l'air.

– Ma parole, Derek, mais tu sens la cocotte. Tu t'es inondé de parfum, ou quoi ?

– Je vois pas de quoi tu veux parler, mon vieux.

C'était l'odeur de la lotion avec laquelle la fille de Chinatown l'avait massé. Strange savait que c'était à cela que Quinn faisait allusion, en chaussant de gros sabots comme d'habitude.

Ils se dirigèrent vers l'entrée du Rick's.

Strange désigna de la tête le sac à dos JanSport que Quinn portait en bandoulière.

– On va faire de la varappe, à présent ? Je croyais qu'on se contenterait de siffler une bière ou deux.

– C'est mon porte-documents.

– Tu m'attendais depuis longtemps ?

– Non, pas trop, dit Quinn.

– T'aurais pu entrer dans la salle, dit Strange en le

jaugeant du regard. J'aurais sûrement eu aucun mal à te repérer.

– Parce qu'ils me seraient tous tombés dessus ?

– Et que t'aurais eu la gorge tranchée d'une oreille à l'autre.

– Y a pas beaucoup de blancs dans ce rade, hein ?

– Voir un blanc chez Rick's, ce serait un peu comme de repérer un de mes frères de race à un concert de Springsteen.

– Je me suis dit qu'il valait mieux t'attendre pour que t'y entres avec moi.

– À quoi bon tenter le sort ? C'est ce que je me tue à te dire depuis deux ans. Tu fais des progrès, mon vieux.

– En tout cas, j'essaye, dit Quinn.

Ils pénétrèrent dans l'établissement. Dans l'éclairage tamisé, des volutes de fumée restaient en suspens. La salle n'était qu'à moitié pleine ; d'ici peu, les consommations à tarif réduit attireraient plus de monde. Un bar courait le long du mur à l'endroit où se trouvait jadis le comptoir du Roy Rogers, et au-delà il y avait une série de portes. Des types assis sur des tabourets regardaient la rediffusion d'un match du bon vieux temps, les uniformes des Green Bay Packers flottant parmi les flocons de neige, tandis que la sono diffusait « Spill the Wine » dans toute la boîte. À deux angles de la salle, des danseuses qui n'avaient que des strings pour tout vêtement se produisaient à l'intention des hommes assis autour des tables. Des serveuses vêtues de shorts ultracourts et de bustiers en dentelle allaient de table en table. Des balèzes aux épaules massives, sans écouteurs, montaient la garde en divers points de la salle.

Les spectateurs attablés suivirent Strange et Quinn d'un regard lourd de menace tandis qu'ils se dirigeaient vers le bar. Ceux qui étaient assis au comptoir remarquèrent à peine leur présence, car ils étaient scotchés au poste de télé fixé au mur.

Strange eut un mouvement de la tête en direction de la télé.

– Si on veut capter l'attention d'un mec, il suffit de passer à la télé n'importe quel match où les Packers jouent dans la neige. Il restera devant, médusé, avec le regard vitreux d'un vieux clebs.

– C'est la même chose quand la chaîne TNT rediffuse *Le Bon, la Brute et le Truand.*

– Une fois par semaine, tu veux dire ?

– Sois sincère avec moi : si en zappant d'une chaîne à l'autre avec la télécommande tu aperçois Clint Eastwood ou Eli Wallach dans le rôle de Tuco...

– Plus connu sous le nom du Rat.

– Exactement, dit Quinn. Bref, les fois où tu as reconnu ce film, est-ce que tu as jamais été fichu de continuer à zapper ? À chaque coup, tu restes devant ton poste et tu regardes le film jusqu'au bout, pas vrai ?

– C'est pareil avec *La Horde sauvage*, dit Strange. Combien de fois tu l'as vu, ce film-là ?

De son poing fermé, Quinn mima rapidement le mouvement d'une pompe.

– Tout habillé, ou avec mon froc autour des chevilles ?

Strange pouffa de rire tandis que le barman, un jeune type au visage fermé, arrivait à leur hauteur.

– Qu'est-ce que je vous sers ?

– Donnez-moi un burger Ranch Double T et une selle pleine de frites, dit Quinn, mais ça n'arracha pas un sourire au barman.

– Pour moi, ce sera une Heineken, dit Strange.

– Budweiser, dit Quinn.

– En bouteille, dit Strange. Et il nous faudra une facture.

Le barman alla leur chercher les bières. Quinn régla l'addition et déposa un généreux pourboire sur le comptoir, couvrant le billet de sa main.

– Eve, c'est laquelle des filles ?

– Celle-là, là-bas, fit le barman en désignant du menton une danseuse fortement charpentée qui officiait dans l'un des angles de la salle.

– Elle va danser jusqu'à quand ?

– Chaque numéro dure une demi-heure.

– Elle a commencé y a combien de temps, vous en avez une idée ?

– Vu la gueule qu'elle a, ça doit bien faire dix ans.

– Je parlais de ce soir.

– Je l'ai pas chronométrée.

– Évidemment, dit Quinn.

Il ôta sa main du billet de banque, et le barman s'en empara sans dire un mot. Son regard n'avait pas croisé une seule fois celui de Quinn.

Strange vit que deux types venaient de quitter une table dans le coin où se produisait Eve. Il plia la facture que venait de lui remettre le barman, la glissa dans sa poche de poitrine et annonça à Quinn :

– Viens, y a une table qui nous tend les bras.

Ils traversèrent la piste, et au passage l'un des videurs taillés en hercule jeta un regard mauvais à Quinn. La sono diffusait à pleins tubes « Sweet Sticky Thing ». Quinn et Strange prirent place à la table de deux. Strange se pencha en avant et choqua sa bouteille de bière contre celle de Quinn.

– Détends-toi, lui dit-il.

– Ça me gonfle, c'est tout.

– Tu t'attends à ce que tous mes frères de race débordent d'amour envers toi, c'est ça ?

– Tout ce que j'attends d'eux, c'est un peu de respect.

Ils burent quelques gorgées de bière en regardant la femme dont le barman leur avait dit qu'elle s'appelait Eve faire son numéro. Accroupie, présentant le dos à un groupe d'hommes, les mains posées à plat sur les cuisses, elle contractait les muscles de sa région lombaire. Son énorme cul tressautait si vite qu'il semblait désaccordé du reste de sa personne. Il s'agitait follement devant les hommes.

– Un machin pareil devrait avoir un nom spécial, dit Strange.

– Elle a déjà un surnom : Eve Cul-Double.

– On n'a pas dû se casser la tête longtemps pour le trouver.

– Tu la trouves bien gaulée ?

– À ton avis ?

– Elle arrive pas à la cheville de Janine.

– Ça, je suis bien placé pour le savoir, c'était pas la peine de me le dire.

Strange sourit et montra du doigt l'un des haut-parleurs accrochés au plafond par des fils.

– Tiens, écoute ça. Le troisième couplet va commencer.

– Et alors ?

– Dans ce passage, les arrangements pour cuivres sont fabuleux. Les Ohio Players n'ont jamais été salués comme ils le méritaient pour la complexité de leur musique.

– C'est sympa, dit Quinn. Tu sais, quand je suis passé au bureau, Janine m'a demandé où t'étais.

– Tu lui as dit que j'étais à Chinatown ?

– J'aime pas lui mentir.

Au moment où Strange rivait les yeux sur lui, le regard de Quinn se déroba.

– Non, je lui ai pas dit où t'étais.

Strange avala une gorgée de bière.

– T'as été voir Sue Tracy, hein ?

– Oui.

– Comment tu l'as trouvée ?

– C'est une vraie pro. Elle est sympa.

– Elle t'aurait pas un peu tapé dans l'œil, en plus ?

– Lâche-moi les baskets, tu veux.

– Je voulais simplement m'assurer que t'avais encore

un reste de sang rouge qui te courait dans les veines. Même au moment où tu me condamnais du regard.

Comme Quinn ne lui répondait pas, Strange reprit :

– Ron t'a donné la fiche sur Jennifer Marshall ?

– Oui, je l'ai.

– Qu'est-ce que t'as appris ?

– Elle s'est fait embarquer pour racolage sur la voie publique. Comme c'était qu'un simple P. V., on la reverra pas au tribunal.

– Elle a inscrit une adresse sur le formulaire ? demanda Strange.

– Oui, mais elle est bidon. Par contre, le nom de la personne à joindre qu'elle a donné ne manque pas d'intérêt. Il s'agit d'un certain Cosmo Wilson.

– Cosmo ?

– Oui, à ce qu'on dirait, elle a lâché le nom de son proxo.

– Avec son numéro de téléphone en prime ?

– Elle en a effectivement inscrit un. Mais suivi d'un symbole numérique.

– Il doit s'agir de son bipeur.

– T'es génial.

– Sans mon aide, un néophyte de ton espèce n'irait pas loin.

– De toute façon, ce soir je saurai de quoi il retourne.

Ils regardèrent Eve achever son numéro. Restant fidèle aux Ohio Players, le disc-jockey passa coup sur coup « Far East Mississippi » et « Skin Tight ». Strange et Quinn commandèrent deux autres bières. Après avoir quitté son poste de travail, Eve sortit de la salle par l'une des portes qui s'ouvraient derrière le bar, escortée par le videur au cou de taureau qui avait regardé Quinn d'un sale œil. Une femme dont le physique était sensiblement le même que celui d'Eve fit son apparition et se mit à exécuter un numéro en tout point semblable, cette fois sur un morceau du Gap Band. Son postérieur ondoyait comme s'il avait été placé dans une soufflerie aérodynamique.

– Ça doit être une boîte réservée aux amateurs de cul, dit Quinn.

– Et dire que quand je t'ai embauché tout le monde me demandait : Tu crois qu'il fera un bon enquêteur ?

– C'est un peu comme le plat typique d'un restau.

– Dans les Pizzas Ledo, on sert de la pizza. Dans les Steak Houses, on sert des steaks. Chez Rick's, on sert du cul.

– Vous autres noirs, vous avez toujours été portés sur l'oignon.

– Je me doutais que tu finirais par en arriver là.

Eve ne tarda pas à ressortir de l'arrière-salle, vêtue d'un chemisier au tissu diaphane sous lequel elle ne portait pas de soutien-gorge et d'un short du même tissu qui soulignait le contour de son string. Elle allait d'une table à l'autre, échangeant des poignées de main avec les hommes, dont certains lui glissaient un billet au creux de la paume pour la féliciter de son numéro. Le videur au cou de taureau ne la quittait pas d'une semelle. Il avait les cheveux tressés et une dent en or. Quinn se dit qu'il ressemblait au footballeur Warren Sapp. En tout cas, il était aussi baraqué que lui.

– Elle sera là dans un instant, Terry. C'est moi qui vais poser les questions, si tu n'y vois pas d'inconvénient.

– Cette enquête est la mienne. Laisse-moi la mener comme je l'entends, tu veux ?

Eve était une femme d'un gabarit proportionné à son postérieur. Elle avait un nez large et épais, des lèvres protubérantes peintes d'un rouge vif, des mains et des pieds aussi grands que ceux d'un homme. Elle s'était inondée d'un parfum un peu écœurant, qui envahit les narines de Strange et de Quinn quand elle arriva à leur table.

– Mon numéro vous a plu, messieurs ? leur demanda-t-elle en souriant timidement, une main tendue.

– Oui, il m'a plu, dit Strange.

Quinn avança vers elle sa propre main, dans laquelle il tenait un billet de vingt dollars plié de façon qu'elle puisse en discerner le montant. Au moment où elle allait s'en emparer, il se rétracta.

– Revenez nous voir quand vous aurez une minute, dit Quinn. On voudrait avoir une petite conversation avec vous, mon ami et moi.

Le sourire d'Eve ne s'effaça pas, mais l'une des commissures de ses lèvres se mit à tressauter. Strange remarqua qu'elle avait les dents dans un sale état, ce qui n'était pas rare chez les putes.

– La direction me défend de m'asseoir avec les clients, sauf s'ils me payent un cocktail, dit Eve.

– Je parie que vous préférez les cocktails de fruits qu'on rallonge avec diverses sortes de rhum, dit Strange.

– Mmmm, fit Eve en se léchant maladroitement les lèvres.

– À tout à l'heure, dit Quinn.

Le videur le gratifia d'un regard lourd de menace avant qu'Eve et lui ne passent à la table suivante, où les attendaient d'autres pigeons de service.

– Va falloir que tu craches sept dollars de rab pour cette consommation, dit Strange.

– Je suis au courant.

– Et y aura pas une goutte d'alcool dedans.

– Merci, papa.

– Oublie pas de réclamer une facture. C'est ta copine Sue qui payera la note.

Eve revint au bout d'un assez long moment, alla prendre une chaise à une table voisine et la glissa entre Strange et Quinn. Elle tenait à la main un grand verre plein d'un liquide rose pâle qu'elle leva en guise de toast adressé à ses nouveaux amis avant d'y tremper les lèvres. Le videur avait posé les fesses sur un tabouret qui n'était qu'à une table de là, et ne quittait pas Quinn des yeux. La sono, toujours à plein volume, diffusait « Soul Vibration » de Kool and the Gang. Strange regarda les danseuses ralentir leurs contorsions pour attraper le rythme de la chanson.

– Merci pour le cocktail, dit Eve.

Elle s'essuya la bouche et posa le verre sur la table. Son rouge à lèvres avait laissé au bord la trace d'un baiser.

– Vous n'êtes pas policiers, au moins ?

– Non, on n'est pas de la police, dit Quinn en poussant vers elle l'affichette jaune qu'il avait sortie de son sac à dos.

Il laissa tomber le billet de vingt dollars sur l'affichette, en prenant garde à ne pas masquer la photo de Jennifer Marshall.

– Vous connaissez cette fille ?

Le regard d'Eve resta vacant et neutre.

– Non.

– Vous en êtes sûre ?

– Je viens de vous dire non. Je parlais trop bas peut-être ?

– Je vous entends très bien. Mais je n'en crois pas un mot.

Le sourire d'Eve se figea sur ses lèvres comme le rictus d'une tête de mort.

– Tu me vexes profondément, petit blanc.

Strange jeta un coup d'œil en direction du videur, puis il balaya la salle du regard. Il repéra un visage de connaissance, celui d'un type entre deux âges à la poignée de main froide et molle qu'il croisait de loin en loin à l'église. Si les choses tournaient au vinaigre, il ne pourrait pas compter sur un type pareil.

Quinn se pencha en avant.

– Tu l'aurais pas vue dans une gare routière ou

quelque chose dans ce goût-là ? À moins que ce ne soit du côté de la plage de P Street ?

Le sourire d'Eve s'effaça et toute velléité d'être aimable la déserta du même coup.

– Cosmo Wilson, le nom te dit quelque chose ? demanda Quinn.

Eve le fixait toujours, mais son regard était mort à présent. Elle secoua lentement la tête.

– Tu te charges de recruter des gamines pour Wilson, Eve. C'est vrai ou pas ?

Eve fit mine de s'emparer du billet de vingt dollars, mais Quinn lui recouvrit le poignet d'une main et exerça une pression du pouce à l'endroit sensible. En appuyant juste ce qu'il fallait pour qu'elle éprouve un semblant de douleur. Mais si elle l'éprouvait, elle n'en laissa rien voir. Un sourire s'était même reformé sur ses lèvres.

– Ça suffit, Terry, dit Strange. Lâche-la.

Le videur fixait toujours Quinn du regard, mais il n'avait pas bougé d'un poil. D'un geste lent, Eve libéra sa main. Quinn la laissa faire.

– Tu sais pourquoi tu tiens encore debout ? demanda Eve d'une voix si douce qu'elle était tout juste perceptible à travers le brouhaha de la salle. Parce que dans un endroit comme celui-ci, personne n'en a rien à foutre d'un merdeux comme toi.

– Je cherche cette fille, dit Quinn d'une voix tout aussi douce en tapotant du doigt sur l'affichette.

– T'as qu'à voir ça avec la personne qui t'a donné mon nom.

– Qu'est-ce que t'entends par là ?

– D'après toi, j'ai une gueule à fréquenter le quartier de P Street ?

Eve ramassa le billet de vingt dollars sur la table et le fourra dans la ceinture de son short.

– Tu t'es fait blouser, petit blanc.

Eve se leva, laissa brièvement son regard dériver du côté de Strange, puis s'éloigna.

– T'as fini ? demanda Strange. Ou tu veux boire une autre bière ?

– J'ai fini, dit Quinn, en regardant la salle par-dessus l'épaule de Strange.

– On pourrait offrir une tournée générale. Chanter quelques chansons à boire avec tes nouveaux potes, comme dans les bars irlandais…

– Allons-y.

Tandis qu'ils se dirigeaient vers le comptoir, le regard de Quinn croisa celui du videur.

– À un de ces quatre, ma poule, dit le videur, et Quinn ralentit l'allure.

Strange le tira par son tee-shirt. Pendant que Strange réglait les consommations au barman, Quinn resta adossé au comptoir, observant les clients de la boîte, dont beaucoup le fixaient des yeux à présent. Certains souriaient jusqu'aux oreilles. Il avait les joues brûlantes à cause du sang qui lui avait afflué au visage. Il aurait voulu se battre avec quelqu'un. Peut-être même qu'il aurait voulu les prendre tous.

– En route, dit Strange en lui tendant la facture.

Dehors, sur le parking, les réverbères projetaient une lumière d'un jaune spectral. Leurs pas résonnant sur le bitume, ils se dirigèrent vers leurs voitures.

– T'as été bon, dit Strange. T'as fait preuve de beaucoup de doigté.

Quinn tournait sans arrêt la tête vers l'entrée de la boîte.

– Tu veux y retourner, c'est ça ?

– Laisse tomber.

– Terry, y a une chose qu'il faut que tu apprennes, c'est à ne pas prendre personnellement ce genre de conneries.

– Si je comprends bien, je devrais être plus détaché, comme toi.

– Faut que tu trouves le moyen de juguler la colère que tu portes en toi, mon vieux.

– Demain, on sera mercredi. C'est le soir où on a entraînement, pas vrai, Derek ?

– À six heures tapantes, dit Strange.

– À demain soir, alors.

Pendant que Quinn sortait du parking avec sa Chevelle, Strange gagna un peu de temps en tripotant les boutons de son autoradio. Dès que Quinn fut hors de vue, Strange redescendit de sa Caprice, la verrouilla et reprit le chemin du Rick's.

11

– Tu veux me saigner à blanc, ma poule ? demanda Strange.

– Le règlement c'est le règlement, dit Eve en haussant les épaules. Si tu veux que je te tienne compagnie, faut que tu m'offres un cocktail.

– Bon, mais dis-moi la vérité. Y a pas d'alcool dans ces boissons-là, hein ?

– Elles contiennent que du jus de fruits et du sucre, tu le sais bien.

– Quelque chose me disait que c'était de l'arnaque, dit Strange.

Ils étaient assis tout au bout du comptoir, le plus loin possible des accros du sport, près de l'endroit où les serveuses venaient faire le plein. À quelques pas de là, le videur d'Eve bavardait avec l'une des danseuses, surveillant la salle d'un œil et Eve de l'autre.

– C'est ton mec ? demanda Strange.

– Oui. Faut bien en avoir un, et j'en ai jamais eu de meilleur. Il a pas levé une seule fois la main sur moi.

Eve fit glisser une cigarette hors du paquet que le barman avait posé devant elle au moment où elle s'installait sur son tabouret. Strange gratta une allumette et lui donna du feu.

– Merci, mon chou.

– Y a pas de quoi.

– Tu t'appelles comment déjà ?

– Derek Strange.

Elle tira une longue bouffée de sa cigarette, puis une seconde. Strange sortit un billet de dix dollars de son portefeuille et le posa sur le comptoir entre lui et Eve. Bougeant la tête au rythme du morceau de Tower of Power que diffusait la sono, Eve fourra le billet dans son short.

– « Fine Mouche [1] », dit Strange.

– Pas tant que ça, dit Eve. Si j'étais fine mouche, j'en serais pas là.

– Je citais simplement le titre de la chanson. Le soliste, c'était Lenny Williams. Le groupe en a jamais eu de meilleur, et pourtant il en a vu passer une flopée.

– Je suis un peu jeune pour avoir connu ça.

– Je sais, mon petit cœur.

Strange se pencha vers Eve jusqu'à ce que leurs deux visages soient tout près l'un de l'autre.

– Si ça t'ennuie pas, je vais y aller franco et te poser les questions sans détours. Tu la connais, la gamine de l'affichette ?

Eve secoua la tête.

– Non.

– C'est bien ce que je pensais.

– Je l'ai dit à ton pote.

– Par contre, tu connais le nommé Cosmo.

– Il était mon mac dans le temps.

– Comment ça, dans le temps ?

– Y a un an que je fais plus de passes. Je gagne mieux ma vie en bossant ici. En plus, j'ai trouvé un boulot au Lord & Taylor de Chevy Chase. Je distribue des échantillons de parfum, et tout.

– Je me suis toujours demandé où les magasins de ce genre allaient pêcher de si jolies filles.

1. transposition française du titre original de la chanson, « Clever Girl ». (*N. des T.*)

– Merci, dit Eve en baissant les yeux l'espace d'un instant avant de les fixer de nouveau sur Strange.

– Tu t'en tires bien, à ce qu'on dirait.

– Je me débrouille.

– Donc les passes, tu viens de tirer un trait dessus ?

– Cosmo s'est fait une spécialité des petites minettes. Jamais je l'aurais quitté pour un autre mac. C'est des trucs qu'il tolère sous aucun prétexte, tu comprends ? Je lui servais plus à rien, c'est tout. J'étais plus qu'une vieille peau, Strange. Alors j'ai quitté le métier et je me suis fait engager dans cette boîte.

– Quel âge t'as, trente ans ? Trente ans, c'est pas vieux.

Eve tapota sa cigarette pour en faire tomber la cendre.

– J'ai vingt-neuf ans. Pour Cosmo, c'est vieux.

– Et la fille qui a donné ton nom à Quinn, tu la connais ?

– Bien sûr. Ça peut être que cette petite salope blanche qui s'appelle Stella.

– Elle lui a dit que tu recrutais des filles pour le compte de Wilson.

– J'ai jamais fait ça de ma vie. C'est elle qui s'en charge. Elle est même pas foutue de vendre son cul ; si elle offrait de faire une passe à l'œil, personne voudrait se la farcir. Cette petite pétasse a entôlé ton pote pour lui soutirer du pognon et l'amener jusqu'à moi. Dès qu'il a parlé de P Street, j'ai compris que c'était elle. Parce que c'est son secteur, tu vois ? Elle fait ami-ami avec les petites fugueuses blanches et elle les branche avec Cosmo. Elle était déjà là-dedans jusqu'au cou au temps où je bossais pour lui, alors faut croire qu'elle continue. Elle a dû se dire qu'elle pourrait se faire un petit à-côté vite fait en balançant mon nom. C'est tout à fait son style.

– Et Cosmo, il crèche où ?

– Oh non.

Eve tira une dernière bouffée de sa cigarette et en écrasa le mégot dans le cendrier.

– Écoute, je t'en ai déjà trop dit. Et il faut que je retourne au boulot.

– Si j'ai besoin de toi, je pourrai revenir te voir ici, hein ?

– Du moment que c'est pour me regarder danser, la porte est toujours ouverte. Mais en ce qui concerne cette affaire-là, on n'ira pas plus loin. Et si tu reviens, t'as intérêt à pas amener ton copain de race blanche, t'entends ?

– Ce garçon a du mal à réfréner sa colère, c'est tout.

– Faudrait aussi qu'il apprenne les bonnes manières.

Eve se leva et rajusta son ensemble en tissu vaporeux.

– Enfin à part ça si tu tombes sur Cosmo…

– Je sais pas qui tu es. Je t'ai jamais vue de ma vie, et je connais même pas ton nom.

Le regard d'Eve s'adoucit. Du coup elle paraissait plus jeune, et lorsqu'elle fit un pas vers Strange pour lui poser une main sur l'épaule, la sensation fut agréable.

– Encore une chose, dit-elle. Chercher noise à un mec comme celui-là, vaut mieux pas y penser, même dans tes rêves. Tu t'en mordrais les doigts, crois-moi.

– Merci du conseil, ma poule.

Eve lui effleura la joue d'un baiser.

– Pour un homme, tu sens un peu la cocotte, dis donc.

Strange lui répondit :

– À un de ces quatre et prends bien soin de toi.

Elle s'éloigna et emprunta l'une des portes qui s'ouvraient derrière le bar. Strange régla l'addition et empocha la facture. En se dirigeant vers la sortie, il s'arrêta à la hauteur du videur aux cheveux tressés. Il se campa en face de lui, le mesura du regard et sourit.

– La vache, t'es une sacrée montagne, mon gars.

– Je pèse dans les cent dix kilos, dit le videur.

– Et à vue d'œil, c'est surtout du muscle. Tu bouges bien ?

– Je suis rapide pour mon gabarit.

– T'es de Washington, pas vrai ?

– Oui.

– Dans quelle équipe t'as joué ?

– J'étais au lycée Ballou jusqu'en 1992.

– Donc, tu faisais partie des Knights. La fac, t'y as pas été ?

Le videur ouvrit les mains en un geste d'impuissance.

– J'avais pas d'assez bonnes notes.

– Vu tes dispositions innées, tu devrais faire autre chose que de rester planté au milieu de cette boîte à t'encrasser les poumons.

– Je suis bien du même avis. Mais j'ai rien trouvé d'autre.

– En tout cas, je te remercie d'avoir affronté le problème avec autant de délicatesse.

– Oh moi, je suis pas du genre à chercher les embrouilles. Mais les cartes « Vous êtes libéré de prison », j'en distribue jamais plus d'une par client, vous me suivez ? Faudra dire à votre copain que s'il remet les pieds ici un jour, je lui casserai la gueule.

Strange glissa sa carte de visite dans la main gauche du videur, et il lui serra la main droite.

– Si je peux te rendre service, je m'appelle Strange.

En sortant du Rick's, Strange pensait à un vieil adage que sa mère lui serinait tout le temps, suivant lequel on attrape les mouches avec du miel. Sa mère disposait d'une réserve inépuisable de ces dictons à la mode d'autrefois. Strange et son frère, au temps où celui-ci était encore vivant, en plaisantaient avec elle à tout bout de champ. Cela faisait déjà un moment qu'elle n'était plus de ce monde, et ce qui lui manquait pardessus tout, c'était le son de sa voix. Plus il avançait en âge, plus il avait le sentiment que les choses qu'elle lui avait enseignées étaient foutrement vraies.

Quinn prit une douche dans son appartement de Sligo Avenue. Ensuite il partit à pied en direction du nord, passant devant la librairie de Bonifant Street, où il s'arrêta pour s'assurer que la porte était verrouillée comme il fallait avant de reprendre son chemin. Il s'enfila deux bouteilles de Budweiser au Quarry House. Son voisin de table, un habitué d'une taille minuscule toujours plongé dans des romans en édition de poche, était d'un naturel taciturne, mais se montrait aimable quand on lui adressait la parole. S'étant déjà humecté le gosier au Rick's, Quinn savait qu'il n'aurait pas bien rempli sa soirée tant qu'il n'aurait pas éclusé deux bières de plus. Ces temps-ci, à de rares exceptions près, il fréquentait les bars en solitaire. Il n'avait pas eu de petite amie depuis que tout était tombé à l'eau entre lui et Juana, une étudiante en droit employée comme serveuse au restaurant Rosita's, dans Georgia Avenue. Néanmoins, il fréquentait toujours les troquets des environs. L'atmosphère de ces bars lui plaisait bien, et il n'aimait pas boire en tête à tête avec lui-même.

Après avoir éclusé ses deux bières, Quinn continua sa marche jusqu'à Selim Avenue, s'efforçant en vain de ne pas jeter un coup d'œil à travers la vitrine du Rosita's, puis il emprunta la passerelle pour piétons qui menait à l'ancienne gare de chemin de fer parallèle aux rails du métro. À cette heure tardive, la grille conduisant au tunnel qui passait sous les voies était fermée à double tour, en sorte qu'il demeura du côté est. Comme à l'accoutumée, il resta debout au milieu du quai, admirant les lumières multicolores des magasins et les halos jaune pâle des réverbères alignés le long des rues commerçantes de Silver Spring. Un train de marchandises venait dans sa direction, soulevant un nuage de poussière, et il ferma les yeux pour s'abandonner au souffle du vent. Quand le rugissement du train s'estompa au loin, il les rouvrit, fit demi-tour et reprit le chemin de chez lui.

Il venait rendre visite à cette voie ferrée presque tous les soirs. Le quai lui faisait penser à un décor de western, et il se délectait de la solitude et du panorama. Un chantier de construction s'était ouvert dans le bâtiment de la gare, qu'on allait probablement transformer en un musée ou un machin du même goût, tout juste bon à être regardé mais ne répondant plus à aucune utilité, changement de plus au nom de la rénovation urbaine et de l'avènement d'une nouvelle classe aisée. Bien sûr, Quinn ne savait pas en quoi consistait au juste ce chantier, mais la récente évolution du monde le convainquait d'avance que le résultat le débecterait. Quelques mois plus tôt, le Tastee Diner, petit restau familial où il allait prendre son petit déjeuner, s'étant vu contraint de déménager, était allé s'installer tout au bout d'une rue perpendiculaire à Georgia Avenue. Quinn n'y mangeait plus que rarement, car il ne pouvait plus s'y rendre à pied. Du reste, avec sa nouvelle enseigne de style pseudo Arts déco, le restau ressemblait dorénavant à un *diner* revu et corrigé par Disney. Quinn se demandait quand on le priverait aussi du simple petit plaisir de sa promenade vespérale.

Une fois qu'il eut regagné son appartement, Quinn vérifia son répondeur et rappela Strange, qui lui avait téléphoné de chez Janine. Strange lui raconta ce qu'il avait appris d'Eve.

– À ce qu'on dirait, t'aurais intérêt à retourner voir la nommée Stella, conclut-il.

– J'irai, dit Quinn. Merci.

Quinn éprouvait une certaine jalousie à l'idée que Strange avait obtenu des informations qu'il avait été incapable de récolter lui-même, mais il avait conscience de ses limites et il était reconnaissant à Strange de s'être donné tant de mal en sa faveur.

Après avoir raccroché, il s'assit sur le canapé et, tout

en se frottant les mains, inspecta du regard le décor spartiate de son appartement, qui à vrai dire n'était pas un décor du tout. Il était un peu pompette à cause des bières qu'il avait bues ; l'ivresse lui donnait envie de faire des folies, et il lui semblait qu'il avait encore une longue soirée devant lui. Il tendit le bras pour attirer son sac à dos jusqu'au canapé, trouva le numéro de téléphone de Stella, puis son regard tomba sur celui de Cosmo Wilson, que Jennifer Marshall avait griffonné sur sa fiche. Il décrocha son propre téléphone et composa ce numéro.

C'était celui d'un bipeur, bien entendu. Quinn laissa le numéro de son domicile, attendit que la tonalité lui confirme qu'il avait bien été enregistré, et coupa la communication.

Il fixa des yeux le téléphone qu'il tenait à la main, jeta un regard circulaire sur la pièce, fixa de nouveau le téléphone des yeux, puis composa le numéro du portable de Stella. Elle décrocha à la troisième sonnerie.

– Allôôô, inspecteur Quinn.

– T'es voyante ou quoi ?

– Mais non patate, j'ai la présentation du numéro.

– Je devrais m'abonner au service « numéro anonyme ».

– T'es bien trop radin pour ça, Quinn.

– Pour toi, tout se ramène au fric.

– Tu l'as dit.

– Pourquoi t'as fait ça, Stella ?

– Est-ce que t'aurais parlé avec Eve ?

– J'ai eu ce plaisir.

– Elle t'a envoyé péter, c'est ça ?

– Vaut peut-être mieux que je formule ma question autrement. Pourquoi tu m'as dirigé sur elle ? T'aurais aussi bien pu me brancher sur quelqu'un qui n'était au courant de rien.

– C'est vrai. Mais je voulais que tu me reviennes.

Pour voir si tu tenais vraiment tant que ça à récupérer Jennifer, mon ange. Et t'y tiens énormément, ça saute aux yeux. Parce que tu m'as pas rappelée pour m'engueuler ni rien. Et là t'es poli avec moi, t'as pas l'air de m'en vouloir. Tu m'en veux, Quinn ?

– Non, dit-il, mais c'était un mensonge. Tu peux m'aider à retrouver Jennifer ?

– Je te livrerais ma propre mère si t'y mettais le prix. Et même tiens, je te la livrerais à l'œil, vu ce qu'elle m'a fait subir.

– C'est quoi, ton prix ?

– Pour cinq cents dollars, tu l'auras, ta minette.

– Comment tu vas t'y prendre, Stella ?

– J'ai un objet à elle. Et elle serait prête à tout pour le récupérer.

– Un objet que tu lui as piqué ?

– C'est ma très grande faute, amen !

– T'es vraiment un sacré numéro.

– Ça peut toujours servir d'avoir quelque chose à quoi une personne tient, que ce soit de l'information ou de la marchandise, tu me suis ? Je te l'ai déjà dit, on a du mal à se défendre dans ce secteur.

– Et Cosmo dans tout ça ?

Quinn entendit le craquement d'une allumette et le grésillement d'une cigarette.

– Quoi, Cosmo ? fit Stella.

– Tu bosses pour lui. Si tu participais à une magouille visant à arracher une gamine du trottoir où il l'a mise, je crois qu'il ne le verrait pas d'un bon œil.

– Ça, forcément. Cosmo est un salopard de première, y a pas de doute. Mais il saura jamais que j'étais dans le coup, zyeux-verts, sauf si t'as l'intention de le mettre au parfum. T'inquiète pas pour moi, va, c'est pas la première fois que je fais ce genre de truc. Et ça m'a rapporté un paquet de thunes. Les parents raquent toujours plus qu'un ancien flic, mais pour moi tout est bon à prendre.

– Tu joues toujours les entremetteuses ?
– Chaque fois que l'occasion s'en présente.
– Je m'inquiéterai pas pour toi, Stella. Mais je tiens vraiment à récupérer la fille. Par conséquent, je te filerai le fric, mais à une condition. Je veux que tu sois présente au moment où je la choperai. Je te fais pas confiance, tu comprends ? Je me laisserai pas gruger une deuxième fois par toi.
– Ça me va.
– Quand est-ce qu'on fait le coup ?
– Dès que tu voudras, gueule d'amour.
– Faut d'abord que je dégote le pognon et une fourgonnette. Qu'est-ce que tu dirais de demain soir ?
– Ça roule pour moi.
– Je te rappelle demain, d'accord ?
Quinn enfonça la touche de fin de communication. Il composa le numéro du portable de Sue Tracy et elle répondit aussitôt.
– Sue, c'est Terry. (Il s'éclaircit la gorge.) Terry Quinn.
– Salut, Terry.
Elle avait la voix un peu rauque, et Terry l'entendit exhaler longuement sa respiration avant d'ajouter :
– Quoi de neuf ?
– Écoute, j'ai une piste sérieuse en ce qui concerne Jennifer Marshall. Mais il va me falloir cinq cents dollars pour payer la dernière pièce du puzzle.
– Je peux te procurer la somme.
– Super. Je crois que j'arriverai à lui mettre le grappin dessus demain soir.
– Ça ne devrait pas nous poser trop de problèmes.
– Nous ?
– C'est le genre de coup qu'on foire presque toujours quand on est seul, Terry. Je viendrai te rejoindre à bord de la fourgonnette.
– Bon, d'accord.
– Quitte pas, je suis à toi tout de suite.

Quinn perçut un froissement de tissu et attendit que Tracy revienne au bout du fil.

– On se retrouve où et à quelle heure ? demanda-t-elle.

– Tu vas bien, au moins ?

– Je suis au lit, Terry.

– Ah bon.

– J'ai dû aller chercher de quoi écrire. Vas-y, je t'écoute.

– Je sais pas encore. Je te tiendrai au courant.

– T'as passé la soirée dehors ?

– En fait, oui.

– À en juger par ta voix, t'as un peu picolé.

– Si peu.

– Je parie que tu picoles seul.

– Ça me plaît pas des masses, dit Quinn.

– Tu sais quoi ? Si on attrape cette gisquette demain, je te paierai une bière. Ça t'ennuie pas d'être assis à côté d'une femme quand tu picoles, j'espère ?

Quinn avala sa salive.

– Non.

– T'as fait du beau boulot, Quinn.

Quinn resta un moment à la même place, songeant à la voix veloutée et un peu abrasive de Tracy, au souffle prolongé qu'elle avait émis, à la façon dont son estomac avait tressailli quand elle avait dit « Je suis au lit ». Son « T'as fait du beau boulot, Quinn » lui avait fait le même effet que si elle avait dit « Baise-moi, Terry ». Bref, il n'était jamais qu'un mec, aussi con qu'un autre. Baissant les yeux, il vit que sa main était juste au-dessus de la braguette de son jean, et il ne put réprimer un sourire. Comme il était trop crevé pour se branler, il alla se coucher.

Strange était assis au bord du lit, avec les cuisses puissantes de Janine au-dessus des siennes. Elle allait et venait lentement sur son membre viril, exerçant au moment où elle était à son sommet cette torsion des hanches qui donnait toujours l'impression à Strange d'avoir de nouveau vingt ans. De la main droite il lui agrippait le cul, et il appuyait de toutes ses forces de sa main gauche posée à plat sur le lit pour s'enfoncer en elle aussi profondément qu'il pouvait.

– C'est mon épine dorsale que tu essayes d'atteindre, chéri ?

– On peut toujours essayer.

Elle lui offrit ses lèvres.

– Oh oui.

– Dépêche, mon cœur.

– Ça ne va pas tarder.

Elle l'embrassa à pleine bouche. Ses yeux écarquillés débordaient de vie. Elle ne les ferma pas pendant qu'ils s'embrassaient. Ce qui plut à Strange.

Il lécha et mordilla l'un de ses mamelons sombres, et Janine se mit à rire tout bas. Le radio-réveil était réglé sur la station WHUR qui diffusait une chanson de Dorothy Moore. Strange en avait augmenté le volume avant de déshabiller Janine, afin que Lionel, qui était à deux chambres de là, ne les entende pas faire l'amour.

Après avoir éjaculé, il continua son va-et-vient. Quand Janine jouit à son tour, ce fut presque en silence, sans émettre d'autre son qu'un hoquet étouffé. Ce qui plut aussi à Strange.

Un peu plus tard, il se plaça vêtu de son seul slip face à la fenêtre, regardant la rue en contrebas à travers les stores. Greco s'était introduit dans la chambre en poussant la porte du museau et il dormait sur une carpette, la tête entre les pattes.

– Viens te coucher, Derek.

Il fit volte-face et admira Janine, dont les formes étaient si féminines sous les couvertures.

– Je me demande simplement ce qui se passe dehors. Il y a encore tellement de jeunes qui se baladent.

– T'as assez travaillé pour aujourd'hui. Viens te coucher.

Il se glissa sous les draps et se colla à elle, cuisse contre cuisse.

– Tu ferais mieux de dormir, dit Janine. Tu sais bien que t'es toujours ronchon quand t'as pas eu ton compte.

– Mon compte, je l'ai eu.

– Arrête.

– C'est simplement qu'à la fin de la journée, j'ai toutes sortes d'idées qui se bousculent dans ma tête.

– Quoi, par exemple ?

– C'est toi qui occupes mes pensées, si tu veux que je te dise la vérité. Je me reproche de ne pas te féliciter autant qu'il le faudrait de ton beau travail. Et de ne pas insister assez sur ce que tu représentes pour moi.

Janine fit courir ses doigts dans les poils courts et rêches de la poitrine de Strange.

– Merci, Derek.

– Je le dis sincèrement.

– Continue.

– Quoi ?

– D'habitude, quand tu te mets à m'adresser ce genre de compliments, c'est signe que tu as besoin de me déballer quelque chose qui te pèse. De quoi s'agit-il ?

– Tu n'y es pas du tout, dit Strange.

– C'est à cause de Terry ?

– Il est encore un peu trop écorché vif. Mais à part ça, il va bien.

– C'est l'enquête que t'a confiée George Hastings ?

– Oh non. Je suis à deux doigts de la boucler.

– J'ai presque fini de mon côté, dit Janine. Il ne me reste qu'un dernier point à vérifier. Toi, tu n'as rien découvert, hein ?

– Non, dit Strange en tendant le bras vers la table de nuit pour éteindre la lampe de chevet.

Il ne savait pas au juste pourquoi il avait menti à

Janine. Calhoun Tucker était coureur, ce qui n'allait pas chercher bien loin. Mais la plupart des hommes étaient mal à l'aise lorsqu'il s'agissait d'en moucharder un autre à une femme. Ça ressemblait bizarrement à une trahison. Et pour Strange, deux trahisons dans la même journée auraient décidément fait trop.

Quinn roupillait quand le téléphone sonna sur sa table de chevet. Désorienté, il tendit le bras et décrocha le combiné.

– Allô ?

– C'est toi qui m'as appelé ?

Voix de baryton, riche et onctueuse. En fond sonore, de la musique se détachait du vrombissement d'un moteur de voiture.

– Qui est à l'appareil ?

– Et toi, t'es qui ? Tu m'as appelé, mais tu n'as pas, euh… jugé bon de laisser ton nom.

Quinn se redressa sur un coude.

– Je cherche une fille.

– Alors t'as fait le bon numéro, petit futé. Comment tu te l'es procuré, à part ça ?

– C'est une fille bien particulière que je cherche, dit Quinn. Elle s'appelle Jennifer, je crois.

– Tu crois ?

– Son nom est Jennifer.

– Je t'ai demandé comment tu t'étais procuré mon numéro.

– C'est si important que ça ?

– Disons que j'aime savoir si les dollars que je consacre à ma pub ont été convenablement dépensés. Enfin, tu vois, est-ce qu'il vaut mieux que je refasse paraître une annonce dans les pages jaunes ou que je m'offre de nouveau une pleine page dans le *Washington Post* ?

Là-dessus, le type à l'autre bout du fil se mit à rire.

C'était le rire de quelqu'un qui s'apprête à vous égorger au fond d'une ruelle obscure, et en l'entendant Quinn sentit son pouls s'accélérer, et sa main se crispa sur le téléphone. Son regard tomba sur des CD empilés au petit bonheur sur le plancher. Un vieux disque de Steve Earle était sur le dessus.

– C'est un de mes potes, un nommé Steve, qui m'a recommandé de t'appeler. Il m'a dit que tu pourrais me brancher.

– Oh, te brancher, y a rien de plus simple. C'est quoi ton nom ?

– Earle.

– D'accord, Earle. Mais ça me rend un peu curieux. C'est dans ma nature, le prends pas de travers. D'habitude, quand un petit blanc de ton espèce s'adresse à moi, c'est de la chatte noire qu'il lui faut, tu vois ce que je veux dire ? Et ta Jennifer, si c'est bien à cette gonzesse-là qu'on pense tous les deux, est on ne peut plus blanche.

– C'est bien ce que je veux. Elle est jeune en plus, pas vrai ?

– Oh, Jennifer est jeune, y a pas de doute. Même qu'on la surnomme l'Écolière. Et elle saura y faire avec toi. Mais ton pote Steve a dû te le dire.

– Il me l'a dit.

– Ça m'étonne pas. Y a pas de meilleure réclame qu'un client satisfait. Ton Steve, il t'a donné des détails ?

– Il m'a seulement dit qu'il avait pris son pied. Qu'elle faisait un tas de machins.

– Elle fera tout ce que tu lui demanderas. Tu peux amener des amis et tourner quelques vidéos, en plus. Comme ça tu garderas un souvenir personnel de l'événement. Tu pourras lui fourrer ta pine dans la bouche ou la chatte. Ou la lui mettre dans le cul, si le cœur t'en dit. Mais faudra payer la note, bien entendu.

– Écoute, ce serait pour une petite fête entre intimes. Tu me livres la fille et tu dis ton prix. J'ai du pognon.

– T'en auras besoin, Earle. Parce que c'est de la chair fraîche que je vais te fournir là. Et de la chatte qui a encore si peu servi, je vais quand même pas en faire cadeau.

Quinn repoussa ses draps du pied, fit passer les jambes à l'extérieur et s'assit au bord du lit. Il tendit le bras vers le bloc-notes et le crayon posés sur sa table de chevet. Peut-être qu'il allait réussir son coup sans Stella. Il n'avait plus besoin d'elle maintenant qu'il s'était débrouillé pour joindre Wilson.

– Comment on s'arrange ? demanda-t-il.

– Voyons voir. Où elle a eu lieu, la fête de ton copain Steve ?

– Il me l'a pas dit.

– Allez quoi, Earle, c'est pas la peine de me faire des cachotteries. J'ai besoin de le savoir, pour satisfaire ma curiosité. Elle est insatiable, je te l'ai dit. Ton Steve, il a dû se vanter un max. Un mec raconte pas ses histoires de cul à un autre sans rentrer dans les détails.

– Ça s'est passé quelque part dans New York Avenue, dit Quinn, en sentant la sueur lui perler au front. Je crois que c'était dans un motel, tout en haut de l'avenue, vers la sortie de la ville.

– Tu crois ?

– J'en suis sûr.

Le type à l'autre bout de la ligne se mit à rire de bon cœur. Son rire s'acheva par une espèce de gloussement prolongé.

– Qu'est-ce qu'il y a de drôle ? demanda Quinn.

– Simplement que tu viens de tout foirer en beauté. T'en as trop dit, tu comprends ? Parce que moi, ces motels de passe de New York Avenue je m'en suis jamais servi. Absolument jamais.

– Qu'est-ce que ça y change ? Je t'ai dit que je croyais que ça s'était passé là-bas…

– Tu m'as dit que t'en étais sûr. Et ta façon de me le

dire m'a vachement botté, Earle. T'en étais sûr. Et si plein d'assurance. Un vrai dur. Tu dois être un sacré coriace, hein ? En cet instant même, tu dois être en train de bomber ta petite poitrine, et de serrer les poings. C'est facile de jouer au dur quand on est au téléphone. Pas vrai, Earle ?

Il disait cela d'une voix chantante, gouailleuse. La mâchoire de Quinn se décrispa et il articula entre ses lèvres entrouvertes :

– Je m'appelle Terry Quinn.

– Oh, comme j'ai ton numéro de téléphone j'aurais trouvé ton nom en un rien de temps. Mais bon, merci de me l'avoir fourni toi-même ; comme ça, je risque pas de l'oublier. Tu fais partie de la brigade des mœurs, ou un de ces trucs à la con ? Tu dois être nouveau, parce que je prends soin des collègues à toi qui patrouillent dans mon secteur.

– Je suis pas flic.

– Toute façon, j'en ai rien à battre de ce que t'es. T'as pas plus d'importance pour moi qu'une merde de chien collée à ma semelle. Bon ben, faut que je te quitte. Ta Jennifer, je te la passerais bien, mais elle est en train de pomper un dard pour me rapporter de la thune.

– Écoute, Wilson…

– À plus, petit blanc. Peut-être qu'un de ces jours on fera connaissance.

– T'en fais pas pour ça, dit Quinn.

Mais à l'instant où il prononça cette phrase, l'autre avait déjà raccroché.

Ainsi, Wilson disposait désormais de son nom et de son numéro de téléphone. Il n'aurait pas de mal à se procurer son adresse. En son for intérieur, Quinn eut un haussement d'épaules. Au temps où il était flic, on l'avait bien des fois menacé de remonter sa trace jusqu'à l'endroit où il habitait. Menaces dont il avait perdu le compte depuis belle lurette.

Après avoir éteint la lampe de chevet, Quinn se leva et se dirigea vers la fenêtre. Le long de son corps, ses mains tremblaient. Mais elles ne tremblaient pas de peur.

Demain soir il aurait récupéré la gamine.

12

Ce mercredi matin-là, Garfield Potter se fit déposer par Carlton Little et Charles White devant le parking d'Union Station, qui s'élevait sur plusieurs étages. Il y avait repéré une bagnole qui lui plaisait, une Plymouth Grand Fury de 1989 à la carrosserie bleue et blanche semblable à celle d'une voiture de police, avec moteur huit cylindres et double carbu. Potter força la portière à l'aide d'un pied de biche et usa d'un tournevis à long manche pour déglinguer la tête du système d'allumage. Il fit démarrer la Plymouth en trafiquant les fils et descendit la rampe qui conduisait à la sortie. Il était coiffé d'un bonnet en laine et avait les yeux dissimulés par des lunettes noires, en sorte que la caméra de la guérite d'entrée ne pouvait pas filmer grand-chose de sa trombine. Étant dépourvu de ticket, il régla le tarif plein pot avant de sortir du garage.

Potter suivit Little et White jusqu'au comté de Prince George, et se rangea derrière eux sur un bas-côté gravillonné qui courait le long du terrain de football de Largo. Il attendit que ses potes aient fini d'effacer les empreintes de l'intérieur et des poignées extérieures de la Caprice beige, conformément aux consignes qu'il leur avait données, et une fois qu'ils l'eurent rejoint à bord de la Fury il fit demi-tour et reprit la direction de Washington.

Potter et Little avaient tous deux eu des ennuis avec

la police, sous l'accusation de détention de produits illicites destinés à la vente et de coups et blessures. Potter avait aussi été inculpé de viol avec sodomie, mais il avait bénéficié d'un non-lieu quand la victime s'était rétractée. Un jour ou l'autre, un juge finirait par les expédier en taule, et ils le savaient. Comme beaucoup de garçons de son espèce, Potter se vantait volontiers d'être promis à une mort violente ou à un long séjour en cellule. Mais il n'était pas question qu'il plonge à cause d'un délit aussi peu reluisant qu'un vol de voiture. Ce genre de délit était bon pour les lopettes, et ses auteurs ne se voyaient témoigner aucun respect par leurs codétenus. C'est pour ça qu'il prenait toujours soin d'effacer ses traces quand il abandonnait une des bagnoles qu'il avait fauchées.

Les voitures de police reconverties, ou celles qui avaient été équipées à la façon d'une voiture de patrouille, étaient les véhicules les plus prisés par la majorité des jeunes mecs de Washington et des environs. Potter avait entendu dire qu'on pouvait en acheter à bon compte chez des revendeurs de Virginie, quelque part dans des bleds perdus comme Manassas ou Nokesville. Mais il n'aimait pas franchir la frontière de Virginie pour quelque motif que ce soit, et du reste, ça faisait un bout de temps qu'il ne s'achetait plus rien. C'était un jeu d'enfant de piquer une voiture à Washington, et du moment qu'on en changeait une fois par semaine, on ne se faisait jamais serrer. Lui, en tout cas, on ne l'avait encore jamais serré pour ça.

Potter voyait les choses de cette façon : le meilleur moyen de procéder, c'était de prendre pour cible une bagnole dont le propriétaire était un jeune frangin qui résidait en ville ou du côté de la frontière de Virginie. Quand des mecs de ce genre-là se faisaient dépouiller, certains ne se donnaient même pas la peine de le signaler à la police, vu qu'ils savaient que ça les aurait avancés à rien de toute façon, et qu'en plus chez eux une règle tacite voulait qu'on évite les flics locaux comme la peste. Et la plupart d'entre eux n'étant pas assurés non plus, ils n'avaient aucun motif financier de déclarer le vol. Évidemment, ceux qui se faisaient chourer leur bagnole ouvraient les oreilles et restaient à l'affût des voleurs, pour leur faire subir la justice des rues. Mais jusqu'à présent, Potter, Little et White y avaient échappé aussi.

Potter écrasa le champignon au moment où il s'engageait sur la rampe d'accès du périphérique.

– Elle décoiffe, cette tire, dit Potter.

– Mieux que le tas de boue qu'on avait avant, dit Little.

– Mais je vais bientôt nous acheter une Lexus. Comme ça j'aurai une caisse d'enfer.

– Quand ? demanda Little.

– Bientôt.

Assis sur la banquette arrière, Charles White offrait son visage au vent qui s'engouffrait par la vitre ouverte. Il écoutait « Bounce with Me », une chanson interprétée par Lil' Bow Wow, rappeur qui s'affublait d'une défroque de gangster mais n'était encore qu'un mouflet. White planait encore très haut à cause du pétard qu'il avait partagé avec Carlton sur la route de Largo, et la chanson lui plaisait bien. La musique, il adorait ça ; c'était en quelque sorte son passe-temps favori. Quelquefois il enregistrait sa propre voix sur fond de rythmique toute prête. Peut-être qu'un jour il prélèverait la somme nécessaire sur le fric qu'ils étaient en train d'accumuler et irait s'enregistrer pour de bon dans un studio. Il savait pourtant bien que c'était pas vraiment fait pour lui, mais plutôt pour des mecs comme Bow Wow, à qui quelqu'un montrait ce qu'il fallait faire. Qui avaient quelqu'un pour les guider, quoi.

Tout au fond de lui, Charles White savait qu'il

n'échapperait jamais à son destin. Sa grand-mère mise à part, il n'avait plus d'autre famille que les deux potes avec qui il avait grandi. Garfield et Carlton, du temps qu'ils n'étaient pas encore devenus froids, qu'ils ne s'étaient pas encore endurcis jusqu'au trognon.

D'un geste machinal, White tâtonna de la main sur sa droite, mais elle ne rencontra que le vide. La pensée de Trooper l'obsédait. Son chien lui manquait. Il aurait tant voulu sentir sa chaude présence à côté de lui sur la banquette arrière.

Regardant dans le rétroviseur, Potter vit que White, affaissé sur lui-même, respirait par la bouche et regardait par la vitre tandis que le vent lui fouettait le visage. Ce pauvre con devait encore avoir les glandes à cause de son clébard de merde. Aux yeux de Potter, White avait lui-même quelque chose d'un chien, qui les suivait partout où ils allaient, Carlton et lui.

Comment aurait-il pu s'en débarrasser ? White agissait et pensait encore souvent comme un mioche. Il n'avait pas changé tant que ça depuis qu'ils étaient tous les trois des bambins, dont l'enfance avait eu pour cadre les Waterfront Gardens, une cité de logements sociaux article 8 qui se trouvait dans une rue perpendiculaire à M Street, non loin de la limite entre Southeast et Southwest. Waterfront Gardens avait beau vouloir dire « Jardins des Quais », la rive du fleuve en était loin, même si des mouettes venues de Buzzards Point montaient jusque-là pour farfouiller dans les ordures. C'était un fonctionnaire du gouvernement qui avait eu le culot de baptiser ce dépotoir immonde d'un nom pareil. Genre de plaisanterie qui n'avait jamais fait marrer personne. Mais bon, Potter n'allait pas non plus chialer pour si peu. À défaut de tout ce qui lui manquait, lui qui n'avait jamais possédé aucun bien au soleil, il n'aurait pas été mû par l'ambition qui l'habitait aujourd'hui.

Sans doute aurait-il eu besoin d'un père, se disait-il, de quelqu'un qui lui aurait appris à lancer un ballon de football ou une connerie du même genre. Sa mère n'avait même pas la force d'en soulever un, de ballon, elle qui n'était plus sur la fin qu'une fumeuse de crack d'à peine quarante kilos, un vrai sac d'os.

Il allait pas chialer là-dessus non plus. La famille et toutes ces foutaises-là n'avaient pas le moindre sens pour lui, et on n'en tirait jamais rien quand on faisait ses comptes à la fin d'une journée. Pareil qu'avec ces bouquins que ses profs s'entêtaient à vouloir lui faire lire jusqu'à ce qu'ils finissent par jeter l'éponge, au temps où il avait dans les onze ou douze ans. C'était tout juste s'il savait lire, et pourtant il avait une boîte à chaussures bourrée de billets de banque dans un cagibi chez lui, des sapes, des bagnoles, des pétasses, la totale quoi. Alors à quoi ça lui aurait servi d'avoir des livres ou un certificat prouvant qu'il avait fait des études ?

Son affaire tournait comme il fallait à présent. Carlton et lui, sans parler de Charles qu'il fallait bien considérer comme un associé, avaient des petits coursiers dans Georgia Avenue, juste au-dessous de Harvard Street, et à ce coin de rue-là les sachets de beu à dix dollars faisaient un carton du diable. C'était grâce à cette herbe de première qualité, cultivée selon la méthode hydroponique, qu'ils faisaient leur beurre. À Washington, la détention d'un sachet à dix dollars n'était pas considérée comme un délit plus grave que celle de cinq kilos d'herbe. On se retrouvait au tribunal, mais la plupart du temps il n'y avait même pas d'inculpation, tous ceux qui menaient cette vie-là le savaient. Aucun jury noir n'était prêt à expédier un jeune noir dans un système carcéral où il serait en danger de mort au nom d'une infraction aussi innocente que la possession d'une modique quantité d'herbe. Innocente, mon cul. Potter, ça le faisait doucement rigoler. Des jeunes frangins avaient aussi vite fait de s'entre-tuer pour de la beu que pour du crack ou de l'héro. Le jour où ils l'auraient compris, les défenseurs de l'ordre changeraient les lois, les durciraient de nouveau, mais en attendant l'herbe hydroponique marchait d'enfer.

Donc, Potter était à la tête de cette affaire et il préférait qu'elle reste petite. Il ne disait pas que ses potes et lui formaient une « bande », un « gang » ou un autre truc du même genre. Ça finissait toujours par des bastons pour des querelles de territoire ou des regards qu'on vous a lancés de travers ; ça valait pas le coup de se compliquer la vie avec. Au fond, la seule chose qui intéressait Potter, c'était de s'amuser : piquer des bagnoles, dépouiller de pauvres cons sans défense, braquer une partie de craps, et autres petits jeux. Par contre il ne s'en prenait jamais à des mecs dont il savait qu'ils appartenaient à une bande, ni à des membres de leur famille. Mais fallait qu'il soit au courant, bien sûr. Sa tactique consistait à ne se frotter qu'aux plus faibles, ceux qui n'avaient pas d'alliés pour les défendre. De toute évidence, il n'avait pas encore commis d'erreur vraiment sérieuse. La preuve en était qu'il vivait encore.

– Où on va ? demanda Little.

– Répartis ce qui reste du kilo dans des sachets, et va les livrer à nos petits soldats, dit Potter. Ce soir, on fera peut-être un détour par le lycée Roosevelt, pour voir si ce vieux Lorenze serait pas sur le terrain de football avec son neveu.

– Ça te travaille toujours ?

– Je t'ai dit que j'étais pas près de l'oublier.

Ils regagnèrent leur baraque, une maison mitoyenne de Park View, dans Warder Street, dont ils réglaient la location tous les mois, et préparèrent leurs sachets à dix dollars. Tout en bossant, ils se fumèrent deux gros cigares Phillies bourrés de beu. White sortit pour aller chercher à bouffer, et quand il revint avec un sac

McDo, deux gamines du quartier étaient passées chez eux. La stéréo diffusait à fond le nouveau CD de Too Short, et tout le monde était en train de se défoncer en buvant un mélange de gin et de jus de pamplemousse. Une jolie petite minette, qui s'appelait Brianna, était en compagnie de Carlton Little, ils se marraient ensemble, et tout à coup ils s'éclipsèrent pour monter dans la piaule de celui-ci. Ensuite, Potter entraîna avec lui l'autre gamine, qui ne devait pas avoir plus de treize ans, en la tirant par la manche de son tee-shirt à l'effigie de Titi. White eut la nette impression qu'elle n'était pas vraiment partante. Quelque temps plus tard, il entendit les ressorts du lit de Potter couvrant de leurs grincements les pleurs de la gamine. White mit la musique plus fort pour ne pas être obligé de les entendre, mais comme ils continuaient à résonner tout au fond de sa tête il sortit et s'assit sur le perron, où il se frotta les tempes en essayant de se rappeler s'il y avait eu un seul instant de sa vie où il s'était senti bien dans sa peau.

Potter et les deux autres roulèrent jusqu'au coin de Harvard Street où ils trouvèrent leur jeune bras droit, un gamin qui s'appelait Juwan, assis sur une poubelle. C'était le même genre de garçon que Gary Coleman, avec une tête d'homme sur un corps d'enfant. Ils emmenèrent Juwan jusqu'à l'endroit où une palissade courait le long du lac McMillan. Juwan, assis à côté de White sur la banquette arrière, fit passer à Little un grand sac en plastique fermé par une glissière hermétique rempli de billets qu'il avait retiré de son sac à dos. Little sortit les billets, en détacha quelques-uns de la liasse pour les donner à Juwan, et remplit le sac en plastique de sachets d'herbe à dix dollars. Juwan remit le tout dans son sac à dos.

– Les affaires marchent bien, petit gars ? lui demanda Potter.

– Tout baigne, T. Enfin, sauf un truc. Tu te rappelles de William, ce keum qu'a une jambe plus courte que l'autre ? Il s'est fait embarquer par les flics hier soir. Il en tient une couche, William. Je lui répétais tout le temps : Faut jamais rien avoir sur toi quand t'es en bagnole, tu vois de quoi je parle ? Mais il m'écoute jamais. Je sais qu'ils vont le relâcher aujourd'hui, mais…

– Dis-moi ce que t'as en tête.

– Je voulais te demander si… J'ai un cousin qui vient d'arriver dans le quartier. Avant, il habitait à Southeast. Il aimerait qu'on le prenne avec nous, tu vois.

– Eh ben t'as qu'à le prendre, Juwan. Je te l'ai toujours dit, non ? Si t'as un mec qui te claque entre les doigts, démerde-toi pour en trouver un autre. Les garçons qui demandent qu'à être embauchés, c'est pas ce qui manque.

Ils refirent le chemin en sens inverse et déposèrent Juwan au coin de Harvard Street et de Georgia Avenue. Ensuite Potter s'arrêta devant une supérette et y acheta quelques maxi-canettes de bière de malt. Ils continuèrent à rouler au petit bonheur en vidant les canettes et en fumant pète sur pète. Little trouva une cassette d'une compil du Northeast Groovers PA laissée dans la boîte à gants par le propriétaire de la Plymouth, et il l'inséra dans le lecteur.

– Y a même pas de basse dans cette merde-là, dit White depuis la banquette arrière.

Sans relever la remarque de White, Potter augmenta le volume. À un feu rouge il força un jeune mec au volant d'une chiotte japonaise à baisser les yeux. Il lui avait semblé que ce petit con le dévisageait avec insistance.

– Où c'est qu'on va ? demanda Little.

– Faire un tour au lycée Roosevelt, dit Potter.

– Ça me dit rien de tourner en rond toute la nuit à bord de cette caisse pour trouver un fantôme.

– Qu'est-ce que t'as de mieux à faire ?

– Brianna, dit Little. On va peut-être se revoir ce soir, si elle arrive à se tirer de chez sa mère. Cette pétasse, je lui ai fait voir les étoiles aujourd'hui.

– Elle avait pas l'air tellement jouasse.

– Mon cul.

– Une fille comme elle, t'es pas foutu de la rendre heureuse.

– Putain, elle a passé tout l'après-midi à me chanter « Dis-moi mon nom, dis-moi mon nom ». T'as bien vu qu'elle souriait en ressortant de chez nous. Pas comme la meuf que t'as niquée, en s'en allant elle chialait comme un veau.

– Avec l'anaconda que je lui ai fourré, elle a pas pu se retenir de pleurer. Et puis d'abord, ta copine Brianna souriait pas, elle était morte de rire.

– Qu'est-ce qui l'aurait fait marrer ?

– Le petit vermisseau que t'as entre les jambes.

– Putain, de ce côté-là je suis du diamètre d'une boîte de thon, mon pote.

Potter gratifia Little d'un regard en coin.

– Et de la même longueur, en plus.

Ils remontèrent jusqu'au lycée Roosevelt et trouvèrent une place dans Iowa Avenue. Potter emprunta l'allée qui menait au parking, où plusieurs voitures étaient garées, et s'avança jusqu'à la clôture métallique du stade. Des gosses en uniforme se livraient à des exercices d'échauffement sur le terrain de football. L'écho de leurs échanges de cris rituels se répercutait jusqu'au parking.

– VOUS VOUS SENTEZ COMMENT ?

– GONFLÉS À BLOC !

Potter ne repéra pas Lorenze Wilder dans le groupe de parents proches ou lointains qui avaient pris place sur les gradins. Des hommes aux allures d'entraîneurs faisaient cercle autour des gamins sur le terrain. Potter en reconnut un : c'était le type entre deux âges aux cheveux poivre et sel, celui qui avait eu le front de les dévisager, lui et Little, la fois précédente. Potter cracha par terre et fit demi-tour pour regagner la voiture. Quand il reprit place derrière le volant de la Plymouth, ses traits s'étaient durcis.

Ils retournèrent chez eux. Ils se défoncèrent la tête, picolèrent encore un peu et regardèrent la chaîne UPN et une émission sur WB. Little essaya de convaincre Brianna de revenir le voir en lui tenant des propos mielleux, mais la mère de la gamine s'immisça dans leur conversation téléphonique pour lui annoncer qu'il n'était pas question qu'elle sorte ce soir-là. Potter proposa qu'ils retournent faire un tour, et Little dit qu'il était d'accord. White n'en avait pas envie, mais il s'extirpa du canapé. Potter fourra son . 357 dans sa ceinture, et il mit une chemise Tommy Hilfiger, sans en rentrer les pans dans son pantalon, au-dessus de son tee-shirt sans manches. Il se vissa son bonnet de laine sur le crâne. White enfila un pull Nautica orange fluo, celui qu'il préférait entre tous, et sortit de la maison à la suite de Potter et de Little.

Ils roulèrent le long de Georgia Avenue, dans un sens puis dans l'autre, pour passer leurs troupes en revue. Potter s'envoya une autre maxi-canette ; son visage se renfrogna, et il s'affaissa encore un peu plus sur son siège. À force de se défoncer et de glander, la journée leur avait paru longue, et White avait l'impression qu'il était tard. En tout cas, il faisait nuit noire. Potter bifurqua et engagea la Plymouth dans le grand ensemble de Park Morton, roulant au pas. Il y avait quelques gamins dehors, assis comme d'habitude sur le muret de l'entrée principale.

– La frangine à Lorenze Wilder habite ici, dit Potter.

Little resta silencieux. Il était aussi crevé que White, et dans cet instant-là il aurait cent fois mieux aimé être devant la télé ou au pieu. Il n'aimait pas se retrouver dehors en compagnie de Garfield quand il s'était bourré la gueule et que l'alcool l'enhardissait. Et à dire vrai, Little était un peu bituré aussi.

Potter ralentit encore plus. Un jeune mec dégingandé traversait l'étroite rue en direction d'une étendue de terre battue qui passait pour un terrain de jeux. Il était vêtu d'un pantalon de toile beige, d'un tee-shirt bien repassé et d'une paire de Timberland chamois.

– Demande-lui s'il la connaît, dit Potter.

– Yo ! cria Little par sa vitre.

Ils étaient arrivés à la hauteur du jeune mec. Il continuait à marcher, et la Plymouth régla son allure sur son pas.

– Quoi ? fit le jeune mec qui ne leur jeta qu'un bref coup d'œil pour ne pas avoir l'air de leur manquer de respect, mais sans ralentir sa marche.

– Tu connais une nommée Wilder qui habite ici ? lui demanda Little. Elle a un petit garçon qui joue au football ou une connerie de ce genre. Un pote à moi lui doit de la thune, il m'a demandé de faire un saut chez elle pour lui dire qu'il la rembourserait la semaine prochaine.

Le jeune mec les regarda de nouveau, inspecta des yeux l'avant et l'arrière de la voiture, son regard s'attardant peut-être un poil trop longtemps sur le garçon en polaire fluo qui avait une drôle de dégaine, ensuite il se détourna.

– Je connais personne dans ce coin, parole. Je suis arrivé ici qu'y a une semaine, pas plus.

– Bon ben, salut.

– Salut, répondit le jeune mec.

Il fit un écart pour gagner le terrain de jeux, marchant la tête haute, en carrant les épaules, puis tourna à l'angle d'un bâtiment et s'engloutit dans les ténèbres.

– Peut-être que j'aurais dû lui parler moi-même, à ce

mec-là, dit Potter, qui avait visiblement du mal à garder les paupières ouvertes.

– Il a dit qu'il en savait rien, T, protesta Little. On va pas se faire chier avec ça toute la nuit.

Potter continua à rouler à petite vitesse autour des bâtiments. Il épousa une espèce de longue boucle qui le mena de l'autre côté de la cité. Ils aperçurent un groupe de gens dans une cage d'escalier qu'éclairait une pâle lumière jaune. Potter freina, fit bifurquer la Plymouth sur la terre battue et coupa le contact.

– Venez, dit-il.

Les deux autres descendirent de voiture et lui emboîtèrent le pas en direction de l'entrée de l'immeuble. Trois hommes étaient accroupis dans la cage d'escalier, et une femme aux yeux boursouflés et injectés de sang s'adossait à l'un des murs en parpaing. Elle tenait de la même main une cigarette et une bouteille emballée dans un sac en papier brun. La fumée restait en suspens dans la lumière jaune.

Ces mecs-là sont tous des vieux débris, se dit Potter. Personne les connaît, et tout le monde se bat les couilles de ce qui leur arrive.

Les joueurs de dés levèrent brièvement les yeux quand Potter s'avança vers eux, avec Little et White dans son sillage. Le plus âgé des trois hommes, qui avait le menton orné d'une barbe en pointe, portait une chemise noire à fine rayures blanches et une casquette Kangol noire. Il examina Potter de la tête aux pieds, puis jeta ses dés, les faisant rebondir contre le mur. En retombant, les dés marquèrent six points chacun. Ce coup de bol insensé donna lieu à un certain nombre de commentaires, puis des billets changèrent de mains. L'argent des mises était étalé sur le sol en béton.

– Si vous voulez entrer dans la partie, faudra attendre, dit le lanceur tout en fixant le mur des yeux et en agitant les dés au creux de sa paume.

Potter n'aimait pas qu'on lui parle sans le regarder dans les yeux, comme cet homme venait de le faire.

– C'est ta gonzesse ? demanda-t-il en fixant des yeux la femme adossée au mur.

Elle soutint son regard, même lorsqu'il se mit à lui sourire en se passant la langue sur les lèvres.

Sans répondre, le joueur de dés lança.

– Je t'ai demandé si c'était ta gonzesse.

– Et moi je t'ai dit qu'il faudrait attendre, répondit l'homme.

Les autres s'esclaffèrent. L'un d'eux plongea une main dans sa poche de poitrine et en tira une clope. Ils évitaient le regard de Potter.

– Debout, dit Potter. Lève ton vieux cul fatigué et regarde-moi en face.

Le joueur de dés poussa un soupir, puis se dressa. Le mouvement lui arracha un grognement, et il se frotta le genou. Il était vieux. Mais plus large d'épaules que Potter ne l'aurait cru, et plus grand aussi. Il le dépassait d'une bonne tête. Ses yeux papillonnaient à présent.

– T'as quelque chose à me dire ?

Potter glissa une main sous le pan de sa chemise et il tira le Colt de sa ceinture. Il le tint à la hauteur de sa hanche, le braquant sur le ventre du type. Le regard du type resta serein ; ses yeux ne s'agrandirent même pas.

– File-moi tout le blé, dit Potter.

Le type fit « merde » d'une voix traînante, et il sourit.

– Je vais prendre ton pognon, dit Potter. Si t'y tiens, je peux te faire la peau devant ta gonzesse par-dessus le marché.

– Écoute, fiston, dit le type. De vrais hommes m'ont mis en joue quand j'étais à plat ventre dans des rizières boueuses, et ça a duré deux ans. Et aujourd'hui je me retrouve face à face avec toi. J'ai l'air de me faire de la bile à cause de ce petit flingue de rien du tout que tu tiens à la main ?

– Ce truc-là ? fit Potter en regardant le revolver comme s'il venait soudain de lui surgir dans la main. Je comptais pas te tirer dessus avec, papy.

Retournant son arme dans sa main, Potter fit décrire un arc à la crosse d'un mouvement si rapide qu'on n'en discernait plus qu'une tache floue. Il l'abattit en travers du front du type, dont la violence du coup fit tomber la casquette. Le type se couvrit le visage d'une main, et aussitôt des filets de sang lui coulèrent entre les doigts. Il recula d'un pas chancelant et son dos entra en contact avec le mur. Potter lança le revolver en l'air et le rattrapa avant qu'il n'ait effectué un tour complet, si bien qu'il le tenait par la crosse à présent. Il se porta vers l'avant, sans prêter aucune attention aux deux autres hommes qui s'étaient levés brusquement et s'éloignaient à reculons, et il assena un coup à la pommette du type en y mettant toute sa force. Il lui écrabouilla le nez de la même façon, lui projetant la tête de côté si bien que les parpaings furent éclaboussés de sang. Le rire de Potter couvrit passagèrement les hurlements de la femme. Au moment où il prenait son élan pour frapper le type encore une fois, quelqu'un le saisit par le bras. Lorsqu'il tourna la tête en roulant des yeux furibards, il vit que c'était Charles White qui le retenait.

– Retire tes sales pattes de là, merde ! vociféra Potter.

– On n'a qu'à prendre le blé, ça suffira, dit Little en s'avançant dans la lumière. Pour un peu, tu l'aurais tué, cet enfoiré-là.

– Bon ben, prends le blé, alors, dit Potter.

Il eut un sourire et cracha sur le type qui gisait à ses pieds, le visage en sang.

– Tu la ramènes plus maintenant, hein, papy ?

Potter émit un bref rire et s'écria d'une voix exultante :

– Dans cette putain de ville, personne a intérêt à marcher sur les pieds de Garfield Potter !

Après avoir ramassé les billets éparpillés sur le sol en

béton, Little et White gagnèrent la pelouse à reculons, puis ils firent demi-tour et marchèrent d'un pas rapide jusqu'à la voiture. Personne ne se lança à leurs trousses, personne n'appela au secours.

Little compta l'argent tandis que la voiture roulait en direction de la sortie du grand ensemble. White jeta un coup d'œil au rétroviseur. Un rictus s'était figé sur le visage de Garfield Potter.

Lamar Williams dit bonne nuit à sa mère, une femme de trente-deux ans dont le visage et le corps trahissaient dix années de plus. Adossée à la gazinière de leur minuscule cuisine, elle fumait une cigarette.

– D'où tu viens, Lamar ?

– Je suis allé à l'entraînement avec M. Derek. Et après j'ai regardé le catch à la télé avec le petit Joe Wilder. On était chez sa mère.

– Faudra que tu restes à la maison demain soir. Je dois sortir.

– D'accord.

Lamar s'avança jusqu'au bout du couloir et il poussa la porte de la chambre de sa petite sœur. Elle était étendue de tout son long sur son lit, vêtue de son pyjama imprimé de petites roses. Elle avait aux pieds ses chaussons en peluche jaune d'or, aux pointes ornées de la tête de Winnie l'Ourson, qui ne la quittaient jamais. Quel âge avait-elle à présent ? Bientôt quatre ans ? Lamar la recouvrit d'un drap.

Il retourna jusqu'à sa chambre, alluma sa radio, s'assit au bord du lit et écouta le D. J. Flexx discuter avec une gamine qui avait appelé pour saluer ses potes en direct. Sur quoi Flexx passa le dernier tube de Wyclef Jean, un duo avec Mary J. que Lamar aimait bien, celui dans lequel ils chantaient « Vite, appelez police secours ». Elle était super, cette chanson. Chaque fois qu'il l'écoutait, il se sentait mieux.

Lamar se laissa aller en arrière sur le lit. Sous le tee-shirt blanc, son cœur battait toujours à tout rompre. Il avait bien fait de ne rien lâcher à ces mecs qui avaient essayé de lui faire cracher le morceau en l'interrogeant par la vitre ouverte de leur bagnole, parce que quoi qu'ils puissent vouloir à la mère de Joe Wilder, ça n'avait forcément rien de bon. Mais c'était dur de toujours bien faire. D'être obligé de marcher d'une certaine façon, de parler d'une certaine façon, d'être protégé en permanence d'une carapace, alors qu'il y avait des jours où on n'avait envie que d'être jeune et de s'amuser. De se détendre un peu.

Lamar était fatigué. Se couvrant les yeux d'une main, il s'efforça de ralentir sa respiration.

13

Strange passa sa matinée du mercredi à remettre de l'ordre sur son bureau, son heure du déjeuner à déposer devant le tribunal où l'avait convoqué un avocat de la 5e Rue, et son après-midi à mettre la dernière main à sa petite enquête sur Calhoun Tucker. Après une courte visite à deux bars d'U Street, il remonta en voiture pour se rendre dans une boîte de nuit de la 12e Rue, qui n'était qu'à deux pas de l'immeuble du FBI et avec laquelle, s'il fallait en croire George Hastings, Tucker avait été plusieurs fois en affaires.

Tous ceux qu'il interrogea ce jour-là l'assurèrent que Tucker était un jeune entrepreneur brillant, à qui il arrivait de se montrer intransigeant, mais dont l'intégrité ne faisait de doute pour personne. La barmaid de la boîte, une jolie femme à la peau d'ébène qui faisait ses derniers préparatifs, déclara que Tucker était « un type bien », mais ajouta qu'à part ça il avait « un problème avec les femmes ».

– Un problème de quelle nature ? lui demanda Strange.

– Étant vous-même un homme, vous allez probablement trouver que ce n'en est pas un.

– Essayez toujours.

– Calhoun ne peut tout simplement pas se contenter d'une femme. C'est un coureur en série, comme il y a des tueurs en série. Qu'un type jeune soit comme ça, passe encore, mais vu son tempérament, il sera coureur toute sa vie, vous voyez ce que je veux dire ? Au-delà d'un certain âge, il faut se réfréner un peu, sans quoi on finit inéluctablement par causer de la souffrance.

– Il vous en a causé, à vous ?

La barmaid cessa de trancher son citron vert et pointa sur Strange son couteau à courte lame.

– Si c'est le cas, ça ne regarde que moi.

Strange posa sa carte de visite sur le comptoir.

– Si jamais l'envie vous prenait de me dire autre chose à son sujet, vous n'avez qu'à me contacter.

Strange rentra chez lui, cogna un moment sur le sac de sable du sous-sol, prit une douche, fit manger Greco et se connecta sur Internet pour lire les commentaires d'un forum de discussion sur les placements boursiers tout en écoutant la bande originale de *Il était une fois la révolution* dont il venait de s'offrir le CD d'importation.

– À plus tard, mon petit vieux, dit-il en tapotant le crâne de Greco avant de se diriger vers la porte Faut que j'aille au lycée Roosevelt.

Ce soir-là, ils menèrent l'équipe d'une main de fer, sachant que le match était pour bientôt et que l'entraînement de la veille serait moins astreignant. Les gamins faisaient bonne figure. Ils commettaient peu d'erreurs et ne s'essoufflaient pas. Les Gnomes, qui portaient des maillots numérotés, étaient d'un côté du terrain avec Lydell Blue, Dennis Arrington et Lamar Williams, et les Petits Bouts en occupaient l'autre moitié. Après l'échauffement, juste avant la tombée de la nuit, Strange regroupa les Petits Bouts au centre du terrain et leur annonça qu'il était temps de faire quelques parties d'essai. Strange prit les attaquants à part tandis que Quinn mettait la défense sur pied.

Ayant terminé leur conciliabule, les attaquants prirent place sur la ligne. Dante Morris attrapa le ballon que

Prince avait expédié entre ses jambes et l'envoya à Rico, qui se fraya un passage à travers la ligne de défense en esquivant Joe Wilder qui essayait de le bloquer de l'épaule, échappa de justesse à une maladroite tentative de plaquage et se fit jeter à terre vingt mètres plus loin.

Quinn prit à part le gamin qui avait raté son plaquage.

– Un plaquage, ça ne se fait jamais d'une seule main. Pas question que tu tendes simplement un bras en disant, Je vous en prie mon Dieu, faites-le tomber. Ça ne marche jamais de cette façon, t'entends ?

– Oui.

– Fonce-lui dans le bide, referme les bras autour de lui et serre de toutes tes forces.

Le gamin fit oui de la tête, et après que Quinn eut frappé un petit coup de la main sur son casque, il repartit au trot vers le conciliabule des défenseurs.

Joe Wilder ralentit l'allure au moment où il passait devant Strange pour rejoindre celui des attaquants.

– Quarante-quatre passe arrière, monsieur Derek ?

– Tente le coup, dit Strange. Il était bien, ton blocage, Joe.

Wilder essaya sa tactique avec Dante Morris, qui avait décidé que ce serait l'affaire d'un seul joueur – un flanqueur qui franchirait la ligne de défense pour gagner la ligne de but. Wilder l'exécuta à la perfection et pénétra dans la zone de but avec le ballon. Il exécuta une danse de la victoire à l'intention de ses coéquipiers et revint vers Strange au petit trot, manifestement aux anges.

– Plus tard, je jouerai encore plus mieux dans l'équipe des Redskins, monsieur Derek.

– On doit dire « je jouerai encore mieux », rectifia Strange, qui sourit ensuite jusqu'aux oreilles, car il y croyait.

Après l'entraînement, Strange s'entretint un moment

avec Blue, puis il intercepta Quinn au moment où ce dernier montait à bord de sa Chevelle.

– Pourquoi tu nous quittes si vite, Terry ?

– Je suis pris ce soir.

– Une femme ?

– Voilà.

– Moi qui croyais que tu comptais boucler l'affaire Jennifer Marshall ce soir même.

– C'est ce que je vais faire, dit Quinn. Je t'appellerai pour te dire si ça a marché.

Prince, Lamar et Joe Wilder attendaient Strange à côté de sa Brougham. Après avoir rangé dans le coffre le dossier de l'équipe de football, il les fit monter en voiture et sortit du périmètre du lycée Roosevelt.

Strange bifurqua dans la rue où habitait Prince, qui n'était qu'à une courte distance du terrain de football.

– Ma maisson est là, zozota Prince.

– Je sais, dit Strange en arrêtant la voiture. Rentre tout droit chez toi, mon garçon, ne fais pas de détours. Si les jeunes mecs qui sont au coin de la rue, là-bas, essayent de te chambrer, tu n'as qu'à faire comme s'ils n'étaient pas là, compris ?

Prince fit oui de la tête et descendit de voiture. Il gravit rapidement les marches qui menaient à sa maison, où la lumière de la véranda était restée allumée.

Tandis qu'ils roulaient le long de Georgia Avenue en direction du bas de la ville, Joe Wilder tenait une figurine guerrière dans chaque main. Heurtant leurs têtes en caoutchouc comme celles de deux béliers de combat, il émettait des bruits de choc.

– Je croyais qu'ils étaient copains tous les deux, dit Lamar, qui était assis à côté de lui.

– Non, mon pote, Triple H est l'ennemi du Roc depuis qu'il a épousé la fille du gouverneur.

Joe Wilder leva les yeux sur Lamar.

– Tu viendras regarder la série avec moi ce soir ?

– D'accord, dit Lamar. Mais je resterai qu'un petit moment.

Après les avoir déposés, Strange inséra une cassette dans le lecteur de son tableau de bord. Une compil de Stevie Wonder que Janine avait préparée pour lui. Les gamins assis sur le muret posèrent sur lui un regard hargneux lorsqu'il franchit dans l'autre sens l'entrée du grand ensemble. Tandis que la stéréo diffusait « Heaven Is 10 Zillion Light Years Away[1] », Strange ne put s'empêcher de se dire une fois de plus que cette chanson de Stevie était d'une beauté merveilleuse. Et comme il était triste que le paradis soit effectivement aussi inaccessible pour ceux qui étaient venus au monde là où ils n'auraient pas dû sans qu'on leur ait demandé leur avis.

Sue Tracy passa prendre Terry Quinn chez lui un peu après dix heures ce soir-là. Elle attendit debout sur le seuil de l'appart tandis qu'il enfilait un blouson de cuir noir par-dessus son tee-shirt blanc. Tout en faisant cela, il barrait la route à Tracy, lui ordonnant clairement par son langage corporel de ne pas faire un pas de plus. Elle le regarda fourrer l'étui qui contenait sa plaque dans l'une des poches du blouson, et son téléphone portable dans l'autre. De toute évidence, son seul désir était de mettre les bouts avant qu'elle ait pu examiner pour de bon l'endroit où il créchait. Mais Tracy en avait déjà suffisamment embrassé du regard pour se rendre compte qu'il n'y avait pas grand-chose à voir.

Ils sortirent du petit immeuble en briques trapu de deux étages et se dirigèrent vers une vieille fourgonnette Econoline de couleur grise garée le long du trottoir dans Sligo Avenue.

1 « Le Paradis est à un nombre incalculable d'années-lumière », chanson de l'album *Fullfillingness' First Finale* (Tamla-Motown, 1974). *(N. des T.)*

– Salut, Mark, lança Terry à un adolescent métis qui se tenait au milieu d'un groupe de garçons de son âge devant la supérette du coin, celle qui débitait surtout de la bière et des clopes.

– Ça boume ? marmonna le jeune mec, avec une visible mauvaise grâce, en évitant le regard de Quinn.

Tracy s'arrêta pour allumer une cigarette. Elle laissa tomber au sol l'allumette qu'elle venait de gratter et recracha un panache de fumée du coin de la bouche.

– Ce gamin t'a à la bonne, Terry.

– Oh il m'aime bien, tu sais. Il obéit simplement à une espèce de code. Il n'a pas le droit de se montrer amical envers moi quand il est avec sa bande, tu comprends. Je me suis installé une salle d'exercice dans le sous-sol de mon immeuble ; j'autorise quelques mecs du quartier à faire de la muscu avec moi, à condition qu'ils nous traitent avec respect, le matériel et moi.

Ils s'arrêtèrent à la hauteur de la fourgonnette, et Tracy finit sa cigarette avant d'y monter, attente que Quinn subit stoïquement.

– Et en plus, tu entraînes une équipe de football.

– Je file un coup de main, c'est tout.

– T'es pas aussi dur que t'en as l'air, Terry.

– C'est une façon de tuer le temps qui en vaut une autre.

– Ben tiens, dit Tracy en écrasant sa cigarette sous son talon. On commence par où ?

– On va d'abord passer prendre Stella. J'ai mis toute l'opération au point.

La fourgonnette datait des années 70. En guise d'équipement, elle disposait d'une banquette avant et d'une banquette arrière, et c'était à peu près tout. Le levier de vitesses, qui n'en commandait que trois, jaillissait comme une branche du tronc sur lequel reposait le volant. On avait remplacé l'autoradio d'origine par un lecteur de cassettes dont le boîtier s'était dévissé et dont les fils pendaient lamentablement dans le vide au-dessous du tableau de bord.

– J'imagine qu'en avion aussi tu ne voyages qu'en première classe, dit Quinn.

– On nous en a fait don, dit Tracy.

Elle portait un blouson de nylon noir au-dessus d'un chemisier noir aux pointes de col boutonnées et d'un pantalon du style vêtement de travail en toile gris ardoise. Elle fouilla dans la poche de son blouson, en sortit un chouchou gris qu'elle plaça entre ses lèvres tandis qu'elle rassemblait ses cheveux en queue-de-cheval. La couleur de son chouchou était assortie à celle de son pantalon. Elle tira de derrière le pare-soleil une paire de lunettes à monture noire de forme rectangulaire, qu'elle chaussa.

– Très flashantes.

– La fourgonnette ? Il doit même y avoir une pipe à eau qui traîne quelque part, si ça t'intéresse.

– C'est de tes lunettes que je parlais.

– Elles nous sauveront d'une mort certaine. Dès que la nuit tombe, j'y vois plus que dalle.

Ils descendirent jusqu'à Northwest, entrèrent dans Rock Creek Park au coin de la 16e Rue et de Sherrill Drive et continuèrent vers le sud. Tracy inséra une cassette des plus grands succès de Mazzy Star dans le lecteur du tableau de bord. Les gonzesses n'écoutent que de la musique de gonzesses, se dit Quinn, n'empêche que c'était du rock et que c'était pas mal.

Ils n'échangèrent que de rares propos tandis qu'ils roulaient vers le centre-ville. Ce n'était pas désagréable. Quinn ne ressentait pas ce qu'il ressentait le plus souvent en compagnie d'une femme, ce qui le poussait à vouloir lui expliquer qui il était, les raisons pour lesquelles il avait pris le chemin qui l'avait conduit à devenir flic. La voix de la chanteuse, dont le timbre un peu rauque n'avait rien de forcé, le décontractait et l'excitait en même temps. Il tourna le regard vers Tracy, les tendons de son cou, le modelé élégant de sa mâchoire à l'endroit où elle rejoignait l'oreille.

– Qu'est-ce qu'il y a ? lui demanda Tracy.

– Rien.

– Tu me fixes encore des yeux, Terry.

– Excuse-moi, dit Quinn. J'étais absorbé dans mes pensées, c'est tout.

Au bout d'un moment, ils ressortirent de Rock Creek Park. Stella surgit de l'ombre d'une église à l'angle de la 23e Rue et de P Street alors qu'ils garaient la fourgonnette le long du trottoir.

– C'est elle ?

– Oui.

– Elle a l'air d'avoir dans les quinze ans.

– Un cobra aussi, ça vit jusqu'à quinze ans, dit Quinn.

– Ah bon ?

– Simple analogie.

– Les portes ne sont pas verrouillées à l'arrière, dit Tracy. Dis-lui de passer par là pour monter à bord.

Quinn abaissa sa vitre au moment où Stella arrivait à leur hauteur. Elle était vêtue d'un pantalon de cuir noir et d'une chemise de coton blanc et portait en bandoulière un sac noir de forme ovale. Ses lunettes étaient de guingois sur son nez.

– Il te plaît ? fit-elle en baissant le regard sur son pantalon.

Ses yeux étaient comiquement grossis par les verres de ses lunettes.

– C'est pour toi que j'ai mis ce fute, inspecteur Quinn. Il est en similicuir, mais c'est pas grave. Ce soir, quand j'aurai palpé ma thune, je m'en payerai un vrai de vrai en cuir.

– T'as de l'allure, lui dit Quinn.

– Vaut mieux que je prenne quoi, comme couleur ? Du noir ou du marron ?

– La porte est ouverte à l'arrière. Allons-y.

Ils partirent en direction de l'est. Quinn présenta Stella à Sue Tracy. Stella répondit évasivement aux questions de Tracy. Elle ne s'animait que lorsque Quinn l'interrogeait. Manifestement, elle se donnait beaucoup de mal pour capter son attention. Pour Tracy, il sautait aux yeux que Stella s'était entichée de Quinn, ou qu'il représentait pour elle une figure paternelle. C'était gros comme une maison, mais comme la plupart des mecs il ne se rendait compte de rien.

Dans la 16e Rue, ils aperçurent quelques filles qui tapinaient sur la promenade, la portion de trottoir qui s'étirait devant un alignement d'hôtels, juste au-dessous de Scott Circle.

– C'est le bon coin ? demanda Tracy.

– C'est pas des putes à Cosmo, dit Stella.

– Où on en trouvera, alors ? demanda Quinn.

– Continuez à rouler, dit Stella. Les hommes d'affaires de passage, c'est pas la clientèle qu'il recherche. Ils sont trop bavards et pas assez rapides. Les putes à Cosmo vont de rond-point en rond-point. Tantôt c'est à Logan Circle qu'elles font la retape, tantôt c'est à Thomas Circle, vous voyez ce que je veux dire ?

Quinn voyait très bien.

– C'est vieux comme le monde. Quand j'avais quinze ans, elles se répartissaient déjà les trottoirs comme ça.

Tracy lui jeta un regard en coin.

– Y a que des mecs de par ici, continua Stella. Des types mariés à des femmes qui refusent de leur faire des pipes, des merdeux qui veulent perdre leur pucelage pour leur anniversaire, des militaires en vadrouille, et tout ça. Cosmo a des piaules qui sont pas loin.

– On va essayer de la choper dans l'immeuble où les filles de Wilson font des passes ? demanda Quinn. Mais pourquoi ?

– Parce qu'elle a pas confiance en moi, dit Stella.

Elle veut rien entendre pour me retrouver ailleurs.

Tracy fit entrer la fourgonnette dans Thomas Circle, dont elle entreprit de faire le tour.

– Tournez à droite à la prochaine, dit Stella. Et bifurquez à droite dans la 14e Rue au coin suivant.

Dès qu'ils eurent pénétré dans le quartier qui s'étend au nord de Thomas Circle, le paysage se transforma du tout au tout, la nuit animée d'une vie citadine intense se substituant à la ville fantôme. Des magasins installés à l'entresol d'immeubles conçus à l'origine comme maisons mitoyennes à vocation résidentielle bordaient la rue de part et d'autre. Les commerces changeaient peu à peu d'aspect, les théâtres nouvellement construits, les restaurants et les bars surgissant avec régularité. En fait, cette métamorphose avait commencé bien des années plus tôt. Les blancs qui voulaient rénover le quartier faisaient des pieds et des mains pour bannir les épiceries familiales, en invoquant d'obscurs articles de loi comme ceux qui interdisaient la vente de boissons alcoolisées à proximité des lieux de culte. Ces rénovateurs zélés dénonçaient à cor et à cri les activités peu avouables qui avaient lieu à même les trottoirs, attirant une clientèle dont la moralité n'était pas des plus sûres. Leur véritable objectif était de faire déguerpir leurs voisins au teint basané ou noir qui appartenaient aux classes inférieures. Mais ces derniers ne l'entendaient pas de cette oreille. Il restait encore d'anciens ensembles de logements article 8 tout au bout de cette rue, sans parler des familles qui avaient habité le quartier de génération en génération. Ce quartier était le leur. Point de détail sur lequel les obsédés de la rénovation ne s'étaient jamais arrêtés.

Il n'y avait pas la moindre tapineuse dans cette portion de la 14e Rue. Mais ils tournèrent à droite et au bout d'une centaine de mètres Quinn aperçut en avant d'eux, rangées en double file, des voitures immatriculées dans le Maryland ou en Virginie, leurs feux de stationnement clignotant, des filles s'accoudant à leur portière côté conducteur.

– Arrêtez-vous là, dit Stella.

Tracy se gara le long du trottoir et coupa le contact. Quinn inspectait la rue des yeux.

Une cinquantaine de mètres plus loin, deux filles de joie, une noire et une blanche, côte à côte sur le trottoir devant l'entrée d'une maison mitoyenne, étaient en train de s'allumer chacune une cigarette. L'une des deux, la jeune blanche à la chevelure abondante qui portait des bas résille blancs et des porte-jarretelles sous une jupe blanche moulante, gravit les marches qui conduisaient à l'entrée et disparut à l'intérieur de la maison. Quelques instants plus tard, un noir corpulent vêtu d'un costard qui le boudinait descendit de sa voiture, une Buick de modèle récent, et entra dans la maison à son tour.

– Ce sont toutes des filles à Wilson ? demanda Quinn.

– Pas toutes, répondit Stella. Y en a quelques-unes qui sont à leur compte, des putes qui la jouent perso. Du moment qu'elles lui manquent pas de respect en le regardant de travers, tout va bien pour elles. Mais Cosmo est propriétaire des piaules qui servent à faire des passes. Tout est à lui là-dedans. Il loue les deux derniers étages, dans les six chambres, quoi.

– Et en bagnole, elles font quoi ?

– C'est tout juste bon pour une petite pipe. Comme Cosmo touche du blé sur la chambre, il dit à ses putes de se démerder pour les emmener là-haut. Toute façon, baiser avec un mec dans une voiture, c'est pas recommandé. Si un flic te pique en train de faire ça, même un flic qui palpe, il est obligé de t'embarquer. On est pas dans le Bronx.

– C'est de là que tu viens, Stella ? demanda Tracy.

– Oh moi m'dame, je viens de nulle part.

– On attend Jennifer ? demanda Quinn.

– Tu viens de la voir, dit Stella. C'était la blanche avec des bas blancs, celle qui est rentrée dans la maison.

– Elle était pas comme sur la photo, dit Quinn.

– Tu t'imaginais peut-être qu'elle porterait encore ses fringues de lycéenne ?

Stella éclata d'un rire sans joie, qui aurait pu être le rire d'une femme déjà avancée en âge et qui fit remonter un frisson glacé le long de l'échine de Quinn.

– Maintenant, c'est plus une gamine. Elle est pute, un point c'est tout.

– On aurait pu la choper pendant qu'elle était dehors.

– Faut faire ce qui m'arrange le mieux. Je t'avais dit que je serais du voyage, mais je veux pas qu'on me repère, tu comprends ?

– Continue, je t'écoute.

– J'ai passé un coup de fil à Jennifer. Quand on s'était connues, je lui avais chouré son Walkman et les CD qu'elle avait sur elle. Elle allait jamais nulle part sans sa musique. Quand je l'ai appelée, je lui ai dit que j'avais trouvé son matos dans le sac d'une autre pétasse, et que je voulais lui ramener le tout.

– Le lui ramener où ?

– Je lui ai filé rencard à onze heures et demie dans la 2 C. Une piaule du deuxième étage qui donne sur l'arrière de la maison. Avec un escalier d'incendie qui descend jusqu'à la ruelle. Y a une fenêtre qui donne sur l'escalier d'incendie, une de ces grandes fenêtres qu'on baisse et qu'on soulève…

– Une fenêtre à guillotine, dit Quinn.

– Si tu veux. Cosmo dit toujours à ses putes : « Laissez toujours cette fenêtre ouverte, au cas où vous seriez obligées de vous tirer en vitesse. »

Quinn jeta un coup d'œil à sa montre : il n'était pas loin de onze heures.

– Je crois que je vais lui rendre visite un peu plus tôt que prévu, dit-il.

– Je viens avec toi, dit Tracy.

– Qui va conduire la fourgonnette ? demanda Quinn en désignant de la tête la gamine assise à l'arrière. Elle ?

Tracy regarda dehors l'espace d'un moment, puis ses yeux se reposèrent sur Quinn. Elle se pencha par-dessus le dossier et tira sa serviette en cuir de sous la banquette arrière. Elle plongea une main dans la serviette, y puisa deux petites radios Motorola FRS et en tendit une à Quinn.

– C'est un talkie-walkie ?

– Exactement.

– Il est pourvu d'un système de décodage ?

– Arrête de faire le con, Terry. Tu le laisses allumé, d'accord ? Il y a un signal d'alarme. Si tu l'entends, c'est que j'essaye de te joindre.

– D'accord.

Quinn alluma l'appareil de façon que Tracy voie bien qu'il avait obtempéré, puis il le glissa dans sa poche.

– Combien de temps ça va te prendre ? lui demanda Tracy.

– Si Jennifer est bien là où Stella l'a dit, il me faudra dix minutes à tout casser.

– Je vais passer dans l'allée de derrière avec la fourgonnette, mais je vais te donner cinq minutes avant de démarrer. Moi, j'aime pas les allées, Terry. J'ai vu trop d'opérations foirer dans des allées.

– Moi aussi.

– Je veux pas m'y retrouver coincée.

– D'accord. Je ferai descendre l'escalier d'incendie à la gamine. On se retrouve dans dix minutes, c'est ça ?

– Dix minutes.

Quinn descendit de la fourgonnette et traversa la rue. De la musique disco jaillissait à pleins tubes des vitres ouvertes d'une des voitures garées en double file. La fille qui faisait le pied de grue en bas de la maison, une noire aux lèvres peintes en rouge vif et aux joues barbouillées de carmin, avec des fesses rebondies qui dépassaient de sa minijupe, le jaugea du regard et lui sourit au moment où il arrivait à sa hauteur.

– T'es libre ce soir, mon chou ?

– Non, j'ai rencard, ma poule. Y a une fille qui m'attend là-haut.

Les yeux de la pute perdirent aussitôt leur éclat, et Quinn la dépassa. Il gravit les marches du perron, ouvrit la porte et pénétra dans un couloir d'entrée exigu. La porte se referma sans bruit derrière lui. Il inspecta du regard la volée de marches qui montait au premier. Une odeur de tabac, d'herbe et de désinfectant flottait dans le couloir d'entrée. Quinn perçut des voix à l'étage. Il entendit aussi des pas.

Son sang s'était accéléré. Ça l'excitait de se retrouver de nouveau au cœur de l'action. Dans un endroit comme celui-ci, en plus. Ça lui rappelait la première fois qu'il avait lui-même été chez une pute, quinze ans plus tôt, dans une maison qui ressemblait beaucoup à celle-ci, à quelques rues de l'endroit où il se tenait à présent.

Il sortit le talkie-walkie de sa poche et le déconnecta. Il n'avait besoin d'aucun gadget. Il n'avait pas besoin d'un « signal d'alarme » ni de rien d'autre de ce genre qui aurait risqué de détourner son attention au moment où il cherchait la fille.

Quinn entreprit de monter l'escalier.

14

Cosmo Wilson roulait nonchalamment le long de la 14e Rue au volant de sa 400 SE de 1992, carrosserie bleu nuit et intérieur en cuir beurre frais, avec musique en sourdine. La stéréo diffusait une compil de ballades des Isley Brothers, Ronald susurrant de sa voix enjôleuse « Make Me Say It Again, Girl », essayant de convaincre le bouton de rose de lever sa petite tête et de se laisser inonder.

Wilson avait reculé son siège au maximum. Même dans cette position, ses genoux étaient encore trop hauts et il devait les placer de part et d'autre du volant. Il changea de file, donnant un brusque coup de volant pour éviter le connard qui venait soudain de tourner à gauche sans se servir du clignotant que le bon Dieu lui avait donné à cet effet. Au moment où il faisait cette embardée, le petit sapin en carton parfumé qu'il avait accroché à son rétroviseur oscilla spectaculairement.

Quelque temps auparavant, il avait fait revêtir son volant de fourrure, mais l'Arabe du magasin d'accessoires à qui il avait confié ce boulot avait tout foiré. Il lui avait collé une saloperie bon marché dont les poils se détachaient sous ses doigts et voletaient çà et là dans la voiture. Ceux qui ne savaient pas de quoi il retournait auraient pu se figurer qu'il avait un chat, ou une connerie du même genre. Ça lui apprendrait à faire appel aux services d'un Irakien. Et il aurait dû savoir qu'il valait mieux ne pas se fier à un mec affligé d'un nom de gonzesse comme Leslie.

Son nom de baptême à lui, c'était Fred. Fred, Frederick, Freddie, il en détestait toutes les formes possibles, d'autant plus que quand il était petit les autres gosses lui donnaient tout le temps des surnoms à la con style Fred Pierrafeu. Si jamais ils se permettaient de le répéter une deuxième fois, il leur foutait une branlée et à la longue ça lui avait valu une réputation de terreur. Le surnom de Cosmo lui bottait nettement plus. Il se l'était trouvé tout seul à son retour d'Allemagne, où il avait servi dans l'armée de terre à la fin des années 70. C'était là-bas qu'il s'était monté sa première petite écurie. Une fille à la peau claire et aux yeux bridés, et deux pouffiasses blondes par-dessus le marché. Une Allemande pouvait toujours se maquer avec un noir, sans prêter aucune attention à la couleur de sa peau. Voilà encore un truc qui lui avait plu en Europe.

Wilson composa un numéro sur le clavier du téléphone à touches qu'il s'était fait installer à bord de la Mercedes. Quand il faisait nuit, les touches éclairaient l'habitacle de leur lueur verte, et ça lui plaisait bien. C'était une belle bagnole, la classe, quoi, pas une de ces caisses trop tape-à-l'œil à bord desquelles se baladent des macs qui s'y croient déjà, alors qu'ils viennent à peine de se lancer dans la carrière. La seule touche personnelle qu'il lui avait fait ajouter, c'était le volant en fourrure. Enfin bon, il y avait aussi le poste de télé et le magnétoscope à l'arrière, et les pots d'échappement en inox de chez DNA qu'il venait de se faire poser. Sans oublier le téléphone. Et les roues Y2K qu'il avait commandées tout exprès pour cette chiotte d'enfer. Avec ces jantes-là, elle avait vraiment fière allure.

Quand Wilson eut obtenu sa communication, il souleva le téléphone de son socle.

– Les affaires marchent, ma poule ?

– Doucement.

– J'arrive.

Wilson bifurqua dans une rue perpendiculaire à la 14e et parcourut lentement une centaine de mètres, en inspectant les trottoirs du regard. Ils n'étaient pas très animés. Il passa devant une vieille fourgonnette pourrie et deux autres tas de boue, et fit un écart pour contourner une Chevy Lumina garée en double file. Une de ses putes était accoudée au bord de la vitre ouverte côté conducteur. Cette fille-là bavassait sans arrêt, et dès qu'elle l'ouvrait on s'apercevait qu'elle avait rien à dire. Des gogoles comme elle, y en avait plus d'une dans le métier, et elles le faisaient toutes chier. Il était grand temps de lui rabattre le caquet une bonne fois.

Il se gara le long du trottoir de sa maison mitoyenne, devant laquelle se tenait Carola, une autre de ses putes, qui était sa meilleure gagneuse mais commençait à se faire vieille. Wilson enfonça une touche et attendit que la vitre s'abaisse. Carola s'avança jusqu'à la voiture et s'accouda à la portière.

– Où est Jennifer ?

– L'Écolière ? Elle est à l'intérieur. Elle fait une passe avec un vieux ringard qui ressemble à Al Roker.

– Quoi d'autre ?

– J'en sais rien, moi. Y a un petit blanc qui vient d'entrer. J'ai essayé de le lever, mais il m'a dit qu'il avait déjà rencard avec une meuf. Sauf que j'en ai vu aucune entrer avant lui.

– Il était pété ?

– Il avait pas l'air.

– Les Mœurs, peut-être ?

– Il portait pas d'insigne ni rien.

– D'accord. Pourquoi tu restes plantée là, toi ?

– Je t'ai dit qu'il se passait rien.

– T'as qu'à aller y mettre de l'animation. Retourne sur le terrain et tâche de te dégoter un miché.

– Je suis crevée.

– Moi aussi je suis crevé. Ce qui me fatigue, c'est que tu prétendes que t'es crevée alors que t'as même pas été foutue de me ramener un dollar. Allez ma fille, retourne sur ton lieu de travail et vends ta chatte au plus offrant.

– J'ai mal aux pieds, Cosmo.

– Viens là.

S'inclinant vers Wilson, Carola se laissa caresser la joue.

– Tu sais pas que t'es ma gagneuse numéro un ?

– Si, Cosmo.

Le regard de Wilson s'assombrit.

– Alors m'oblige pas à descendre de cette voiture pour te flanquer une fessée, merde.

Carola se redressa et fit un pas en arrière.

– J'y vais.

– Bravo, chérie.

Wilson sourit, découvrant une rangée de couronnes en or.

– Tout à l'heure, je te masserai les pieds, d'accord ?

Mais Carola était déjà loin, marchant le long du trottoir, et Wilson se dit : Encore heureux que j'ai passé mon diplôme de maquerologie. Ces putes-là, il suffisait de les soumettre à une petite séance de psychiatrie, ça marchait à tous les coups.

Il coupa le contact et déplia sa longue carcasse pour descendre de la Mercedes. Vu son physique, il avait toujours un mal de chien à s'extirper de ces bagnoles importées. Mais durant son séjour à Berlin il s'était épris à tout jamais des voitures allemandes, et aussi spacieuses qu'elles soient, les Cadillac et les Lincoln n'avaient jamais été à son goût.

Debout à côté de sa voiture, il lissa de la main le cuir de son manteau et ajusta son chapeau. Avant de refermer la portière de la Mercedes, il posa un pied puis l'autre sur le bord du bas de caisse, et astiqua de la paume les bouts de ses chaussures en croco. À quoi ça lui aurait servi de claquer cinq cents dollars pour une paire de grolles pareilles si elles ne brillaient pas comme il fallait ? Il ferma la portière et se dressa de toute sa hauteur.

Il ne lui restait plus qu'à aller vérifier les dires de Carola. Voir ce qui pouvait bien inciter un petit blanc à rôder dans les couloirs de sa maison sans avoir payé une gonzesse pour la niquer.

– Oh merde ! s'écria Stella en se penchant vers l'avant et en clignant rapidement des yeux derrière ses lunettes. Voilà Cosmo !

– Où ça ?

– La Mercedes bleue là-bas, c'est sa caisse. Il parle à Carola par la vitre ouverte.

Sue Tracy regarda la fille s'éloigner de la Mercedes et partir à pied le long du trottoir. Ensuite elle regarda Cosmo Wilson descendre de voiture. Il portait un élégant manteau fait d'un cuir très lisse, et un chapeau dont le ruban était du même cuir. Wilson était de haute taille, un bon mètre quatre-vingt-dix, et le cuir souple du manteau soulignait la largeur de ses épaules. Il avait la démarche d'un grand félin.

Tracy appuya sur le signal d'appel de son talkie-walkie, mais elle n'obtint aucune réponse.

Wilson gravit les marches du perron. Il tira la porte à lui et en franchit le seuil d'un mouvement fluide. Le vantail se referma derrière lui et il disparut à l'intérieur de la maison.

Tracy fit une deuxième tentative, puis jeta le talkie-walkie sur le siège à côté d'elle.

– Merde, Terry !

– Qu'est-ce qu'il y a ? lui demanda Stella.

Sans répondre, Tracy mit le contact et passa brutalement en première. Elle fonça jusqu'au coin de l'allée et vira sur l'aile pour s'y engager.

Au moment où il posait le pied sur le palier du premier étage, Quinn lâcha la rampe en bois branlante. Elle continuait à courir le long d'un étroit corridor à angle droit. Les portes des chambres, toutes fermées et surmontées d'une imposte en verre dépoli, étaient du côté opposé à la rampe. Un câble de télévision passait à travers le corridor, allant d'imposte en imposte. Ne percevant aucun signe d'activité à l'étage, Quinn longea le corridor pour gagner la volée de marches suivante.

Les bruits provenant de l'étage supérieur augmentèrent tandis qu'il gravissait l'escalier. Il y avait le son d'un meuble qu'on déplaçait sur un parquet. Un dialogue radiophonique, la voix de basse d'un homme, la voix au timbre encore grêle d'une fille très jeune.

Une fois arrivé sur le palier, Quinn alla vérifier la fenêtre à guillotine qui donnait sur l'arrière de la maison. Elle était à peine entrebâillée ; il la souleva et inspecta du regard l'allée en contrebas à travers l'escalier d'incendie. L'allée était plongée dans le noir, aucun obstacle n'en gênait le passage, et à vue d'œil une voiture y circulerait sans peine.

Quinn s'approcha de la première porte dont la plaque portant le numéro 2C était écaillée par endroits. De l'intérieur lui parvenaient le son de la radio, les bruits de l'homme et de la fille, et les grincements d'un lit à ressorts. La poignée tourna sans lui opposer de résistance ; Quinn poussa la porte et entra dans la chambre.

Un gros noir entre deux âges était couché sur Jennifer Marshall, au centre du lit. Son gros cul et ses hanches rebondies tressautaient tandis qu'il la besognait, et Quinn fut sur lui à l'instant où il tournait la tête. L'empoignant par les épaules, il le tira en arrière et l'envoya dinguer contre le mur contigu au lit. La tête du type, dont le crâne chauve était bordé de cheveux noirs, rendit un son creux en heurtant le mur.

Quinn passa rapidement la chambre en revue : elle avait de hauts plafonds et des murs lépreux par endroits. Elle était meublée d'un lit et d'une table de nuit sur laquelle étaient posés une lampe de chevet et un poste de radio. Elle donnait sur un cabinet de toilette. Des vêtements étaient empilés au pied du lit.

Jennifer n'avait retiré que sa jupe et sa petite culotte. Elle s'était redressée sur son séant et s'adossait à la tête de lit, les jambes toujours écartées. Son sexe était rose et entouré de maigres touffes de poils brun-roux. Quinn détourna les yeux.

– Rhabille-toi, dit-il à l'homme, et fous-moi le camp d'ici.

Le type, qui était nu à l'exception d'une paire de chaussettes marron, ne bougea pas. Son visage était inexpressif, et son sexe gonflé, gainé d'un préservatif, semblait s'être pétrifié.

– Je t'ai dit de te barrer, t'entends ?

– Mais qu'est-ce qui se passe, merde ? demanda Jennifer.

Quinn ramassa par terre sa jupe et sa culotte et les jeta devant elle sur le lit.

– Enfile-les, dit-il avant d'ordonner au type : Dégage.

L'homme entreprit de se rhabiller. Jennifer enfila sa petite culotte et descendit du lit, sa jupe à la main. Elle avait des poignets filiformes, des jambes maigrichonnes. De près, l'épaisse couche de maquillage ne suffisait pas à dissimuler son âge. On aurait dit une petite fille qui avait mis les affaires de sa mère.

– Magne-toi, dit Quinn.

– Vous êtes qui ? demanda Jennifer.

– Je suis enquêteur, dit Quinn. À Washington.

La porte s'ouvrit et Cosmo Wilson entra dans la chambre.

– Alors comme ça, t'es enquêteur ?

Wilson eut un large sourire, exhibant ses couronnes en or.

– Dans ce cas, va falloir me montrer ta plaque, espèce d'enfoiré de mes deux.

Sue Tracy gara la fourgonnette derrière la maison. Capturés par le faisceau de ses phares, des yeux luisaient au pied des poubelles. Quand Tracy coupa le contact, ses phares s'éteignirent et l'allée fut de nouveau plongée dans le noir. Elle prit le temps de s'accommoder à ce soudain changement d'éclairage. Des formes architecturales devinrent discernables. Un premier rat, puis un second traversèrent l'allée à toute allure en avant de la fourgonnette.

Une lumière pâle et diffuse s'insinuait à travers les rideaux d'une pièce du premier étage. Il en venait aussi de la fenêtre qui donnait sur l'escalier d'incendie au deuxième étage.

– On est au bon endroit ?

Approchant tant bien que mal la tête de la vitre de Tracy, Stella leva les yeux sur la maison.

– On dirait bien que oui.

Tracy sortit une liasse de billets de sa serviette et la fourra dans la poche de son pantalon.

– Attends-moi ici.

– Vous allez pas me laisser toute seule ?

– Je reviens tout de suite, dit Tracy.

– Me laissez pas toute seule dans le noir, dit Stella.

– Si tu te casses, t'auras pas ton blé. T'as intérêt à pas l'oublier.

Tracy descendit de la fourgonnette et poussa d'un geste délicat la portière côté conducteur, qui se referma avec un cliquetis assourdi.

Sans se retourner, Wilson tendit un bras derrière lui et repoussa la porte, qui atteignit son chambranle d'extrême justesse. L'homme qui était sur le lit se gardait bien de poser les yeux sur lui. Il se redressa tant bien que mal sur son séant pour passer les jambes dans son pantalon. S'échappant de ses poches, des pièces de monnaie s'éparpillèrent parmi les draps. Quinn resta dans la même position, le dos bien droit, les yeux rivés sur ceux de Wilson.

– J'y suis pour rien, Cosmo, dit Jennifer.

Wilson s'avança de quelques pas, une main dans la poche de son manteau en cuir, et s'arrêta à une ou deux enjambées de Quinn. L'écrasant du haut de sa taille, il l'examina des pieds à la tête et sourit.

– Alors, bonhomme, qu'est-ce que tu fous là ?

Quinn ne lui répondit pas.

– T'avais pas de rencard, dit Wilson, en prenant sa voix de baryton riche et onctueuse.

Quinn resta muet.

– Qu'est-ce qui t'arrive, petit blanc ? T'as perdu ta langue ?

– Je suis venu chercher la fille, dit Quinn.

– Alors tu dois être…

Wilson fit claquer les doigts de sa main libre.

– Terry Quinn. C'est bien ça ?

Quinn hocha lentement la tête.

Tout à coup, la pièce lui semblait petite. Il n'y avait pas de fenêtre, et Quinn savait qu'il n'avait aucune chance d'atteindre la porte. Wilson était un colosse, mais à en juger par la fluidité de ses gestes, son gabarit ne l'encombrerait pas. Il n'y avait qu'une seule façon de l'envoyer au tapis, se disait Quinn, c'était de frapper bas et de s'entortiller autour de lui. C'était toujours ce conseil qu'il donnait aux mioches. Quinn avança imperceptiblement un pied et concentra un peu plus de force dans le genou qui lui correspondait.

– Maintenant tu vas te jeter sur moi, petit bonhomme ? C'est le coup que tu me prépares ?

Wilson sortit de sa poche un couteau à cran d'arrêt et en fit jaillir une lame d'acier de dix centimètres de long en tenant nonchalamment le manche de nacre au creux de sa paume.

– Je me le suis acheté en Italie, dit Wilson. C'est là-bas qu'ils font les plus belles pointes.

L'homme qui était sur le lit boutonnait sa chemise avec des doigts malhabiles. Jennifer leva une jambe pour la passer dans sa jupe.

Une lueur brilla dans les yeux de Wilson.

– T'as la trouille, Terry ?

Une fois de plus, Quinn resta muet.

– Terry. C'est un nom de fille, pas vrai ?

Wilson éclata de rire et esquissa un pas en avant.

– Moi, je m'en fous, Terry. S'il le faut, je peux débiter une gonzesse en rondelles aussi bien qu'un mec.

La porte fut ouverte d'un coup de pied. Sue Tracy lui flanqua un autre coup de pied pour l'écarter de son passage au moment où elle entrait dans la chambre. Son bras droit était tendu devant elle, braquant un . 38 Special à canon court. De l'autre main, elle tenait, ouvert en grand, l'étui qui contenait sa licence.

– Qu'est-ce que c'est que ce joujou à la con ? demanda Wilson.

– Je suis enquêtrice, dit Tracy.

– Vous voulez tous me faire croire que vous êtes flics, c'est ça ?

– Ta gueule, dit Tracy en lui pointant le canon de son revolver sur le visage. Lâche ton couteau.

À l'instant même où cette phrase s'échappait de ses lèvres, Wilson laissa tomber le cran d'arrêt par terre. Mais il souriait encore, et ses yeux où dansait une petite flamme d'amusement allaient sans arrêt de Tracy à Quinn.

– Fichez le camp d'ici, dit Tracy au gros noir.

La seconde d'après, elle eut une poussée d'adrénaline et elle hurla :

– Allez retrouver votre femme et vos gosses, bordel de merde !

L'homme ramassa le reste de ses vêtements sur le sol et sortit précipitamment de la chambre.

Wilson se marra doucement.

– Merde, ma poule. T'es vraiment… on jurerait que t'es un mec, tu t'en rends compte ?

Il eut un signe de tête en direction de Quinn.

– Côté mec, tu vaux cent fois mieux que ce petit con haut comme trois pommes. J'en sais quelque chose.

Tracy remarqua que le visage de Quinn s'empourprait.

– Fais-la sortir d'ici, Terry. Je te suivrai tout de suite après, d'accord ?

Quinn resta pétrifié sur place un moment, les yeux secs et brûlants.

– Emmène-la ! dit Tracy, qui tenait toujours Wilson en joue.

– La cavalerie tiendra les Indiens en respect le temps que les femmes et les enfants évacueront le fort, dit Wilson.

Jennifer Marshall venait d'agrafer sa jupe. Quinn tendit le bras vers elle et l'empoigna fermement par un coude. Elle frissonna à son contact.

– J'y suis pour rien, Cosmo.

Wilson ne lui accorda même pas un regard. Il souriait à Quinn, qui entraînait Jennifer vers la porte, en faisant un détour pour ne pas s'immiscer entre l'arme de Tracy et sa cible.

– À la prochaine, Theresa, dit Wilson.

Tracy entendit le bruit de leurs pas dans le couloir. Elle les entendit sortir par la fenêtre à guillotine. L'écho de leurs deux corps heurtant au passage l'encadrement de la fenêtre s'estompa. Elle tenait toujours le revolver au bout de son bras tendu.

– Et toi, t'as un nom ? lui demanda Wilson.

Tracy prit son mal en patience. Elle les entendit descendre l'escalier d'incendie, et bientôt ce bruit-là s'estompa aussi. Ensuite il n'y eut plus que la voix d'homme s'échappant de la radio et Wilson qui la fixait des yeux en souriant.

Wilson étudiait son galbe.

– Écoute, je voulais pas te vexer en te traitant de mec comme je l'ai fait. Même un aveugle verrait que t'es on ne peut plus femme. Parce que t'as vraiment des super nichons, ma poule. Ça se voit à leur galbe, même à travers ta chemise. Ils doivent se mettre au garde-à-vous quand tu retires ton soutien-gorge. Sois sympa, tourne-toi un peu que je puisse jeter un coup d'œil à ce joli petit cul.

Tracy sentit une goutte de sueur lui couler sur le front. La sueur lui serpenta à travers les sourcils et lui brûla les yeux.

– Et ta chatte, elle est jolie aussi ?

Tracy leva le chien de son . 38 Special.

– Vas-y maintenant, dit Wilson d'une voix douce. Je vais pas me lancer à tes trousses ni rien. Je suis pas du genre à abîmer une femme, sauf si elle m'y oblige. Tu vas pas m'y obliger, hein, chérie ?

Elle sortit de la pièce à reculons, prit le couloir à reculons, franchit à reculons la fenêtre ouverte. Au moment où elle atteignait l'escalier d'incendie, elle jeta un rapide coup d'œil à la fourgonnette qui l'attendait dans l'allée, moteur tournant au ralenti, mais ensuite elle ne quitta plus du regard le deuxième étage et garda son revolver braqué sur la fenêtre pendant qu'elle descendait à reculons les marches en fer.

15

Quinn se dirigea vers la sortie de la ville, respectant la limitation de vitesse et s'arrêtant aux feux orange. Quand Tracy était remontée à bord de la fourgonnette, il lui avait dit merci, mais ils n'avaient échangé que de rares paroles depuis. Tracy savait que Quinn lui était reconnaissant. Elle savait aussi à quelle espèce d'homme il appartenait, et qu'on venait de lui faire honte.

Assises côte à côte sur la banquette arrière, Jennifer et Stella s'engueulèrent pendant toute la traversée de Washington. Mais dès qu'ils eurent franchi la limite du district de Columbia, leur discussion devint moins bruyante, et leurs voix baissèrent encore d'un cran au moment où Quinn s'engageait sur la rampe d'accès du périph. Après avoir pris l'autoroute 270 en direction du nord, Quinn jeta un coup d'œil dans le rétroviseur et vit qu'elles étaient dans les bras l'une de l'autre. Pour la première fois depuis l'opération dans la maison mitoyenne, les mains de Quinn se décrispèrent sur le volant.

Tracy alluma une cigarette et jeta l'allumette par la vitre.

– Comment tu te sens ?

– Bien.

– Rends-moi mon talkie-walkie, s'il te plaît.

Sortant le talkie-walkie d'une poche de son blouson, Quinn le lui tendit.

– Ce truc vaut pas un clou, tu le savais ?

– La prochaine fois, tu devrais l'allumer.

Tracy approcha la main du cendrier et tapota sur sa cigarette pour en faire tomber la cendre.

– Ça te mine pas trop, ta mésaventure de tout à l'heure ?

– Pas du tout, mentit Quinn. Faudrait que je sois le roi des cons pour me prendre la tête là-dessus. L'essentiel, c'est que tu m'as sauvé la mise.

– Sans parler du reste, fit Tracy en souriant jusqu'aux oreilles.

– Il était vachement réussi, ton coup de pied dans la porte. Et tu m'avais même pas dit que t'avais un flingue.

– Mon père m'en avait fait cadeau dans le temps. Il l'avait racheté à un fourgue du centre-ville. C'était de ce modèle-là que les flics de la police de Washington étaient équipés avant de passer au Glock.

– En ville, la possession d'une arme de ce type est interdite par la loi, tu ne le savais pas ?

– Ah bon ?

– Oui, tu serais dans un sacré pétrin si tu te faisais choper avec ce . 38 sur toi. Ça pourrait te coûter ta licence.

– J'aime mieux perdre ma licence que me faire tuer.

– Je te disais ça à titre d'information, c'est tout.

– Sans flingue, j'irais pas me fourrer dans une histoire pareille.

– D'accord.

– Tu vas me faire croire que toi, t'en as pas ?

– Bien sûr que j'en ai un. Ça m'a étonné de ta part, voilà tout.

– J'avais envie de le buter, Terry. Il s'en est vraiment fallu d'un cheveu. Sur le moment, ça m'a un peu fichu la trouille. Ça m'a fait plus peur que lui, tu sais. T'as déjà éprouvé ce genre de sentiment ?

– Je l'éprouve à tous les coups, dit Quinn.

À vrai dire, en cet instant précis, Quinn visualisait la chambre du deuxième étage et Cosmo Wilson.

– En tout cas, t'as fait du beau boulot, dit Tracy. T'as

retrouvé la fille en un rien de temps. Et puis jouer les héros comme ça, c'était aussi un boulot du tonnerre.

– Moi, jouer les héros ? Ce serait pas plutôt toi ?

Tracy eut un sourire en coin.

– Qu'est-ce que tu racontes ?

Quinn la toisa du regard.

– T'as pas froid aux yeux.

Tracy désigna du doigt le bâtiment du dépôt local, qui venait d'apparaître sur leur gauche, de l'autre côté de la route. Quinn fit passer la fourgonnette dans la file de droite et prit la sortie suivante.

Il se gara dans le parking du poste de police de Seven Locks. Sur la banquette arrière, les deux gamines conversaient à voix basse. Fourrant une main dans son sac en forme de ballon ovale, Stella en sortit successivement un walkman et plusieurs CD.

– Je vais en avoir pour un moment, dit Tracy. Rien ne m'y oblige, mais je préfère attendre l'arrivée de ses parents pendant que les flics s'occupent de la paperasse. Chaque fois que ça m'est possible, j'aime mieux avoir un entretien avec les parents.

– Ça me dérange pas. T'as toujours envie d'une petite bière ?

– Plus que jamais.

– Le temps qu'on en ait fini, les bars seront fermés. Je me disais que j'irais essayer de dégoter un pack de six pendant que tu poireautes là-dedans.

– Prends plutôt un pack de douze.

– On se retrouve ici, dit Quinn.

Jennifer se hissa à l'avant et descendit de la fourgonnette. Tracy jeta son paquet de cigarettes à Stella, qui était restée sur la banquette arrière. Jennifer n'adressa pas la parole à Quinn tandis qu'elle passait devant sa vitre en se dirigeant avec Tracy vers le poste de police. Aussi longtemps qu'elles marchèrent le long du trottoir, Tracy tint Jennifer par le coude.

– Tu crois qu'on trouvera un magasin qui vend de la bière à Potomac ?

– Moi aussi, j'en boirais bien une, dit Stella.

– Rêve toujours, dit Quinn.

Ils mirent pas mal de temps à dénicher une épicerie. Une fois qu'ils eurent regagné le parking, Quinn dégoupilla une canette et avala une longue lampée de bière. Assise à côté de lui, Stella tirait sur une des cigarettes de Tracy. Elle avait demandé à Quinn de donner un demi-tour à la clé de contact pour que la batterie fonctionne, et elle inséra dans le lecteur la cassette de Mazzy Star.

– C'est un vieux groupe, dit-elle, mais il déménage encore pas mal.

– Oui, c'est sympa comme musique.

– Elle doit être à ton équipière, cette cassette.

– T'as deviné.

Quinn ferma les yeux en avalant une nouvelle gorgée de bière. Elle était fraîche, délicieuse.

– Toi, tu serais plutôt du genre Springsteen.

– Eh oui.

Il promena son regard sur la bâtisse en briques éclairée par des spots, en se remémorant la nuit qu'il avait passée dans l'une des cellules au temps où il allait encore au lycée. Il avait écopé d'un P. V. pour voies de fait en état d'ivresse au cours d'une fête qui s'était un peu trop prolongée. Quinn avait cassé la gueule au père du garçon qui l'avait invité. Il se demandait si ce gamin avait été traumatisé à vie en voyant son père étendu de tout son long et se faisant assommer à coups de poings par un lycéen de dix-sept ans. Tout ça parce que son vieux avait regardé Quinn d'une drôle de façon, en souriant.

– Eh, tu m'écoutes ?

– Évidemment.

– Mon père aime Springsteen. Le Springsteen du début, à ce qu'il dit, bref, des chansons qui datent d'au moins cent ans. Pas que je te compare à mon père.

D'abord, t'es plus jeune que lui. (Stella tira une bouffée de sa cigarette.) Mon père était « faible et incompétent ». C'est ce que disait le psy chez qui mes parents m'avaient emmenée. Oh je sais bien, ce psy n'était pas censé me dire des trucs pareils. Mais comme je lui suçais sa petite pine pendant qu'on était tous les deux dans son bureau, il me sortait toutes sortes de trucs.

– Je veux pas en entendre parler, dit Quinn.

– Il disait que si j'étais « attirée par les hommes forts », c'était parce que mon père était faible. Qu'est-ce que t'en penses ?

– Je nage.

– Ça doit être pour ça que je me suis branchée avec Cosmo. J'aurais pas pu trouver un homme plus fort que lui. Il m'a vite mise au turbin, en plus.

Stella tira deux fois de suite sur sa cigarette, puis la jeta par la fenêtre d'une chiquenaude.

– Mais je lui rapportais que dalle. Personne voulait raquer pour une marchandise pareille, et c'est pas moi qui ferais des reproches aux mecs là-dessus. On peut pas dire que je sois très féminine, hein, Terry ? T'es pas de cet avis ?

– T'es très bien, dit Quinn.

– Mais oui, je suis une vraie beauté. Enfin, c'est comme ça que Cosmo m'a enrôlée dans son service de recrutement.

– Écoute, Stella…

– C'est vrai que j'aime les hommes forts, Terry. Sur ce point, le psy avait raison.

Elle se fit glisser sur la banquette jusqu'à ce qu'elle soit tout contre lui. Quinn sentit son haleine tiède sur son visage.

– Vaut mieux pas, je crois, dit-il.

– N'aie pas peur, zyeux-verts, je te ferai pas de mal. Je te demandais jamais qu'un peu d'amour. Que tu me serres dans tes bras, c'est tout.

Elle se rencogna contre la portière côté passager, le visage nimbé par la lueur jaune pâle des réverbères. Quinn vit que ses yeux étaient pleins de larmes derrière les verres de ses lunettes.

– Excuse-moi, Stella.

– Ça fait rien, articula-t-elle d'une voix étranglée.

Se tournant vers la vitre, elle se mit à contempler le parking d'un œil vide.

Ils restèrent encore un moment assis sur leur banquette, observant les allées et venues des flics en uniforme. Un minivan vint se ranger dans le parking. Un homme et une femme en descendirent et pénétrèrent en toute hâte dans le bâtiment central. Stella, qui suivait leurs mouvements des yeux, eut un rire sans joie.

– J'adore les histoires qui finissent bien, dit-elle.

Le masque de dureté qu'elle arborait habituellement s'était reconstitué.

– Rien ne t'oblige à te remettre au turbin pour Wilson. Tu le sais, n'est-ce pas ?

– Évidemment que je le sais. Et puis je connais mes droits, merde.

– Je parle sérieusement. Et t'es pas en sûreté là-bas, tu le sais aussi bien que moi. Un jour ou l'autre, il va se rendre compte qu'il s'est fait pigeonner par toi.

– Tu m'as pas balancée, au moins ? Tu lui as pas dit mon nom, ni rien ?

– Non.

– Forcément. Qu'est-ce que ça t'aurait rapporté ?

– Tout le monde n'est pas motivé par l'intérêt personnel, dit Quinn.

– Puisque tu le dis, ça doit être vrai.

Stella s'alluma une nouvelle cigarette.

– Moi, du moment qu'on me file ma thune…

Une demi-heure plus tard, Tracy ressortit du poste de police. Stella retourna s'asseoir à l'arrière et Tracy s'installa à sa place.

– Tout s'est bien passé ? demanda Quinn.

– Ses parents l'ont récupérée, dit Tracy. Ils vont la ramener à la maison. Combien de temps ça va tenir, j'en sais rien.

Elle but une bière et Quinn en éclusa une deuxième tandis qu'ils regagnaient Washington. Quinn gara la fourgonnette dans la 23e Rue, devant l'église.

Tracy donna à Stella cinq billets de cent dollars, auxquels elle ajouta sa carte de visite.

– C'est un vrai plaisir de traiter une affaire avec vous, dit Stella. Vous voulez que je vous rende vos clopes ?

– Garde-les, dit Tracy. J'en ai un autre paquet. Et puis Stella, si jamais t'as besoin de parler, ou quelque chose du même genre…

– Je sais, je sais, j'ai qu'à vous appeler à ce numéro.

– Tâche de pas trop te faire remarquer pendant quelques jours, dit Quinn.

Stella pencha le buste en avant et déposa un baiser derrière l'oreille de Quinn. L'instant d'après, elle était sortie de la fourgonnette par la porte de derrière et pénétrait sur le terrain qui entourait l'église. Ils la regardèrent marcher parmi les ombres ténébreuses.

– Où elle va, à ton avis ? demanda Quinn.

– Vaut mieux pas y penser.

– Je devrais m'en foutre, c'est ça ? D'accord, c'est elle qui se charge de ramener des filles à Wilson pour qu'il les mette au turbin.

– Stella aussi est une victime. C'est comme ça qu'il faudrait que tu voies la chose. Et on a arraché Jennifer à la rue, l'oublie pas.

– Pourquoi j'ai l'impression qu'on n'a pas accompli grand-chose, alors ?

– On peut pas les sauver toutes dans la même soirée, dit Tracy. Allez, démarre.

Quinn jeta un regard en direction de l'église. Plus trace de Stella ; elle s'était engloutie dans la nuit. Quinn passa en première, roula jusqu'au prochain coin de rue, tourna à gauche et prit la direction de Silver Spring.

Sue Tracy s'invita dans l'appartement de Quinn. Il fut soulagé qu'elle en ait pris l'initiative, mais cela ne le surprit pas. Il alluma une lampe dans le séjour, ramassant au passage les journaux et les chaussettes qui traînaient par terre, et lui dit de s'asseoir.

Quinn passa dans la cuisine pour mettre les bières au frigo, en ouvrit deux et les ramena dans le séjour avec un cendrier. Tracy était au téléphone sur son portable, faisant le récit de la soirée à son équipière. Karen, tout a bien marché, Karen ci et Karen ça. Après avoir dit où elle était, Tracy écouta la réponse de son équipière, puis elle éclata de rire et dit quelque chose que Quinn ne saisit pas avant de couper la communication.

Tracy alluma une cigarette et jeta son allumette dans le cendrier.

– Merci. Ça te dérange pas que je fume, au moins ?

– Pas du tout.

S'étant accroupi devant sa modeste collection de CD, Quinn se creusait la tête pour en trouver un à mettre. Il cherchait quelque chose d'approprié, et fut frappé de constater que presque tous les disques en sa possession avaient un côté agressif. Il ne s'en était jamais vraiment aperçu jusque-là. Il jeta son dévolu sur un disque en solo de Shane MacGowan, celui où il chantait « Haunted » en duo avec Sinéad O'Connor. Leur musique était l'idéal pour boire un coup, et excitante en plus, comme une petite cicatrice sur la lèvre d'une jolie fille.

Quinn prit place à côté de Tracy sur le canapé. Elle avait retiré ses Skechers et avait ramené ses pieds sous ses cuisses.

– Au beau boulot, dit-elle en choquant sa canette verte contre celle de Terry.

Ils avalèrent chacun une gorgée de bière.

– Pourquoi tu riais au téléphone tout à l'heure ? C'était à cause de moi ?

– En fait, oui. Karen a parié que j'allais passer la nuit ici. J'ai pris le pari.

– Et puis ?

– Je lui ai dit que je lui filerais son pognon la prochaine fois qu'on se verrait.

Tracy écrasa sa cigarette et retira le chouchou qui retenait sa queue-de-cheval. Elle secoua la tête, laissant ses cheveux lui retomber naturellement sur les épaules. Quelques mèches follettes lui barraient le visage.

– J'ai même pas mon mot à dire là-dedans ? demanda Quinn.

– Les deux fois où on a été ensemble, tu m'as couvée des yeux comme si tu mourais de faim. Et tu sais, Terry, même si c'était pas aussi évident dans mon cas, je te regardais avec les mêmes yeux.

– T'as vraiment des couilles, dis donc.

– C'est pas dans mes habitudes, tu sais.

Elle déplia les jambes et reposa les pieds sur le parquet.

– Mais quand c'est l'évidence même, comme en ce moment, à quoi bon tourner autour du pot ?

– Tu sais te montrer persuasive.

Tracy se laissa aller contre Quinn. Il écarta les mèches qui lui retombaient sur le visage et elle l'embrassa sur la bouche. Leurs langues se frôlèrent et il lui mordilla la lèvre inférieure au moment où elle se dérobait.

– Buvons une autre bière, dit-elle. Décontractons-nous un peu, bavardons. Écoutons un peu de musique. Ça te va ?

– C'est toi qui commandes.

– Arrête.

– Non, ça me convient, je t'assure.

Quinn relâcha lentement sa respiration.

– Se décontracter. C'est pas une mauvaise idée.

Ils burent ce qu'il restait de bière dans leurs canettes et Quinn alla en chercher deux autres. À son retour, Tracy allumait une cigarette. Il s'assit tout près d'elle sur le canapé. Quinn avait déjà descendu trois bières et venait d'entamer sa quatrième. Il commençait à être gentiment éméché, mais sa tension ne s'était toujours pas dissipée.

– Je croyais que t'allais te décontracter.

– C'est fait.

– Tu vois pas que tu serres le poing ?

– Ça alors !

– Faut plus que tu penses à ce qui t'est arrivé avec Wilson ce soir, Terry. Il m'a fait sortir de mes gonds aussi. Mais il n'est plus qu'un souvenir désormais, et on a mené l'opération à bien. C'est la seule chose qui importe, tu trouves pas ?

Quinn fit oui de la tête. Mais Wilson l'obsédait bel et bien. Il était assis sur un canapé, buvant de la bière fraîche en compagnie d'une femme agréable à regarder et qui lui plaisait, avec laquelle il allait bientôt coucher, et l'idée de ce mec face auquel il avait été obligé de se déballonner lui trottait sans arrêt dans la tête.

– Qu'est-ce qui te fait croire que je pensais à Wilson ?

– Je me suis renseigné sur ton compte, j'ai bavardé avec deux collègues que Karen avait eus au sein de la police de Washington.

– Ah bon ? Qu'est-ce qu'ils t'ont dit ?

– Les opinions divergent sur ce qui s'est passé le soir où t'as descendu ce flic.

– Ce flic noir, tu veux dire. T'aurais pu te contenter d'interroger Derek. Il a lui-même enquêté sur cette affaire à titre privé.

– C'est comme ça que vous vous êtes connus ?

– Oui.

– D'après l'enquête officielle, t'avais rien à te reprocher.

– C'est plus compliqué que ça. Ayant été flic toi-même, tu vois sûrement de quoi je veux parler. Beaucoup d'anciens collègues que je croise ne sont pas prêts à passer l'éponge. Quelques-uns sont encore persuadés que c'était une histoire de race. Et que, par voie de conséquence, je serais raciste moi-même.

– Et alors ?

– Bon écoute, Sue, je vais pas te jurer mes grands dieux que j'ai pas de préjugés. Si un blanc prétend qu'en voyant un noir il ne formule pas automatiquement dans sa tête un certain nombre d'a priori, il se fout de la gueule du monde. Et c'est pareil dans l'autre sens. Disons simplement que je ne suis pas plus raciste qu'un autre, d'accord ? Et restons-en là.

– Tu sais, même ceux qui pensaient ça de toi reconnaissaient que t'étais un bon flic, et que tes collègues t'aimaient bien. Mais t'avais aussi la réputation d'être violent. Pas celle d'être une terreur, ni rien. Plutôt une tête chaude qui ne se laissait jamais marcher sur les pieds.

Quinn avala une grande lampée de bière et fixa sa canette du regard.

– Tu vérifies toujours les antécédents des mecs qui te plaisent ?

– Ça faisait une paye que personne ne m'avait plu.

Tracy tira une bouffée de sa cigarette et la secoua au-dessus du cendrier.

– À toi maintenant. Tu peux me poser toutes les questions que tu veux.

– D'accord. Le jour où on a fait connaissance, il m'a semblé que t'avais des problèmes du côté paternel.

– Tu te trompes, dit Tracy en secouant la tête. En tout cas, c'est pas ce que t'imagines. Mon père, je l'aimais, et il me le rendait bien. J'ai jamais eu le sentiment que j'avais quelque chose à lui prouver. Il a toujours été fier de moi. Je le sais parce qu'il me le disait. Il me l'a même répété la dernière fois que je l'ai vu, sur son lit d'hôpital.

– Il était flic ?

– Non. Il y en avait plein dans sa famille, mais c'était un métier dont il n'avait pas voulu. Il avait opté pour la carrière de barman au Mayflower Hotel, dans le bas de Washington.

– Dans cet hôtel, il n'y a que des barmen asiatiques.

– Aujourd'hui c'est comme ça. Frank Tracy était cent pour cent irlandais. Et catholique en plus. Exactement comme toi, Quinn.

– Et comme toi.

– Pas tout à fait. Côté Tracy, c'est ce que je suis. Ma mère était scandinave, c'est de là que viennent le prénom de Susan et ma blondeur.

– T'es une vraie blonde ?

– Quel mufle.

– Je me posais la question, c'est tout.

Tracy eut un sourire.

– Tu t'en assureras bientôt par toi-même.

– T'es pas croyable, dit Quinn.

Ils se déshabillèrent mutuellement dans sa chambre, debout face à face au pied du lit. Après l'avoir aidé à se débarrasser de son tee-shirt, elle retira son pantalon, ne gardant que sa petite culotte en dentelle noire. Elle était très échancrée, et découvrait le haut de ses cuisses musclées. Quinn lui déboutonna sa chemise et l'écarta de ses épaules robustes. Elle portait un soutien-gorge noir, qui s'attachait sur le devant. Il le dégrafa et le laissa glisser au sol. Il pinça l'un de ses mamelons roses et le titilla du bout de la langue.

– Qu'est-ce qu'ils sont beaux, s'exclama Quinn.

– C'est pas la première fois qu'on me le dit.

Il déglutit.

– Je le pense vraiment, chérie.

– Ils font tenir mon soutien-gorge, dit Tracy.

Quinn pouffa et lui effleura les lèvres d'un baiser. Il s'agenouilla, lui roula sa culotte jusqu'aux chevilles et lui embrassa le sexe. Il lui souffla sur le pubis, l'embrassa là et inséra sa langue dans la fente. Tracy lui enfonça les doigts dans l'épaule jusqu'à ce qu'il ait mal. Il aspira sa chair dans sa bouche, en éprouva la consistance soyeuse, et elle jouit dans cette position.

Ils se déplacèrent jusqu'au lit et baisèrent au bord, Quinn chevauchant Tracy. Son orgasme lui fit l'effet d'un coup de poing en plein cœur. Ils bavardèrent un moment, prirent une douche et baisèrent une deuxième fois. Quinn resta allongé à côté de Tracy et ils se regardèrent longtemps sans rien dire. Il vit que ses paupières s'alourdissaient. Endormie, elle avait un demi-sourire aux lèvres.

Quinn se leva et s'approcha de la fenêtre. Il était tard, pas loin de quatre heures. Dans la rue, tout était calme. Une voiture de flics du commissariat voisin passa à toute allure dans Sligo Avenue et disparut. Quinn se demanda si son conducteur répondait à un appel, ou s'il fonçait simplement, en quête d'action. Il se demanda s'il s'agissait d'un flic de cette espèce – celle à laquelle Quinn avait lui-même appartenu.

Avec Tracy, les choses n'avaient pas traîné. Il avait su qu'il en serait ainsi dès leur première rencontre, au café éthiopien. Tout s'était déroulé avec beaucoup de simplicité, la même simplicité que Tracy avait mise dans sa façon de dire *Et catholique en plus. Exactement comme toi, Quinn.* Ils n'avaient pas eu grand-chose à ajouter après ça, car tout allait de soi. Le père de Tracy avait fait aussi intimement partie d'elle que le sang qui lui coulait dans les veines, et désormais une familiarité du même ordre la liait à Quinn. Il se demanda, comme souvent, s'il n'était pas plus naturel de ne s'attacher qu'à des gens de sa propre espèce. En tout cas, c'était plus facile. Ça au moins, il en était sûr.

Et puis Tracy avait été flic, elle aussi. Avec elle, il n'avait pas besoin de faire comme si l'action ne lui avait fait ni chaud ni froid, de dissimuler sa fringale perpétuelle d'en découdre. Il en aurait fini avec les faux-semblants à la con, avec le masque qu'il se sentait toujours obligé d'arborer en compagnie d'une femme. Sur ce plan-là, ils ne pouvaient que se faire du bien. Elle l'acceptait tel qu'il était.

Quinn resta longtemps debout à la fenêtre, laissant errer son regard sur les ténèbres de la rue, s'imaginant Wilson dans sa maison de passe, le revoyant sourire de sa bouche pleine d'or, entendant sa voix onctueuse de baryton, et s'efforçant d'oublier. S'efforçant de comprendre où ce problème-là allait le mener. S'efforçant de comprendre, par ses propres moyens, qui il était. Qui il était et où cela l'entraînerait à la fin.

16

Ce samedi matin-là, l'équipe se rassembla au lycée Roosevelt pour l'ultime inspection. Strange et Blue voulaient s'assurer que les gamins avaient tous une panoplie complète, genouillères, épaulières et protège-dents, afin d'éviter les mauvaises surprises avant le match et les mauvais coups sur le terrain. Quand ils eurent fini leur minutieuse inspection, les gamins se répartirent entre les voitures des entraîneurs et celles du groupe habituel de parents et de tuteurs, qui traversèrent la ville et franchirent le Potomac pour gagner l'État de Virginie, où les Panthères de Petworth allaient disputer leur premier match.

Leur destination était un vaste parc de Springfield, doublé d'un complexe sportif qui abritait des courts de tennis, des aires de pique-nique et un assez grand nombre de terrains de foot, de basket et de football américain. Un petit ruisseau zigzaguait à travers le bois qui entourait les terrains de sport. Les complexes de cette espèce étaient typiques des banlieues où ils avaient champignonné, surtout dans les plus éloignées, qui ne manquaient ni d'espace ni d'argent. Les gamins de l'équipe des Panthères n'avaient guère eu l'occasion de voir des terrains de sport aussi bien entretenus ou des complexes nichés au cœur d'un environnement aussi luxuriant.

– Purée, s'écria Joe Wilder en ouvrant de grands yeux. Il est trop classe, leur stade. T'as vu l'éclairage qu'ils ont ?

– Vije-moi un peu leurs uniformes, zézaya Prince en désignant les joueurs en train de s'échauffer sur la pelouse d'un vert immaculé, avec des casques ornés de grandes étoiles bleues. On dirait l'équipe des Cowboys !

Les gamins suivaient un sentier, entre la route et le terrain, le long d'une clôture en bois. Strange, Blue, Lionel Baker, Lamar Williams, Dennis Arrington et Quinn marchaient avec eux. Rico, le demi de mêlée vif et hardi, expliquait au quart-arrière, Dante Morris, comment il comptait s'y prendre avec la défense de l'équipe adverse, et Morris l'approuvait de la tête, sans vraiment l'écouter, abîmé dans ses propres pensées. Plus tard, juste avant le premier coup de sifflet, Dante se réciterait une prière muette.

Les deux terrains principaux étaient occupés par plusieurs équipes, les unes sur la pelouse, les autres sur le pourtour. La plupart avaient leurs escouades de pompom girls et leurs clubs de supporteurs. Sur l'un des terrains, le match touchait à sa fin. Au moment où ils franchissaient la porte grillagée d'une clôture métallique, les gamins de l'équipe des Panthères passèrent devant un groupe de garçons vêtus d'impeccables uniformes rouge et blanc, bardés de matériel de protection dernier cri, tenant sous le bras des casques rutilants.

– C'est vous, les Cardinals ? leur demanda Joe Wilder.

– Ouais, fit un garçon dont les cheveux artistement désordonnés étaient maintenus par du gel mousse, tout en toisant Wilder d'un œil dédaigneux.

– On va jouer contre vous, dit Wilder.

– Avec ces uniformes-là ? fit le garçon d'un air méprisant.

Son voisin, un Cardinal au nez en trompette arborant une coupe de cheveux aussi coûteuse que celle de son copain, s'esclaffa.

– Vous les avez trouvés dans une poubelle ? demanda-t-il.

Wilder jeta un regard à Dante Morris, qui secoua la tête. Wilder en déduisit, à juste raison, qu'il lui intimait l'ordre de fermer son clapet. Rico esquissa un pas en direction des deux garçons, mais Morris le tira en arrière par la manche.

Strange, qui avait plus d'une fois assisté à des scènes de ce genre, avait suivi leur échange de propos.

– Allez, petits gars, suivez-moi, dit-il.

L'équipe des Cardinals était composée de jeunes blancs ; les joueurs de l'équipe des Panthères étaient tous noirs. Mais il ne s'agissait pas d'un affrontement entre noirs et blancs. L'affrontement opposait ceux qui avaient du pognon à ceux qui n'en avaient pas, c'était pour ceux qui en avaient une façon de faire la preuve de leur supériorité vis-à-vis de ceux qui n'en avaient pas. Ainsi en va-t-il quand on souffre d'un complexe d'infériorité vieux comme le monde.

Après avoir remis la liste des joueurs à un type coiffé d'une casquette des Redskins qui était le représentant local de leur association, Blue alla rejoindre Arrington, Lionel et les Gnomes pour la séance d'échauffement précédant le match. Strange et Quinn entraînèrent les Petits Bouts jusqu'à une rangée de chênes voisine du stade central, à l'ombre de laquelle ils leur firent former un cercle. Strange ordonna à Joe Wilder et à Dante Morris, qu'il venait de bombarder capitaines, de diriger la séance d'échauffement de leur équipe. Lamar Williams resta debout à proximité, prêt à intervenir si le cercle se désagrégeait.

- VOUS VOUS SENTEZ COMMENT ?

– GONFLÉS À BLOC !

– VOUS VOUS SENTEZ COMMENT ?

– GONFLÉS À BLOC !

– FENTE AVANT !

– HOU !

– FENTE ARRIÈRE !

– HOU !

Strange observa les Cardinals qui s'échauffaient à l'autre bout du terrain. Il observa leur entraîneur, un blanc ventripotent en short de cycliste, qui faisait le compte de leurs mouvements en vociférant. Strange se souvenait d'avoir vu ce type lors d'une mêlée à la fin de l'été, toujours à deux doigts de la crise cardiaque, et poussant ses gamins à jouer les terreurs.

– T'as entendu ce qu'ils se sont dit là-bas ? lui demanda Quinn.

– Oui, j'ai tout entendu.

– J'espère de tout mon cœur qu'on va leur foutre la pâtée, Derek.

Les fonds dont ils disposaient étaient très justes. Les gamins étaient censés verser cinquante dollars chacun pour faire partie de l'équipe, et certains n'avaient même pas été fichus de rassembler cette somme. Dennis Arrington, qui gagnait très bien sa vie dans le secteur de l'informatique, avait fait don de deux mille dollars à l'équipe. En se cotisant, Strange, Blue et Quinn étaient arrivés à en réunir mille de plus. Ce qui leur avait permis d'acheter du matériel de bonne qualité – protections rembourrées, casques et protège-dents – mais pas de maillots ni de pantalons. Les uniformes verts de l'équipe des Panthères étaient délavés, dépareillés et tout effrangés. Les numéros fixés à leurs casques couverts d'éraflures ne correspondaient pour ainsi dire jamais à ceux de leurs maillots.

– C'est pas l'état d'esprit qu'on essaye d'insuffler aux gamins, dit Quinn, mais je peux pas m'empêcher de ressentir ça, même en sachant que j'ai tort.

– Tu n'as pas tort, dit Strange. Mais on est bien obligés de faire avec ce qu'on a. Quand l'heure du match arrivera, c'est pas les uniformes qui décideront de son issue. Tout dépendra de ce que les gamins auront au fond du cœur.

Strange les appela, et ils se rassemblèrent autour de lui et de Quinn. Quinn leur parla de la défense et des actions décisives. Strange leur donna des consignes relativement au plan d'attaque général qu'il convenait de suivre, et leur adressa quelques paroles destinées à raffermir l'âme.

– Chacun doit protéger son frère, conclut-il en s'efforçant de capter les regards des garçons à genoux devant lui. Un pour tous, tous pour un !

Les gamins formèrent un groupe compact et leurs mains se rejoignirent au centre.

– Panthères de Petworth ! hurlèrent-ils avant de s'élancer à bride abattue vers le terrain.

Les deux équipes étaient un peu rouillées ; elles le montrèrent lors du premier quart de temps. Morris laissa échapper le ballon que Prince lui avait maladroitement lancé entre ses jambes, mais il le récupéra en se laissant tomber dessus de tout son long. Ayant réussi à franchir la ligne de défense, il shoota dans le ballon. Au moment du premier lancer, le demi des Cardinals s'était fait bloquer derrière la ligne de mêlée, et la deuxième fois on lui fit sauter le ballon des mains. Un membre de l'équipe des Panthères qui s'appelait Noah l'attrapa au vol et parcourut dix mètres avant de se faire plaquer. C'était le genre de stimulant dont l'équipe des Panthères avait besoin et il allait leur donner des ailes pendant tout le reste du match.

La ligne d'attaque commença à bloquer efficacement et à ouvrir des brèches. Rico les franchit l'une après l'autre, et la chaîne se déplaça au fur et à mesure que l'équipe avançait vers l'autre extrémité du terrain. L'entraîneur des Cardinals ordonna un temps d'arrêt et couvrit d'imprécations les membres de sa ligne de défense. Depuis l'autre côté du terrain, Strange vit que les veines de son cou saillaient.

– Le cœur n'y est pas, dit Strange.

– Ils ont rien dans le ventre, dit Blue.

La ligne d'attaque joua encore plus serré et stoppa un départ en course au lancer suivant. Strange souffla ensuite à Joe Wilder de foncer jusqu'à Morris avec le ballon. Morris exécuta une passe lobée en direction des trois joueurs susceptibles de rattraper le ballon – un demi, un ailier et un demi de sûreté – qui s'étaient alignés du même côté. Rico le saisit au vol et cela s'acheva par une percée victorieuse, Joe Wilder ayant barré le passage in extremis au demi de coin droit des Cardinals.

Strange s'en tint à la tactique qui venait de leur réussir, mais il orienta les déplacements de ses joueurs vers l'extérieur. L'aile gauche des Cardinals manquait de solidité, et plus l'entraîneur engueulait ses joueurs plus elle semblait s'affaiblir. Sur le flanc, Wilder affrontait le défenseur de l'équipe adverse qui lui avait été assigné, le repoussant au-delà de la ligne, ce qui permettait à Rico de virer à droite et de prendre ses jambes à son cou.

Quand la mi-temps arriva, les Cardinals avaient le moral à zéro et l'équipe des Panthères pétait le feu. À moins d'une calamité imprévue, la victoire leur était d'avance acquise, et Strange le savait.

La deuxième moitié du match se déroula de la même façon. Strange fit entrer des remplaçants, les joueurs qui s'étaient le plus dépensés ayant besoin de repos. Les Cardinals parvinrent à marquer un but contre l'équipe ainsi recomposée, ce qui leur valut une ovation franchement anémique de la part de leurs supporteurs groupés à l'autre extrémité du terrain. Mais cette percée ne fut qu'un feu de paille, et même leur entraîneur, qui dans son exaspération jeta son chapeau par terre quand son équipe perdit le ballon lors de son offensive suivante, savait que c'était cuit. Ayant fait repasser le ballon sans difficulté en territoire ennemi, l'équipe des

Panthères menaçait de marquer une fois de plus alors qu'il ne lui restait plus qu'une minute à jouer.

Strange fit sortir Joe Wilder du terrain et lui posa une main sur l'épaule.

– Au prochain lancer, je voudrais que tu dises à Dante de retenir le ballon. Jusqu'à ce que le match s'arrête, tu m'entends ?

– Laissez-moi marquer, monsieur Derek.

Il souriait à Strange, et une lueur d'excitation lui dansait dans les prunelles.

– La quarante-quatre passe arrière, c'est ma tactique.

– On a gagné, Joe. C'est pas la peine de les humilier jusqu'au bout.

– S'il vous plaît, monsieur Derek. J'ai pas touché le ballon une seule fois. Je sais que je suis capable de foncer jusqu'au but avec !

Strange lui pressa l'épaule.

– Je sais que tu en es capable, fiston. Tu es plein de fougue, Joe. Mais ici, on ne peut pas se comporter de cette façon. Ces garçons se sont fait rétamer aujourd'hui. Ça ne me plaît pas d'écraser du pied la figure de quelqu'un qui est à terre, et je ne veux pas que tu le fasses non plus. C'est pas le genre d'homme que je voudrais que tu sois.

– Bon, d'accord, soupira Wilder, dont l'expression de dépit faisait peine à voir.

– Vas-y, mon garçon. Passe le mot à Dante comme je te l'ai dit.

Le match se termina conformément aux instructions de Strange. Au coup de sifflet, les joueurs se rassemblèrent sur la ligne de touche. Quinn serra Wilder sur son cœur, et Strange assena une tape sur son casque.

– Alignez-vous, dit Strange. Bon, quand vous irez leur serrer la main, je ne veux rien vous entendre dire d'autre que « Beau match ». Pas de gros mots, c'est compris ? Vous en avez sorti tout votre soûl sur le terrain. Après vous être couverts de gloire, c'est pas le moment de vous couvrir de honte !

L'équipe des Panthères retrouva celle des Cardinals au centre du terrain et avança le long de la ligne qu'ils formaient en leur touchant la main. Chaque membre de l'équipe des Panthères dit « Beau match » à chaque membre de l'équipe des Cardinals, qui en guise de réponse marmonna la même chose entre ses dents. Dante Morris regarda droit dans les yeux le gamin au nez en trompette qui les avait chambrés sur leurs uniformes, mais Morris ne dit pas un mot et le gamin se détourna presque aussitôt. Au bout de la ligne, l'entraîneur des Cardinals échangea une poignée de main avec Strange et le félicita en grinçant presque des dents.

L'équipe des Panthères rejoignit Quinn sur la ligne de touche et ses membres posèrent un genou en terre devant lui.

– La façon dont vous avez joué aujourd'hui m'a plu, leur dit-il. Vous y avez mis beaucoup de cœur. Mais dites-vous bien que ça ne sera pas toujours aussi facile. On jouera contre des équipes plus athlétiques et mieux entraînées. Et il faudra que vous y soyez prêts. Prêts par l'esprit, ce qui veut dire que vous devrez vous plonger dans des livres pendant la journée. Et prêts physiquement aussi. Ce qui veut dire qu'on va continuer à s'entraîner aussi durement que d'habitude. On veut gagner le championnat cette année, hein ?

– Ouais !

– Je vous ai pas entendus.

– OUAIS !

– À quelle heure on a entraînement lundi soir ? leur demanda Strange.

– SIX HEURES TAPANTES ET PAS DE RETARD !

– Je suis fier de vous, les enfants, dit Strange.

17

Plus tard le même après-midi, Quinn, assis derrière le comptoir de Silver Spring Books, lisait *Le Pistolero*, un roman de James Carlos Blake. Lewis, l'autre vendeur, était au fond, remettant de l'ordre dans les rayons de la salle réservée à l'histoire militaire. Un intello sans domicile fixe que tout le quartier connaissait sous le nom de Moonman était assis par terre dans la salle réservée à la science-fiction, plongé dans une édition de poche du *Marteau de verre* de K. W. Jeter. Un client fouinait au rayon policier voisin.

Quinn avait mis *Johnny Winter And* sur la platine, et la stéréo diffusait en sourdine à travers tout le magasin la musique torride de ce classique du blues-rock. Syreeta, la propriétaire de la librairie, qui était rarement sur les lieux, avait donné consigne à ses employés de passer les vinyles qu'ils avaient en stock pour leur faire de la pub. Ce disque-là, avec sa pochette dont les portraits en noir et blanc avaient passé, venait d'être inscrit à l'inventaire avec le reste du contenu d'un plein carton d'albums des années 70 achetés en un lot.

Quinn savourait ces paisibles après-midi à la librairie.

L'amateur de polars, un type mince et fluet d'une quarantaine d'années, s'approcha de la caisse avec un livre à la main et le posa sur le comptoir en verre. C'était une édition de poche de *L'Homme inconnu n° 89* d'Elmore

Leonard, qu'Avon avait fait paraître dans sa collection à très gros tirage dont la couverture, conçue par un maquettiste ingénieux, réunissait toujours les principaux ingrédients du livre en question ; celle-ci montrait côte à côte un . 38 à canon court, des douilles éjectées et un verre de gnôle renversé.

– Vous avez lu ses westerns ? demanda Quinn. À mon avis, personne n'en a jamais écrit de meilleurs.

– J'aime mieux ses polars situés à Detroit. Il y a beaucoup de factions différentes chez les fans de Leonard, et chacune a son opinion.

Le client désigna de la tête l'un des baffles fixés au mur.

– Ça faisait un moment que j'avais pas entendu ce disque.

– On vient tout juste de le rentrer. Il est en bon état, si ça vous dit de l'acheter.

– Je l'ai déjà, mais je ne l'ai pas sorti de son rayon depuis belle lurette. La deuxième guitare, c'est Rick Derringer.

– Qui ?

– Vous êtes trop jeune, bien sûr. Lui et Johnny, ils crachaient le feu pendant cette séance d'enregistrement. À chaque morceau, des éclairs jaillissaient. Vous n'avez qu'à écouter « Prodigal Son », la première plage de la face deux.

– J'y manquerai pas, dit Quinn à son client.

Il lui tendit sa monnaie et son ticket de caisse.

– Merci beaucoup. Et bonne fin de journée, hein ?

– À vous aussi.

Quinn se disait que ce gars-là devait être marié, père de famille, et nanti d'une bonne situation. En le croisant dans la rue, on l'aurait pris pour un petit-bourgeois tout ce qu'il y a de plus ordinaire. Mais en travaillant dans cet endroit, on s'apercevait vite que presque tous les individus auxquels on était disposé à prêter l'oreille avaient quelque chose d'intéressant à dire. Et dès qu'on apprenait à les connaître un peu mieux, ils s'avéraient moins superficiels qu'ils ne l'avaient paru de prime abord. C'était un autre aspect du boulot qui lui plaisait. Les conversations qui s'engageaient dans cet endroit, les gens qu'on y rencontrait. Bien sûr, il avait rencontré quotidiennement un nombre insensé de gens dans le cadre de son ancienne profession. Mais quand c'était en tant que flic qu'on faisait leur connaissance, on partait presque toujours d'une position antagonique.

Quinn lut encore quelques pages de son roman. Un peu plus tard, il suivit Sue Tracy du regard tandis qu'elle traversait Bonifant Street à pied. Elle portait sa tenue utilitaire de style post-punk, et s'était accroché à l'épaule un petit sac à dos en toile. Le cœur de Quinn fit un bond dans sa poitrine tandis qu'il la regardait marcher. Il l'imaginait nue sur son lit en désordre.

Quand elle entra, le carillon de la porte tinta. Quinn retira ses pieds du comptoir, mais il resta assis.

– Salut.

Salut.

– T'es venue visiter Silver Spring ?

– Tu me manquais.

– Toi aussi, tu me manquais.

– J'ai pris le métro et je suis venue de la station à pinces. Tu peux te libérer ?

– En général, j'arrive à me tirer en douce.

– Il fait un temps superbe.

– Ma voiture est là. On pourrait, je sais pas moi, aller faire une balade.

Tracy baissa les yeux sur le livre que tenait Quinn.

– C'est quoi, un western ?

– Plus ou moins.

– Qu'est-ce que vous avez, toi et ton équipier ? Strange nous a fait tout un plat sur une scène des *Sept Mercenaires.*

– Ce serait pas celle où James Coburn descend le cavalier au lieu du cheval ?

– Si.

– Ça fait partie de ses classiques.

Surgissant du fond du magasin, Lewis s'avança vers eux. Ses cheveux noirs étaient longs, gras et emmêlés, et l'une des branches de ses lunettes à double foyer était maintenue en place par du sparadrap. Les aisselles de sa chemise blanche avaient des auréoles de transpiration jaunâtres.

– Lewis, je te présente mon amie Sue Tracy.

– Enchanté, fit Lewis.

Tracy et Lewis échangèrent une poignée de main.

– Je vais prendre le reste de ma journée, Lewis. T'y vois pas d'inconvénient ?

Les yeux de Lewis clignèrent avec la dernière énergie sous les verres épais de ses lunettes.

– Non, ça me va.

Quinn rassembla ses affaires, rayant l'édition de poche d'Elmore Leonard du registre où étaient inventoriés les livres en stock avant de sortir de derrière le comptoir.

– C'est Johnny Winter ? lui demanda Tracy.

– Comment tu le sais ?

– J'ai des grands frères. Dont un qui a passé ce disque jusqu'à ce que les sillons soient foutus.

– La deuxième guitare, c'est Rick Derringer.

– Qui ?

– T'es trop jeune.

Ils sortirent de la librairie et se mirent à marcher sur le trottoir de Bonifant Street.

– T'es sûr que Lewis va s'en sortir tout seul ? demanda Tracy.

– Syreeta n'a pas de meilleur employé que lui. Oh il se sent un peu seul, bien sûr. T'aurais des suggestions ?

Tracy entrelaça ses doigts à ceux de Quinn.

– Moi, je suis déjà prise.
– Ton équipière, alors ?
– Il est pas du genre de Karen.
– C'est quoi, son genre ?
– Le genre qui se passe un peigne dans les cheveux au moins une fois de temps en temps. Et qui prend des douches.
– Elle est pointilleuse, dit Quinn.
Ils s'arrêtèrent face à sa voiture, qui était garée dans le parking réservé à la banque.
– Chouette, dit Tracy.
Quinn venait de lustrer la carrosserie, de récurer les jantes chromées avec du brillant intense et de laver les pneus à grande eau. Les lignes aérodynamiques de la Chevelle, d'une propreté immaculée, étincelaient au soleil.
– Elle te plaît, hein ?
Tracy fit oui de la tête.
– T'as des pots d'échappement Flowmaster ?
– Le jour où je l'ai achetée d'occase, ils y étaient déjà.
– Elle a combien de chevaux sous le capot, trois cent cinquante ?
– Tu commences à me foutre le trac.
– J'ai des grands frères.
– Vas-y, grimpe.
Elle monta à bord côté passager. Quinn vit qu'elle admirait la boîte de vitesses Hurst à quatre rapports.
– Tu veux conduire ?
– Je peux ?
– Je savais bien qu'il y avait autre chose qui me plaisait en toi. Je veux dire en plus du fait que t'es une vraie blonde.
– Que veux-tu, j'aime les bolides.
– T'es une dure à cuire, toi.
Tracy roula vers le sud, puis pénétra dans Rock Creek

Park. Ils se garèrent non loin d'une allée cavalière, sur la rive ouest du ruisseau, et prirent le petit sentier abrupt qui conduisait à l'ancien moulin. Sur le chemin du retour, ils s'assirent sur de gros rochers au milieu du ruisseau. Quinn retira sa chemise ; Tracy se déchaussa et ôta ses chaussettes. Elle laissait pendre ses pieds, les trempant dans l'eau fraîche. Ils se racontèrent leurs vies et s'embrassèrent au soleil.

Vers la fin de l'après-midi, ils regagnèrent l'appartement de Quinn et firent l'amour. Ils prirent une douche, se rhabillèrent et allèrent dîner chez Vicino, un petit restau italien de Sligo Avenue que Quinn aimait bien. Quinn jeta son dévolu sur les *linguini* aux calamars, et Tracy commanda le plateau de fruits de mer. Repas qu'ils firent descendre avec une carafe de vin rouge maison. En retournant chez Quinn, ils s'arrêtèrent pour s'acheter une autre bouteille de rouge, qu'ils vidèrent tout en écoutant de la musique et en se pelotant sur le canapé. Après avoir baisé comme deux ados dans la chambre, ils restèrent au lit, Tracy fumant et parlant, Quinn l'écoutant avec un sourire qui lui était spontanément venu aux lèvres.

La journée avait été bonne. Les gamins avaient gagné leur match, et en esprit Quinn voyait toujours l'expression de fierté qui était peinte sur leurs visages au moment où ils avaient quitté le terrain au petit trot. Ensuite, Sue Tracy lui avait fait une visite surprise à la librairie.

Quinn regarda ses mains posées à plat sur le drap et constata qu'elles étaient parfaitement détendues. Il n'avait pas pensé aux rues de Washington, ni pensé à quelqu'un qui l'aurait regardé de travers, ni pensé à rien d'autre ; il n'avait pensé qu'à Sue, sa petite amie, allongée près de lui. Il y avait un bon moment qu'il ne s'était pas senti aussi à l'aise avec une femme.

Après avoir déposé Prince, Lamar et Joe Wilder, Strange ramena Lionel jusqu'à chez Janine, dans le haut de la ville.

– Vous venez dîner à la maison, ce soir ? lui demanda Lionel avant de mettre pied à terre.

– Je n'en ai pas discuté avec ta mère, dit Strange.

– Maman veut que vous veniez dîner avec nous, je le sais. Je l'ai vue mettre un rôti à mariner ce matin avant que vous soyez passé me prendre.

– On se reverra peut-être tout à l'heure, alors.

– À vous de voir, dit Lionel avant de tourner les talons et de se diriger vers sa maison.

Strange le regarda s'éloigner de son pas élastique. *Ce garçon a toujours la même démarche. Il l'avait déjà quand j'ai fait sa connaissance, au temps où il n'était guère plus qu'un enfant. Il croit qu'il est un homme, mais au fond de lui-même il est encore enfant.* Tandis qu'il l'observait ainsi, ses lèvres se fendirent machinalement en un large sourire. Il attendit que Lionel soit entré dans la maison avant de redémarrer.

Strange alla récupérer les photos de Calhoun Tucker au Safeway de Piney Branch. Les tarifs du Safeway étaient avantageux et son labo tirait convenablement les photos. Les délais y étaient toujours un peu plus longs qu'ailleurs, mais cette affaire n'avait rien de spécialement urgent.

Une fois qu'il eut regagné son bureau, il examina les photos. La femme debout sur le seuil, le petit à-côté de Tucker, était distinctement visible sur le cliché au moment où elle le faisait entrer chez elle. Janine avait trouvé son nom à partir de son adresse grâce au programme d'ordinateur qui lui permettait ce genre de recoupements. Il figurait déjà dans le dossier Tucker, celui qu'il était en train de constituer à l'intention de son ami George Hastings. Strange mit la main sur le dossier et glissa les photos à l'intérieur. Son enquête était pour ainsi dire bouclée. Il ne lui restait plus qu'à transmettre ces informations à George. Je m'en occuperai bientôt, se dit Strange. Très bientôt même. Il se demandait ce qui le retenait d'appeler George au téléphone sur-le-champ. Strange tourna et retourna cette question dans sa tête tandis qu'il fermait successivement à clé son meuble à classeur et la porte de son bureau.

Au moment où il traversait l'antichambre, il aperçut son reflet dans le miroir fixé à la colonne centrale, et s'arrêta pour l'examiner. Oh bon Dieu, ses épais cheveux crépus avaient presque entièrement viré au gris. Qu'est-ce que les années filaient vite. Strange était fourbu et il mourait de faim. L'idée lui vint d'aller s'offrir un bon repas, chinois par exemple. Et de prendre une douche brûlante ; ça lui ferait du bien.

Au dîner ce soir-là, Strange occupa comme toujours la place d'honneur de la table de Janine, assis sur la seule chaise munie d'accoudoirs. La chaise qui avait été celle du père de Janine. Lionel était assis à sa gauche, Janine à sa droite. Greco s'amusait avec une balle en caoutchouc. De temps à autre, il levait les yeux sur la table du dîner, mais il ne perdait pas son flegme et restait allongé sur le ventre aux pieds de Strange.

Janine avait mis le CD de *Talking Book*, que la stéréo diffusait en sourdine. Elle adorait Stevie Wonder, en particulier ses albums de chez Motown qui avaient cassé la baraque au début des années 70.

– Où vas-tu, ce soir ? demanda Strange en inspectant du regard Lionel, qui était proprement vêtu d'un pull Nautica et d'un pantalon beige repassé de frais.

– J'emmène une copine au cinéma.

– Tu ne vas quand même pas l'accompagner à pied ?

– Non, je vais la tirer dans un pousse-pousse.

– Ne joue pas au plus fin avec moi, dit Strange. Je te posais une question, c'est tout.

– Il va prendre ma voiture, Derek.

– Bon, d'accord. Mais faudra tâcher de pas t'allumer un seul stick à bord de la voiture de ta mère, tu m'entends ?

– Vous voulez dire de l'herbe, c'est ça ?

– Tu sais très bien ce que je veux dire. Si tu te retrouves avec une fiche de police, comment tu feras pour devenir un avocat de haut vol, comme tu en parles tout le temps ?

Lionel reposa sa fourchette sur son assiette.

– Écoutez, qu'est-ce qui vous fait supposer que je vais passer la soirée à fumer des joints ? Enfin quoi, vous n'êtes pas mon père, monsieur Derek. Vous n'êtes pas tout le temps chez nous. Vous ne me connaissez pas si bien que ça.

– Je sais que je ne suis pas ton père. Je n'ai jamais prétendu l'être. C'est simplement que…

– L'idée ne m'était même pas venue de fumer des pétards ce soir, si vous voulez savoir la vérité. La fille avec qui je sors a beaucoup d'importance pour moi, vous comprenez. Et pour rien au monde je ne ferais quelque chose qui pourrait lui attirer des embêtements avec la police. Donc, sauf votre respect, rien ne vous autorise à venir jouer les directeurs de conscience à mi-temps, alors qu'en fait vous ne me connaissez pas si bien que ça.

Strange garda le silence.

Le regard de Lionel se posa sur sa mère.

– Je peux sortir de table, maman ? Faut que j'aille chercher ma copine.

– Vas-y, Lionel. Mes clés de voiture sont sur ma commode.

Lionel sortit de la pièce et monta à l'étage.

– Je me suis planté en beauté, on dirait.

– On n'est jamais trop sûr de ce qu'on doit dire dans ces cas-là, dit Janine. La plupart du temps, j'en suis moi-même réduite à improviser.

– J'ai bel et bien le sentiment d'être son père.

– Mais tu ne l'es pas, dit Janine en détournant le regard. Alors tu devrais peut-être te montrer plus coulant avec lui, d'accord ?

Janine se leva et saisit d'une main l'assiette de Lionel. Elle adressa un signe de tête à Greco, qui venait de lever sur elle un regard implorant.

– Viens, mon bonhomme. Des fois que ça te dirait de finir ce rôti.

Les pattes de Greco dérapèrent sur le parquet tandis qu'il se précipitait vers la cuisine, remuant avec ardeur son tronçon de queue. Strange se leva de table et gagna l'entrée, où il se retrouva face à Lionel, qui descendait l'escalier quatre à quatre.

– Ça va, petit gars ?

– Oui, ça va.

– T'as assez d'argent sur toi ?

– Je suis plein aux as, dit Lionel.

– Bon, écoute…

– Rien ne vous force à me donner des explications, monsieur Derek.

– Si, il le faut bien. Sinon tu vas t'imaginer que je te prends pour un délinquant potentiel. En fait, je te considère comme un très brave garçon. Je te suis reconnaissant du coup de main que tu donnes à l'équipe et des services que tu rends à ta mère.

– Je le sais, monsieur Derek.

– Enfin bref, ce que j'essaye de te dire, c'est que je suis fier de toi. Si je te donne des conseils dont tu n'as pas besoin, c'est parce que j'ai de l'affection pour toi, tu comprends ? Je voudrais jouer un rôle dans ta vie, mais je ne suis pas encore sûr de celui qui me convient vraiment, tu vois ?

– Oui.

Ils restèrent un moment face à face, sans rien se dire. Lionel enfonça les mains dans ses poches, les ressortit, fit aller ses pieds d'arrière en avant.

– Vous avez autre chose à me dire ? demanda-t-il. Parce qu'il faut que je me sauve.

– Non, je n'ai rien à ajouter, je crois.

Strange serra la main de Lionel, puis le serra gauchement dans ses bras. Lionel sortit de la maison et tourna une dernière fois la tête vers Strange avant de s'éloigner le long du trottoir. Strange le suivit du regard depuis la fenêtre afin de s'assurer qu'il montait sans anicroche à bord de la voiture de sa mère.

– Comment ça s'est passé ? lui demanda Janine, qui venait de surgir derrière lui avec une bouteille de bière fraîche dans une main et deux verres dans l'autre.

– Pas trop mal, je crois.

– Allons dans la salle de séjour alors, comme ça tu pourras te mettre à l'aise.

Strange lui emboîta le pas et la suivit le long d'un couloir. Il admirait sa démarche assurée et les cheveux qui lui retombaient sur la nuque. De toute évidence, elle avait été chez le coiffeur ce jour-là, et il ne l'avait même pas complimentée là-dessus. Il se répéta qu'il les aimait de tout son cœur, elle et son fils. Et il se souvint d'un autre type qui n'avait rien de commun avec ça, celui qui s'était fait branler sur une table de massage quelques heures plus tôt.

– Va te faire voir, Derek, murmura-t-il entre ses dents.

Janine tourna la tête vers lui.

– Quelque chose ne va pas ?

– Mais non, ma chérie, tout baigne, répondit Strange.

Il aurait tant aimé qu'il en soit ainsi.

18

Garfield Potter, Carlton Little et Charles White passèrent presque toute la journée du lundi à rouler çà et là dans Petworth, Park View et le nord de Shaw, passant leurs troupes en revue, cherchant des meufs à brancher, buvant un coup de loin en loin et se défonçant sans arrêt. Au début de la soirée, ils se retrouvèrent dans leur maison mitoyenne, glandant dans la salle de séjour, où la fumée de l'énorme spliff que Little venait d'allumer emplissait l'air de volutes épaisses.

Tout l'après-midi, Potter avait essayé de lever une fille, mais il avait foiré à chaque tentative. Il allait et venait dans la pièce tandis que Little et White, assis sur le canapé, faisaient une partie de Madden 2000 et qu'un morceau d'Outkast diffusé par WPGC passait à fond sur le radiocassette. White vit l'expression maussade dans laquelle s'était figé le visage de Potter, celle qu'il prenait toujours quand une meuf l'avait envoyé sur les roses. En fait, la plupart des filles avaient peur de se retrouver seules avec Garfield Potter, mais l'idée qu'il pouvait en être ainsi ne l'avait jamais effleuré.

Potter venait d'entamer une nouvelle maxi-canette de bière maltée. La troisième qu'il s'enfilait depuis le début de la journée.

– Vous allez jouer à ce jeu de merdeux toute la soirée ? demanda-t-il.

– C'est le dernier qui vient de paraître, dit Little.

– Je m'en bats les couilles de vos matchs de football

en dessins animés, dit Potter. On n'a qu'à aller au stade pour en voir des vrais.

– Encore ?

– J'ai envie de buter quelqu'un, dit Potter.

Il se frotta les mains l'une contre l'autre tout en continuant à faire les cent pas.

– J'aurai sa peau, à ce Lorenze Wilder.

– Merde quoi, T, dit Little. Laisse-nous finir notre partie, Raton et moi.

Potter s'avança jusqu'à la console de leur PlayStation et appuya sur le bouton. La partie s'arrêta et fut remplacée à l'écran par l'image d'une émission câblée. Planté devant le canapé, Potter fixait du regard ses amis d'enfance. Little était sur le point de dire quelque chose, mais il se ravisa quand ses yeux rencontrèrent ceux de Potter, qui étaient vides.

– Si tu veux qu'on y aille, on ira, dit-il.

Potter hocha la tête.

– Prends ton flingue.

Charles White ne protesta pas. Il avait le secret espoir qu'ils ne trouveraient pas Lorenze Wilder au terrain de football. Il se répétait qu'il ne serait pas là. Après tout, ils étaient déjà allés deux fois jusqu'au terrain d'entraînement, et à l'exception de leur première visite, durant laquelle ils avaient aperçu Wilder, ils n'y avaient vu personne d'autre qu'une poignée de parents et d'entraîneurs et un groupe de gamins.

Ils se retrouvèrent quelques minutes plus tard devant la porte d'entrée. Potter s'était vissé son bonnet en laine sur le crâne. Little et lui avaient tous deux enfilé des vêtements flottants, de couleur noire. White avait mis son pull préféré, le Nautica orange fluo en laine polaire, dont le contact lui était plus agréable que tout.

– Retire cette saloperie, dit Potter en posant les yeux sur la polaire de White. C'est comme si tu te baladais avec une pancarte disant « Regardez-moi ».

– Pourquoi tu me gaves avec ça ? demanda White.

– Parce que je veux que personne se rappelle de nous après, dit Potter en articulant soigneusement chaque mot comme s'il parlait à un enfant. T'es quand même pas bouché à ce point ?

Debout à quelques pas des gradins, Lorenze Wilder, s'appuyant à la clôture métallique, regardait les gamins s'entraîner tout en plongeant la main dans un sac de frites arrosées de ketchup. Il s'enfourna une poignée de frites et lécha le ketchup qui lui poissait les doigts. Il n'avait pas pensé à prendre des serviettes en papier dans la gargote chinoise où il s'était arrêté en chemin. Ce con de bridé était tellement rapiat que de toute façon il devait planquer les serviettes dans son arrière-boutique.

Wilder salua de la tête le père d'un des gamins qui avait pris place sur un gradin proche. Faisant à peine attention à lui, le type l'effleura simplement d'un regard glacial. Wilder devina qu'il s'agissait d'un de ces nègres embourgeoisés qui se croyait supérieur à tout le monde à cause de son boulot de fonctionnaire minable. Et puis le tee-shirt de Wilder, décoré d'une grande feuille de marijuana, devait lui sortir par les trous de nez. Ça devait le débecter qu'il s'exhibe avec un truc pareil devant les gamins. Il n'avait qu'à aller se faire mettre, ce blaireau.

Les gamins, leurs entraîneurs les faisaient bosser dur. Le seul petit blanc de la bande avait disposé au milieu du terrain trois de ces cônes orange dont on se sert quand il y a des travaux sur une route. Les gamins cavalaient jusqu'aux cônes, le petit blanc qui tenait le ballon gueulait « À droite ! » ou « À gauche ! », et le gamin bifurquait dans cette direction sans se retourner pour recevoir la passe de l'entraîneur. Le ballon tombait toujours exactement où il fallait. Wilder devait le reconnaître, ce petit blanc était bon lanceur, mais il aurait dû y mettre beaucoup plus de force, pour apprendre à ces gamins le mal que ça faisait de se bloquer une balle qui allait aussi vite qu'un boulet de canon. C'était ce que Wilder aurait fait s'il avait été leur entraîneur. Ça ne lui aurait pas déplu d'aller les rejoindre sur le terrain et de leur montrer comment il fallait s'y prendre.

Celui qui s'appelait Strange était là, parlant avec un autre entraîneur, un frère de race à moustache grise qui avait l'air encore plus vieux que lui. Wilder ne portait pas ce Strange dans son cœur, s'étant aperçu qu'il ne voulait pas le voir rôder autour de son petit neveu Joe. Le jour de leur première rencontre, Strange l'avait lui aussi gratifié d'un regard glacial.

Les gamins reçurent l'ordre de se rassembler sur la ligne de touche et de poser un genou en terre. La nuit allait bientôt tomber, et Lorenze Wilder en déduisit que l'entraînement touchait à sa fin. Il était venu avec sa voiture ce soir-là. Il ne se laisserait pas dissuader par Strange de passer un moment en compagnie de son neveu. Joe et lui étaient du même sang, après tout. Et Lorenze Wilder avait quelque chose d'important à lui dire. Ça faisait longtemps qu'il essayait de mettre le grappin sur ce petit bonhomme pour discuter avec lui.

Assis à l'arrière de la Plymouth, Charles White regarda revenir Garfield Potter, qui était allé se placer derrière la clôture du stade Roosevelt. Sur le siège du passager, Carlton Little mangeait un hamburger, qu'il mastiquait en fermant les yeux. Il leur avait demandé de faire un crochet par le McDo proche de l'université Howard avant de prendre le chemin du lycée Roosevelt. Little avait toujours les crocs après avoir fumé un pète.

Potter traversa lentement le parking, d'un pas chaloupé, les lèvres retroussées en un large sourire.

Sachant que Potter ne souriait jamais pour les mêmes raisons que les autres, Charles White eut un pincement au cœur.

Potter s'accouda au rebord de sa vitre ouverte.

– C'est toi qui conduis, Raton. Descends et prends le volant. Roule jusqu'à Iowa Avenue et gare-toi le long du trottoir. C'est là-bas qu'on va attendre qu'il ressorte d'ici en voiture.

– Wilder est là ? demanda Little en levant les yeux de son hamburger.

– Oui, dit Potter. Et on va lui faire la peau, à cet enculé.

Après avoir adressé son habituelle harangue finale aux Gnomes et aux Petits Bouts, Strange répondit patiemment à leurs questions. Ensuite il leur demanda à quelle heure commencerait leur prochaine séance d'entraînement, celle du mercredi soir.

– SIX HEURES TAPANTES ET PAS DE RETARD !

– À mercredi alors, dit Strange. Ceux qui ont des vélos n'ont qu'à rentrer chez eux tout de suite. Ceux qui veulent être raccompagnés par des entraîneurs ou des parents n'ont qu'à attendre ici, au pied des gradins, ou dans le parking s'ils savent dans quelle voiture ils vont monter.

Strange parcourut les gradins du regard, vit le groupe des parents et des tuteurs qui attendaient leurs gamins et ceux qui n'étaient pas les leurs mais comptaient sur eux pour les raccompagner. Le bon à rien d'oncle de Joe Wilder se tenait à l'écart du reste, accoudé à la clôture, un sac en papier brun roulé en boule à ses pieds. Sans doute qu'il l'a laissé tomber là, tout simplement, se dit Strange. L'idée ne lui viendrait même pas de faire quelques mètres pour aller le jeter dans une poubelle.

Marchant côte à côte, Prince et Joe Wilder se dirigeaient vers les gradins.

– Prince ! Joe ! Attendez-moi, d'accord ?

Joe Wilder tourna la tête, adressa un bref signe de la main à Strange et continua d'avancer. Strange vit les yeux du petit garçon cligner sous son casque tandis qu'il retirait son protège-dents et le fixait à son masque grillagé. Il serrait dans son poing une de ses figurines guerrières.

Si Lionel ou Lamar avaient été là, il leur aurait dit d'aller rejoindre les deux garçons afin de veiller à ce qu'ils l'attendent à côté de sa voiture. Mais Lamar gardait sa petite sœur, et Lionel avait dû rester chez lui parce qu'il avait des devoirs en retard.

– Derek, fit Lydell Blue en se matérialisant soudain derrière lui et en le faisant sursauter. On peut discuter une minute ? Je voudrais que tu me conseilles sur la meilleure façon de mener mon offensive. Samedi, mes attaquants ont joué comme des manches. Terry et toi, vous avez fait merveille avec les vôtres.

– Je ne peux pas discuter longtemps, dit Strange.

– Ça ne prendra qu'une minute, dit Blue.

Quelques garçons qui s'étaient attardés sur le terrain se lançaient de longues passes, se plaquaient les uns les autres et faisaient les andouilles. Strange jeta un coup d'œil en direction d'Arrington et de Quinn, qui rassemblaient l'équipement sur la ligne de touche opposée.

– Bon d'accord, dit-il, mais faisons vite. Faut que je reconduise ces garçons chez eux.

Au moment d'arriver à la hauteur des gradins, Joe Wilder aperçut son oncle Lorenze debout derrière la clôture. La mère de Joe devait être fâchée contre son oncle, car ça faisait un bon moment que Joe ne l'avait pas vu dans leur appartement.

– Petit bonhomme, dit Lorenze.

– Salut, oncle Lo, répondit Joe en souriant.

– Comment tu te portes ? T'avais l'air en forme tout à l'heure.

– Je vais bien.

– J'ai ma voiture. Viens, mon garçon, ce soir je vais te ramener chez toi.

– Merci, mais c'est M. Derek qui doit me raccompagner.

– T'aimes les glaces, non ?

– Euh... oui.

– T'as qu'à venir alors. On va s'offrir un cornet ou un gobelet, et ensuite je te reconduirai jusqu'à chez toi.

– Moi ausssi z'aime les glasses, zézaya Prince.

– Je regrette, petit gars, dit Lorenze. J'ai tout juste de quoi en payer pour moi et mon neveu. Une autre fois, d'accord ?

Joe Wilder se retourna vers M. Derek, qui était encore sur le terrain, et discutait avec un autre entraîneur, M. Blue. Il était sympa, son oncle. Avec lui, il ne courait aucun risque. Et la glace lui faisait rudement envie.

– Tu diras à M. Derek que mon oncle m'a raccompagné chez moi, d'accord ? demanda-t-il à Prince.

– D'accord, dit Prince.

Prince s'installa sur l'un des sièges en aluminium du gradin inférieur, et il attendit que Strange ait terminé sa conversation. Joe et son oncle gravirent les marches en ciment en direction du parking. Les ombres du crépuscule se dissipèrent et une nuit d'encre enveloppa le lycée et ses dépendances.

– Ça y est, voilà Wilder qui s'amène ! s'exclama Potter en l'apercevant depuis le siège du passager, à travers le pare-brise de la Plymouth.

Lorenze Wilder venait d'ouvrir la portière du passager de sa voiture pour y faire monter un gamin en uniforme. Tout en faisant le tour pour gagner le côté conducteur, il jeta un regard circulaire sur le parking, examinant les véhicules.

Potter ricana dans sa barbe, puis avala une généreuse

lampée à même une bouteille de whisky de malt, qu'il reposa ensuite entre ses jambes.

– Y a un petit môme avec lui, dit White. C'est son neveu, non ?

– On s'en fout, dit Potter.

– Yo, T, monte le son, dit Little depuis la banquette arrière.

Il était occupé à rouler un gros spliff, les deux mains plongées dans un sac en plastique plein de beu. Potter augmenta le volume de la radio.

– C'est Flexx, mon DJ favori, dit Little. Ils lui ont filé la tranche horaire de Tigger.

– Mets le contact, Raton, dit Potter. Ils viennent de démarrer.

– On va faire ce coup-là avec le môme dans la voiture ? demanda White.

– Colle au train de Wilder, c'est tout. Il va déposer le gamin chez sa mère, ou une connerie du même genre.

– Faudrait pas qu'on amoche un gosse, Garfield.

– Allez, vas-y, dit Potter en désignant du menton l'Oldsmobile bleue qui s'apprêtait à quitter le parking. Et tâche de pas le perdre, hein.

La voiture de Lorenze Wilder était une Oldsmobile Regency de 1984, une huit cylindres avec intérieur de velours bleu, toit en vinyle blanc et jantes chromées à rayons. Les vitres étaient toutes teintées. Détail qui rappelait à Wilder une de ces bagnoles qu'on voit à Miami, celles des gros bonnets de la drogue, ou une limousine. On voyait très bien du dedans, mais on était invisible du dehors, et c'était cette particularité qui l'avait convaincu d'acheter cette bagnole. Il l'avait payée mille huit cents dollars chez un marchand de voitures d'occasion de Northwest, contrat qu'il avait financé grâce à un prêt dont le taux d'intérêt était de 24 %. Les trois dernières traites n'avaient pas été honorées, et il venait de changer de numéro de téléphone pour échapper aux créanciers qui s'étaient mis à le harceler de coups de fil.

Lorenze vit Joe lisser de la main le tissu de son siège tandis qu'ils roulaient vers le sud le long de Georgia Avenue.

– Toi aussi t'auras une bagnole comme celle-là un jour, à condition de bosser aussi dur que ton oncle.

À vrai dire, cela faisait des années que Lorenze Wilder n'avait pas eu d'emploi.

– Elle est chouette, dit Joe.

– Ce truc-là, c'est du velours, tu vois. Je parie que ton père aussi a une chouette bagnole.

Joe Wilder haussa les épaules et jeta un regard à son oncle.

– Mon père, je l'ai jamais connu, alors je sais pas quelle bagnole il a.

– C'est vrai ?

– Maman dit que mon père a… qu'il est plus là, quoi.

Bien entendu, Lorenze savait tout de leur histoire familiale. C'était justement pour cette raison qu'il s'était engueulé avec sa frangine, et c'était ce qui l'avait foutue en rogne. Elle ne voulait pas que son fils sache qui était son père. Ça ne regardait qu'elle. Mais Lorenze était très affecté par la tournure qu'avaient prise les choses. Cette affaire était en travers de son chemin. Tout ce qu'il désirait, c'était une petite part du gâteau, une ouverture. Lorenze s'efforçait de ne pas trop gamberger là-dessus, car ça ne faisait que le mettre en colère.

Il regarda son neveu du coin de l'œil. Le casque de Joe Wilder était posé sur la banquette à côté de lui. Il tenait une figurine guerrière à la main, une espèce de mec en collant. On avait peint des lunettes noires sur sa tronche en caoutchouc.

Lorenze relâcha lentement sa respiration. Les gamins,

il n'en avait jamais vraiment eu l'habitude. Mais pour son âge, son neveu n'avait pas l'air trop chiant. Lorenze se força à sourire et fit de son mieux pour paraître intéressé.

– Qui c'est ce mec-là, Joe ?

– Le Roc.

– Le petit Portoricain, c'est ça ?

– Je sais pas d'où il est, mais c'est un vrai dur. Des catcheurs comme lui, j'en ai plein d'autres à la maison.

– Mais je parie que chez ta maman, y a pas de bonnes glaces.

– Des fois y en a.

– Ton parfum préféré, c'est lequel ?

– Vanille chocolat. Les deux mélangés, quoi.

– Je crois savoir où on en trouvera.

À présent, ils étaient au sud de l'université Howard. Lorenze donna un coup de volant et bifurqua à gauche dans Rhode Island Avenue.

– Allons voir si ce glacier est ouvert, d'accord ?

Si Wilder s'était donné la peine de jeter un coup d'œil dans son rétroviseur, il aurait remarqué qu'une Plymouth blanche le suivait à quatre ou cinq voitures de distance.

– Il le dépose nulle part, ce gosse, dit White.

– T'as qu'à continuer à rouler, dit Potter.

Carlton Little lui fit passer son spliff gros comme le bras. Potter s'en empara, en tira une longue bouffée et garda la fumée aussi longtemps qu'il fut capable de la supporter. Il la recracha, vida ce qui restait au fond de sa bouteille et la laissa tomber à ses pieds. La musique de la radio faisait un potin d'enfer.

Alors qu'ils roulaient toujours dans Rhode Island Avenue, Potter vit l'Oldsmobile bleue ralentir en avant d'eux dans Edgewood, qui faisait partie du quartier de Northeast. Elle tourna pour se garer dans le parking d'un bâtiment blanc à la devanture composée de baies vitrées et de grillages métalliques.

– Continue à rouler, dit Potter.

Au moment où ils passaient devant, Potter vit qu'il s'agissait d'un glacier dont l'enseigne semblait avoir été dessinée par un enfant. Le magasin d'à côté était une supérette aux fenêtres condamnées par des planches auxquelles étaient punaisés des avis d'expulsion.

– Fais le tour du pâté de maisons, Raton.

White tourna une fois à gauche au premier croisement, puis une deuxième fois au suivant. Potter glissa une main dans sa ceinture et en sortit son Colt .357. Il en ouvrit le barillet pour s'assurer qu'il était bien chargé. Il donna un brusque coup de poignet pour le refermer, comme il l'avait vu faire au cinéma, mais il rata son coup et fut obligé d'achever la manœuvre avec sa main libre. Ses doigts se crispèrent sur la crosse en caoutchouc du revolver.

– Prépare ton artillerie, Dèg, dit-il.

– Je fais ce que je peux, dit Little avec un rire nerveux.

Il avait tiré de sous la banquette son 9 mm automatique et en avait éjecté le chargeur qu'il s'efforçait à présent de remettre en place. Little s'était procuré ce Glock 17, qui était désormais l'arme de service de la police municipale, auprès d'un jeune mec qui lui devait de l'argent pour de la défonce, et qui avait effacé son ardoise de cette façon. Mais Little ne s'était pas beaucoup exercé avec.

– La vache, dit-il, je suis raide dèf.

Le chargeur s'inséra dans sa crosse avec un déclic assourdi.

White regagna Rhode Island avec la voiture, à une cinquantaine de mètres en contrebas du marchand de glaces.

– Gare-toi et laisse tourner le moteur, lui dit Potter.

Tandis qu'ils se rangeaient le long du trottoir, Potter

observa Lorenze Wilder et son neveu qui attendaient devant le guichet grillagé, celui où on vendait des glaces à emporter. Il n'y avait qu'une autre voiture dans le parking, une petite Nissan de merde. Bah, après tout, on était au mois de septembre. Les soirées s'étaient pas mal rafraîchies.

– Qu'est-ce qu'on va faire ? demanda White.

– Attendre, dit Potter.

Le type qui servait les glaces, avec un chapeau en papier sur la tête, prenait tout son temps, Potter le voyait bien depuis l'autre côté de l'avenue. Potter jeta un regard circulaire sur le voisinage. Il n'y avait pas un chat devant les quelques résidences privées qui s'alignaient au-delà des commerces, mais des gens étaient peut-être en train de les mater derrière leurs rideaux, ou une connerie de ce genre, c'était toujours possible. Et plus tard, ils seraient foutus de se rappeler leur voiture.

– Refais le même tour que tout à l'heure, Raton, dit Potter. Ça me plaît pas qu'on reste plantés là.

White embraya et s'engagea sur la chaussée. Au moment où ils arrivaient à la hauteur du marchand de glaces, Potter vit Wilder et son neveu se diriger vers l'Oldsmobile. Ensuite il vit le gosse tendre son cornet de glace à Wilder et reprendre le chemin du magasin. Le gamin mit le cap sur la façade latérale, où les deux portes étaient surmontées d'enseignes mobiles.

– Continue à rouler ! cria Potter, avant d'émettre un rire semblable à un aboiement. Merde, le gamin va aux chiottes ! Mets le turbo, putain, et refais le tour à fond. Dès que t'auras repris l'avenue dans l'autre sens, tu fonceras tout droit dans le parking du glacier, t'entends ?

Le pied de White enfonça la pédale d'accélérateur. L'arrière du véhicule chassa au moment où ils bifurquaient à gauche, et les pneus crissèrent quand il prit le prochain tournant.

– T'es prêt, Dèg ? demanda Potter.

– Oui, je crois, répondit Little d'une voix mal assurée.

Il roula en boule l'emballage de son McDo et l'expédia vers l'autre côté de la banquette. Il souleva du pouce le cran de sûreté de son Glock et l'arma en faisant jouer la culasse.

– Il s'imagine qu'il peut se foutre de ma gueule tant qu'il veut, cet enculé-là, dit Potter. Il va connaître sa douleur.

White tourna encore une fois, et Rhode Island Avenue surgit en avant de lui. Ses mains tremblaient. Il se cramponna au volant de toutes ses forces pour faire cesser le tremblement.

Joe Wilder contourna le bâtiment pour gagner la façade latérale. Il avait envie de faire pipi et son oncle lui avait dit qu'il y avait des toilettes à cet endroit. Son oncle avait tenu à ce qu'il y aille tout de suite, pour qu'il puisse manger tranquillement sa glace, sans se tortiller sur son siège. Mais quand Joe se retrouva devant les toilettes pour hommes, il s'aperçut que quelqu'un en avait condamné la porte à l'aide d'une lourde chaîne et d'un énorme cadenas.

Il serait capable de se retenir encore un bon moment. Et l'idée de son cornet de glace, du délicieux mélange de vanille et de chocolat, lui fit oublier son besoin pressant. Il regagna la voiture et se hissa à bord.

– T'es un rapide, lui dit Lorenze en lui tendant son cornet.

– Y avait un cadenas sur la porte, dit Joe. Mais ça fait rien.

Il lécha sa glace, rattrapant de la langue ce qui avait dégouliné sur le cornet.

– Elle est bonne, hein ?

– Oui, super.

Joe eut un grand sourire. Sa langue était marbrée de brun et de blanc.

– Écoute, Joe… ton père et tout ça, faudrait que t'en touches un mot à ta maman.

– Qu'est-ce qu'il a, mon père ?

– Eh ben, il est pas tout à fait plus là, tu vois ce que je veux dire ?

– Pas vraiment.

– Faudrait que tu fasses sa connaissance, fiston. Un garçon doit toujours être en rapport avec son papa, tu comprends.

Joe Wilder mordit dans sa glace et engloutit d'un coup la partie arrondie qui surmontait le cornet.

– Le jour où tu le verras, reprit Lorenze, ce que je voudrais que tu fasses pour moi, c'est de lui dire que j'ai été gentil avec toi. Comme je l'ai été ce soir, par exemple.

– Mais maman m'a dit qu'il était plus là.

– Écoute-moi bien, petit, dit Lorenze. Le jour où tu lui parleras, même si ça ne t'arrive pas avant longtemps, je voudrais que tu lui dises que ton oncle Lo veut être de la combine. T'entends ?

Joe Wilder eut un haussement d'épaules et il sourit.

– D'accord.

En entendant un crissement de pneus, Lorenze leva les yeux et vit une bagnole qui avait l'air d'une voiture de police peinte en blanc pénétrer dans le parking et foncer vers lui. Quand elle s'arrêta face à son Oldsmobile, il vit qu'il ne s'agissait pas de flics. La bagnole était d'un modèle trop ancien, c'était une Plymouth complètement pourave, et apparemment il n'y avait à bord que des jeunes mecs roulant au hasard. En plus, fallait qu'ils soient cons pour s'imaginer qu'il allait se laisser barrer la route par eux alors qu'il y avait tout l'espace qu'ils voulaient dans le parking.

Les deux portières s'ouvrirent côté passager et deux des jeunes mecs jaillirent de la voiture, l'un contournant le capot, l'autre l'arrière de la Plymouth. Les yeux de Lorenze s'agrandirent quand il reconnut Garfield Potter, à l'instant précis où Potter et un garçon dont les cheveux étaient noués en petites tresses serrées levaient chacun une arme de poing, avançant d'un pas décidé vers l'Oldsmobile.

– Eh, oncle Lo ! fit Joe Wilder.

Lorenze Wilder perçut des détonations et vit des flammes s'échapper du canon des deux armes. Lâchant son cornet de glace, il se jeta en travers de la banquette pour couvrir son neveu de son corps au moment où le pare-brise se fissurait puis éclatait. Il sentit les terribles morsures et fut violemment projeté en arrière en se contorsionnant, avec une pensée pour Dieu et pour sa sœur, et en se disant, durant ce dernier instant interminable, Je vous en supplie, mon Dieu, épargnez cet enfant, avant que son cerveau, son sang et sa vie ne jaillissent de lui, s'éparpillant à travers la voiture.

19

Les amis, les parents, les policiers et les journalistes de la presse écrite, parlée et télévisée affluèrent en masse pour rendre un dernier hommage à la dépouille de Joe Wilder, exposée dans un salon mortuaire de Georgia Avenue, à côté de l'ancien restau juif Posin's. À un moment, la circulation avait dû être détournée sur l'avenue afin de dégager l'accès du salon mortuaire. À l'exception de quelques rares connaissances et de deux flics noirs en civil de la brigade criminelle chargés de l'affaire, l'assistance fut franchement clairsemée dans le salon funéraire où était exposé Lorenze Wilder, à l'autre bout de la ville.

Le petit garçon et son oncle furent inhumés le lendemain au cimetière Glenwood, à Northeast, non loin de l'endroit où on les avait assassinés.

Étant donné le taux habituel des meurtres, qui était d'une régularité anesthésiante, et la médiocre valeur que la presse accordait à la vie des noirs de la classe la plus défavorisée, les morts violentes de jeunes noirs des deux sexes n'avaient pas été jugées dignes d'un intérêt journalistique particulier au cours des quinze dernières années dans le district de Columbia. Les assassinats de jeunes noirs n'occupaient que rarement la première place aux infos de la télé, et ils étaient automatiquement relégués à la section « nouvelles locales » du *Washington Post*, les détails se ramenant tout au plus à un paragraphe ou deux, les victimes restant le plus souvent anonymes, et l'article ne donnant jamais lieu à aucune suite.

Les banlieusards de gauche arboraient des autocollants en faveur du Tibet libre sur le pare-chocs de leur voiture, mais apparemment ils ne se souciaient guère de savoir qu'à quelques kilomètres de la Maison-Blanche des enfants américains étaient réduits en esclavage dans des quartiers cauchemardesques, environnés quotidiennement de flingues et de drogues, et fréquentant des écoles publiques dont l'état de délabrement faisait peine à voir. La nation tout entière bouillait d'indignation dès que des coups de feu éclataient dans un lycée en plein quartier blanc, mais des jeunes noirs des deux sexes se faisaient descendre chaque jour dans les rues de la capitale fédérale, et ça ne soulevait jamais la moindre vague.

Toutefois il en allait bien autrement de la mort de Joe Wilder. Dans cette affaire, comme dans le nombre infime de celles que la presse avait montées en épingle au fil des années, un enfant innocent était tombé sous les balles. Pendant quelques jours, le meurtre de Joe Wilder fit la une de tous les journaux télévisés de la région et eut droit aux gros titres dans la rubrique « nouvelles locales » du *Post*. Même des politiciens d'envergure nationale se jetèrent dans la mêlée, dénonçant la culture de la violence qui régnait dans les centres-ville défavorisés. Le vendeur du magasin de glaces qui avait été témoin de la scène ayant indiqué qu'une musique de rap tonitruante s'échappait des vitres ouvertes de la voiture des tueurs, les mêmes politiciens s'en étaient pris ensuite aux deux responsables traditionnels de leur ire, le hip-hop et Hollywood. À aucun moment ces politiciens toujours prêts à se vendre au plus offrant n'avaient fait allusion aux conditions sociales qui avaient engendré cette culture, ni aux armes de poing qu'on n'avait pas plus de mal à se procurer qu'un litre de lait, et qui avaient causé la mort de l'enfant.

C'était ce que se disait Strange en pénétrant dans le cimetière de Glenwood au volant de sa Brougham, qu'il arrêta derrière la longue file de voitures qui couvrait presque toute l'allée à partir de l'emplacement où Joe Wilder allait être inhumé. Lydell Blue était à côté de lui sur la banquette. Lamar Williams et Lionel Baker, assis à l'arrière de la Cadillac, ne pipaient mot.

Strange jeta un coup d'œil à son rétroviseur. Dennis Arrington venait de se ranger derrière lui à bord de son Infiniti. Il avait amené avec lui Terry Quinn et trois gamins de leur équipe : Prince, Rico et Dante Morris. Plusieurs des autres coéquipiers de Joe avaient assisté au service religieux, une cérémonie au cours de laquelle tout le monde avait eu les larmes aux yeux en écoutant les chanteurs de gospel, dans l'église baptiste qui avait compté Joe et sa mère parmi ses paroissiens.

Strange inspecta du regard la rangée d'automobiles et les gens qui en descendaient pour traverser la pelouse à pied. La mère de Joe, Sandra Wilder, marchait recroquevillée sur elle-même au milieu d'un groupe de personnes endeuillées qui l'aidaient à s'avancer vers la future tombe. Elle était descendue quelques instants plus tôt d'une luxueuse voiture allemande. Le cercueil de Lorenze et celui de Joe, qui était plus petit de moitié, reposaient sur des estrades voisines sous une tente verte à trois côtés, non loin des deux fosses nouvellement creusées.

La plupart des voitures garées au bord de la pelouse ou sur elle avaient été lavées à grande eau et minutieusement lustrées en signe de respect. Il y avait parmi elles une fourgonnette dans laquelle Strange reconnut un véhicule appartenant à la police, dont les occupants prenaient en photo les participants des obsèques.

C'était une opération de routine dans les affaires de meurtre qui semblaient présenter un caractère répétitif, car il n'était pas rare que les tueurs en série viennent assister aux veillées funèbres ou aux funérailles de leurs victimes.

Strange était persuadé, comme les policiers eux-mêmes, que les tueurs ne se montreraient pas au cimetière ce jour-là. Il était à peu près sûr de savoir de quoi il retournait. Il n'était pas question de tueurs en série là-dedans. Il s'agissait soit d'un règlement de comptes entre bandes, soit d'un conflit dû à une querelle de territoire, ou à un antagonisme personnel, soit d'un arrêt de mort consécutif à une dette de drogue. C'était Lorenze Wilder qui en avait été la cible ; son neveu Joe s'était simplement trouvé par hasard dans la voiture. Un événement banal comme il en arrivait tous les jours.

Une fois de plus, Strange examina les voitures. Il y en avait beaucoup qui ne se contentaient pas d'être d'une propreté immaculée. C'étaient des voitures de dealers. Des modèles d'importation hors de prix, équipés de toute une batterie d'options customisées. Les hommes qui en descendaient étaient très jeunes et sapés comme des princes. Il n'était même pas nécessaire pour Strange de retourner le problème dans sa tête. Il n'était pas mû par un réflexe raciste vis-à-vis d'autres noirs. Cette ville, il y avait vécu toute sa vie. Il n'y avait pas à s'y tromper.

– Tu penses la même chose que moi ? lui demanda Blue.

– Il y a plein de jeunes dealers qui sont ici aujourd'hui, dit Strange. Reste à savoir pourquoi.

– Alors là, mystère.

– Joe n'avait rien à voir avec ce milieu-là. Je connais sa mère, et elle est en règle avec la loi.

– T'as vu la voiture dont elle est descendue ?

Strange l'avait vue. C'était une BMW de modèle

récent, dont la valeur devait se situer vers le milieu de la fourchette.

– Oui, je l'ai vue.

– Sa voiture doit aller chercher dans les trente-cinq mille dollars et elle habite un logement social ?

– Peut-être que c'est la voiture d'un ami, dit Strange.

– Peut-être.

– Ça vaudrait la peine de creuser un peu. Mais ce n'est ni le lieu ni le moment.

Ils mirent pied à terre. Lamar et Lionel allèrent rejoindre Quinn, Arrington et les gamins de l'équipe. Ils s'avancèrent groupés en direction de la future tombe. Strange et Blue suivaient quelques pas en arrière.

– Ça va ? demanda Blue.

– Oui, dit Strange.

Mais aux yeux de Blue, son ami avait l'air bouleversé, à la fois complètement à plat et bouillonnant de rage.

– Je prends mon service à minuit ce soir, dit Blue. Je m'étais dit que j'irais faire un tour en voiture. Ça te dirait de m'accompagner ?

– Oui, dit Strange.

– J'ai seulement l'intention d'aller voir un peu ce qui se passe.

– Je serai là.

– Viens me retrouver au commissariat vers onze heures et demie. Il faudra que tu me signes quelques papiers.

– Entendu, dit Strange.

Dennis Arrington avait demandé aux membres de son groupe de former un cercle. Il prit la main de Quinn, qui était debout à côté de lui ; Lionel, Lamar et les gamins firent de même jusqu'à ce que leur cercle ait rejoint Arrington. Ils inclinèrent tous la tête, et le jeune diacre fit murmurer une prière à Quinn et aux cinq garçons. À quelques pas d'eux, Strange et Blue inclinèrent aussi la tête pour prier.

Quand Strange en eut terminé, il tourna le regard vers l'endroit où Joe allait être inhumé et vit sa mère, Sandra, en conversation avec un jeune type aux cheveux coupés très court, vêtu d'un impeccable costume à trois boutons. Ses yeux se posèrent sur Strange pendant que Sandra Wilder lui parlait. Sans le quitter du regard, il dit quelque chose au jeune type élégant qui se tenait à côté de lui. Son copain hocha affirmativement la tête. Ces deux jeunes types sont du milieu eux aussi, se dit Strange.

– Allons-y, Derek, dit Blue. Apparemment, ils sont sur le point de prononcer les dernières paroles.

Blue et Strange s'approchèrent de l'emplacement de la tombe. Un quart d'heure plus tard, Joe Wilder, huit ans, fut mis en terre.

Ce soir-là, Strange s'éveilla d'une sieste à dix heures, se doucha, se changea, fit manger Greco et verrouilla la maison. Il avait appelé Janine avant de partir pour lui dire qu'il serait absent presque toute la nuit et qu'il ne reviendrait sans doute pas au bureau avant le lendemain après-midi. Il n'avait pas passé une seule nuit chez Janine depuis le début de la semaine.

Strange mit cap au nord pour gagner le commissariat du Quatrième, dans Georgia Avenue, entre Quackenbos Street et Peabody Street. Lydell Blue l'avait tenu informé de la récente évolution de l'affaire Wilder. Au cours des trois journées qui s'étaient écoulées depuis les meurtres, on avait appris pas mal de choses.

Le magasin de glaces, qui avait Ulmer's pour enseigne, n'employait que deux personnes pendant la saison creuse, un jeune Salvadorien qui s'appelait Diego Juarez et le propriétaire lui-même, Ed Ulmer, un Africain-Américain âgé de cinquante-neuf ans. Le soir des coups de feu, c'était Juarez qui était de service. Sa voiture, une Nissan Sentra de couleur noire, était la seule occupante du parking quand Lorenze Wilder était venu s'y garer à bord de son Oldsmobile. Après avoir servi Wilder et son neveu, Juarez avait remarqué que le gamin essayait de faire usage des toilettes qui étaient sur le côté du bâtiment, puis regagnait l'Oldsmobile aussitôt. Ulmer avait cadenassé les portes des toilettes à la suite de plusieurs épisodes de vandalisme.

Peu de temps après que le gamin eut rejoint l'adulte qui l'accompagnait à l'avant de l'Oldsmobile, une Plymouth blanche, dont la carrosserie était réduite au minimum comme c'est souvent le cas des anciennes voitures de police, était entrée dans le parking à très grande vitesse. Conduite par un jeune noir avec « un long nez en forme de bec », la Plymouth s'était arrêtée face à l'Oldsmobile, lui bloquant la route. Selon les déclarations de Juarez, la « musique rap » qui s'échappait des vitres ouvertes de la voiture était particulièrement bruyante. Très vite, deux jeunes noirs étaient sortis de la voiture, l'un côté passager et l'autre à l'arrière, avaient dégainé chacun une arme de poing et ouvert le feu sur le pare-brise de l'Oldsmobile.

Diego Juarez avait pris mentalement note de la suite de lettres et de chiffres du numéro de la Plymouth, qui était immatriculée dans le district de Columbia, avant de battre en retraite vers le fond du magasin. À ce moment-là, il avait appelé la police puis s'était barricadé dans les toilettes réservées au personnel jusqu'à ce qu'il entende les voitures de patrouille arriver, cinq minutes plus tard. Il n'y avait rien pour écrire dans les toilettes, et son affolement était tel qu'il avait oublié deux lettres et la plupart des chiffres de la plaque d'immatriculation. Quand il était ressorti des toilettes, il ne se souvenait plus d'aucun chiffre. Entre-temps, bien sûr, les tueurs avaient pris la fuite.

L'un des deux avait apparemment vomi un mélange d'alcool et de viande hachée sur l'asphalte du parking avant de remonter à bord de la Plymouth.

Les deux victimes avaient été truffées de balles. Lorenze Wilder avait pris des projectiles dans le dos aussi bien que dans le visage et le cou, signe qu'il avait initialement tenté de protéger l'enfant de son corps. L'instant d'après, sous l'impact des balles, il avait virevolté sur lui-même. Joe Wilder avait été touché à cinq reprises, une fois à l'aine, une fois au ventre et à la poitrine, une fois au visage et au crâne. Quand la police était arrivée sur les lieux, les deux victimes, gisant dans une mare de sang et de glace fondue, étaient mortes. Une figurine guerrière en caoutchouc, couverte de sang elle aussi, avait été retrouvée non loin de la main du petit garçon. Un casque de football avec un protège-dents fixé à son grillage de protection gisait à ses pieds.

Les dix douilles de 9 millimètres que l'on avait récupérées dans le parking correspondaient à celles qu'aurait éjectées une arme automatique. Le parcours qu'elles avaient suivi au moment de l'éjection suggérait qu'elles provenaient du pistolet du tireur de droite, que Juarez avait décrit comme ayant « des tresses sur la tête ». On n'avait retrouvé aucune douille provenant de l'arme de l'autre tireur. Soit il les avait ramassées, ce qui n'était guère probable, soit elles n'avaient pas été éjectées. Si tel était bien le cas, l'arme dont il avait fait usage ne pouvait être qu'un revolver. Du reste, les projectiles qui avaient provoqué le plus de dégâts dans les corps des deux victimes allaient être identifiés par la suite comme des balles dum-dum provenant d'un 357 magnum.

Aux dires de Juarez, le deuxième tireur était « un noir grand et maigre », clair de peau, avec un bonnet sur la tête. Juarez avait précisé qu'il avait un large sourire aux lèvres au moment où il avait ouvert le feu, et que c'était ce sourire qui l'avait incité, lui, Juarez, à aller se réfugier au fond du magasin. Depuis, il avait étroitement collaboré avec des dessinateurs de la police pour élaborer des portraits ressemblant aussi fidèlement que possible au souvenir fugace qu'il avait conservé des visages des deux jeunes mecs qu'il avait aperçus.

Les coups de feu n'avaient pas eu d'autres témoins, et aucun habitant du voisinage ne semblait avoir vu quoi que ce soit.

La Plymouth blanche avait été retrouvée le lendemain matin sur une petite route de campagne qui longeait une forêt du comté de Prince George. La voiture avait été arrosée d'essence et incendiée. La fumée qui s'élevait au-dessus des arbres avait été aperçue par un homme résidant dans un village de l'autre côté de la forêt, qui avait appelé la police sur-le-champ. La première lettre de la plaque d'immatriculation correspondait à celle dont Juarez avait gardé le souvenir. Cette voiture était bien celle des tueurs. La destruction par le feu avait été systématique, faisant disparaître toute espèce d'indice à l'exception de quelques fibres textiles, et on avait minutieusement effacé les empreintes.

La Plymouth était enregistrée au nom d'un certain Maurice Willis, qui habitait un immeuble de Kane Place, dans le haut de Northeast. Des voitures de patrouille et des flics de la criminelle s'étaient rendus à cette adresse, d'où Willis s'était laissé emmener sans opposer la moindre résistance afin de subir un interrogatoire. La Plymouth lui appartenait bel et bien. On la lui avait volée dans le parking d'Union Station pendant qu'il regardait un film à l'AMC. Vol de voiture qu'il n'avait pas signalé, avait-il ingénument expliqué, parce qu'il roulait sans assurance. En se fondant sur le souvenir qu'il avait gardé du film et sur l'heure de la séance, les flics étaient parvenus à situer le vol dans une fourchette de deux heures.

À la fin de cette journée-là, l'examen des cassettes de la caméra de surveillance du guichet de paiement qui se trouvait à l'entrée du parking à plusieurs étages avait produit une image du voleur de la Plymouth. C'était celle d'un jeune noir à la peau claire qui portait un bonnet noir et des lunettes noires. Outre ces obstacles visuels, le suspect s'était délibérément détourné de la caméra au moment où il réglait les frais de parking. Ce film ne les aiderait pas à retrouver le tireur, mais il ferait office de pièce à conviction au tribunal.

Les flics de la criminelle avaient continué à sillonner en tous sens le quartier où les meurtres avaient eu lieu. Ils avaient affiché des portraits-robots des suspects et s'étaient arrangés pour en avoir à portée de main quand ils questionnaient un témoin potentiel. Ils avaient posé toutes les questions possibles aux amis de Lorenze et de Joe Wilder et aux membres de leurs familles, se concentrant en particulier sur les connaissances de l'oncle. Plus crucial encore, la police de Washington avait fait savoir qu'elle verserait une récompense de dix mille dollars en échange de toute information susceptible d'aboutir à l'arrestation et à la condamnation des deux tireurs. C'était le point névralgique de l'enquête, celui sur lequel les flics étaient prêts à se donner le plus de mal. En fin de compte, Strange n'avait pas le moindre doute à ce sujet, ce serait un indic qui leur révélerait l'identité des tueurs.

Ils font du beau boulot. Du sacré beau boulot, en tout cas pour l'instant. Ils font tout ce qu'ils peuvent.

Strange pénétra dans le parking, derrière le commissariat du Quatrième, y trouva une place et coupa le contact.

Strange fit le tour du bâtiment pour gagner la façade du commissariat, qu'on avait rebaptisé « Charles-T.-Gibson » en l'honneur d'un policier en uniforme qui s'était fait descendre devant l'Ibex Club quelques années plus tôt. Il mit aussitôt le cap sur le bureau d'accueil, au fond du hall d'entrée dépourvu de tout ornement, éclairé par des tubes au néon. Le policier de garde, une femme dont le visage ne lui était pas familier, passa un coup de fil au lieutenant Blue dans son bureau du premier étage tandis que Strange lui signait les deux décharges exigées par la compagnie d'assurances que tout citoyen désireux de prendre part à une patrouille était tenu de remplir.

Blue fit son apparition. Il était en uniforme. Strange et lui traversèrent le vestiaire et descendirent une volée de marches pour gagner la porte de derrière. Blue annonça à un sergent qui était sorti dans le parking pour griller une cigarette qu'il allait prendre la Crown Victoria garée à l'extrémité d'une rangée de voitures qui faisaient face au bâtiment. Il fit également part au sergent du numéro de la voiture, visible sur le flanc et à l'arrière.

Blue s'installa au volant de la Crown Vic, et Strange prit place à côté de lui. Ils débouchèrent dans Georgia Avenue un poil après minuit et mirent cap au sud.

Le quatrième district, connu sous le sobriquet de 4-D, s'étendait sur un axe nord-sud depuis la limite du district de Columbia jusqu'à Harvard Street, et il était bordé par Rock Creek Park à l'ouest et North Capitol Street à l'est. Il englobait des quartiers riches et d'autres d'une extrême pauvreté. Avec son taux particulièrement élevé d'agressions sexuelles, de vols de voiture et de meurtres, le 4-D était désormais considéré comme l'un des districts les plus agités de la métropole. Ramsey, le chef de la police, envisageait de créer un huitième secteur de police pour dédoubler celui du quatrième district, vraisemblablement sous la forme d'un commissariat annexe qui serait construit quelque part du côté de l'intersection de la 11e Rue et de Harvard Street. La situation avait empiré à ce point.

En dépit de la propagande dont on gavait la presse au sujet du « Nouveau Washington », le taux de criminalité s'était remis à monter. Au cours des six premiers mois du nouveau millénaire, les homicides y avaient augmenté de 33 % et les viols s'y étaient accrus de 200 % au bas mot. En 1997, on avait muté en les répartissant différemment les policiers de l'ensemble de la ville, une enquête menée par une commission indépendante ayant révélé que leur travail laissait à désirer. Quiconque connaissait son boulot de flic savait que les résultats dépendaient d'un réseau d'indics et de contacts locaux, avec lesquels on avait patiemment noué des rapports de confiance au fil du temps. La nouvelle répartition de 1997 avait fichu tout le système par terre. En conséquence de quoi, les crimes non résolus avaient atteint une proportion record. Dans l'ensemble du district de Columbia, deux meurtres sur trois n'étaient jamais élucidés – ce qui voulait dire que seulement 31 % des enquêtes aboutissaient.

Un calme relatif régnait dans les rues. La température était tombée d'un cran, et on était à la veille d'une journée de travail ou d'une journée d'école pour les gamins. Pourtant, il y en avait plein dehors. Certains dans la partie de l'avenue où s'alignaient les commerces, d'autres à l'angle des rues résidentielles, assis sur des poubelles ou des boîtes aux lettres. L'espace d'un moment, un couvre-feu avait été imposé à Washington, mais même au temps où il était en vigueur, on ne le faisait que rarement respecter. Personne ne voyait à quoi ça aurait rimé de faire passer la nuit au poste à un mineur surpris dehors au-delà de l'heure légale. Les flics estimaient, à juste raison, que ce n'était pas leur boulot d'élever les enfants des autres.

– Il y a eu du nouveau depuis les obsèques ? demanda Strange.

– Rien du côté labo d'analyses, dit Blue. Les gars de la criminelle sont en train de passer les alentours de Rhode Island Avenue au peigne fin. Et ils font subir des interrogatoires poussés aux amis et fréquentations de Lorenze Wilder.

– Il en avait ?

– Quelques-uns. Les collègues en civil qui ont assisté à la présentation du corps de Lorenze ont eu le temps de recueillir pas mal d'informations avant de se faire repérer. Et ils ont barboté le registre de condoléances du salon mortuaire, avec les noms et adresses de ceux qui s'étaient donné la peine de l'utiliser.

– Ces interrogatoires ont donné quelque chose ?

– Lorenze était un marginal. Il ne bossait pour ainsi dire jamais, en tout cas pas pour un salaire. Ses amis eux-mêmes disent que c'était un glandeur. Mais d'après eux, personne ne l'avait dans le collimateur. Il n'était pas mouillé avec des gros bonnets, ni rien de ce genre. Du moins, c'est ce qu'ils ont tous affirmé aux collègues.

– J'aimerais avoir la liste de ses amis, dit Strange.

– Tu sais bien que j'ai pas le droit, Derek.

– D'accord.

Blue l'avait dit. Il était obligé de le dire, Strange le savait. Et il n'allait pas en faire une histoire.

Ils rebroussèrent chemin pour pénétrer dans les quartiers qui vont de Georgia Avenue à la 16ᵉ Rue. Blue s'arrêta à la hauteur d'un Latino soûl qui se tenait au beau milieu de Kenyon Street, le visage inondé d'une sueur d'ivrogne. Il expliqua qu'il avait « perdu le chemin de chez lui ». En lui parlant d'une voix très douce, Blue l'aida à s'orienter. Au coin de la 15ᵉ et de Columbia Street, il ralentit et abaissa la vitre de sa voiture de patrouille. Assis sur le perron d'une maison mitoyenne, un homme surveillait un garçonnet qui dribblait sur le trottoir avec un ballon de basket.

– Il est pas un peu tard pour qu'il soit dehors ? demanda Blue.

L'homme lui sourit.

– Bah, il est surexcité, c'est tout. Vous savez comment sont les gosses.

– Je comprends, dit Blue en lui rendant son sourire. Mais faites-le rentrer quand même.

– Bon, bon, fit l'homme.

Blue reprit sa route. Strange remarqua combien il était détendu à son volant. Blue avait toujours eu un goût marqué pour les patrouilles de nuit. Selon lui, le danger était plus grand à ces heures-là, mais le respect entre les citoyens et les flics augmentait bel et bien de minuit à l'aube. Les gens dits normaux étaient tous rentrés se coucher, abandonnant ceux qui restaient dehors à leur alliance précaire.

Blue fut appelé à l'intersection de la 13e et de Randolph Street pour une affaire de violences conjugales. Il demanda à la femme si elle souhaitait que le mari, dont elle disait avoir reçu des coups, passe la nuit au poste. Elle répondit qu'elle n'en demandait pas tant, et comme presque toutes les querelles entre maris et femmes dans lesquelles la police était appelée à intervenir, celle-ci se solda par une réconciliation.

– Comment va Terry ? demanda Blue tandis qu'il roulait tranquillement vers l'est, en direction de la Maison des anciens combattants.

– Il paraît plutôt calme, dit Strange. Il s'est trouvé une nouvelle copine, je crois, et ils se voient beaucoup. La compagnie d'une femme lui a fait du bien cette semaine.

– Et entre toi et Janine ?

– Tout baigne.

– C'est une femme bien. Et en plus, son fils est un brave garçon.

– Je m'en suis aperçu, dit Strange.

– Lionel viendra au match, samedi ?

– Sûrement.

Ce match, Strange n'y avait pas beaucoup réfléchi.

– Il faut absolument qu'on le dispute, tu le sais bien.

– C'est vrai.

– À mon avis, il vaudrait mieux qu'on abrège l'entraînement demain soir. Histoire de parler aux gamins.

– Il le faut, tu as raison.

– Dans un moment pareil, ils doivent se ressaisir à tout prix, dit Blue. Des morts, ils en verront plus d'un au cours de leur jeunesse. Je veux qu'ils se souviennent de Joe, mais je ne voudrais pas que ça les paralyse. Tu es du même avis ?

– Oui, dit Strange.

Blue jeta un regard à son ami. La première fois qu'ils s'étaient revus après le meurtre de Joe Wilder, ils étaient tombés dans les bras l'un de l'autre et s'étaient donné d'affectueuses tapes dans le dos. Ils se sentaient aussi coupables l'un que l'autre, Blue d'avoir tenu la jambe à Strange après l'entraînement, Strange d'avoir laissé Joe échapper à sa surveillance. Mais comme ils étaient intimement liés depuis l'enfance, ils n'avaient pas besoin de battre leur coulpe à cause de ça ni d'en discuter. Blue avait une manière bien à lui d'affronter la situation, mais il craignait qu'elle n'ait affecté Strange plus profondément qu'il n'y paraissait.

– Écoute, Derek…

– T'en fais pas pour moi, Lydell. J'ai pas trop envie d'en parler pour l'instant, c'est tout.

Ils étaient dans Park View à présent. Blue prit Warder Street et passa devant une rangée de maisons mitoyennes plongées dans le noir. À l'intérieur d'une de ces maisons, Garfield Potter, Carlton Little et Charles White roupillaient.

Blue roula d'une rue du 4-D à l'autre. Ils s'achetèrent du café au Wings & Things ouvert vingt-quatre heures sur vingt-quatre au coin de Kennedy Street et de Georgia Avenue, et reprirent leur ronde. Ils s'arrêtèrent pour persuader des gosses de rentrer chez eux, et répondirent à un nouvel appel pour violences conjugales. Au moment où Blue mettait le cap sur la 2e Rue pour une troisième affaire de violences conjugales, il en fut soudain détourné à cause d'un désordre sur la voie publique qui avait lieu à une rue de là.

Une rixe qui venait d'éclater dans un bar de Kennedy Street à l'heure de la fermeture avait débordé sur le trottoir. Plusieurs voitures de patrouille étaient déjà sur place. Les flics qui s'étaient interposés entre les belligérants s'efforçaient de faire revenir le calme parmi les habitants du quartier et les badauds que la présence policière avait transformés en émeutiers potentiels. Les flics de patrouille avaient sorti leur bâton. Un type hurlait à tue-tête « sale enculé de plouc » et « sale enculé de blanc » au policier blanc qui venait de lui passer les menottes. Le coéquipier de ce dernier, un policier noir, se fit traiter de « sale larbin de nègre » par le même individu. Blue descendit de voiture et traversa la rue. Strange mit pied à terre et il s'adossa à la Crown Vic.

Le Three-Star Diner, restau tenu par Billy Georgelakos, était un peu plus bas dans la rue. Le père de Strange y avait officié comme cuistot pendant presque toute sa carrière. La devanture en était protégée par un rideau de fer anti-émeute. Non loin de là, un cheval de frise en barbelés avait été accroché au sommet du grillage qui entourait le parking d'une église.

Quand Blue regagna la Crown Vic, il avait le front emperlé de sueur. Dans Kennedy Street, les badauds s'étaient dispersés. Quelles qu'aient pu être les raisons de l'empoignade, elle ne s'était soldée par aucun incident grave. La grande majorité des citoyens de Washington, qui à cette heure-là dormaient paisiblement chez eux, n'en entendraient même pas parler.

Strange demanda à Blue de faire un crochet par Park Morton, le grand ensemble où Joe Wilder avait vécu, et Blue obtempéra. À l'extérieur des bâtiments, il n'y avait pas grand monde. Un jeune garçon fumait une cigarette, assis sur une balançoirc du terrain de jeux, au milieu de la cour plongée dans le noir. On distinguait les silhouettes mouvantes de joueurs de dés et de fumeurs de joints dans les cages d'escalier.

– On a mis les portraits-robots des suspects dans les boîtes aux lettres de la cité, dit Blue. On va aussi en afficher partout dans le quartier.

– Tant mieux.

– En règle générale, les habitants d'ici ne sont pas des plus coopératifs. Quand des dealers ont les flics aux trousses, ils trouvent toujours beaucoup de portes ouvertes et beaucoup de planques dans la cité.

– C'est ce qu'on m'a dit.

– Ils ont même des flingues dissimulés quelque part. Un vrai arsenal collectif. On est au courant de tout ça, mais lutter contre c'est pas du gâteau.

– Autrement dit, tu doutes qu'il y aura des volontaires pour se confier à vous ?

– J'espère qu'il en ira différemment dans cette affaire. Ici, on n'éprouve envers nous que de la méfiance, ou même de la haine. Mais au fond de moi, je suis convaincu que toute personne qui a du cœur ne demandera qu'à nous aider à retrouver les tueurs d'un enfant innocent.

En roulant vers la sortie, Blue passa devant les piliers et le muret en briques qui constituaient le portail officieux du grand ensemble. Deux fillettes de onze ou douze ans, vêtues de blousons à l'effigie de personnages de dessins animés, étaient assises sur le muret. Elles suivirent d'un regard glacial les occupants de la voiture de patrouille.

– Où sont leurs parents ? marmonna Strange.

20

Ce samedi matin-là, l'équipe des Panthères de Petworth l'emporta par vingt à sept contre celle de Lamond-Riggs sur le terrain de l'école élémentaire LaSalle. Dennis Arrington n'avait pas mentionné le nom de Joe Wilder dans le discours qu'il avait prononcé en prélude du match, mais quand il avait demandé aux gamins de prier pour leur « défunt frère », ces derniers avaient mis un genou en terre et incliné la tête sans échanger les bourrades et les messes basses habituelles. Dès le premier coup de sifflet, leur offensive sur le terrain avait été impitoyable. Les parents et tuteurs légaux qui assistaient au match, debout derrière les lignes de touche, furent plus immobiles et muets qu'à l'accoutumée.

Après la partie, alors qu'ils étaient en train de rassembler le matériel, Quinn posa une main sur l'épaule de Strange.

– Salut.

– Salut, Terry.

– Ça te dirait de venir boire une bière cet après-midi ?

– J'ai mes gamins à déposer.

– Et moi, j'ai quelques heures de boulot à abattre à la librairie. On n'a qu'à se retrouver au Renzo's vers les quatre heures. Tu sais où il est, ce rade ?

– C'est l'ancienne Tradesman's Tavern, tout au bout de Sligo Avenue.

– Bon ben, à tout à l'heure alors.

Lamar Williams, Prince et Lionel Baker attendaient Strange à côté de sa Cadillac garée dans Nicholson Street. La Park Avenue de Lydell Blue était rangée le long du trottoir derrière elle. En voyant Blue s'approcher de lui, une chemise en fort papier jaune à la main, Strange fit monter les trois garçons à bord de la Brougham.

– Tiens, Derek, dit Blue en lui tendant la chemise. J'ai pensé que tu voudrais remettre la liste des Gnomes dans ton dossier.

Strange prit la chemise et il ouvrit son coffre. Au moment où Blue s'éloignait, il entreprit de la glisser à l'intérieur de son classeur, et s'aperçut qu'il avait inscrit quelque chose au crayon sur le rabat du dossier Petits Bouts. Il le retira du classeur et étudia ses notes : c'était la description d'une voiture et une série de chiffres et de lettres qu'il avait griffonnés. Il se remémora le soir où il avait noté ces informations.

– Lydell ! s'écria-t-il.

Blue revint vers Strange, qui était toujours debout à côté de son coffre ouvert. Strange vida le dossier Petits Bouts des papiers qu'il contenait et tendit la chemise à Blue, en lui désignant ses notes de l'index.

– Ça ne veut sans doute rien dire, expliqua-t-il, mais tu devrais quand même essayer d'identifier ce numéro d'immatriculation.

Blue parcourut du regard les quelques lignes qu'il avait tracées.

– Pourquoi ? demanda-t-il.

– Il y a de ça environ une semaine, j'ai remarqué des jeunes mecs un peu craignos dans le parking du lycée Roosevelt un soir où on s'entraînait là-bas. En y réfléchissant, je me suis souvenu que ce soir-là Lorenze Wilder attendait Joe à côté du terrain. J'ai noté le numéro de la voiture et ses caractéristiques par pur réflexe professionnel. C'était une Caprice. Je l'ai datée au petit bonheur, mais je suis sûr qu'elle était d'un modèle proche de celle que je possède moi-même. Elle était beige, je l'ai noté aussi.

Strange revit soudain l'image des trois garçons. L'un d'eux avait des tresses serrées, semblables à celles de l'un des tireurs dont l'employé du marchand de glaces avait donné la description. Mais ça n'avait pas plus de signification en soi que s'il avait remarqué que ce garçon portait des Timberland ou un jean trois fois trop grand ; à Washington, des milliers de jeunes mecs étaient coiffés de cette façon.

– Une Caprice beige, dis-tu. Dans ce cas, pourquoi as-tu noté « brun-beige » ?

– Elle avait un toit en vinyle un poil plus foncé que sa carrosserie.

– Bon, je vais faire passer ce truc dans l'ordinateur sur-le-champ.

– Comme je te le disais, ça ne donnera sans doute rien. Mais si on a tapé dans le mille, tiens-moi au courant.

– Entendu.

Strange regarda Blue se diriger vers sa voiture. Il reprit en main les papiers du dossier Petits Bouts et décida de les joindre à ceux du dossier Gnomes dans la chemise que Blue venait de lui remettre. Il ouvrit la chemise. Elle contenait un double de la liste des amis et fréquentations de Lorenze Wilder, accompagné de notes résumant certains passages de leurs interrogatoires, d'après le procès-verbal officiel de l'enquête.

Strange tourna la tête. La Buick de Blue, qui venait de démarrer, s'engageait sur la chaussée. Strange lui adressa un signe de tête, mais Blue fit comme s'il ne le voyait pas. Strange rangea les papiers dans la même chemise, la glissa dans son classeur et rabattit le hayon de son coffre.

Strange raccompagna Lionel jusqu'à la maison de sa mère, dans Quintana Place. Au moment où il descendait de voiture, Lionel demanda à Strange s'il dînerait chez eux ce soir-là. Strange lui répondit que c'était peu probable, mais le pria de dire à sa mère qu'il « la contacterait plus tard ». Lionel se retourna une seule fois vers Strange tandis qu'il gravissait l'escalier du perron. Strange reprit sa route.

Ce fut Prince qu'il déposa ensuite. Le gamin n'avait pas été très bavard pendant le match et n'avait pas décroché un mot pendant le trajet. Les garçons qui le chambraient toujours occupaient le même coin de rue que d'habitude, en face de chez lui. Prince demanda à Strange si ça ne l'ennuierait pas de l'accompagner jusqu'à sa porte. Une fois qu'ils furent arrivés devant la porte, Strange lui tapota l'épaule.

– T'as très bien joué aujourd'hui, fiston.

– Merci, monsieur Derek.

– On se reverra à l'entraînement, d'accord ? Allez, rentre à présent.

Tandis qu'ils roulaient en direction de Park Morton, Lamar Williams, assis sur le siège du passager, laissait errer son regard dehors par la vitre en écoutant la musique rétro que M. Derek se passait toujours, sans se concentrer vraiment sur les paroles ou la mélodie. Ce n'étaient que des chansons pleines de ciel bleu ne parlant que d'amour, de moral qui se remet au beau fixe et d'avenir radieux, avec des « mon frère » par-ci et des « mon frère » par-là. Était-il possible, se demandait Lamar, que les gens aient été tellement plus cool à l'époque, autour des années 70 ? Que les frères en question ne se soient pas zigouillés entre eux tous les jours, comme ils le faisaient aujourd'hui ? Qu'ils n'aient pas flingué de gosses en ce temps-là ? En tout cas, cette musique n'avait strictement rien à voir avec le monde dans lequel Lamar vivait maintenant.

– C'est à Joe que tu pensais ? lui demanda Strange.
– Oui.
– T'en fais pas, va. Moi aussi, je pensais à lui.
Lamar changea de position sur son siège.
– C'était un si gentil garçon. J'aurais jamais cru qu'il mourrait. De tous les habitants de ma cité, c'était le dernier dont on se serait dit qu'il finirait comme ça.
– Pour la seule raison que c'était un gentil garçon ? Tu sais bien que les choses ne sont pas aussi simples. Je te l'ai déjà dit, quand on vit dans l'endroit où tu vis, on doit toujours être extrêmement attentif à tout ce qui se passe.
– Je sais. Mais c'est pas de ça que je parlais. À ce qu'on disait, Joe était protégé. Même ceux qui jouent les terreurs évitaient de lui marcher sur les pieds. D'accord, c'était un gamin qui ne se laissait pas faire. Mais tout le monde savait qu'on avait intérêt à ne pas emmerder Joe.
Strange fut à deux doigts de reprendre Lamar sur son langage, mais il se ravisa.
– Pourquoi, à ton avis ?
– J'en ai pas la moindre idée. Les gens s'étaient simplement mis en tête qu'il était lié à quelqu'un qu'il valait mieux pas se mettre à dos. Une rumeur se met à circuler, et tout le monde est au courant.
– À l'enterrement, j'ai vu des types qui avaient l'air d'être du milieu de la drogue, dit Strange.
– Moi aussi je les ai vus, dit Lamar.
– Est-ce que t'as une idée de la raison pour laquelle ils sont venus aux obsèques ?
– Non.
– Est-ce que la mère de Joe est liée avec ces gens-là ?
– Pas que je sache.
– Et cette voiture à bord de laquelle elle est arrivée ?
– À ce qu'on dirait, tout le monde a une super bagnole aujourd'hui. Mais c'est pas pour ça qu'on est des voyous.

– Bien sûr que non. Mais tu l'as jamais vue traîner avec des gens qui d'après toi auraient pu être du milieu ?

– Non. Mais un soir, y a bien eu des jeunes mecs qui la cherchaient. Ils se sont amenés en voiture alors que je traversais la cité à pied. Ils ont prétendu qu'ils lui devaient du blé, mais je leur ai pas dit où elle habitait. Ils avaient pas l'air net.

Strange jeta un coup d'œil à Lamar.

– De quoi ils avaient l'air ?

– En toute franchise, j'en ai aucun souvenir. Pour rien vous cacher, monsieur Derek, j'avais peur.

– Est-ce que l'un d'eux avait des petites tresses ?

– Je m'en souviens pas. Écoutez, je voulais déjà pas que nos regards se croisent, alors j'allais encore moins les dévisager. Le seul dont je me rappelle, c'est celui qu'était assis à l'arrière, parce qu'il avait l'air un peu chtarbé. Il avait un pif pas possible, on aurait dit un tamanoir.

– Et leur voiture ?

– Elle était blanche, dit Lamar. Un vieux modèle, sans rien de particulier. C'est tout ce qui m'en est resté. J'en sais pas plus.

– T'as bien fait d'éviter leur regard, Lamar. C'est une bonne chose.

– Ben tiens, fit Lamar avec un reniflement de mépris. Ici, y a que des bonnes choses. C'est une bonne chose d'habiter une cité où on n'ose même pas regarder quelqu'un parce qu'on a peur de se faire descendre.

Strange pénétra dans Park Morton et avança lentement le long de l'étroite allée.

– Tu devrais être plus constructif, Lamar. Il faudrait que tu te concentres sur tout ce qui pourrait t'aider à t'évader de cet endroit.

Lamar dévisagea longuement Strange, et sa lèvre tressaillit au moment où il allait parler.

– Et comment je vais faire, hein ? Je suis pas très

avancé en lecture, et si j'ai mon diplôme au lycée ce sera d'extrême justesse. Avec les notes que j'ai, aucune université voudra de moi. Le seul boulot que j'aie jamais eu, c'est de faire le ménage dans votre bureau et de vider votre corbeille à papier.

– C'est pas les capacités qui te manquent. Il y a les cours du soir, les écoles où on apprend un métier... t'aurais que l'embarras du choix, tu m'entends ?

– Oui, monsieur Derek, répondit Lamar d'une voix peu enthousiaste.

Montrant du doigt l'allée qui remontait le long du terrain de jeux de la cour, il ajouta :

– Vous avez qu'à me laisser là.

Strange arrêta la voiture.

– Écoute, Lamar, tu m'as toujours donné satisfaction. Tu es consciencieux, tu sais te rendre utile, et je ne l'oublierai pas. Je ferai tout ce qui est en mon pouvoir pour te venir en aide. Je ne te laisserai jamais tomber, mon garçon, t'entends ?

Lamar hocha la tête.

– Je me sens super mal à cause de Joe, c'est tout. Il me manque vachement.

– Moi aussi, il me manque, dit Strange.

Il regarda Lamar traverser la cour, donnant une impulsion au passage à une balançoire rouillée. Strange repensa au tableau que Lamar venait de lui peindre : la voiture blanche, le jeune mec au long nez. Juarez, l'employé du marchand de glaces, avait déclaré que le conducteur de la Plymouth avait « un long nez en forme de bec ».

Strange était à peu près sûr qu'il ne s'agissait pas d'une coïncidence. Il savait qu'il aurait dû téléphoner à Lydell Blue sans plus tarder pour lui faire part des informations qu'il venait de recueillir. Mais il avait d'ores et déjà décidé de garder pour lui le récit de Lamar.

C'était une décision que Strange n'était pas fier d'avoir prise, mais il ne fallait pas qu'il se cache la vérité. Il avait l'espoir de mettre la main sur les assassins de Joe Wilder avant que la police ne les ait alpagués. Il savait que si de petits indices de ce genre convergeaient vers lui qui n'était qu'un simple détective privé, les flics qui étaient sur le pied de guerre ne tarderaient pas à avoir autant de suspects qu'il leur fallait en garde à vue. Il se demandait de combien de temps il disposait avant qu'un coup de filet ne leur ramène les tueurs. Et il se demandait aussi ce qu'il leur ferait s'il les trouvait avant tout le monde.

Strange cogna un moment sur le sac de sable du sous-sol, prit une douche, fit manger Greco et verrouilla la maison. Il prit vers le nord, en direction de la limite du district. Il lui sembla apercevoir dans son rétroviseur une voiture rouge à l'aspect vaguement familier qui lui filait le train en gardant une distance respectueuse. Quand Strange jeta un nouveau coup d'œil à son rétroviseur, au moment où il passait devant le magasin de spiritueux Morris Miller, la voiture avait disparu, et il se décontracta.

À la suite des événements de ces huit derniers jours, la paranoïa qu'il ressentait dans les rues était devenue encore plus aiguë. Strange n'ignorait pas que les habitants de certains quartiers de Washington vivaient dans la crainte d'être obligés de marcher tous les jours avec cette épée de Damoclès suspendue au-dessus de leur tête. Mais il était toujours mécontent d'y succomber lui-même.

Il se gara dans Sligo Avenue. Au moment où il traversait, le bipeur fixé à sa hanche se mit à gazouiller. Il regarda le numéro qui s'affichait : c'était Janine. Il fixa de nouveau le bipeur à son ceinturon.

Strange entra au Renzo's, une brasserie d'aspect peu avenant du quartier central de Silver Spring. Le Renzo's abritait un comptoir tout en longueur, des tabourets alignés face à un mur revêtu de miroirs, un billard et des kénos électroniques. Les bars de cette espèce étaient communs à Baltimore, à Philadelphie et à Pittsburgh, mais dans les environs de Washington c'était une rareté. Assis sur l'un des tabourets du comptoir, dans un médiocre éclairage, Quinn lisait un livre au format de poche en faisant durer sa bouteille de Budweiser. D'autres tabourets étaient occupés par un mec baraqué en chemise de flanelle, un mec en pantalon léopard et plusieurs joueurs de kéno qui avaient tous une cigarette au bec. Le bar était tenu par une femme en jean et tee-shirt à l'effigie des Nighthawks dont on ne distinguait que confusément les traits dans la lumière chiche. L'air était lourd de fumée.

Strange se hissa sur le tabouret voisin de celui de Quinn et commanda une Heineken à la barmaid.

– En bouteille, précisa-t-il. Et pas la peine de me donner un verre.

– Voilà pour toi, dit Quinn en lui tendant le disque qu'il avait posé à ses pieds.

Strange s'en empara et en étudia la pochette. Il sourit en regardant la photo d'Al Green vêtu d'un costume blanc, d'un col roulé blanc et de chaussures blanches à talon compensé, assis dans un fauteuil en rotin blanc sur un fond entièrement blanc. Deux plantes vertes, l'une suspendue et l'autre en pot, et la riche nuance chocolat de la peau du chanteur étaient les seules taches de couleur. À première vue, Al portait aussi des chaussettes vert foncé, bien qu'aux yeux de certains elles étaient incontestablement noires.

– *I'm Still in Love With You*[1].

– Inutile de me le dire, protesta Quinn. Ça va de soi.

– Ceux qui étaient fous d'Al surnommaient ce disque

1. « Je suis toujours amoureux de toi. »

« l'album blanc », dit Strange sans lui prêter attention. En plus, la chanson « Simply Beautiful » est dessus.

– Tu l'as pas ce disque, hein ? Je me suis dit que tu avais dû le perdre dans l'inondation que t'avais eue chez toi.

– J'ai perdu le vinyle, tu as raison. Je l'ai en CD, mais un CD, ça manque de profondeur.

– Le truc drôle, c'est qu'on l'a rentré avec un plein carton de rock des années 70, principalement du blues électrique, et aussi des trucs bizarres comme seul un fumeur de pétards pouvait en écouter. Al Green était classé alphabétiquement après Gentle Giant et Gong.

– Les fumeurs de joints écoutaient Al aussi. À l'époque, les gens écoutaient tous les genres de musique, il n'existait pas de barrières entre eux comme aujourd'hui. Étant donné ton âge, t'as raté ça. C'était vraiment le bon temps.

– Je crois me rappeler que tu m'en avais déjà parlé. En tout cas, je suis content qu'il te plaise.

– Merci, mon vieux.

– Y a pas de quoi.

Strange et Quinn choquèrent leurs bouteilles. Ensuite, Strange informa Quinn des derniers résultats de l'enquête. Il lui parla de la Caprice qu'il avait vue dans le parking du lycée et de la voiture blanche dont les occupants avaient apostrophé Lamar Williams. Il lui parla de la liste de Lydell Blue.

– Tu devrais en toucher un mot à la mère de Joe, dit Quinn. Elle reconnaîtra peut-être certains noms de la liste.

– J'ai téléphoné à Sandra deux fois et je lui ai laissé des messages, dit Strange. Mais elle ne m'a pas encore rappelé.

Ils continuèrent à discuter de l'affaire. Le temps que Strange écluse deux bières, Quinn n'en but qu'une. Quinn regarda Strange fermer les yeux pendant qu'il buvait une grande lampée au goulot

– Janine n'arrive pas à te joindre, dit Quinn.
– Ah bon ?
– Elle m'a appelé à la librairie pour me dire qu'elle essayait de te contacter sur ton bipeur. Pour t'annoncer qu'elle avait trouvé la dernière pièce du puzzle au sujet de Calhoun Tucker.
Strange avala une autre gorgée de bière.
– Faudra que je voie de quoi il retourne.
– Qu'est-ce qui se passe entre vous deux ?
– Pourquoi, elle t'a dit que quelque chose n'allait pas ?
– Elle m'a seulement dit que tu l'évitais soigneusement depuis une semaine. Sauf quand il s'agissait du boulot, elle n'est pas arrivée du tout à communiquer avec toi.
– Si tu veux savoir la vérité, j'ai le sentiment qu'en ce moment ma présence ne lui ferait pas de bien. Et qu'elle ne ferait pas de bien à Lionel non plus. Quand je suis dans cet état… Bah, n'en parlons plus.
Strange fit signe à la barmaid.
– Elle n'est pas encore vide, dit Quinn en désignant de la tête la bouteille posée devant Strange.
– Ça ne va pas tarder. Mais je te remercie de me l'avoir fait remarquer.
Le coude de Strange dérapa sur le comptoir.
– Au moins, ça marche entre toi et Sue. Elle a l'air d'une femme bien. Agréable à regarder, en plus.
– Oui, elle est super. J'ai de la veine d'être tombé sur elle. Mais c'est de toi que je parlais, Derek.
– Écoute, je suis dans un état de bouillonnement perpétuel à cause de la mort de Joe et de tout ça. Je sais que je ne me suis pas comporté comme j'aurais dû dans ces circonstances.
– Personne ne sait comment se comporter dans ces cas-là. Quand un enfant est tué de cette façon, on regarde autour de soi, et les choses dont on croyait qu'elles étaient bien ordonnées, les convictions qu'on avait, le

Dieu auquel on croyait, ou n'importe quoi d'autre... plus rien n'a de sens. Moi aussi, ça m'a foutu complètement par terre. Comme tout le monde.

Strange resta un assez long moment silencieux, puis il dit :

– J'aurais dû le laisser employer cette tactique.

– Quoi ?

– Le quarante-quatre passe arrière. Il voulait s'en servir à la fin du match. Pendant toute la partie, il n'avait pas eu l'occasion de marquer un essai de cette façon. Et il aurait marqué ce jour-là, parce qu'il avait le feu sacré. T'imagines à quel point ça l'aurait rendu heureux, Terry ?

Les yeux de Strange s'étaient embués. Une larme menaçait d'en sourdre. Quinn prit une serviette en papier sur le comptoir et la lui tendit. Strange s'en servit pour s'essuyer le visage.

Quinn s'aperçut que le type en chemise de flanelle regardait fixement Strange.

– Tu veux quelque chose ? demanda Quinn.

– Non, dit le type, qui détourna aussitôt les yeux.

– C'est bien ce que je pensais, dit Quinn.

– Calme-toi, Terry. Moi aussi, j'aurais eu ce regard-là à sa place. Un homme de mon âge qui chiale comme un môme...

Strange roula sa serviette en boule et la laissa tomber dans un cendrier.

– Enfin, bon. On peut pas revenir sur le passé.

– T'as eu raison d'empêcher Joe de marquer, dit Quinn. C'était le genre de leçons dont il avait besoin.

– Ça, je me le demande. J'en sais rien. Je croyais qu'il avait devant lui une vie entière de percées victorieuses au football. Mais ici, on joue peut-être sa dernière chance chaque jour. Et pas seulement les gamins. Ça vaut aussi pour toi et moi.

– C'est pas possible que tu voies les choses de cette façon.

– Pourtant, c'est le cas. Et c'est égoïste de ma part, je m'en rends compte. C'est du pur égoïsme.

– De quoi parles-tu ?

Strange s'abîma dans la contemplation de ses doigts, qui étaient en train de décoller l'étiquette de sa bouteille de bière.

– Du sentiment qui me hante. Celui de ma propre mortalité, tu vois. C'est égoïste de ma part d'avoir cette idée en tête, alors qu'un gamin vient de mourir avant même d'avoir pris son essor et qu'une destinée favorable m'a permis de vivre aussi longtemps.

– Les hommes pensent toujours à leur mortalité, dit Quinn.

Il but une gorgée de bière et, d'un geste délicat, reposa la bouteille sur le comptoir.

– Enfin quoi merde, c'est à la mort et au cul qu'on pense tout le temps. C'est pour ça qu'on fait autant de conneries.

– T'as raison. Dès que l'idée de mon âge et de ma mort inévitable se met à m'obséder, je ne pense plus qu'à faire des trucs tordus. Ça me donne envie de fuir Janine et Lionel et de me dérober à toutes mes responsabilités. Je me suis toujours conduit de cette manière. Comme si posséder une autre femme suffisait à retarder ma mort, ne serait-ce que l'espace d'un court moment.

– C'est auprès de ces gens-là qu'il faut aller chercher refuge, Derek. Les gens qui t'aiment. Pas auprès des filles qui bossent dans ces salons de massage…

– Ça y est, nous y voilà.

– Elles font peut-être pas le trottoir, mais c'est pas pour ça qu'elles sont différentes des tapineuses. Ces filles-là, c'est des putes aussi.

– Sans blague ?

– Je suis sérieux. Moi aussi j'ai été aux putes, tu sais. Alors je vais pas te regarder de haut pour ça. Presque tous les hommes que je connais y ont été, même s'il ne s'agissait que d'une sorte de rite de passage. Mais étant donné ce que j'ai vu ces temps derniers…

– Ton amie Sue t'a converti, c'est ça ? Maintenant t'as la foi, t'as vu la lumière.

– Non, c'est pas mon genre. N'empêche, c'est immoral.

– Faut bien que ces femmes-là gagnent leur vie comme tout le monde, Terry.

– Tu penses vraiment que c'est ce qu'elles veulent faire de leur vie ? Manipuler la bite d'un type qui ne leur inspire aucun sentiment ? Se laisser tripoter par un inconnu dans ce qu'elles ont de plus intime ? Merde, Derek, les petites Asiatiques qui bossent dans ces endroits-là ont été transportées jusqu'ici et c'est l'existence qu'on les force à mener pour régler je ne sais quelle dette. C'est une forme d'esclavage.

– Oh non écoute, te lance pas là-dedans. Quand un blanc se met à parler d'une « forme d'esclavage », ça me donne envie de me boucher les oreilles.

– Bouche-toi les oreilles tant que tu veux, dit Quinn. Mais c'est la pure vérité.

– Faut que j'aille me soulager, dit Strange. Où sont les gogues ?

Quinn éclusa ce qui lui restait de bière tandis que Strange allait aux toilettes. À son retour, Quinn vit qu'il s'était passé de l'eau sur le visage. Strange ne reprit pas place sur son tabouret. Pour se stabiliser, il s'appuya d'une main au comptoir.

– Bon, vaut mieux que je me taille d'ici.

– Moi aussi, faut que je file. Ce soir, j'ai rendez-vous avec Sue.

Quand Strange sortit son portefeuille de sa poche revolver, Quinn lui posa une main sur l'avant-bras.

– J'ai tout réglé.

– Merci, mon vieux.

Strange ramassa son disque et se le glissa sous le bras.

– Et encore merci de ce cadeau.

– Tout le plaisir a été pour moi.

– Lundi matin, j'ai l'intention de me mettre au boulot sur la liste que Lydell nous a refilée en douce. Tu seras de la partie ?

– Bien sûr. Derek. .

– Quoi ?

– Appelle Janine.

Strange hocha la tête, puis il serra la main de Quinn et s'écarta du bar d'une poussée, en titubant légèrement. Quinn le regarda s'éloigner.

21

Strange s'arrêta au Morris Miller pour s'acheter un pack de six. Il dégoupilla une canette au moment où il atteignait Alaska Avenue et la vida tandis qu'il descendait dans la 16e Rue en direction du sud. La nuit commençait à tomber. Il ne savait pas où il allait. Il continua à rouler et se retrouva dans Mount Pleasant Street. Il se gara et entra au Raven histoire de s'évader un peu de la conduite en voiture. C'était un vieux bar de quartier peinard qu'il aimait bien, assez semblable au Renzo's. Installé dans un box le long du mur, il s'enfila une autre bière.

Quand il ressortit du bar, il était à moitié ivre et le ciel était d'un noir d'encre. Il dit « Hola » à un Latino qu'il croisa sur le trottoir, et le type se contenta de se marrer. Le bipeur de Strange se fit entendre. Il en vérifia l'écran de lecture et se mit en quête d'un téléphone public. Il s'était muni de son portable, mais ne savait pas où il l'avait fourré. Peut-être qu'il était resté dans la voiture. De toute façon, ça ne lui disait rien de s'en servir. Il savait qu'il y avait un téléphone public à côté de Sportsman's Liquors, le magasin de vins et spiritueux qui avait pour gérants les Vonda. Deux frères que Strange aimait bien, et avec qui il parlait volontiers de sport. Mais à cette heure-ci, leur magasin serait fermé.

Strange prit cette direction à pied, trouva le téléphone et glissa dans la fente une pièce de vingt-cinq cents et une pièce de dix cents. Il attendit qu'on décroche tandis que des hommes debout sur le trottoir autour de lui bavardaient, riaient et portaient à leurs lèvres des canettes de bière emballées dans des sacs en papier brun.

– Janine ? Derek à l'appareil.

– Où es-tu ?

– Je t'appelle de la rue. Je suis quelque part dans Mount Pleasant.

– Ça fait un bon moment que j'essaye de te joindre.

– Bon eh bien, me voilà. Qu'est-ce que t'as à me dire ?

– On dirait que t'es bourré, Derek.

– J'ai bu deux trois bières. Qu'est-ce que t'as à me dire ?

– C'est au sujet de Calhoun Tucker. Tu te souviens que j'avais essayé d'obtenir un complément d'informations sur son C. V. ? Et que ça m'avait mis sur la piste d'un emploi qu'il avait eu au sein d'une firme de Portsmouth qui s'appelle Strong Services ? Comme cette société n'existe plus, j'ai eu du mal à déterminer la nature exacte de ses activités…

– Viens-en au fait, Janine.

Il y eut un silence à l'autre bout de la ligne. Strange comprit qu'il s'était montré un peu trop brusque avec elle, et que cela mettait sa patience à rude épreuve. Elle avait raison, mais il persévéra dans son attitude.

– Contente-toi de me dire ce que tu as découvert, Janine.

– Strong Services était une agence de détectives dont la spécialité était de débusquer les vols et malversations au sein des entreprises. Tucker était assigné à des boîtes de nuit où il se rendait incognito pour essayer de repérer des employés qui barbotaient dans la caisse. À mon avis, c'est ce qui lui a tenu lieu de tremplin pour accéder à la profession d'agent artistique. Mais ce qui me paraît le plus important, c'est qu'à un moment donné ce garçon a été détective privé. Il se peut qu'il ait pris part à des enquêtes d'une autre espèce.

– Je vois. Donc, nous savons tout de son passé désormais. Tu as autre chose à me dire ?

Il y eut un nouveau silence pesant.

– Non, c'est tout.

– T'as fait du beau boulot.

– Je te verrai ce soir, Derek ?

– Je ne crois pas, ma chérie. Il vaudrait mieux pour nous deux que je reste seul ce soir, je crois. Tu diras à Lionel que… Janine ?

Au milieu de sa phrase, Strange avait cru percevoir un déclic. Il n'y avait plus maintenant qu'une tonalité. La ligne était coupée.

Strange resta planté au beau milieu du trottoir, environné d'un brouhaha de coups de klaxon, de grincements de freins et de paroles échangées en espagnol. Il replaça le combiné sur sa fourche. Il reprit le chemin du Raven en essayant de se souvenir de l'endroit où il avait garé sa voiture.

Strange se gara dans une allée parallèle à I Street, derrière le restaurant chinois, et descendit de sa Cadillac. Sam, le junkie accro à l'héroïne depuis la nuit des temps qui rôdait dans l'allée, surgit d'un recoin sombre et s'approcha de Strange.

– Je m'en occupe, dit Sam.

– D'accord. Garde-la à l'œil. Je te revaudrai ça en ressortant.

Sam hocha la tête. Strange entra par la porte de derrière, suivit le couloir, franchit le rideau de perles et s'installa à une table pour deux. Il commanda des nouilles façon Singapour et une bouteille de Tsingtao à la mama-san qui était la patronne de l'endroit, et tout en lui apportant sa bière elle lui désigna du doigt une jeune femme debout au fond de la salle, de l'autre côté de la caisse, et lui demanda :

– Toi aimer ?

– Oui, répondit Strange.

Il ressortit dans l'allée. Il avait pris une douche et il avait joui, mais ne se sentait ni rafraîchi ni revigoré. Il était soûl, il avait les idées embrouillées, il s'en voulait et il était triste.

Une Audi S4 rouge cerise était garée derrière sa Cadillac. Un homme debout à côté de l'Audi, les bras croisés sur la poitrine, le fixait d'un œil peu amène. Strange le reconnut sans peine. C'était Calhoun Tucker. Vu de près, il était encore plus grand, plus beau et plus juvénile qu'il ne l'avait semblé à Strange quand il l'avait suivi des yeux à travers ses jumelles ou l'objectif de son AE-1.

– Où est passé Sam ? demanda Strange.

– Vous voulez dire le vieux bonhomme ? Il est allé faire un tour. J'ai doublé la somme que vous lui filez pour surveiller votre voiture.

– Le fric est un remède sûr à la loyauté.

– Surtout quand il s'agit de quelqu'un qui a un singe sur le dos. C'est une des premières choses que j'ai apprises en débutant dans le métier d'enquêteur.

Tucker décroisa les bras et s'avança lentement vers Strange. Il s'arrêta à deux pas de lui.

Strange ne changea pas de posture et lui fit face.

– Comment êtes-vous remonté jusqu'à moi ?

– Vous avez eu une conversation avec une fille dans une boîte de la 12e Rue.

– La barmaid ?

– C'est ça. Vous lui avez laissé votre carte. Le jour où elle vous a parlé, elle avait une dent contre moi. Mais elle a cessé de m'en vouloir.

Un grand silence régnait dans l'allée. À quelque distance de là, un réverbère émettait un bourdonnement sourd.

– Je n'ai eu aucun mal à vous filer, Strange. Aujourd'hui, j'en ai eu encore moins que d'habitude. Avec tout ce que vous avez picolé.

– Qu'est-ce que vous voulez ?

– Vous avez une gentille petite affaire. La femme que vous fréquentez est gentille aussi. Et son fils a l'air très comme il faut, apparemment il n'a rien d'une mauvaise tête. Ils habitent Quintana Place, tout en haut de la ville. Il vous arrive d'y passer la nuit, pas vrai ?

– Il y a un moment que vous me collez au train.

– Oui. Je voudrais vous poser une question : est-ce que cette femme sait que vous venez ici pour vous envoyer en l'air avec les putes locales ?

Les yeux de Strange se rétrécirent.

– Je vous ai demandé ce que vous vouliez.

– Bon, d'accord, je vais y venir. Ça ne va pas vous faire perdre beaucoup de temps. Je voulais seulement vous dire une chose.

– Allez-y.

Tucker jeta un regard circulaire sur l'allée. Quand ses yeux se reposèrent sur Strange, leur expression s'était adoucie.

– J'aime Alisha Hastings. Je l'aime de tout mon cœur.

– C'est bien naturel. C'est une jeune femme remarquable. Et elle est d'excellente famille. Vous vous êtes trouvé une vraie perle. Vous auriez dû y réfléchir pendant que vous lui faisiez des infidélités.

– Sa pensée ne me quitte pas un instant. Et j'ai l'intention d'être le meilleur des maris pour elle. De lui donner satisfaction non seulement sur le plan matériel, mais sur celui des sentiments. C'est elle qui va être la mère de mes enfants, Strange.

– Vous avez une drôle de façon de vous y préparer.

– Non mais vous vous êtes regardé ? Qu'est-ce qui vous autorise à me juger ?

Strange garda le silence.

– Je suis encore jeune, dit Tucker. Je suis un homme jeune qui n'est pas encore ligoté par des liens sacrés et tant que ce ne sera pas le cas, je compte bien m'éclater. Parce que je ne serai plus jamais aussi jeune et libre. Mais comprenez-le, cette cérémonie aura beaucoup d'importance pour moi. Mon père et ma mère étaient soudés par un lien indissoluble, qui reste un exemple pour moi. Comme pour mes frères et mes sœurs. Je sais ce qu'il signifie. Mais en attendant, je suis bien décidé à prendre du bon temps.

– George Hastings est un ami à moi.

– Alors, traitez-le en ami. Je vous l'affirme en vous regardant dans les yeux, personne au monde n'est capable d'aimer et de respecter sa fille pendant une vie entière comme j'en serai capable, moi.

– Je ne peux que l'informer de ce que je sais de vos antécédents et de ce que j'ai vu.

– Vous avez tort de faire la sourde oreille, Strange. Écoutez ce que je vous dis et réfléchissez-y. J'aime Alisha. Je brûle tellement d'amour pour elle que je serais prêt à faire n'importe quoi. Si vous voulez causer ma perte, allez-y. Mais vous serez entraîné dans ma chute.

– C'est une menace ?

– Un simple avertissement.

Strange baissa les yeux sur le sol à ses pieds. Il se frotta le visage et son regard rencontra de nouveau celui de Tucker.

– En ce qui vous concerne, je ferai ce que j'ai à faire, mon garçon. Soyez insolent tant que vous voudrez, ça ne m'influencera ni dans un sens ni dans l'autre.

– Bien sûr que non, dit Tucker en mesurant Strange du regard. Vous êtes tellement à cheval sur vos principes.

– Vous ne me connaissez pas assez bien pour me parler de cette façon.

– Mais je connais les hommes de votre espèce.

– Eh, minute… !

– Je vais formuler la chose autrement, si vous permettez. Le problème est de savoir quelle sorte de mari je vais être pour Alisha, c'est bien ça ? Eh bien, ce que je peux vous promettre, Strange, c'est que je ne finirai pas comme vous. Venant ici en douce à cinquante ans bien sonnés, et payant ce qu'il faut pour vous faire branler par une fille que vous ne connaissez même pas. Prêt à aller débiner un autre mec alors que votre vie à vous est complètement merdique. Alors, agissez selon votre conscience. Je vous ai dit ce que j'avais à vous dire. À vous de décider si ça valait la peine d'être entendu.

Tucker regagna sa voiture, s'installa au volant et mit le contact. Strange regarda l'Audi sortir en marche arrière de l'allée. Ensuite il n'y eut plus que Strange, debout sur les pavés, sous le bourdonnement étouffé du réverbère, seul avec sa honte.

Quand Janine Baker descendit l'escalier et déverrouilla sa porte d'entrée, il était un peu plus d'une heure du matin. Allongée sur son lit, les yeux grand ouverts, elle avait reconnu le moteur de la Cadillac de Strange tandis qu'elle roulait lentement vers chez elle.

Il se tenait debout en face d'elle, une marche au-dessous du perron. S'étant immobilisée dans l'embrasure de la porte, Janine le dominait du regard. Ses vêtements étaient froissés et il avait les yeux vitreux.

– Rentre donc. La nuit est fraîche.

– Je crois qu'il vaut mieux pas, dit Strange. Je suis seulement venu m'excuser d'avoir été si brusque au téléphone avec toi.

Janine serra d'une main les revers de sa robe de

chambre pour se protéger du froid. Derrière elle, Strange vit Lionel descendre l'escalier. Il s'arrêta à mi-chemin.

– Dis-lui de retourner se coucher, murmura Strange à Janine. Je ne veux pas qu'il me voie dans cet état.

Janine tourna la tête et fit signe à son fils de regagner sa chambre. Strange attendit que Lionel ait remonté l'escalier.

– Eh bien ?

– Je suis sens dessus dessous, dit Strange.

– Et qu'essayes-tu de me dire ?

– Il me semble que… que je ne suis plus digne de toi désormais. Et que je ne suis pas à la hauteur pour ton fils.

– Tu as l'intention de nous laisser tomber, c'est ça ?

– J'en sais rien.

– Moi, je ne t'ai pas laissé tomber.

– Je sais.

– Même alors que je savais que tu me trompais depuis deux ans.

Strange releva les yeux sur elle.

– Ce n'est pas ce que tu crois.

– Dis-moi de quoi il s'agit, alors. Tu te figures peut-être que je n'étais pas au courant de ton problème depuis un moment ? Je passe l'éponge, d'accord, mais je suis un être humain et mes sens ne me font pas défaut. Tu répands une suave odeur de lilas ou de je ne sais quoi chaque fois que tu reviens d'un rendez-vous avec cette femme. Sentir la cocotte, toi, un homme qui n'emploie même pas d'after-shave.

– Écoute, chérie…

– Il n'y a pas de chérie qui tienne, Derek. Tu sens la cocotte en cet instant même.

Elle disait cela d'une voix presque douce. Que Janine se montre aussi ferme et forte lui faisait l'effet d'une gifle. Il aurait voulu qu'elle élève la voix, qu'elle sorte ce qu'elle avait sur le cœur. Mais il voyait bien qu'elle n'en ferait rien. Et il l'admirait d'autant plus.

Strange fit passer son poids d'un pied sur l'autre.

– Depuis le premier jour où je t'ai aimée, je n'ai jamais aimé d'autre femme que toi.

– C'est censé avoir de l'importance pour moi ? Est-ce que je devrais me sentir mieux parce que tu te contentes de frayer avec des putes ?

– Non.

– Que deviennent là-dedans le respect que tu me dois et celui que tu te dois à toi-même ?

Strange évita son regard.

– Quand ma mère agonisait, ce qui a duré très longtemps... c'est là que ça m'a pris. Je ne pouvais pas regarder ces choses-là en face, Janine. Pas seulement sa mort à elle, mais la mienne aussi. Je voyais que j'allais y passer à mon tour, que ça m'arriverait bientôt.

– Et maintenant voilà que Joe Wilder s'est fait tuer, dit Janine en achevant sa pensée à sa place. Derek, tu ne vas quand même pas souiller la mémoire de ce petit garçon en liant ainsi les choses entre elles. Quand de pareils malheurs s'abattent sur toi, ils devraient te pousser vers les gens qui t'aiment. Face à tout cela, ce sont la famille et la foi en Dieu qui permettent de rester fort.

– Alors, je dois être faible.

– Oui, Derek, tu es faible. Comme tant d'hommes qui ne sont que des petits garçons dans leur for intérieur. Ces hommes qui sont égoïstes et qui ont tellement peur de mourir.

Strange ouvrit largement les mains.

– Je t'aime, Janine. Il faut que tu le saches.

Janine se pencha vers lui et l'embrassa sur la bouche. Un baiser qui fut tendre et léger. Au moment où elle s'écartait de lui, Strange comprit que la sensation de ses lèvres contre les siennes allait le hanter à tout jamais.

– Je ne te partagerai plus, dit Janine. Il ne sera plus

question que je te partage avec qui que ce soit d'autre. Alors, tu devrais réfléchir à ton avenir. À la façon dont tu veux le vivre, et avec qui tu veux le vivre.

Strange hocha lentement la tête. Il tourna les talons, redescendit les marches du perron et se dirigea vers sa voiture. Janine referma la porte, poussa le verrou, avança de quelques pas dans le hall d'entrée et s'adossa au mur. À cet endroit, elle échappait à la vue de Lionel et à celle de Strange. L'espace d'un bref instant, et sans faire le moindre bruit, elle s'abandonna à ses larmes.

Terry Quinn était assis, tout nu, dans un fauteuil rembourré, près de la fenêtre. Sa chambre était plongée dans le noir, et de l'autre côté des vitres les rues étaient obscures et tranquilles. L'œil fixe, le menton appuyé sur le poing, il contemplait le vide. Il perçut un léger froissement au moment où Sue Tracy se retournait sous les draps. Son corps nu dessina un relief voluptueux tandis qu'elle se dressait sur son séant dans le lit de Terry.

– Qu'est-ce que t'as, Terry ? T'arrives pas à dormir ?

– Je pense à mon ami Derek, dit Quinn. Je me fais du souci pour lui.

22

Le lendemain matin, Strange se força à se lever du lit et à descendre dans la cuisine, où il se prépara une tasse de café et extirpa le supplément Sports de l'édition dominicale du *Washington Post*. Tout en buvant son café, il lut le nouvel édito de Michael Wilbon sur Iverson et un article sur le match Redskins-Ravens prévu pour l'après-midi même. Strange roula ensuite avec Greco jusqu'à l'angle de Military Road et d'Oregon Avenue, puis bifurqua à gauche dans Rock Creek Park. Comme bien d'autres, il faisait courir son chien dans un champ qui jouxtait un parking de grande étendue.

Greco cavala dans les hautes herbes avec une jeune doberman qui s'appelait Miata, une chienne de toute beauté au pelage noir et fauve, avec des taches de feu au museau, au poitrail et aux pattes de devant. En règle générale, Greco préférait la compagnie des humains et se montrait très regardant sur ses rares camarades de jeux de race canine. Mais il s'était vite habitué à cette Miata, ayant trouvé en elle une amie aussi énergique que vigoureuse. Sa propriétaire, Deen Kogan, était une femme séduisante avec qui Strange n'avait aucune peine à engager la conversation. Dans une autre vie, il l'aurait peut-être invitée à boire un scotch ou peut-être même manger un morceau avec lui. Mais ce n'était pas Janine.

Quand il fut de retour dans sa maison de Buchanan

Street, Strange prit une douche et enfila l'un des deux seuls costards qu'il possédait. Après avoir versé le contenu d'une boîte d'Alpo dans la gamelle de Greco, il mit le cap sur l'église de la Nouvelle-Béthel du Christ-Roi, au coin de Georgia Avenue et de Piney Branch Road. Tandis qu'il roulait vers le nord, il s'aperçut qu'il était suivi par une Mercedes noire Classe C, modèle qui avait de la gueule à sa sortie d'usine, mais qui dans ce cas précis avait été vulgarisé par l'addition d'un becquet aérodynamique et d'enjoliveurs m'as-tu-vu. Arrivé à la hauteur de Fort Stevens, il fit le tour du pâté de maisons, reprit Georgia Avenue et jeta un coup d'œil à son rétroviseur : la Mercedes était restée dans son sillage. Depuis sa rencontre avec Calhoun Tucker, il ne lui était plus possible d'attribuer le sentiment d'effroi qui l'envahissait à la seule paranoïa. Cela n'avait rien d'une hallucination.

Ayant pénétré dans l'église au moment où le service était sur le point de s'achever, Strange prit place sur l'un des bancs du fond. Janine et Lionel étaient à leur place habituelle, quelques rangs en avant du sien. Strange pria avec ferveur pour eux deux et pour lui-même, et ferma les yeux en serrant les paupières, priant pour Joe Wilder. Il avait la conviction, car il fallait absolument y croire, que l'âme de ce merveilleux petit garçon s'en était allée dans un monde meilleur. Il se répéta une fois de plus que la dépouille qui gisait sous terre dans un minuscule cercueil n'avait rien à voir avec Joe, que ce n'était qu'une enveloppe terrestre. Et tandis qu'il priait, il sentit ses émotions s'enfler en lui, alimentées par la colère plutôt que le chagrin.

À la sortie de l'église, Strange échangea des poignées de main avec des paroissiens qu'il connaissait et d'autres qu'on lui présentait pour la première fois. Sentant une main se poser sur son épaule, il se retourna. C'était George Hastings, accompagné de sa fille.

– Bonjour, George, dit Strange. Bonjour, Alisha. Tu es ravissante aujourd'hui, mon petit cœur.

– Merci, monsieur Derek.

– Pardon, ma chérie, dit Hastings, pourrais-tu me laisser quelques instants en tête-à-tête avec Derek ?

Alisha gratifia Strange d'un adorable sourire et engagea la conversation avec une amie à quelques pas de là.

– Ça fait une paye que tu ne m'as pas donné de tes nouvelles, dit Hastings.

– Je voulais justement te contacter, George, dit Strange.

– Si tu venais regarder le match chez moi ? T'es pris, aujourd'hui ?

– Non, je… Bon, je ferai peut-être un saut chez toi tout à l'heure.

Après avoir serré la main de Strange, Hastings ne lâcha pas prise.

– Mes condoléances pour le gamin de ton équipe.

Strange hocha la tête. Il n'avait pas la moindre idée de ce qu'il allait dire à son ami la prochaine fois qu'il le verrait.

Strange rattrapa Janine et Lionel au moment où ils se dirigeaient vers leur véhicule et leur proposa de venir prendre le petit déjeuner avec lui chez Billy. C'était leur rituel du dimanche matin. Mais Janine lui répondit qu'elle avait un après-midi très chargé en perspective, et qu'il valait mieux qu'elle prenne une tête d'avance. Lionel ne protesta pas. Strange lui dit qu'il viendrait le chercher pour l'emmener à l'entraînement le lendemain soir. Lionel se borna à hocher la tête, réagissant avec un temps de retard en prenant une expression dans laquelle Strange crut déceler une pointe d'égarement avant de se laisser lourdement tomber sur le siège passager de la voiture de sa mère. Dans cet instant, Strange s'en voulut terriblement d'être ce qu'il était : un homme qui ne serait pas le premier à disparaître de la vie de ce garçon.

Il se demandait ce que Janine avait dit à Lionel, et ce qu'il dirait lui-même à Lionel si l'occasion s'en présentait.

Tandis qu'il prenait Kennedy Street en direction de l'ouest pour se rendre au Three-Star Diner, Strange repéra encore une fois la Mercedes dans son rétroviseur. La bagnole aux ajouts tape-à-l'œil n'était qu'à une quinzaine de mètres de lui. Ils ne craignent même pas de se faire griller, se dit Strange, et l'espace d'un bref regain de jeunesse l'idée lui vint de tourner subitement à droite et d'écraser le champignon. Il les aurait semés sans mal ; il avait grandi dans ce quartier, et personne ne connaissait mieux que lui ses rues et ses allées. Mais il se laissa tranquillement filer jusqu'à la 1re Rue, où il gara sa Cadillac le long du trottoir. La Mercedes vint se ranger derrière lui.

Strange verrouilla sa Brougham et se dirigea vers la Mercedes, enregistrant mentalement son numéro d'immatriculation et constatant en s'en approchant qu'il s'agissait bien d'un modèle Classe C. Au moment où il arrivait à sa hauteur, la vitre s'abaissa côté conducteur. Le jeune type assis au volant, qui ne manquait pas de prestance, arborait une expression peu amène sous ses cheveux coupés très court. Son costume et son nœud de cravate étaient impeccables. Strange le reconnut. C'était un des jeunes types qui avaient assisté aux obsèques de Joe Wilder. Il l'avait vu en conversation avec la mère de Joe, Sandra Wilder, à quelques pas de la tombe.

Le siège du passager était occupé par un garçon du même âge, arborant la même expression maussade, dont le costard en jetait encore plus. Tassé sur son siège, un coude posé sur son rebord de fenêtre, il parlait à quelqu'un sur son portable.

– Qu'est-ce que je peux faire pour vous, les gars ? demanda Strange.

– Y a un homme qui veut vous parler, dit le conducteur.

– Qui ?

– Granville Oliver.

C'était un nom que Strange connaissait. Toute la ville connaissait le nom de Granville Oliver. Mais pour Strange, ça allait encore plus loin ; il y avait eu une histoire entre lui et l'ascendance d'Oliver.

– Et vous êtes ?

– Phillip Wood.

L'équipier de Wood abaissa son portable et son regard se posa sur Strange par-delà les deux sièges.

– Granville veut vous voir tout de suite.

Strange fit comme si ce garçon n'avait rien dit et ne l'effleura même pas des yeux. Tournant la tête, il jeta un regard au Three-Star Diner. À travers la devanture vitrée, il vit Billy Georgelakos sortir de derrière son comptoir, son embonpoint carguant son tablier constellé de taches, tenant à la main une longue matraque en bois dont Strange savait qu'elle avait été évidée et bourrée de grenaille de plomb. Il secoua imperceptiblement la tête à l'intention de Billy, qui cessa aussitôt d'avancer dans leur direction. Strange reposa les yeux sur le conducteur, Phillip Wood.

– Vous savez quoi ? dit Strange. Je vais entrer dans ce restau comme prévu pour y prendre mon petit déjeuner. Si vous êtes encore là quand j'en ressortirai, on pourra discuter.

Strange tourna le dos aux deux hommes, laissa le long du trottoir la Mercedes dont le moteur tournait au ralenti, et pénétra dans le Three-Star Diner. Aussitôt qu'il eut franchi le seuil, la musique de gospel que diffusait la radio du restaurant lui fit le même effet que l'eau fraîche d'un ruisseau.

– Tout va bien, Derek ? lui demanda Georgelakos, qui avait repris place derrière son comptoir.

– Oui, je crois.
– La même chose que d'habitude ?
– Merci, l'ami, dit Strange.

Strange mangea une omelette oignons-feta arrosée de sauce piquante Texas Pete, avec une petite saucisse en accompagnement, et avala deux grandes tasses de café pour faire descendre le tout. Des consommateurs d'après le service dominical avaient pris place au comptoir, d'autres s'étaient installés dans les antiques boxes tapissés de moleskine rouge. Billy et Etta, son employée de toujours, gardaient dans un état irréprochable le carrelage blanc et les murs blancs.

Billy Georgelakos, dont le crâne chauve était bordé de touffes de cheveux poivre et sel, parcourut d'un pas nonchalant toute la longueur du tapis en caoutchouc qui courait derrière le bar et posa les avant-bras en travers du comptoir en formica.

– Où sont Janine et son fils ?

– Ils avaient à faire, dit Strange en épongeant avec un triangle de pain de mie grillé la sauce qui restait dans son assiette.

– Ah bon, grommela Georgelakos en fronçant son grand nez aquilin.

Son regard se déplaça vers la rue, de l'autre côté de la vitrine, puis revint se poser sur Strange.

– Qu'est-ce qui se passe ? Ils t'attendent, c'est ça ?

– Je leur en ai donné l'ordre, dit Strange.

Il ferma les yeux en avalant la dernière bouchée de son petit déjeuner.

– Billy, y a pas un seul endroit à Washington où on peut déguster une aussi délicieuse mixture de saucisse et d'œufs.

– Comme tu le sais, c'est mon père qui m'a transmis sa recette d'omelette. Mais c'est le tien qui nous avait appris à griller les saucisses.

– Dans quelques circonstances que soit né ce mets, il s'en élève une merveilleuse musique.

– T'es sûr que tu ne cours aucun risque ?

– À peu près, oui. Prête-moi ton stylo.

Georgelakos lui passa le Bic qu'il se fichait toujours derrière l'oreille. Strange inscrivit quelque chose sur une serviette propre qu'il venait de tirer du distributeur en alu.

– Au cas où je serais dans l'erreur, expliqua-t-il, voici le numéro de leur voiture. Si jamais on te posait la question, tu n'auras qu'à dire qu'il s'agit d'une Mercedes 230 C, modèle 2000.

Georgelakos prit la serviette, la plia et la fit disparaître sous son tablier. Strange laissa de l'argent sur le comptoir et échangea une poignée de main avec Billy. Avant de sortir, Strange s'arrêta à la hauteur de la photo de son père. Darius Strange, coiffé d'une toque blanche, était debout à côté du père de Billy, Mike Georgelakos. La photo, qui datait du début des années 60, avait été encadrée et on l'avait accrochée au mur à gauche de l'entrée. Strange la contempla quelques instants, comme il le faisait à chaque fois, avant de tendre la main vers la poignée de la porte.

– *Adio*, Derek, dit Georgelakos.

– *Yassou, Vassili*, répondit Strange.

Sur le trottoir, Strange se campa face à la vitre ouverte de la Mercedes.

– Montez, lui dit Phillip Wood.

– Où va-t-on ?

– Vous verrez bien, chef, dit l'équipier de Wood.

Strange ne détacha pas son regard de Wood.

– Où on va ? répéta-t-il.

– Du côté de Largo, tout au bout de Central Avenue.

– Je vais vous suivre, dit Strange et comme Wood ne lui répondait pas il ajouta : Ce sera ça ou rien, mon garçon.

L'équipier de Wood s'esclaffa, et un instant encore Wood fixa Strange d'un regard mauvais qui ne lui faisait ni chaud ni froid.

– Bon eh bien, suivez-nous, dit Wood.

Strange se dirigea vers sa voiture.

Strange suivit la Mercedes qui roula vers l'est jusqu'à North Capitol Street, bifurqua vers le sud, puis prit H Street en direction de l'est jusqu'à Benning Road. Un peu plus loin, ils s'engagèrent dans Central Avenue qui leur fit franchir la limite du district pour les conduire dans le Maryland.

Tout en roulant, Strange récapitula mentalement ce qu'il savait de Granville Oliver.

Âgé aujourd'hui d'un peu plus de trente ans, Oliver avait grandi sans père dans le grand ensemble de Stanton Terrace, à Anacostia, la zone la plus populeuse du quartier de Southeast. Sa mère, qui tirait sa subsistance des prestations de l'aide sociale, se shootait à l'héroïne et à la cocaïne. Dès sa huitième année, Granville avait appris à poser un garrot à sa mère et à lui injecter une dose de coke, électrochoc dont elle avait besoin quand l'héroïne qu'elle venait de consommer la faisait dangereusement dodeliner de la tête. Il avait reçu cet enseignement d'un des compagnons interchangeables de sa mère, eux-mêmes zonards et junkies, qui glandaient chez eux du matin au soir. L'un de ces hommes lui apprit à se servir de ses poings. Un autre lui montra comment on charge une arme à feu et lui apprit à tirer. Granville avait neuf ans à ce moment-là.

Granville avait un frère aîné, deux cousins et un oncle qui étaient dealers. D'abord de coke, puis de crack à partir de l'été 1986, quand l'épidémie gagna Washington. Le frère fut exécuté dans le cadre d'une querelle territoriale entre distributeurs de drogues. Les deux cousins purgeaient leur peine dans des prisons de l'Illinois et de l'Ohio, où ils avaient été répartis après la fermeture progressive de celle de Lorton. Granville avait treize ou quatorze ans quand sa mère mourut, des suites d'une overdose qui lui pendait au nez depuis longtemps. À partir de là, ce fut Bennett Oliver, son oncle, qui prit Granville sous son aile.

Granville avait plaqué ses études secondaires au lycée Ballou à l'âge de seize ans. À l'époque, il partageait déjà avec des potes une maison mitoyenne de Congress Heights, au sud de l'hôpital Saint Elizabeth. Il avait été membre d'une bande qui avait très mauvaise réputation dans le quartier, le Kieron Black Gang, mais ce n'était qu'une petite confrérie minable qui se bornait à appliquer la loi du talion, et il ne voulait pas y faire de vieux os. Il avait donc été voir son oncle, qui l'avait enrôlé.

Granville avait montré d'emblée qu'il était doué pour les chiffres. Après avoir fait ses preuves en première ligne – la rumeur disait qu'il avait fait personnellement office d'exécuteur à quatre reprises avant même d'avoir atteint sa dix-septième année – il avait accédé à l'état-major et sous son influence les affaires s'étaient considérablement développées. Grâce à l'élimination inexorable de la concurrence et à l'ingéniosité de Granville, le cartel Oliver était vite devenu le distributeur numéro un de crack et d'héroïne de toute la partie sud-est de Washington.

L'organisation avait pris pour quartier général un petit centre de loisirs abritant un terrain de base-ball rocailleux et des poteaux de basket dépourvus de paniers dans le périmètre d'une école primaire de Congress Heights. C'était à cet endroit que Bennett et Granville avaient fait la connaissance des gamins de toutes les cités environnantes – celles de Wilburn Mews, de Washington Highlands, des Walter E. Washington Estates, de Valley Green, de Barnaby Terrace et de Congress Park.

Pour la plupart des jeunes de Southeast, les Oliver, et

surtout Granville, le plus jeune et le plus beau des deux, étaient désormais les figures les plus respectées du quartier. La police était leur ennemi, ça allait de soi, et les hommes et les femmes qui travaillaient étaient des caves. Les Oliver étaient couverts de femmes, de fringues et de bagnoles, et ils avaient autant de prestige que des hommes revenus d'une guerre. Ils faisaient pleuvoir des dons sur la collectivité, prenaient part à des galas de charité organisés par les paroisses locales, finançaient des équipes de basket qui se mesuraient à celles de la police et distribuaient des cadeaux de Noël au mois de décembre aux enfants de la cité Frederick-Douglass et du grand ensemble de Stanton Terrace. Ils étaient des héros, adulés par la population du quartier. La plupart des gamins qui y grandissaient ne rêvaient pas de devenir médecins ou avocats, ni même sportifs professionnels. Leur ambition était des plus simples : accéder au rang d'affranchi, être admis au sein de l'organisation. À partir du centre de loisirs qui lui tenait lieu de poste d'observation, l'aîné des Oliver était idéalement placé pour repérer les plus talentueux et les aider à s'épanouir.

Désormais, les drogues ne passaient plus par les mains de Granville et de Bennett. Conformément à la tradition de ce genre d'entreprise, c'étaient les plus jeunes qui prenaient le plus de risques, ce qui leur donnait une possibilité de se hisser jusqu'à l'échelon supérieur. Les Oliver ne tuaient plus que rarement de leurs propres mains. Quand il le fallait, ils ne tenaient l'arme qu'au moment de procéder à l'exécution. Un porte-flingue se déplaçait avec, tel l'écuyer tendant une arme à son chevalier quand celui-ci l'ordonne.

Donc, les Oliver étaient des malins, et aux yeux des lecteurs de la presse et d'une partie de la police, leur ascension ne s'arrêterait jamais. Il y avait des moyens de rétorsion possibles : l'évasion fiscale par exemple, ou encore des écoutes et des micros cachés qui auraient permis d'enregistrer leurs conversations. Parmi les éventualités envisageables, la plus plausible était qu'ils se fassent balancer par des délateurs – des mecs qui étaient obligés de passer un compromis avec la justice, ou qui ayant été violés en taule étaient prêts à tout pour éviter de se faire défoncer la pastille encore une fois. Comme tous les gros bonnets de la drogue, les Oliver savaient qu'ils finiraient par plonger. Et que leur chute serait causée par des balances.

Au mois d'août 1999, une semaine avant la date où son procès devait débuter après qu'un micro-espion l'eut enregistré pendant qu'il négociait un achat en gros, Bennett Oliver fut retrouvé mort au volant de sa voiture, une Jaguar dernier cri avec roues en titane, garée à moins de cent mètres du centre de loisirs. Deux balles s'étaient logées dans sa cervelle, une autre lui avait fait éclater un œil et la quatrième lui avait traversé la gorge de part en part. Le moteur de la Jag tournait encore au ralenti quand la police était arrivée sur les lieux. Aucune balle ne lui avait transpercé les mains, et apparemment il n'avait pas esquissé le moindre geste de défense, ce qui laissait supposer que Bennett connaissait son agresseur, qu'il avait peut-être même confiance en lui et qu'il ne s'attendait pas à être assassiné. D'après la rumeur locale, Granville, le neveu de Bennett, l'aurait abattu ou fait abattre, car il était persuadé que son oncle allait se dégonfler et le mettre en cause en plein prétoire.

Depuis l'assassinat de Bennett, Granville Oliver avait fait parler de lui le moins possible. Malgré le rôle toujours très actif qu'il jouait dans les affaires, son nom et celui du cartel qu'il dirigeait n'avaient pas été mentionnés dans la presse depuis un bon bout de temps. Il avait élu domicile dans une nouvelle résidence qui se trouvait à Largo, petite bourgade de la banlieue de Washington, et le bruit courait qu'il était en train d'enregistrer un album dans le studio qu'il s'était fait installer au sous-sol.

Quand Strange donna un coup de volant pour faire quitter l'avenue à sa Cadillac, il supposa qu'il allait arriver sous peu chez Granville Oliver.

Il vint se ranger derrière la Mercedes dans l'allée qui décrivait un cercle devant une grande maison en briques de style colonial. Une autre Mercedes flambant neuve, moins chargée d'ornements que celle que Phillip Wood conduisait, était garée à cet endroit, capot tourné vers la sortie.

Outre cette maison, il y en avait deux d'aspect similaire dans la même rue, dont l'une semblait inhabitée. Ce n'était pas à proprement parler un quartier, et en tout cas on était loin de ces groupes de résidences entourés de grilles pour lesquelles les Africains-Américains les plus prospères du comté de Prince George avaient une préférence marquée. C'était peut-être une façon pour Granville de protéger sa vie privée. Mais le plus vraisemblable était que les gens de cette espèce se calfeutraient derrière de solides grilles pour échapper aux Granville Oliver du monde. Un pacte tacite les mettait à l'abri de tout danger ; les agents immobiliers chargés de vendre des propriétés dans certains quartiers savaient s'y prendre pour dissuader les individus de son acabit de les acquérir.

L'équipier de Wood resta dans la voiture. Wood se dirigea vers la porte de devant et Strange lui emboîta le pas. Il remarqua un garage ouvert, rigoureusement vide, qui occupait l'un des côtés de la maison. Non loin de là, un jeune garçon d'une douzaine d'années ratissait les feuilles mortes.

Ils pénétrèrent dans un grand hall d'entrée du milieu duquel un escalier double s'élevait vers le premier étage. De chaque côté des deux volées de marches, des couloirs menaient à une cuisine ultramoderne débouchant sur une vaste pièce qui contenait des canapés confortables, une télé grand écran et une chaîne stéréo. Après avoir traversé cette pièce, en passant devant une salle à manger dans laquelle on entrait par une porte à battants vitrés, ils se retrouvèrent dans un autre hall aboutissant à une porte ouverte. Tandis qu'il marchait, Wood n'avait pas cessé un seul instant de parler à quelqu'un dans son portable. Du geste, il désigna la porte à Strange et il s'effaça de façon que celui-ci la franchisse seul.

La pièce était une espèce de bibliothèque, avec des photos encadrées sur tous ses murs et des étagères pleines de livres entourant un gigantesque bureau en bois de cerisier, et il y flottait une odeur d'eau de toilette coûteuse. Granville Oliver était assis derrière le bureau. C'était un homme grand et fort, avec des yeux brun clair, presque dorés, très élégant dans son costume anthracite et sa chemise à col ouvert. Sa physionomie était familière à Strange.

– Fermez donc cette porte, lui dit Oliver.

Après s'être exécuté, Strange s'avança vers lui.

Oliver se leva, mesura Strange du regard, se pencha au-dessus du bureau et lui serra la main. Strange prit place dans un fauteuil confortable qui faisait face au bureau.

– C'est au sujet de Joe Wilder ? demanda-t-il.

– Exactement, dit Oliver. Je veux que vous retrouviez les mecs qui ont tué mon fils.

23

– Vous êtes le père de Joe ?

– Oui.

– Il n'en avait jamais parlé à personne.

Granville Oliver ouvrit largement les mains.

– Il l'ignorait.

Le StarTAC Motorola posé sur le bureau d'Oliver se mit à gazouiller. Oliver se saisit du portable, l'ouvrit d'une chiquenaude et se le colla contre l'oreille. Strange l'écouta répéter à n'en plus finir une suite de « oui » et de « non ». Il était trop à cran pour digérer ce qui venait de lui être révélé en restant assis dans son fauteuil. Il se leva et se mit à faire les cent pas.

Les étagères murales étaient bourrées de livres. À en juger par les jaquettes usagées et les pliures marquant les dos de ceux qui étaient au format de poche, ils avaient été lus. À l'exception de quelques classiques du roman dus à des auteurs comme Ellison, Himes et Wright, la bibliothèque d'Oliver ne consistait qu'en ouvrages théoriques. Ils traitaient du nationalisme noir, du séparatisme noir et du pouvoir noir. Et ils avaient tous été écrits par des noirs.

Sur les photos accrochées au mur, Oliver était en compagnie de sportifs célèbres de la région et de politiciens locaux. Sur l'une d'elles, on le voyait passant un bras autour des épaules de l'ancien maire de Washington. D'après une rumeur jamais confirmée, Oliver avait été pour le maire un fournisseur régulier de drogue et de femmes. Sur une autre photo, Oliver, debout au milieu d'un terrain de basket en plein air, présentait une coupe à des joueurs vêtus de maillots noirs barrés d'un slogan en lettres rouges. Le slogan disait : « À bas la drogue. »

Le portable émit un ultime pépiement au moment où Oliver mettait fin à la communication.

– Vous parrainez une équipe de basket ? demanda Strange.

– Quand on est riche, on doit en faire profiter tout le monde, dit Oliver sans trace d'ironie dans la voix.

Strange le fixa des yeux en restant silencieux. D'un mouvement de la tête, Oliver désigna son portable, qu'il avait placé sur un sous-main en cuir vert.

– C'était un coup de fil auquel il fallait que je réponde, mais l'appareil est éteint à présent. On peut parler.

Strange se rassit dans le fauteuil.

– Alors, qu'est-ce que vous en pensez ? lui demanda Oliver avec un geste circulaire de la main qui semblait englober non seulement la pièce, mais la maison entière, le terrain qui l'entourait, et l'ensemble de ses possessions. C'est pas mal pour un petit gars de Southeast, hein ?

– Oui, c'est quelque chose.

– Visez-moi un peu ça.

Oliver retourna une enveloppe en papier jaune pour en faire tomber une photo en noir et blanc et la fit glisser vers Strange. On y voyait un Oliver en gros plan, l'air renfrogné, un bonnet vissé sur le crâne, des chaînes autour du cou, les bras croisés sur la poitrine, tenant un Glock dans une main et un .45 dans l'autre.

Strange laissa retomber la photo sur le bureau.

– C'est la photo que je viens de faire prendre pour la promo de mon album, dit Oliver. J'ai engagé un mec qui a mixé les enregistrements de quelques-uns des groupes les plus connus de New York. Il a mis derrière moi des rythmes d'enfer. J'ai un studio ici, au sous-sol. Équipé d'un matériel haut de gamme, et tout neuf en plus. Comme vous voyez, je ne manque de rien.

– C'est impressionnant, je vous l'accorde, dit Strange. Mais j'espère que vous ne m'en voudrez pas de ne pas avoir l'air plus impressionné que ça.

– Et maintenant qu'est-ce que vous allez me dire, hein ? Que ce n'est pas ce qu'on possède qui compte, mais la façon dont on l'a acquis ?

– Quelque chose dans ce goût-là. Toutes les belles choses que vous avez accumulées ici sont tachées de sang, Granville.

Une sombre lueur passa dans les yeux de Granville, mais sa voix demeura égale.

– C'est exact. Je me suis servi, monsieur Strange. Comme personne n'était prêt à me faire de cadeaux, j'ai raflé ce qui me tombait sous la main. Dès qu'un noir arrive au monde, le blanc essaye de le garder sous sa coupe. Mais le noir que je suis se laisse pas marcher dessus par n'importe qui.

– Bon, d'accord. De votre point de vue, vous avez agi comme il fallait.

Oliver cligna des paupières.

– Parfaitement. En dépit du fait que j'étais né dans un de ces camps d'extermination auxquels on donnait jadis le nom de ghetto. La pauvreté est une violence qu'on vous inflige, monsieur Strange, vous l'avez déjà entendu dire, pas vrai ?

– En effet.

– Et elle engendre la violence. Les pauvres petits noirs voient les mêmes pubs à la télé que les petits garçons blancs et les petites filles blanches qui vivent en banlieue. Pendant toute leur enfance, on leur montre un tas d'objets qu'ils devraient acquérir coûte que coûte. Mais comment vont-ils faire pour se les procurer ?

Strange resta silencieux.

Oliver se pencha en avant.

– Écoutez, je suis doué pour les chiffres et j'ai toujours eu l'art de manier les gens. Déjà au temps où j'étais gosse, les garçons de mon âge ne voulaient pas me lâcher d'une semelle quand je traînais dans le quartier. Mais quand j'allais à l'école, vous croyez que quelqu'un m'aurait dit : Tiens, emmène ce bouquin chez toi et lis-le ? Continue à lire et tâche de te faire admettre à l'université, comme ça tu te retrouveras à la tête de ta propre entreprise ? Peut-être qu'ils savaient qu'un noir ne se retrouvera jamais à la tête de rien dans ce pays, sauf s'il chope ce qu'il veut posséder et se cavale avec. C'est ce que je n'ai pas cessé de faire depuis que j'ai atteint l'âge adulte.

« Donc, les pauvres gamins qui n'ont rien voudront plein de trucs. Ils vont débuter au sein d'une entreprise montée par des gens de leur espèce, parce qu'ils ont tout de suite compris que c'était le seul moyen d'obtenir ce qu'ils voulaient. Et ces entreprises sont aussi compétitives que n'importe quelle autre. Une fois qu'on a commencé à acquérir des objets, on va faire tout ce qu'on peut pour les conserver, parce qu'il ne pourra plus être question de revenir en arrière et de reprendre son ancienne existence. Et ces cons de blancs vont rester comme deux ronds de flanc en s'apercevant que les quartiers dans lesquels ils nous avaient parqués sont à feu et à sang.

– Vous n'avez pas à me tenir des discours édifiants sur ce que c'est d'être noir en Amérique, Granville. J'ai vécu assez longtemps pour avoir gardé le souvenir d'injustices qui dépassent tout ce que vous avez pu imaginer.

– Donc, vous êtes de mon avis.

– Grosso modo, oui. Mais ça n'explique pas le fait que beaucoup de gamins qui ont grandi dans des cités comme la vôtre et de la même façon que vous, sans personne pour leur servir de guide, s'en soient sortis malgré tout. Ils ont fait des études, décroché de bons emplois, se sont lancés dans une carrière et élèvent aujourd'hui des enfants qui auront plus de chances de réussir qu'ils n'en ont jamais eu eux-mêmes. Et ils y arrivent sans s'écarter du droit chemin. Parce qu'ils s'accrochent, parce qu'ils s'occupent de leurs enfants comme il faut. En dépit de tous les obstacles dont vous parliez.

– Moi, je ne m'en suis pas tiré de cette façon, dit Oliver en haussant les épaules. Mais je m'en suis tiré, ça ne fait pas de doute. Alors j'espère que vous me comprendrez si je n'en ai pas trop honte.

– C'est ce que vous expliquez au gamin que vous faites travailler, celui que j'ai aperçu dehors ?

– Ne vous en faites pas pour ce garçon. Tout ira très bien pour lui.

Strange se laissa aller en arrière dans son fauteuil.

– Si vous me disiez pourquoi vous m'avez fait venir ?

– Je vous l'ai dit.

– D'accord. Joe était votre fils, et vous le revendiquez.

Oliver fit oui de la tête.

– C'était un des gosses que j'ai conçus au temps où ça chiait vraiment. Où j'étais sans arrêt mêlé à des bastons et d'autres trucs qui chauffaient grave. J'allais me réfugier chez des filles que je connaissais dans le quartier, histoire de me mettre un peu au vert, le temps que la fièvre retombe. C'est comme ça qu'en l'espace de deux ou trois ans, j'ai engendré à trois reprises.

Et tu crois que ça fait de toi un homme.

– Mais vous n'avez jamais été présent pour Joe, dit Strange.

– C'est sa mère, Sandra, qui en a décidé ainsi. Elle ne voulait pas qu'il soit au courant de mon existence. Elle ne voulait pas qu'il prenne pour modèle un type comme moi, monsieur Strange. Ça correspond bien au sermon que vous venez de me faire. Elle voulait que ce garçon grandisse avec un minimum de chances de réussite.

Dieu la bénisse, se dit Strange.

– Vous l'aidiez matériellement ?

– Elle n'acceptait jamais grand-chose. Elle ne voulait pas que je tourne autour du gamin ; il n'était pas question que je lui offre des cadeaux d'anniversaire, ni rien d'autre. Mais elle a consenti à ce que je lui achète une bagnole. Je lui avais dit que je ne voulais pas que mon fils se balade à bord de la caisse pourave qu'elle conduisait. Une BMW comme celle-là, ça ne se refuse pas.

– Je l'ai vue, dit Strange. Pourquoi m'avoir choisi, moi ?

– D'après Sandra, vous êtes un type bien. Il y a des années que vous dirigez cette petite entreprise à Petworth, et elle jouit d'une excellente réputation. Sandra m'a aussi dit que vous aviez toujours traité le petit bonhomme on ne peut mieux. (Oliver eut un sourire.) Il se défendait bien au football, pas vrai ?

– Il avait du cœur au ventre, dit Strange d'une voix douce. Rien de plus merveilleux n'aurait jamais pu se produire dans votre vie, vous êtes passé à côté, Granville. Vous avez raté ça dans les grandes largeurs.

– C'est possible. Mais à présent, je voudrais que vous m'aidiez à me racheter.

– Pourquoi ? D'accord, Joe était né de vos œuvres. Mais vous n'avez jamais été un père pour lui.

– C'est vrai. Mais certains savent qu'il était mon fils. Un homme dans ma position ne peut pas rester sans réagir dans une situation pareille. Il faut que tout le monde sache que quand on s'en prend à quelqu'un de mon sang, on le paye très cher. Quand on est dans le même genre d'affaires que moi, on ne peut pas se permettre de perdre la face sous peine de capoter.

– Les flics sont à deux doigts de boucler leur enquête, dit Strange. À mon avis, ils auront retrouvé les tireurs d'ici quelques jours. Ils ont fait dresser des portraits-robots qu'ils placardent dans tout le quartier. Et il ne s'agit pas d'une de ces bisbilles entre bandes au sujet desquelles personne ne desserre jamais les dents. Dans une affaire comme celle-là, les flics ne sont pas considérés comme des ennemis. Un enfant a été assassiné. Sous peu, quelqu'un va déballer tout ce qu'il sait.

– Je veux que vous soyez le premier à retrouver leur piste.

– Pour faire quoi ensuite ?

– Me donner des noms.

– J'ai déjà commencé mon enquête, dit Strange. L'étape suivante consistera à interroger les amis de Lorenze Wilder.

– Vous avez une liste ?

– Quelque chose d'approchant.

– Sandra vous aidera à en éliminer les noms superflus.

– J'ai essayé de prendre contact avec elle. Apparemment, elle n'était pas disposée à me parler.

– Elle le sera désormais. Quand vous vous êtes pointé, je venais de l'avoir au téléphone. Elle s'attend à recevoir votre visite quand nous en aurons fini ici.

On frappa à la porte. D'une voix forte, Oliver dit :

– Entre.

La porte s'ouvrit et Phillip Wood s'encadra dans l'embrasure, mais il ne franchit pas le seuil.

– T'as un autre rendez-vous dans un quart d'heure, dit-il.

– On en aura fini à ce moment-là, répondit Oliver.

Wood hocha la tête et referma la porte.

– Voilà un bon exemple de ce que je vous expliquais tout à l'heure, dit Oliver à Strange. Ce garçon, Phil Wood, ne sait même pas lire. Mais il conduit une Mercedes. Il porte des costumes à mille deux cents dollars griffés par des couturiers. Ce jeune homme bénéficie d'un emploi bien rémunéré, au lieu de passer ses journées à moisir dans sa propre pisse, ce qui lui serait fatalement arrivé si je ne l'avais pas embauché.

– Comment vous croyez que ça va finir pour lui ?

– Vous avez raison. Nous savons tous ce qui nous attend. Mais mieux vaut ne pas trop penser au lendemain, vous savez. Profiter de notre bout de route, voilà la seule chose qui importe.

– Et il n'y a jamais de cahots ?

– Si, ça arrive. Prenez le cas de Phil, par exemple. D'un moment à l'autre, je vais être obligé de décider de son avenir. Phil Wood a déjà plongé deux fois. Les flics fédéraux le savent, et ils espèrent bien le voir trébucher, car s'il replonge il va écoper d'une longue peine. Or, Phil ne supportera pas de purger une longue peine. C'est son point faible. Je le sais, et il le sait aussi.

– Vous avez peur qu'il vous balance, c'est ça ?

– Il le fera. Malgré toute l'affection que j'ai pour ce jeune homme, il me dénoncera. L'histoire se terminera par une saloperie du style « Toi aussi, Brutus ». Mon Judas personnel vendra Granville Oliver pour trente deniers.

– Vous vous comparez au Christ ?

– Pardon, mais ma première citation était empruntée à *Jules César*. Je suis un grand lecteur, au cas où vous ne l'auriez pas remarqué. Mais non, c'est simplement que… vous voyez ce que je veux dire, non ? Il faut bien que je prenne une décision. Ce que j'essaye de vous faire comprendre, c'est que ça n'a rien d'une partie de plaisir.

Strange jeta un coup d'œil à sa montre.

– Bon, d'accord, dit Oliver. Marché conclu, alors ?

– Non, dit Strange.

– Qu'est-ce qui vous prend ?

– Je ne travaillerai pas pour vous.
– Vous avez un problème avec les types de mon espèce ?
– Exactement.
– Oubliez-moi, alors. Ne pensez qu'au gamin.
– C'est ce que je fais.
– Vous ne voulez pas que la justice soit rendue ?
– Comme je viens de vous le dire, les flics auront résolu l'affaire sous peu.
– Nous ne parlons pas de la même chose.
– C'est un cycle qui n'a jamais de fin, n'est-ce pas ?
– Si, il aura une fin, du moment que vous agissez comme je vous le demande. Pour moi, l'essentiel est là. La peine de mort n'existe pas dans le district de Columbia, monsieur Strange. Vous voulez qu'on mette ces tueurs en taule, où on leur servira des repas chauds et où ils dormiront sur des matelas douillets, et qu'on les remette en liberté au bout de vingt ou vingt-cinq ans ? Vous croyez que grâce à une réduction de peine mon fils va ressortir de sa tombe un jour ? Donnez-moi des noms, c'est tout. Et je ferai en sorte que la justice soit rendue.
– On n'échange pas la vie d'un innocent contre celle d'un coupable.
– Qu'est-ce que vous voulez dire ?
– Jadis, quelqu'un m'avait enseigné cette maxime.
– Moi, je vous parle normalement, dit Oliver, et vous, vous me débitez des maximes à la noix, vous me parlez de cycles…
Strange regarda Oliver dans les yeux.
– J'ai connu votre père.
– Quoi ?
– On dit toujours que Washington est une petite ville. Eh bien, c'est vrai. J'ai connu votre père il y a plus de trente ans.
– Dans ce cas, vous avez une tête d'avance sur moi,

chef. Parce que moi, je n'ai jamais eu l'occasion de le connaître. Il est mort pendant les émeutes de 1968. Vers le moment où je suis né, quoi.

– Il avait des yeux clairs, comme vous.

Oliver pencha la tête d'un côté.

– Vous étiez très liés ?

– Mon frère et lui se connaissaient, dit Strange. Mon frère est passé de vie à trépas à peu près au même moment que votre père.

– Et alors ?

– Les cycles, conclut Strange, qui en resta là.

Strange se leva de son fauteuil. Granville Oliver lui tendit une carte de visite. C'était celle de sa maison de disques, la GO Entertainment. Le numéro de portable d'Oliver figurait au-dessous du logo.

– Si jamais vous découvrez quelque chose, appelez-moi aussitôt, dit Oliver. Et il y a un dernier point : à en croire Sandra, vous vous faites seconder par un petit blanc quand vous entraînez l'équipe de football. D'après elle, il vous assiste aussi pendant des enquêtes. Eh bien, je ne veux pas qu'il prenne part à celle-ci, compris ?

Strange glissa la carte de visite d'Oliver dans la poche intérieure de son costume.

– Toutes mes condoléances pour la mort de votre oncle, dit Strange.

– Oui, dit Oliver. Cette tragédie nous a durement frappés.

En sortant de la maison, Strange adressa un signe de tête au gamin qui ratissait les feuilles mortes, et n'eut droit en guise de réponse qu'à un froncement de sourcils. Phillip Wood et son équipier étaient adossés à leur Mercedes dans l'allée circulaire. Strange passa devant eux sans dire un mot, monta à bord de sa Cadillac et reprit la route de Washington.

24

Dans la journée, le grand ensemble de Park Morton avait une tout autre physionomie. Le terrain de jeux était plein de bambins gardés à l'œil par des mères, des tantes et des grand-mères. Un groupe de fillettes sautaient à la corde non loin de l'entrée, et leurs copines assises sur le muret avaient un grand sourire aux lèvres. Strange savait que les dimanches étaient toujours tranquilles, même dans les quartiers les plus chauds, et le soleil qui brillait de tous ses feux au milieu d'un ciel bleu limpide, rehaussant de ses rayons les couleurs flamboyantes des feuilles d'automne, ajoutait encore à l'illusion de paix. Au demeurant, la quasi-totalité de la population masculine de Washington, y compris les malfrats, étaient restée claquemurée chez elle pour regarder le match des Redskins.

Strange en avait écouté une partie sur WJFK, d'abord les préliminaires, puis la description détaillée qu'en avaient donnée Sonny, Sam et Frank. Les Redskins recevaient les Ravens dans leur stade de Landover, et la partie venait à peine de commencer.

Après avoir sorti de son coffre la liste que lui avait filée Lydell Blue, Strange verrouilla sa Brougham. Il traversa la cour dont l'herbe était pelée et brunie pour gagner la cage d'escalier du bâtiment où résidait Sandra. On avait scotché à l'un des murs du hall d'entrée des affichettes où s'étalaient les portraits-robots des tireurs.

Strange frappa à la porte de l'appartement de Sandra. Il patienta un assez long moment, mais sans frapper une deuxième fois. Ensuite la porte s'ouvrit et Sandra Wilder s'encadra dans l'embrasure. Elle gratifia Strange d'un regard chaleureux.

– Bonjour, Sandra.

– Bonjour, Derek.

Elle tendit une main vers lui, lui en effleura le bras.

– Entrez donc.

Ils s'installèrent dans une minuscule salle de séjour au bout du couloir, qui ouvrait d'un côté sur une cuisine de taille réduite. Le canapé sur lequel Strange avait pris place était constellé de taches de bouffe et les coutures de son revêtement bâillaient par endroits. Une télé était posée sur un support de l'autre côté de la table basse qui faisait face au canapé ; elle était allumée et diffusait le match en sourdine. Sur le mur, derrière le poste de télé, on avait scotché un peu de guingois des photos maladroitement découpées dans des magazines et des journaux, celles de Keyshawn Johnson et de Randy Moss, ainsi qu'un gros plan sur lequel Deion avait la tête entourée d'un bandeau. Détail révélateur, l'image la plus grande et la plus en vue était un poster de Darrell Green sur le point de s'élancer. C'était bien dans le caractère de Joe de révérer un joueur qui creuse patiemment son sillon plus que ceux qui vous en mettent plein la vue. Strange se l'imagina assis sur ce même canapé, mangeant un casse-croûte ou un plateau-télé que sa mère lui avait réchauffé au micro-ondes, en regardant un match du dimanche après-midi. Il en déduisit que c'était ainsi que le canapé avait été constellé de taches.

Strange sirota en silence un verre de thé glacé lyophilisé en regardant les Redskins se lancer dans une offensive. Sandra, assise à côté de lui, le buste penché en avant, annotait la liste que Strange lui avait donnée, et qu'elle avait placée sur la table basse. Ses lèvres remuaient quand elle déchiffrait les noms.

Bien qu'âgée d'à peine vingt-cinq ans, Sandra Wilder semblait en avoir dix de mieux à première vue. Ses hanches et sa taille étaient enrobées, et ses mouvements manquaient d'aisance. Elle avait de grands yeux bruns, des taches de rousseur, des lèvres charnues et des dents bien plantées. Elle était jolie quand elle souriait. Strange se dit qu'elle devait avoir dans les seize ans quand elle avait mis Joe au monde.

Ce jour-là, Sandra était vêtue d'un jean et d'un tee-shirt orné de la photo d'un Joe radieux reproduite par ordinateur, au-dessous de laquelle on avait imprimé la phrase « Nous ne t'oublierons pas ». Des maisons spécialisées vendaient ce genre de tee-shirts dans les salons mortuaires et les cimetières lors des funérailles de très jeunes gens, en offrant généralement de faire un prix de gros aux famille endeuillées. C'était devenu un petit commerce lucratif à Washington.

– Voilà, dit Sandra en tendant la feuille de papier à Strange. Comment ça se fait qu'il y a des numéros de sécurité sociale à côté des noms ?

– Ils m'ont été fournis par un ami. En les soumettant à mon ordinateur, ça me donnera les adresses, les emplois successifs, et ainsi de suite.

– J'ai entouré ceux qui me disent encore quelque chose.

Strange étudia la liste. Sandra avait tracé un cercle autour de trois noms : Walter Lee, Edward Diggs et Sequan Hawkins.

– C'étaient les meilleurs amis de votre frère ?

– Ceux dont je me souviens. Ceux qu'on voyait le plus souvent chez nous quand on était jeunes.

– Ils étaient encore très liés avec Lorenze ?

– Alors là, j'en sais rien. Depuis quelques années, je n'avais plus que des contacts très espacés avec mon frère. Mais vous m'avez dit que ces noms provenaient du registre qu'on signe au salon mortuaire quand on est venu s'incliner sur la dépouille de quelqu'un. J'en ai conclu qu'ils étaient toujours dans les parages. Pour ce qui est de savoir où ils habitent et comment les joindre, j'en ai pas la moindre idée.

– Je les trouverai, dit Strange. Ne vous en faites pas pour ça.

– Ma mère aurait pu vous aider. Elle avait un carnet d'adresses dans lequel elle avait inscrit les noms de tous nos amis, parce que quand on était jeunes, Lorenze et moi, on se tirait tout le temps en douce, et elle n'avait pas d'autre moyen de nous retrouver. Surtout Lorenze ; c'était un garçon qui ne tenait pas en place, on n'arrivait jamais à le faire rester à la maison.

– Je peux lui parler, à votre mère ?

– Elle est morte.

Strange tourna le buste vers elle pour lui faire face.

– Vous avez grandi où, Sandra ?

– À Manor Park, pas loin de North Dakota Avenue. Juste au-dessous du lycée Coolidge.

– Je connais le coin, dit Strange.

À l'instant où il disait cela, quelque chose attira son regard par-dessus l'épaule de Sandra. Une photo encadrée était posée sur une table d'angle, à l'extrémité du canapé. C'était celle de Joe, en uniforme, le visage luisant de sueur, serrant un ballon ovale contre sa poitrine.

– Vous avez d'autres questions ? demanda Sandra.

– Vous m'avez dit que vous n'aviez presque plus de contacts avec votre frère. Ça vous ennuierait de m'expliquer pour quelle raison ?

– Lorenze n'était qu'un bon à rien. Je l'aimais, mais il était vraiment au-dessous de tout. Il aurait voulu se faire une place au soleil, mais là aussi il s'y prenait comme un manche. Il m'appelait sans arrêt parce qu'il voulait que je le branche sur Granville. Pour que Granville le prenne dans son équipe. Mais à partir du moment où Joe est né, j'ai rompu les ponts avec Granville. Je ne voulais pas que Joe sache quoi que ce soit sur son compte. Comme Lorenze revenait tout le temps à la charge, j'ai fini par tirer un trait sur mon propre frère. J'ai accepté la voiture que Granville avait achetée pour moi, et je n'en suis pas fière, mais je n'ai plus eu d'autres rapports avec cet homme, je vous en donne ma parole.

– Vous n'avez aucune raison de vous excuser.

– Je tiens à ce que vous sachiez que je n'ai jamais commis le moindre écart. J'ai le même emploi depuis des années et je règle toujours mes factures à temps... Ça n'a pas été facile, Derek, mais je suis restée dans le droit chemin.

– Je sais, dit Strange. À votre connaissance, est-ce que Lorenze avait des ennemis ?

– Comme je l'ai dit aux policiers, il ne cherchait pas les histoires, mais elles lui tombaient dessus quand même. C'était sa façon d'être. Il ne prenait rien au sérieux. Il n'était pas fichu de garder un travail, mais il ne se gênait jamais pour tendre la main. Ses dettes, il s'en fichait complètement. La plupart du temps, ça le faisait rigoler. Il pensait que c'était de la blague tout ça, mais les gars dont il riait ne voyaient pas les choses de la même façon. Eux, ils pensaient que Lorenze essayait de les entuber.

– Vous croyez que c'est pour ça qu'on l'a tué ?

– J'en serais pas étonnée.

Strange replia la liste et la glissa dans la poche intérieure de sa veste. Il prit la main droite de Sandra Wilder dans la sienne. Elle était moite, un peu molle.

– Écoutez, dit Strange. Vous avez eu raison de tenir votre fils à l'écart d'Oliver, et de le tenir à l'écart de votre frère. Et n'allez surtout pas croire que vous auriez pu empêcher ce qui est arrivé. Votre conduite a été irréprochable. Ce petit garçon était tout à fait exceptionnel, Sandra. Et c'était grâce à vous.

Les lèvres de la jeune femme se fendirent en un sourire. Son sourire était radieux, ses cheveux avaient été parfaitement mis en place chez un coiffeur, son maquillage était impeccable. Du point de vue des soins de beauté, Sandra Wilder ne présentait pas le moindre défaut. Mais ses yeux frémissants brillaient plus qu'il n'aurait fallu et les commissures de ses lèvres tressaillaient tant elle avait du mal à garder le sourire.

Strange l'entoura de ses bras et l'attira vers lui. Elle s'abandonna sans résister à cette étreinte, soufflant son haleine fétide au visage de Strange. La pièce était silencieuse, à l'exception de la voix assourdie du journaliste qui présentait le match. Au bout d'un moment, les épaules de Sandra se mirent à trembler entre les bras de Strange et il sentit couler ses larmes brûlantes à l'endroit de son cou où elle avait enfoui son visage. Il l'étreignit ainsi jusqu'à ce qu'elle eut pleuré toutes les larmes de son corps, et ne la quitta que lorsqu'il fut certain que la source en était tarie.

Quand Strange se remit en route, le score était à égalité, trois à trois, les Redskins et les Ravens n'ayant marqué chacun qu'un but. Comme ils avaient été frappés d'une pénalité par l'arbitre, les Ravens se retrouvèrent à un mètre de la ligne de but de l'équipe de Washington dix secondes avant la fin de la première mi-temps. À la radio, Sonny Jurgensen et Sam Huff discutèrent de ce qu'allait être la tactique la plus probable. Ce serait sûrement une offensive en règle dont Jamal Lewis prendrait la tête. S'il était bloqué, les Ravens disposeraient encore d'un battement suffisant pour marquer un but d'un coup de pied et mener le score de trois points avant la mi-temps.

Strange rangea sa Cadillac le long du trottoir et laissa le moteur tourner. Il augmenta le volume de la radio.

– Allez-y, dit Strange. Défendez-vous.

Tony Banks, le quart-arrière des Ravens, ne passa pas le ballon à Lewis. Il tenta de l'expédier dans la zone de but à l'intention de Shannon Sharpe, qui était flanqué de deux adversaires en maillot lie-de-vin. C'était une mauvaise tactique – s'il fallait qu'il lance le ballon, Banks aurait dû opter pour une autre direction. Kevin Mitchell, le secondeur des Redskins, intercepta la passe.

Strange en fut tellement stupéfait qu'il laissa échapper un cri. Le grondement assourdissant des spectateurs du stade et les éclats de rire de Sonny et de Sam emplissaient la voiture au moment où il abaissa le levier de vitesses et redémarra.

– Entre, Derek, dit George Hastings. T'as vu la dernière passe ?

– J'ai entendu ça à la radio, dit Strange.

Ils traversèrent le hall d'entrée de la belle maison en briques de style Tudor que Hastings possédait à Shepherd Park. Hormis la casquette des Redskins dont il était coiffé, Hastings portait des vêtements coûteux et élégants – un cardigan en laine et un pantalon à pinces. Sa maison était aussi propre que lui.

– T'arrives à y croire, à la tactique de Billick ? demanda Hastings en jetant un regard en arrière tandis qu'il précédait Strange dans la petite pièce confortable où il regardait la télé. Jamal Lewis, un petit arrière qui se défend méchamment, est à un mètre de la ligne de but, il suffirait de lui passer le ballon pour qu'il cavale avec jusqu'au bon endroit, et ils choisissent l'autre tactique ?

– Tony Banks ne compte pas non plus parmi les quart-arrières les mieux classés de la fédération.

– Du moins pas encore.

– Il aurait dû expédier le ballon le plus loin possible de la zone de but quand il a vu que le mur de défense était en place. C'est ce qui prouve qu'il est encore inexpérimenté.

Hastings lui désigna l'un des deux fauteuils inclinables de la petite pièce. Un écran de télé Sony extra large était incrusté dans un mur ; la deuxième mi-temps avait débuté.

– Assieds-toi, Derek. Je t'apporte quelque chose ? Je boirais bien une bière fraîche moi-même.

– Rien d'alcoolisé pour moi aujourd'hui. Du Coca si t'en as, George.

Hastings revint avec leurs boissons et s'installa dans l'autre fauteuil. Aucune des deux équipes n'avait encore marqué pendant le troisième quart.

– Les défenseurs de notre équipe ont bouffé du lion aujourd'hui, dit Strange.

– Oui, ils livrent une bataille défensive on ne peut plus classique, dit Hastings.

– Ils ont bloqué Stephen Davis et Albert Connell est le seul demi de sûreté qui nous reste. Fryar est hors jeu.

– Et ton petit Westbrook chéri a encore déclaré forfait pour la saison.

– Moi qui croyais que cette année serait aussi la sienne, dit Strange d'une voix peinée. L'année prochaine, peut-être.

Au début du dernier quart, Stephen Davis quitta le terrain parce qu'il s'était coincé un nerf de l'épaule. Skip Hicks se substitua à lui le temps de lancer quatre offensives en direction des buts adverses, puis il reprit sa place. À trois minutes de la fin, les deux équipes s'alignèrent le long de la ligne de mêlée et les Ravens se lancèrent dans une offensive éclair. S'emparant du ballon que lui passait Brad Johnson, Davis profita de la brèche que lui avaient ouverte le bloqueur Chris Samuels et l'arrière Larry Centers. Davis eut le champ libre, n'ayant plus entre lui et la ligne de but que le demi de sûreté Rod Woodson. D'une poussée brutale, Davis fit tomber Woodson sur le gazon et arriva les doigts dans le nez dans la zone de but.

Se dressant d'un seul élan, Strange et Hastings se tapèrent bruyamment une main contre l'autre.

– Il a fait pareil que Riggo, dit Strange.

– Je croyais que tu m'avais dit que Davis était bloqué.

– C'est un garçon qu'on ne bloque jamais longtemps.

George regarda son ami.

– C'est bon de te voir sourire, mon vieux.

– Ah bon, je souriais ? dit Strange. Ben merde. Il y avait un moment que ça ne m'était pas arrivé.

Ils regardèrent les derniers instants du match, sachant qu'il était gagné d'avance grâce à l'essai marqué par Davis. Avec ce coup-là, les Redskins avaient rétamé l'équipe de Baltimore. Quand l'arbitre siffla la fin de la partie, Hastings coupa le son avec sa télécommande et se laissa aller en arrière dans son fauteuil.

– Vas-y, mon vieux, dit-il. Fais-moi part des mauvaises nouvelles.

– À mon avis, elles ne sont pas si mauvaises que ça, dit Strange. Ton futur beau-fils n'a rien à se reprocher.

– Sérieux ?

– Ne prends pas cet air dépité.

– C'était quoi alors, tout ce flafla sur « Calhoun et Cie » ?

Strange ouvrit largement les mains.

– On peut pas accuser quelqu'un du pire simplement parce qu'il a choisi un nom qui la fout mal pour son entreprise. Du point de vue de la déontologie et de la réputation professionnelle, ce gars-là est nickel. Il est issu d'une famille soudée, qui a été pour lui un parfait exemple. Je n'ai aucune raison de penser qu'il ne subviendra pas comme il convient aux besoins de ta fille.

– Quoi d'autre ?

– Hein ?

– Ça fait trop longtemps que je te connais, Derek. Tu sais bien que je lis en toi comme dans un livre. Puisqu'il y a autre chose, pourquoi ne te décides-tu pas à me le dire ?

– Bon eh bien, Calhoun Tucker aime les femmes.

– Bien sûr qu'il aime les femmes. Tu ne te figurais quand même pas qu'un pédé allait tomber amoureux de ma fille ?

– C'est pas ce que je voulais dire. Je voulais dire qu'elles lui tapent dans l'œil, quoi.

– Dis-moi où tu veux en venir, mon vieux.

Strange baissa les yeux sur ses mains. Il les frottait l'une contre l'autre et il se força à s'arrêter.

– Je ne sais pas où je veux en venir au juste, George. Je crois que… Je me demandais, non que je veuille me mêler de tes affaires, comprends-le bien, mais je me demandais comment les choses s'étaient passées entre Linda et toi. Pendant toutes les années où vous avez été mariés, tu vois. Est-ce qu'il t'est arrivé de faire le moindre faux pas ? Est-ce que tu t'es surpris à commettre la moindre infidélité ?

– Jamais, dit Hastings. Tu me connais assez pour le savoir, Derek.

– Mais je me souviens du garçon que tu étais au temps où on traînait ensemble. Au temps où on était célibataires et jeunes, quoi. T'avais des flopées de petites amies, George. Tu restais jamais avec la même

– Jusqu'au jour où j'ai fait la connaissance de Linda.

– C'est vrai. Mais Linda et toi, vous vous êtes fréquentés pendant au moins deux ans avant que tu lui passes la bague au doigt. À cette époque-là, est-ce que tu avais des aventures avec d'autres femmes ?

– Oh ça bien entendu. Même quand je sortais régulièrement avec Linda, j'ai continué à voir d'autres filles. Il ne m'a jamais semblé que c'était un péché. Mais à partir du moment où j'ai prononcé dans une église des vœux par lesquels je m'engageais vis-à-vis d'elle et vis-à-vis de Dieu, j'ai tiré un trait là-dessus. Je reluquais des tas de gonzesses, mais pour moi il ne pouvait plus être question de coucher avec une autre femme que la mienne, une fois que je l'avais épousée.

– Donc, tu ne vois pas d'inconvénient à ce qu'un garçon passe d'un lit à l'autre tant qu'il n'a pas convolé en justes noces ?

– On n'est jeune qu'une fois, que veux-tu. D'après toi, Calhoun Tucker serait un tombeur ?

Ç'aurait été le moment ou jamais de mettre ces choses-là sur le tapis. Mais Strange avait toujours été assez partagé, et la conversation qu'il venait d'avoir avec George l'avait fait basculer définitivement. Il secoua la tête.

– Je me suis un peu écarté du sujet, je crois. Pour tout te dire, je ne te posais ces questions que parce que… parce que j'ai des difficultés avec Janine. J'ai fait des faux pas de ce genre en ce qui la concerne, George. Et pas seulement une fois ou deux, tu comprends. C'était devenu une habitude chez moi. Hier soir, nous nous sommes heurtés à cause de ça.

– À ce qu'il semblerait, t'as besoin de prendre certaines décisions. Mais tu le sais bien, Derek, ces choix-là sont toujours d'une nature éminemment personnelle.

– À qui le dis-tu.

– T'as autre chose sur Tucker ?

– La seule chose que je peux te dire, c'est que j'ai interrogé plusieurs personnes qui le connaissent ici, à Washington. Toutes, sans aucune exception, m'ont assuré qu'il leur parlait sans arrêt d'Alisha et du profond amour qu'il lui porte. J'en ai conclu qu'il était absolument sincère.

– Qui n'aimerait pas du fond du cœur une fille comme elle ?

– C'est vrai. Mais je pensais que ça te ferait plaisir de l'apprendre. Pour ce qui est de savoir quelle sorte d'époux il va être, tout ce que je peux te dire, c'est que seul le temps nous le dira, à toi comme à moi. T'es pas de mon avis ?

– Si, t'as raison. Je crois que j'avais envie de lui trouver des défauts, à ce jeune homme. Tu me le disais toi-même quand on en a parlé à ton bureau : « Peut-être que son seul défaut, c'est qu'il s'apprête à te souffler ta petite fille chérie. »

– Peut-être. Mais qui t'en voudrait d'éprouver ce genre de sentiments ? Enfin bon, il ne te reste plus qu'à t'incliner devant sa décision à elle et à voir ce qui en sortira. T'es pas d'accord ?

Hastings tendit le bras vers Strange et lui serra la main.

– Merci, Derek.

– Tu recevras mon rapport écrit la semaine prochaine.

– N'oublie pas de joindre ta facture.

– T'inquiète pas pour ça.

Hastings ôta sa casquette des Redskins et se frotta l'occiput.

– L'enquête sur les tueurs du gamin a avancé ?

– Il n'y en a plus pour longtemps, dit Strange. D'une manière ou d'une autre, ils se feront avoir.

Strange sortit de chez les Hastings par la porte de devant. L'Audi de Calhoun Tucker était garée derrière sa Cadillac. Tucker, habillé Abercombie & Fitch des pieds à la tête, était adossé à sa voiture. Alisha Hastings, les yeux brillants, buvait ses paroles comme du petit-lait. Un couple debout à côté d'une Audi lustrée sous un chêne aux couleurs flamboyantes. On aurait dit une pub pour la jeunesse et la beauté.

– Venez voir, monsieur Derek, dit Alisha. Je voudrais vous présenter quelqu'un.

Strange traversa la pelouse et s'approcha d'eux. Il ne quitta pas Tucker des yeux tandis qu'Alisha faisait les présentations. Ils échangèrent une poignée de main.

– Je parie que mon père et vous, vous êtes restés

enfermés pendant tout le match, dit Alisha. Je n'arrive pas à comprendre comment vous avez pu rester cloîtrés devant la télé alors qu'il faisait si beau dehors.

– Il fait toujours beau quand les Redskins gagnent, dit Strange.

– Vous étiez venu renouer avec le bon vieux temps, c'est ça ? demanda Tucker.

– J'étais seulement venu pour traiter en ami mon vieux copain George.

– Ah bon ?

– Ça faisait un moment que je projetais de passer le voir pour le féliciter des fiançailles de son adorable fille. Félicitations que je vous adresse à tous les deux aussi.

Le regard de Tucker s'adoucit.

– Merci, monsieur Strange.

– Appelez-moi Derek.

Ils échangèrent une autre poignée de main. Strange serra celle de Tucker avec une force redoublée.

– Ravi de faire votre connaissance, jeune homme.

– Vous n'avez pas de souci à vous faire, dit Tucker en rapprochant son visage de celui de Strange.

– À vous de m'en donner la preuve, dit Strange d'une voix très basse avant de libérer la main de Tucker.

Strange embrassa Alisha, la prit dans ses bras et la serra sur son cœur. Il l'embrassa encore une fois, puis se dirigea vers sa voiture.

– De quoi s'agissait-il ? demanda Alisha. Je n'ai pas entendu ce que vous vous disiez, mais ça m'a paru intense. Vous ne vous étiez encore jamais rencontrés, n'est-ce pas ?

– Non. C'était pas grave, tu sais. Un simple affrontement entre deux hommes qui essayent de voir lequel pisse le plus loin.

– Arrête.

– Je blaguais. Il a l'air d'un type bien. Il viendra à notre mariage ?

– Oui, pourquoi ?

– Je suis enchanté à l'idée de le revoir bientôt, c'est tout.

Tucker replia les doigts de sa main droite pour en faire passer la douleur. Il regarda la Cadillac de Strange s'éloigner, faisant tourbillonner des feuilles orange et rouge dans son sillage.

Strange passa chez lui pour prendre Greco et une poignée de CD, puis il continua en voiture jusqu'à la 9e Rue. Dans son bureau, il glissa la bande-son des *Quatre Fils de Katie Elder* dans l'unité centrale de son ordinateur et se cala confortablement dans son fauteuil. La petite loupiote rouge de son répondeur clignotait.

Lydell lui avait laissé un message pour lui dire que la Caprice beige avait été retrouvée dans un dépôt de fourrière du comté de Prince George. L'examen avait permis de conclure qu'il s'agissait d'un véhicule volé d'où on avait effacé les empreintes digitales. Les fibres textiles qu'on y avait relevées, d'infimes fragments de polaire orange, correspondaient à celles qui avaient été retrouvées dans la Plymouth utilisée par les tireurs.

Strange en avait désormais la certitude : les garçons qu'il avait vus à bord de la Caprice garée dans le parking du lycée Roosevelt étaient les tueurs de Lorenze et Joe Wilder. Il avait juste eu le temps de noter la physionomie de celui qui tenait le volant et plus encore celle du jeune mec aux petites tresses, et leurs visages correspondaient vaguement à ceux des portraits-robots qu'on avait placardés dans le quartier.

Il en était conscient. Mais il se garda bien de rappeler Lydell Blue pour l'informer de ce qu'il savait.

Strange se connecta au site Westlaw et lui soumit les noms et les numéros de sécurité sociale de Walter Lee, Edward Diggs et Sequan Hawkins. Il lui fallut deux heures pour rassembler les données que Janine n'aurait pas mis plus d'une demi-heure à se procurer. Malgré ses connaissances rudimentaires en matière d'informatique, Strange était un enquêteur de la vieille école qui se débrouillait mieux sur le terrain. Il était également enclin à rechercher toutes sortes de distractions dans les moments où il aurait dû travailler assidûment à son bureau. Pendant ces deux heures-là, il joua avec Greco, pensa à Janine et mangea la barre chocolatée PayDay qu'elle avait laissée à son intention sur son tapis de souris. Mais il finit par obtenir les informations dont il avait besoin.

En s'aidant du sous-programme PeopleFinder et de l'annuaire à l'envers, il avait réussi à mettre la main sur les adresses actuelles des trois hommes et leurs numéros de téléphone, ainsi que les adresses et les numéros de leurs voisins. Grâce aux numéros de sécurité sociale, il avait pu établir leurs antécédents détaillés en matière d'emploi.

Strange composa le numéro de Quinn, qui décrocha à la troisième sonnerie.

– Terry, c'est Derek. T'as vu le match ?

– J'en ai vu un bout.

– Un bout ? Ta copine est là, c'est ça ?

– Oui, Sue est avec moi.

– Vous êtes restés enfermés toute la journée ? Vous avez pas profité un seul instant du soleil ?

– Qu'est-ce que t'as derrière la tête, Derek ?

– Je voulais m'assurer que t'aurais bon pied bon œil demain matin.

– Je t'ai dit que je serais prêt.

– Alors, rendez-vous devant chez moi à neuf heures. On prendra ma voiture.

– Entendu.

– Ah, encore une chose, Terry.

– Quoi ?

– Amène ton flingue.

25

Carlton Little avala la dernière bouchée de son Big Mac, et se servit de sa manche pour essuyer la sauce à la composition ultra-secrète qui lui avait adhéré au coin des lèvres comme de la colle. Il y avait un deuxième Big Mac dans le sac posé devant lui sur la table et il avait envie de se l'enfourner sur-le-champ. Rien qu'à regarder le fond du sac taché de graisse, il avait de nouveau la dalle.

Il avait tout le temps faim. Ce n'était pas une vraie faim, comme celle qu'il avait éprouvée dans son enfance, mais c'était une faim quand même. Il faisait ses délices de tout ce que les vendeurs de drive-in lui tendaient à travers leur guichet. Taco Bell, Popeyes et le roi des rois, McDo. Contrairement à pas mal de mecs qu'il connaissait, Little ne souffrait jamais de troubles intestinaux. Il avait beau s'empiffrer de bouffe emballée dans des boîtes en carton ramollies et des sacs en papier graisseux, ça ne l'empêchait pas de chier trois ou quatre fois par jour.

Il supposait que sa passion pour la bouffe venait du fait qu'il n'avait jamais rien à se mettre sous la dent quand il était gosse. La tante chez qui il habitait revendait presque toujours leurs tickets d'alimentation pour se payer son crack. Il lui arrivait d'avoir de quoi manger, mais les mecs avec lesquels elle frayait, qui fumaient aussi du crack et laissaient traîner leurs sales pattes partout, se tapaient sa bouffe ou la lui fauchaient. Parfois, il y avait des céréales, mais le lait ne durait jamais longtemps et ça lui foutait trop les boules de s'envoyer des corn flakes sans lait. Quand il était encore gringalet, ne pesant même pas trente kilos, Carlton avait pris le pli de planquer le lait sur le rebord extérieur de la fenêtre de sa chambre, pour qu'on ne le lui vide pas. Comme le lait gelait en hiver et tournait l'été, il ne pouvait pas faire ça toute l'année. Mais c'était un truc efficace, qui marchait six mois sur douze. C'était sa maîtresse qui lui avait appris à faire ça parce qu'il s'était évanoui en cours tellement il était faible. À force de ne pas manger. Bon, mais il allait quand même pas chialer là-dessus. À présent il avait de la thune, et la faiblesse lui avait passé.

À la télé, ils disaient que le tiers des enfants du district de Columbia vivaient au-dessous du seuil de pauvreté, comme il avait vécu lui-même. Ces gamins-là n'avaient qu'à aller se faire foutre. Personne lui avait jamais rien donné, et il s'en était très bien tiré tout seul. Ils avaient qu'à se trouver une issue par leurs propres moyens. S'ils lui avaient demandé son avis, il leur aurait dit que dans cette vie, il y avait au moins une chose dont il était certain. Dès qu'on se conduit en lavette, on est foutu. Si on veut se faire une place au soleil, faut être dur.

Little s'étendit de tout son long sur le canapé.

Potter était vautré dans un de ces fauteuils à bascule inclinables qu'il adorait. Il en avait acheté une paire dans un Marlo's, en même temps que le canapé sur lequel Little était allongé. Il avait rempli le formulaire de pas-de-premier-versement-avant-telle-date et on lui avait livré le tout dans les vingt-quatre heures. Ça s'était passé un an plus tôt, et Potter n'avait encore rien versé et ne verserait jamais rien. Bref, c'était un peu comme si l'affiche du magasin avait annoncé : « Pas de premier versement avant la fin des temps. » Potter avait donné à l'espèce d'Africain ou de Dieu sait quoi une adresse de facturation qui n'avait aucun rapport avec l'adresse de livraison, et l'autre y avait vu que du feu. Dans ces boîtes-là, y avait que des blaireaux d'immigrés pour accepter ces boulots de corniauds.

– Tu vas bouffer ça ? demanda Potter en désignant mollement du doigt le sac en papier qui renfermait le dernier Big Mac.

– Je me disais même que j'allais me le taper tout de suite.

– Une merde pareille, je la filerais même pas à un clebs.

– C'est bon.

– Tu vas le gerber dans la rue, comme l'autre jour ?

– J'en ai pas honte. En voyant ce qui était arrivé à ce gosse, tout m'est remonté.

– Il avait rien à faire dans cette bagnole.

– D'accord, mais tes balles l'ont salement amoché.

– Ah parce qu'y avait que les miennes maintenant ?

– C'est les dum-dum de ton .357 qu'ont fait un max de dégâts.

– T'as pas supporté de voir ça, hein ?

– Putain, c'était un vrai carnage.

– En attendant, si tu continues à te goinfrer de McDo, ça sera bien pire que la gerbe. Tu feras pas de vieux os.

– J'en ferai pas de toute façon.

– C'est vrai.

Ils étaient restés toute la journée dans la salle de séjour. À l'heure du déjeuner, Charles White était monté à bord de sa Toyota et avait été leur chercher une maxi-boîte en carton de chez Popeyes pour le match des Redskins. Après s'être défoncés et avoir dévoré le poulet, ils avaient regardé le match de quatre heures et avaient dit à White qu'ils avaient les crocs et qu'il devait sortir encore un coup. White était revenu avec un sac McDo pour Little et un carton de chez Taco Bell pour Potter, qui n'aurait touché pour rien au monde à un Big Mac.

À présent, la diffusion du match de huit heures avait commencé sur ESPN, et Potter et Little avaient coupé le son de la télé parce qu'ils ne pouvaient pas encadrer la voix de Joe Theismann, le noir qui présentait le football tous les dimanches soir. Ils avaient mis de la musique pendant le match, mais le CD du Wu-Tang Clan qu'ils écoutaient venait de se terminer. Pour la première fois depuis le début de la journée, il n'y avait plus de bruit dans la pièce.

Depuis les meurtres, Potter et Little se montraient aussi discrets que possible. Ils envoyaient White en expédition chaque fois qu'ils avaient besoin de victuailles ou de bière. Il avait la trouille, ils le devinaient à sa tronche et à sa voix qui s'était mise à chevroter depuis quelques jours. Mais connaissant sa faiblesse, ils savaient qu'il ferait comme on lui dirait.

Juwan, leur jeune bras droit opérant sur le marché à ciel ouvert, venait apporter la recette quotidienne chez eux, dans la maison de Warder Street. Leur dealer de Columbia Heights avait également accepté d'y livrer la marchandise. Ils avaient abandonné la Plymouth après y avoir mis le feu et avaient balancé leurs calibres dans l'Anacostia du haut du pont de la 11e Rue. Potter se disait que côté pièces à conviction, ils avaient brouillé les pistes comme il fallait.

Depuis l'affaire des coups de feu, Potter ne s'était aventuré dehors qu'à deux reprises. La première pour acheter deux flingues à un type de sa connaissance qui avait monté une magouille consistant à se fournir dans une armurerie de Forestville en utilisant comme intermédiaires des junkies et autres branleurs de ce genre. La deuxième fois, il était sorti pour s'acheter une bagnole, une poubelle qu'il avait dégotée dans un parc d'exposition de Blair Road, à Takoma, en face d'une station-service et d'un traiteur. Un endroit où les caisses avaient le prix de 461 dollars inscrit au savon sur leur pare-brise, toutes le même prix, qu'on aurait cru gribouillé par une main d'enfant. Potter s'en était acheté une sans se donner la peine de l'examiner de très près, en la réglant rubis sur l'ongle. Le vendeur lui avait expliqué ce qu'il devait faire pour se procurer les plaques d'immatriculation, s'assurer, passer le contrôle technique et tout ça, mais Potter ne l'avait même pas écouté parce qu'il savait que de toute façon il n'aurait pas la voiture assez longtemps pour s'en soucier. Leur connerie d'assurance, il en avait rien à battre.

Bref, ils se tenaient à carreau. Dans tout le quartier on avait affiché leurs photos, ou plutôt les dessins qui étaient censés leur ressembler. Mais, se disait Potter, si quelqu'un était capable de faire le lien entre leurs trombines et leurs noms, il y avait peu de chance qu'il les balance. Personne serait assez con pour ça, même si le montant de la récompense était imprimé juste au-dessous des dessins, parce que l'individu saurait forcément que s'il allait les moucharder, il signerait son arrêt de mort. C'était pas bête de rester cloîtrés quelque temps, d'ailleurs Potter n'était pas particulièrement angoissé et si Little était inquiet il n'en laissait rien paraître. Le seul qui risquait de craquer, c'était Charles White.

– Il est où, Charles ? demanda Potter.

– Là-haut dans sa piaule, dit Little. Pourquoi ?

– Toi et moi, faut qu'on parle.

– Eh ben parle.

– Va mettre de la musique. Je veux pas qu'il nous entende.

– Il entendra rien. Tu sais bien qu'il est sur son lit avec des écouteurs sur les oreilles et du rap plein la tête.

– C'est tout lui.

Potter approcha son briquet Bic du cigare Phillie qu'il

venait de reconstituer, l'alluma et tira dessus. Retenant la fumée dans ses poumons, il passa le spliff à Little.

Little aspira un bon coup sur le joint et recracha lentement, expédiant vers l'autre côté de la pièce un rond de fumée grisâtre.

– Vas-y, parle.

Carlton Little savait d'avance ce qui allait sortir de la bouche de Potter. Il s'y attendait et ça ne lui plaisait guère, mais il serait d'accord quand même, sachant que Potter avait raison. Little était intimement persuadé qu'il mourrait dans la rue ou en taule, mais rien ne pressait toutefois. Il n'avait pas peur de la mort, en tout cas pas exactement. Il était arrivé à s'en convaincre. N'empêche qu'il avait envie de vivre le plus longtemps possible. D'une façon ou d'une autre, son ami Charles White allait le rapprocher de l'heure fatidique. Il fallait qu'il y passe.

– On a un problème avec Charles, dit Potter. Si jamais il se fait serrer par les flics, il nous balancera. À moins que sa conscience ne le pousse à aller au commissariat avant ça. Tu t'en rends compte, non ?

– Évidemment.

Little se redressa sur son séant et se frotta le visage.

– N'empêche, c'est con. Parce que tu vois, Raton et moi, enfin nous tous, T, on se connaît depuis toujours.

– C'est moi qui m'en chargerai, Dèg.

– J'aimerais mieux.

– Tu sais, Charles, il est pareil que son clebs, dit Potter. On se sent bien avec lui, il remue la queue dès qu'on entre dans une piaule et tout ça. Mais comme son chien, Charles est qu'un bâtard. Et un bâtard, faut mettre fin à sa misère.

– Quand ? demanda Little.

– Je me disais que ce soir, quand le match sera fini et qu'on se sera éclaté la tête, on pourrait emmener Charles faire un tour en voiture.

Alors qu'il était étendu sur son lit, le casque de son Aiwa sur les oreilles, écoutant une compil de Roc-a-Fella, Charles White se mit à éprouver une sensation désagréable. Ses oreilles lui faisaient toujours mal quand il gardait les écouteurs trop longtemps et il s'en était coiffé la tête pendant la plus grande partie de la journée. Il les retira, se retourna sur le flanc et s'abîma dans la contemplation de la nuit par la fenêtre qui donnait sur l'arrière de la maison. À cet endroit, il n'y avait que des ténèbres et une allée. Il resta un moment à contempler la nuit, puis se leva de son pieu et sortit de la chambre pour gagner la salle de bains qui était à l'étage.

Du couloir, White entendit que ses potes avaient mis le premier et le plus important des CD de Wu-Tang. C'était « Tearz » qui passait, la dernière plage avant la harangue par laquelle le Clan concluait l'album. C'était un morceau d'enfer, le genre de classique du rap qu'il aurait voulu enregistrer lui-même à l'occasion. Mais en son for intérieur, il savait que l'occasion ne s'en présenterait jamais.

White se dit qu'il ferait bien de descendre au rez-de-chaussée pour voir ce que Dèg et Garfield fabriquaient. Des fois qu'ils auraient voulu qu'il aille leur acheter des hamburgers, des maxi-canettes ou des conneries du même genre. Mais il fallait d'abord faire disparaître les sillons de crasse qu'il avait sur les joues. Un moment auparavant, il avait pleuré dans sa chambre. Versant quelques larmes à cause de ce qu'ils avaient fait au gamin, mais en versant surtout sur son propre sort.

Il se pencha au-dessus du lavabo, se lava la figure, l'essuya avec une serviette éponge et s'examina dans la glace. Il avait dû maigrir, à cause du stress qui le rongeait depuis qu'ils avaient tué le gamin. Son nez semblait avoir pris du volume, et d'un côté et de l'autre ses joues ressemblaient à de la peau flasque lui pendant sur les os. Mais maintenant qu'il s'était débarbouillé, personne n'aurait deviné qu'il avait chialé. Il avait l'air normal.

Tandis qu'il longeait le couloir, White entendit leurs voix au rez-de-chaussée et huma l'odeur de leur pète, dont la fumée remontait jusqu'à lui par l'escalier. Il lui semblait étrange qu'un tel silence se soit abattu sur la maison. Il entendit Dèg qui disait : « Vas-y, parle » et Garfield qui répondait : « On a un problème avec Charles. »

Le cœur battant à toute allure, les mains tremblant imperceptiblement, White descendit jusqu'au milieu de l'escalier. À cet endroit, il y avait une cloison qui l'empêchait d'être vu d'en bas, et le tapis qui couvrait les marches étouffait le bruit de ses pas.

Il écouta leur conversation. Son ami Carlton demanda : « Quand ? » et Garfield lui répondit aussitôt, d'une voix glaciale : « Ce soir. » Il parla ensuite de regarder le match et de se défoncer, puis il conclut : « On pourrait emmener Charles faire un tour en voiture. »

Tu m'emmèneras nulle part, enculé de ta mère, se dit White tout en remontant lentement l'escalier à reculons.

Charles s'enferma à clé dans sa chambre. Si les autres montaient et lui demandaient pourquoi il avait fermé sa porte à clé, il serait toujours temps d'aviser.

Il se chaussa de ses Timberland et les laça soigneusement. Dans sa penderie, il dégota un vieux sac de sport Adidas, genre sac marin petit format. Il y fourra des sous-vêtements, des jeans, quelques tee-shirts et un blouson de cuir, mais laissa la plupart de ses vêtements d'hiver sur leurs cintres parce qu'il avait d'ores et déjà décidé de prendre la route du Sud. Avant de regagner sa chambre, il avait attrapé au vol sa brosse à dents et son nécessaire de rasage sur la tablette du lavabo, et il les ajouta au reste. Il y avait encore de la place dans le sac. Il y rangea son Aiwa et tous les CD, récents pour la plupart, qu'il arriva à faire tenir dedans. Il trouva quelques titres plus anciens qu'il écoutait encore, *Amerikkka's Most Wanted* et *Doggystyle*, et les casa tant bien que mal dans son sac.

White s'approcha du miroir de sa chambre, auquel il avait scotché une photo de sa mère. À l'origine, un connard aux cheveux ondulés avec de la pommade, les crocs à l'air et dégoulinant de sueur, qui semblait droit sorti de la pochette de *Street Songs*, entourait d'un bras les épaules de sa mère. White avait découpé le proxo de la photo, si bien qu'on n'en voyait plus que la main. Sur la photo, sa mère souriait, elle portait une robe rouge au décolleté profond, ses nichons étaient presque à l'air, mais y avait pas de mal à ça. Au moins, elle paraissait heureuse. Pas comme le jour où on lui avait passé les menottes dans l'appart où ils habitaient pour vol à main armée, couronnement de la longue succession de délits auxquels elle avait participé, peu de temps avant son incarcération dans une prison de femmes de Virginie-Occidentale. C'était la dernière fois que White l'avait vue, il y avait de cela dix ans, avant d'aller habiter chez sa grand-mère. Sa mamie l'avait toujours bien traité, mais elle était pas sa mère. Et quant à son père, il n'avait jamais eu la moindre idée de qui c'était.

Avec des gestes précautionneux, White décrocha la photo et la glissa dans son portefeuille, à côté des mille huit cents dollars en billets de banque qu'il avait sortis du tiroir du bas de sa commode, où ils étaient planqués sous une pile de tee-shirts.

Il ouvrit la fenêtre près de son lit et laissa choir le sac Adidas dans un puits de ténèbres. Il l'entendit s'abattre dans l'allée et referma la fenêtre avec soin.

White enfila sa polaire Nautica d'un orange criard, attrapa les clés de sa Toyota sur le dessus tout éraflé de sa commode et sortit de sa chambre. Il marchait rapidement, pour ne pas avoir trop le temps de penser à ce qu'il allait faire. Il ne pouvait quand même pas se volatiliser comme un fantôme après avoir sauté par la fenêtre de cette chambre. Il était indispensable qu'il parle aux deux autres, en faisant comme si tout baignait dans l'huile. Il fallait qu'il agisse ainsi et qu'il mette les bouts.

Il descendait l'escalier maintenant. Et à présent qu'il était en bas des marches, il s'avançait dans la salle de séjour et faisait tourner ses clés de voiture au bout de son index, se demandant pourquoi il agissait ainsi, en leur mettant si tôt la puce à l'oreille sur son intention de sortir.

– Où tu vas, Raton ? lui demanda Little, qui était allongé sur le canapé.

Il disait cela d'un ton très dégagé, comme s'il avait toujours été l'ami de White. White comprit à son regard que l'enculé était défoncé comme un rat.

– J'ai la dalle. Toi aussi, non ?

– Il me reste un Big Mac.

– Je me disais que je pousserais bien jusqu'au Wings & Things, tu vois.

Sa voix chevrotait un peu. Il ferma les yeux, puis se força à les rouvrir aussitôt.

– Ramène-moi quelques maxi-canettes, dit Potter.

– T'as du fric ? lui demanda White.

Il s'approcha du fauteuil inclinable sur lequel Potter était assis.

Faiblis pas, Charles. Montre-leur que t'as pas froid aux yeux, pour qu'ils se souviennent de toi comme ça. Prouve-leur que t'as toute ta tête.

White plaça sa main ouverte à la hauteur du visage de Potter. Potter l'écarta d'un revers.

– Me fous pas ta paluche sous le nez, pauvre nase ! Ramène-moi deux maxi-canettes de cette saloperie d'Olde English, t'entends ?

– Et des ailes de poulette, dit Little.

Potter et Little éclatèrent de rire, et White les imita.

– Bon, à plus, dit White en esquissant un pas vers la porte.

– Raton, lui dit Potter, et il se retourna.

– Quoi ?

– Combien de fois je t'ai répété qu'il fallait pas mettre ce pull orange quand tu sors ? Tu tiens absolument à te faire remarquer, c'est ça ?

– Il caille dehors, T. Ce truc-là me tient chaud.

– Putain, j'ai jamais vu d'enculé qui en tenait une couche pareille... Ça va pas te prendre trop longtemps, au moins ?

– Non, je serai revenu dans une heure à tout péter.

– Parce que je me disais qu'un peu plus tard on irait peut-être faire une petite virée en bagnole tous les trois ensemble.

White hocha la tête, passa la porte et la referma derrière lui. Il se dirigea vers l'angle de la maison et dès qu'il ne fut plus visible de la fenêtre il le contourna à toutes jambes pour gagner l'allée. Il ramassa son sac Adidas et cavala avec jusqu'à la rue. Une fois arrivé là, il continua d'un pas tranquille jusqu'à sa Toyota garée le long du trottoir. Le cœur battant à la vitesse d'un punching-ball, il déverrouilla la portière côté conducteur avec sa clé.

Il jeta son sac Adidas sur la banquette arrière, s'installa au volant et mit le contact. Il passa la première et entendit un crissement aigu tandis qu'il écrasait l'accélérateur et libérait la pédale d'embrayage. C'était bien la première fois qu'il faisait hurler les pneus de sa vieille caisse pourave. White ne jeta même pas un coup d'œil à son rétroviseur. Au moment où il atteignait Georgia Avenue, il se mit à rire.

White s'arrêta dans Georgia Avenue à la hauteur d'une supérette, un de ces 7-11 bidon que les Éthiopiens baptisent 7-1 ou 7-12, pour s'acheter un grand gobelet de café à emporter. Un flic du 4e commissariat était garé dans le parking, mais dans un quartier pareil ça ne voulait rien dire, à moins qu'on ne soit en train de se livrer ouvertement à des actes inqualifiables. Sauf que quelqu'un fumait un pète dans une bagnole qui devait pas être loin, l'odeur embaumait tout le parking, et le flic assis derrière son volant, portant un grand gobelet à ses lèvres, la sentait probablement aussi. Pourquoi ce flic se serait-il cassé le cul à alpaguer le fumeur de beu, que le juge aurait remis en liberté instantanément ?

White entra dans la supérette. Il y fit l'acquisition d'un gobelet de café, de deux bâtonnets de pemmican, d'un paquet de chips et d'une carte routière des États-Unis, repliée à la va-vite comme si un automobiliste de passage l'avait consultée gratos, qu'il trouva sur le présentoir voisin de celui des revues sur les armes à feu. White regagna le parking, la carte dans une main, le sac en papier brun contenant le reste dans l'autre.

Un jeune mec était debout à côté de sa Toyota, et quand White était ressorti du magasin il avait reculé de quelques pas. Il était vêtu d'un pantalon en toile beige et d'un tee-shirt blanc, et White eut la nette sensation de le connaître ou en tout cas de l'avoir déjà vu quelque part.

White n'était pas du genre bagarreur et il n'était pas spécialement courageux, mais quand un mec a l'air de tourner autour de la caisse de quelqu'un avec des intentions louches, on ne peut pas rester sans rien dire. Laisser passer un truc pareil pourrait apparaître comme de la faiblesse. Il aurait suffi d'une remarque style « Pourquoi tu traînes autour de ma caisse ? T'as un problème ? », ou un truc dans ce goût-là. Mais White n'allait pas en faire un drame ce soir-là, vu qu'il y avait un flic sur place, et il laissa pisser.

Au moment où il sortait du parking pour reprendre Georgia Avenue, il remarqua que le jeune mec, planté à l'angle du magasin, les suivait du regard, lui et sa bagnole. Mais White n'allait pas se prendre la tête pour ça. Tout ça était derrière lui à présent.

Une fois qu'il eut atteint la 14e Rue, White prit la direction du sud. Il emprunta le pont de la 14e Rue pour traverser le Potomac et passer en Virginie, où il suivit la 395 jusqu'à l'autoroute du Sud. Bientôt il se retrouva dans un environnement qui n'avait plus rien d'urbain, apercevant au passage les panneaux indiquant des bleds comme Lorton, dont le nom lui était bien entendu familier, ou Dale City, dont il n'avait jamais entendu parler. Du côté de Fredericksburg, au bout d'une heure de route, il vit un petit drapeau confédéré collé à la lunette arrière d'un pick-up, et il comprit qu'il était déjà à bonne distance du district de Columbia, peut-être même à un monde de distance.

Le café lui avait fait l'effet souhaité. Il était remonté à bloc, et son esprit bouillonnait de visions d'avenir. Il regrettait de tout son cœur la mort du petit garçon, mais il était convaincu qu'il n'aurait pas pu l'empêcher, et il avait la certitude qu'il ne pouvait désormais plus rien changer à ce qui était arrivé.

Son plan était le suivant : en Louisiane, il avait un cousin, un neveu de sa mère, qui était venu passer une partie de l'été chez sa grand-mère deux ans plus tôt. Cet été-là, White et ce garçon, Damien Rollins, étaient devenus copains. Comme Damien bossait dans un de ces restaus où on mange sur le pouce, au bord de l'autoroute, à la sortie de La Nouvelle-Orléans, il avait annoncé à Charles qu'il s'arrangerait pour le faire embaucher s'il venait s'installer dans le Sud. Il lui avait expliqué que le propriétaire du restau le payait en liquide, au noir. Charles s'était mis en tête que ça lui permettrait de travailler là-bas sans trop de risques, sous un nom d'emprunt, au cas où il aurait toujours été recherché à Washington.

Son cousin lui avait laissé une adresse, qu'il avait soigneusement conservée. Arrivé à mi-chemin, il lui passerait un coup de fil pour l'avertir qu'il serait là sous peu. Puisqu'il était plein aux as, il annoncerait aussi à son cousin qu'il était tout disposé à venir crécher avec lui et à raquer la moitié du loyer. Une fois qu'il aurait obtenu cet emploi au restau-route, il s'y accrocherait. À La Nouvelle-Orléans, il éviterait de se laisser entraîner dans des embrouilles et se méfierait comme la peste des mecs chelous.

Peut-être qu'un jour il finirait gérant de cette gargote.

26

Walter Lee était employé par la succursale d'une chaîne spécialisée dans l'électronique, une grande bâtisse rectangulaire à l'entrée du Westfield Shopping Center, que les habitants du quartier désignaient encore sous l'ancien nom, nettement moins ronflant, de Wheaton Plaza. L'ensemble se dressait à quelques kilomètres au nord du centre commercial de Silver Spring. Lee rentrait dans un ordinateur les répondeurs téléphoniques, les mini-magnétos, les téléphones sans fil et les chaînes stéréo compactes que les clients avaient la plupart du temps sélectionnés seuls dans les rayons. Le service des ressources humaines avait décerné à Walter Lee le titre de « conseiller en clientèle », mais il n'existait pour ainsi dire plus de vendeurs compétents dans la profession, et il n'était en fait qu'un simple employé.

Strange et Quinn passèrent la porte du magasin en fin de matinée. À cette heure-là, les rares clients étaient perdus au milieu d'un océan de chemises bordeaux. La plupart des employés avaient l'air d'Africains-Américains, d'immigrés d'Afrique et d'Indiens de diverses origines, auxquels on avait mêlé une poignée d'Hispaniques recrutés pour assurer le meilleur accueil possible à la clientèle de langue espagnole. Le gérant du magasin était-il blanc ? Strange se surprit à se poser la question.

Aucun employé ne s'avança vers eux, aucun ne leur demanda s'il pouvait leur être utile. En fait, les

« conseillers en clientèle » avaient plutôt eu tendance à s'éparpiller en les voyant entrer. Strange s'avança vers un jeune Africain de haute taille et lui demanda de lui indiquer Walter Lee. Strange savait déjà que Lee était à son poste de travail ; il avait appelé le magasin au téléphone tandis que Quinn et lui faisaient route en direction de Wheaton.

Debout au rayon des gros radiocassettes-CD portatifs, Walter Lee tripotait le bouton de réglage d'un tuner. Levant les yeux à l'approche de Strange et de Quinn, Lee vit un quinquagénaire costaud vêtu d'une veste en cuir noir, avec un bipeur, un couteau de chasse Buck et un téléphone portable fixés à son ceinturon, en compagnie d'un jeune blanc également vêtu d'une veste en cuir, à la démarche arrogante. En les voyant ainsi venir vers lui, Lee les prit pour des flics.

– Ça va comme vous voulez ? dit Strange.

– Oui, merci. Vous désirez, messieurs ?

Quinn s'approcha trop de Lee, envahissant son territoire, ainsi qu'il l'avait toujours fait au temps où il arborait encore l'uniforme. Strange serra Lee d'aussi près en se plaçant de l'autre côté, et ouvrit d'une chiquenaude l'étui de cuir qu'il venait de sortir de sa poche. Il exhiba son insigne et sa licence à Lee et referma l'étui avant qu'il ait eu le temps de les examiner vraiment.

– Nous sommes enquêteurs à Washington, dit Strange. Ce monsieur est mon équipier, Terry Quinn.

– Que puis-je pour vous ?

– Nous accorder quelques instants, dit Strange. Nous voudrions vous interroger au sujet de Lorenze Wilder.

– J'ai déjà dit tout ce que j'avais à dire à la police.

Lee jeta un regard circulaire sur le vaste rez-de-chaussée. Il avait une trentaine d'années et semblait un peu trop enrobé pour son âge. Sa coupe de cheveux dégradée, inspirée de celle qui seyait si bien au basketteur Patrick Ewing, faisait piteux effet sur lui.

– Ça m'arrange pas trop, vous savez.

– On n'en aura pas pour longtemps, dit Strange. Vous êtes allé vous incliner sur la dépouille de Lorenze au salon mortuaire, n'est-ce pas ?

– Oui.

– Vous étiez très liés ?

– Comme je l'ai déjà expliqué aux policiers…

– Si vous nous l'expliquiez à nous ? dit Strange.

– Si vous l'expliquiez une deuxième fois ? dit Quinn sur un ton nettement moins acerbe.

Lee regarda par-dessus l'épaule de Strange, puis il exhala lentement son souffle.

– Ça faisait dix ou quinze ans qu'on ne se fréquentait plus. On était potes au lycée, sans plus.

– À Coolidge ?

– Voilà. J'ai décroché mon diplôme en 86. Lorenze n'est pas allé jusqu'au bout, je crois.

– Lorenze avait-il beaucoup d'ennemis à l'époque où vous étiez copains ?

– À cette époque-là, sûrement. Il avait le chic pour s'en faire, vous voyez ? Mais si vous me demandez s'il avait des ennemis ces temps derniers ou si je sais qui l'a tué, je vous répondrai que je n'en sais rien.

– Vous ne fréquentiez pas les mêmes milieux ? demanda Strange.

– Depuis belle lurette, je viens de vous le dire.

– Est-ce que vous vous droguez, Walter ?

Les yeux de Lee, qui étaient fixés sur Strange, se rétrécirent, et il se mit à parler d'une voix plus basse.

– C'est pas bien. C'est pas bien et vous le savez. Faire irruption sur le lieu de travail d'un noir pour le persécuter.

– Si vous vous droguez, reprit Strange en continuant à labourer son sillon, et si Lorenze et vous aviez les mêmes fournisseurs vous saurez peut-être à qui il devait de l'argent. Parce que c'est peut-être une dette de cette nature qui lui a coûté la vie.

– Écoutez, il y a beau temps que j'ai renoncé à toute espèce de drogue. D'accord, dans les années 80 j'ai eu un petit problème avec la poudre. Comme plein d'autres gens. Mais je suis arrivé à m'en sortir, vous voyez...

– Revenons-en à Lorenze.

– Non, laissez-moi finir d'abord. Je suis arrivé à m'en sortir. Je n'ai pas que cet emploi, vous comprenez. J'ai aussi un boulot de nuit. Ça va faire dix ans que j'ai deux emplois de front, et pendant tout ce temps-là je n'ai pas commis le moindre faux pas. Je m'occupe de ma petite fille, en l'élevant comme il faut.

– D'accord, dit Strange. Mais si vous êtes tellement loin de tout ça, pourquoi êtes-vous allé aux obsèques de Lorenze ?

– Parce que je suis chrétien. J'y suis allé parce que je voulais dire une prière pour mon ancien ami. Et lui rendre un dernier hommage. Même un homme comme vous peut le comprendre, n'est-ce pas ?

– Est-ce que Lorenze voyait encore des copains de votre ancienne bande ?

Les épaules de Lee se décontractèrent. Apparemment, il avait renoncé à toucher le côté humain de Strange, et tout ce qu'il souhaitait à présent c'était d'en finir.

– Pour la plupart, ils ont grandi et ils ont évolué. Il y en a deux qui ne sont plus de ce monde.

– Sequan Hawkins ? Ed Diggs ?

– Sequan, on ne le voit plus, alors j'en sais rien. Digger Dog, il est toujours dans le coin.

– C'est le blaze qu'on donne à Diggs ?

Lee fit oui de la tête.

– Je l'ai vu au salon mortuaire. Il habite toujours chez sa grand-mère. Il a vieilli, mais il n'a pas changé, vous voyez ? Il a toujours été le meilleur pote de Lorenze.

– Merci de nous avoir accordé ces quelques minutes, dit Quinn

– C'est fini ? demanda Lee, qui fixait toujours Strange des yeux.

– Pour le moment, dit Strange. Au cas où on aurait besoin de vous, on saura où vous joindre.

Strange et Quinn se dirigèrent vers l'entrée du magasin. Ils croisèrent un petit blanc bedonnant en chemise bordeaux, avec une couronne de cheveux autour de son crâne chauve, qui faisait de son mieux pour calmer un client mécontent. Ça doit être le gérant, se dit Strange.

Dans le parking, tandis qu'ils regagnaient la voiture, Quinn jeta un coup d'œil à Strange.

– T'as pas été un peu dur avec lui, Derek ?

Strange continua à regarder droit devant lui.

– On n'a pas le temps de prendre des gants.

Ils roulèrent en direction du Potomac à bord de la Caprice blanche de Strange. Strange téléphona de son portable pour s'assurer que Sequan Hawkins était à son travail. Ensuite il appela le bureau et tomba sur Janine. Tout en portant de loin en loin son gobelet de café à ses lèvres, Quinn écouta leur conversation, qui fut brève et sans fioritures. Strange passa un troisième coup de fil, laissa un message sur le répondeur de chez Lamar Williams en lui demandant de le rappeler sur son portable.

– De quoi s'agit-il ? lui demanda Quinn.

– Lamar a essayé de me joindre. Il a dit à Janine que c'était urgent.

– Et alors ?

– Il a cours en ce moment précis. Je le contacterai plus tard.

– T'as une idée de ce qu'il te veut ?

– Les jeunes mecs qui l'ont accosté en bagnole il y a quelque temps à Park Morton, ceux qui cherchaient la mère de Joe, tu te souviens ? Je suis pour ainsi dire certain que c'étaient les petites frappes que j'avais vues un soir qu'on avait entraînement au lycée Roosevelt. Ils étaient aux trousses de Lorenze, j'en suis sûr à présent. Et je te parierais qu'ils sont du quartier, par-dessus le marché. Peut-être que Lamar a fait de nouvelles découvertes.

– S'ils sont assez cons pour être restés dans le quartier, quelqu'un les balancera sous peu.

– T'as raison. Et si ça n'arrive pas aujourd'hui, ça arrivera demain, si tu vois ce que je veux dire. Les flics ne tarderont pas à les choper.

– Et si on les trouve avant ?

– J'ai pas encore pris de décision sur ce point, Terry. Pour tout te dire, en ce moment précis, je suis habité d'une rage aveugle.

Sur le périphérique du district, Strange oscilla constamment autour de cent trente. Quinn ne lui fit aucune remarque à ce sujet. Il souffla sur son gobelet fumant et avala une longue gorgée de café.

– Vous avez des problèmes, Janine et toi ? demanda-t-il.

– Tu l'as sans doute deviné au son de ma voix.

– Ça va s'arranger entre vous ?

– J'ai pas encore pris de décision sur ce point-là non plus, dit Strange. D'ailleurs, ça ne dépend pas de moi.

Strange gara sa Caprice dans le parking du Montgomery Mall, non loin d'un magasin haut de gamme qui en était l'attraction principale. Contrairement à celui de Westfield, le parking était nickel, et les individus de toutes les couleurs qui descendaient de leurs luxueuses bagnoles et de leurs 4 × 4 pour se diriger vers la galerie marchande auraient tout aussi bien pu avoir des symboles du dollar tamponnés sur le front.

Strange et Quinn prirent l'escalier pour monter à l'étage. Au moment où ils arrivaient au sommet des marches, une musique de piano parvint jusqu'à eux. Un pianiste en smoking faisait aller ses doigts sur les touches d'un Steinway qu'on avait placé à côté de l'escalator qui aboutissait à un rayon de vêtements pour hommes et à un vaste espace où les fabricants de chaussures exhibaient leurs créations. Des hommes blancs entre deux âges vêtus de jeans proprement repassés et de chandails déambulaient d'une allée à l'autre. Strange se demanda ce qu'ils foutaient là un lundi, pourquoi ils n'étaient pas au boulot. Ils doivent vivre de leurs rentes, se dit-il.

Quinn et lui passèrent entre des tables où étaient exposées des chaussures. Plusieurs vendeurs tirés à quatre épingles les lorgnèrent d'un œil intéressé.

– T'as besoin d'une paire de pompes ? demanda Strange.

– J'ai le cou-de-pied large, dit Quinn. Trouver ma pointure, c'est pas évident. Mais je connais un vendeur chez Mean Feets, le magasin de Georgetown, tu vois ? D'après lui, il devrait avoir des chaussures à mon pied. Un gars qui s'appelle Antoine.

– Le maigrichon qui est tout le temps planté à l'entrée de la boutique, à tirer sur sa clope ?

– C'est bien lui.

– Je le connais. On le surnomme Spiderman.

– Tu connais tout le monde en ville ?

– Pas encore, dit Strange. Mais la vie est longue.

Une estrade de cireur occupait l'un des côtés du rayon chaussures. À genoux au pied de l'estrade, un homme dont le pantalon était retenu par des bretelles astiquait les grolles d'un blanc en costume-cravate qui avait pris place sur le fauteuil au-dessus de lui.

Strange et Quinn s'arrêtèrent dans un renfoncement, à quelques pas de l'estrade. La voix du blanc parvenait jusqu'à eux. Il parlait au cireur du match qui avait opposé les Redskins aux Ravens, ne chantant que les louanges des joueurs noirs. Il ponctuait ses phrases de « la vache » et de « wouah » et singeait l'accent du ghetto, s'imaginant sans doute que ce genre de langage plairait au noir agenouillé à ses pieds. Ce langage, il ne l'aurait jamais employé avec ses collègues de travail, et il n'aurait jamais permis à ses gosses de s'exprimer ainsi à la table familiale. Strange jeta un regard à Quinn, et celui-ci détourna les yeux.

Quand l'homme blanc eut enfin vidé les lieux, ils s'approchèrent de l'estrade, où le cireur était en train d'aligner ses instruments de travail.

– Sequan Hawkins ? demanda Strange, question qui lui valut un bref hochement de tête en retour. Je m'appelle Derek Strange, et voici mon équipier, Terry Quinn. On vous a passé un coup de fil tout à l'heure.

Hawkins se nettoya les mains avec un chiffon d'où émanait une odeur d'acétone. C'était un homme bien bâti, à la physionomie avenante, avec des cheveux coupés très court qui brillaient imperceptiblement et la lèvre ourlée d'une discrète moustache.

– Allons là-bas, dit Hawkins en désignant du menton le renfoncement où ils s'étaient tenus un peu plus tôt.

Quand ils eurent regagné cet endroit, Strange lui dit :

– On voudrait vous poser quelques questions au sujet de Lorenze Wilder, comme je vous l'ai expliqué.

– Ça ne vous ennuierait pas de me montrer vos cartes officielles ? demanda Hawkins.

Ouvrant son étui de cuir d'une chiquenaude, Strange exhiba son insigne et sa licence. Retroussant le côté droit de sa bouche, Hawkins eut un sourire en coin.

– Alors comme ça, vous êtes flics tous les deux ?

– Enquêteurs à Washington, dit Strange. Nous connaissions le jeune garçon qu'on a assassiné en même temps que Lorenze.

– Toutes mes condoléances, dit Hawkins, dont le sourire s'était subitement effacé. Je suis moi-même père de deux enfants.

– Vous êtes allé au salon mortuaire pour vous incliner sur la dépouille de Lorenze, dit Quinn.

– C'est exact.

– Il était un de vos amis ?

– Oui, dans le temps.

– Qu'est-ce qui vous a éloignés l'un de l'autre ? demanda Strange.

– La géographie, dit Hawkins. Et l'ambition.

– La géographie ?

– Depuis dix ans, je n'ai vécu que dans des endroits qui sont à bonne distance de mon ancien quartier.

– Vous n'y remettez pas souvent les pieds, hein ?

– Oh si, il m'arrive d'y retourner. À peu près une fois par mois, je prends ma voiture pour rouler jusqu'à la maison où j'ai grandi. Quelquefois, je me gare devant après la tombée de la nuit et j'observe ce qui se passe à l'intérieur. Une nouvelle famille l'occupe à présent.

– Pourquoi faites-vous ça ?

– Pour regarder les fantômes.

Strange ne vit pas la nécessité de faire des commentaires là-dessus. Les soirs où il passait devant la maison de sa mère, il lui arrivait souvent de se garer le long du trottoir et d'agir de même. Le comportement de Hawkins n'avait rien de bizarre à ses yeux.

– Est-ce qu'il vous est arrivé de rencontrer Lorenze Wilder à ces occasions-là ? demanda Quinn.

– Oui, je l'apercevais de temps en temps. Il habitait toujours la maison de sa défunte mère. Il se l'était probablement rachetée grâce à l'assurance sur la vie de celle-ci. À ma connaissance, il n'a jamais occupé d'emploi régulier. C'était un de ces… j'aime pas dire du mal des morts, mais tout le monde voyait bien que Lorenze ne ferait jamais rien de sa peau.

– Et Ed Diggs ? demanda Strange.

– Lui aussi, il m'arrivait de le croiser. La dernière fois que je l'ai rencontré, il habitait chez sa grand-mère. Ed ne valait pas mieux.

– Est-ce que vous auriez pu avoir une autre raison de retourner là-bas ?

– Qu'est-ce que vous voulez dire ?
– Nous recherchons quelqu'un qui aurait pu être aux trousses de Lorenze, expliqua Strange. À cause d'une dette de drogue impayée, ou quelque chose dans ce goût-là.
– Comment je le saurais ?
– Mais pourquoi au juste est-ce que vous retourniez dans votre quartier une fois par mois ? demanda Quinn. Vous n'allez quand même pas me dire que c'était seulement pour vous garer devant votre ancienne maison ?
– J'y allais pour retrouver des souvenirs, monsieur... ?
– Quinn.
– Quand je voyais des mecs qui habitaient encore le quartier, ceux qui étaient déjà dans une voie sans issue et qui ne cherchaient même plus à s'en sortir, ça me faisait mesurer certaines choses.
– Lesquelles ?
– La raison pour laquelle je m'agenouille au pied de cette estrade tous les jours que Dieu fait. Je ne suis pas qu'un simple employé, vous comprenez. Cette affaire m'appartient. Je possède quatre autres de ces stands du côté du périphérique, et deux de plus dans le centre de Washington.
– Vous devez bien gagner votre vie, dit Strange.
– Je suis propriétaire d'une maison avec un parc de près de deux hectares à Damascus, je suis marié à une femme que j'aime et je suis père de deux merveilleux enfants. Dans mon garage, il y a une Harley et une Porsche Boxster. Ce n'est pas une Carrera, certes, mais je compte bien m'en offrir une un jour. Alors oui, je me suis bien débrouillé dans la vie.
– Vous avez lu ce que les journaux disaient de ces meurtres, et vous connaissiez Lorenze, dit Strange. Avez-vous une idée de ce qui a pu se passer ?
– Je crois que vous ne frappez pas à la bonne porte. Pour savoir si Lorenze est mort à cause d'une querelle

entre malfrats, vous devriez vous adresser à Ed. D'après ce que j'ai compris, ces deux-là étaient toujours comme cul et chemise. Mais Ed n'est pas du genre à tout déballer aux flics, ou même à un mec qui exhibe un insigne en toc en espérant qu'on va le prendre pour un condé.

– D'accord, d'accord, dit Strange.

– C'était trop tentant, dit Hawkins. Vous devriez escamoter votre carte plus vite, pour que personne n'ait le temps de l'examiner de trop près.

– En temps normal, c'est ce que je fais. Revenons-en à Diggs.

– Tout ce que je vous disais, c'est que si vous voulez tirer les vers du nez à quelqu'un, c'est Ed qu'il faudrait interroger. Mais vous devrez faire preuve d'un peu d'imagination. (Hawkins les mesura tous les deux du regard.) Vous avez de sacrées épaules tous les deux. Ça peut servir.

– D'après vous, il habite toujours chez sa grand-mère ?

– Pour autant que je sache.

Strange échangea une poignée de main avec Hawkins.

– Merci de nous avoir accordé un peu de votre temps.

Pendant qu'ils traversaient le parking pour regagner la Caprice, Quinn lui dit :

– Ça prouve bien que les apparences peuvent être trompeuses.

– C'est à moi que tu dis ça ?

– Ah parce que maintenant tu vas me dire qu'en posant les yeux sur ce mec tu ne t'étais pas dit : Tiens, un petit cireur.

– Voilà une idée qui ne m'avait pas effleuré l'esprit, si c'est à ça que tu fais allusion.

– Tu sais très bien de quoi je parle. D'un mec qui gagne sa vie en cirant des pompes et qui a une Porsche dans son garage.

– Peut-être, mais c'est pas une Carrera.

– Il compte bien s'en offrir une un jour, dit Quinn.

Strange sortit ses clés de voiture de sa poche et les lança à Quinn.

– C'est toi qui conduis. J'ai quelques coups de fil à passer.

– Entendu.

Quinn rejoignit le périphérique et mit le cap sur le centre-ville. Strange composa le numéro de Lamar et n'obtenant pas de réponse lui laissa encore un message. Il trouva le numéro d'Ed Diggs sur sa liste et appela chez lui. Pendant qu'il parlait, Quinn entendit une voix de femme à l'autre bout de la ligne ; à en juger par le ton patient dont Strange faisait preuve, c'était sans doute une vieille dame.

– T'as fait mouche ? demanda Quinn au moment où Strange coupait la communication.

– La grand-mère de Diggs a prétendu qu'il était sur le point de sortir. J'ai compris qu'il était encore en pyjama et qu'elle allait lui dire de s'habiller et de se tailler vite fait.

Strange jeta un coup d'œil à l'aiguille du compteur.

– Si tu roulais plus vite, on aurait une chance de le coincer.

– Je fais déjà du cent vingt. Tu voudrais quand même pas qu'on nous pique pour excès de vitesse ? Si t'exhibais ton insigne en toc à un vrai flic, on serait dans la merde jusqu'au cou.

– Très drôle. Allez, Terry, mets la gomme. Cette caisse a trois cent cinquante chevaux sous le capot, et tu la conduis comme si c'était une petite Geo de merde.

– Si tu veux que je la pilote comme une voiture de course, d'accord.

– Écrase le champignon, dit Strange.

Lucille Carter habitait dans une rue qui portait un numéro en guise de nom, donnant dans North Dakota

Avenue à Manor Park. Son modeste pavillon se dressait face à une suite de petits coteaux semés de creux et de bosses qui venaient buter au-dessous du trottoir contre un mur de soutènement. Bien qu'on soit en semaine, il y avait beaucoup de voitures garées des deux côtés de la rue. Voyant qu'en outre les pelouses étaient bien ratissées et que les façades des pavillons avaient été repeintes de frais, Strange en conclut que les habitants de la rue étaient pour la plupart des retraités ayant réussi à rester propriétaires de logements où ils hébergeaient désormais leurs familles élargies.

Strange et Quinn gravirent l'escalier en béton qui menait au perron de Lucille Carter. Strange frappa à la porte, qui s'ouvrit au bout de quelques instants. Lucille Carter, une femme de très petite taille, portant lunettes, étroite de hanches, et dont les cheveux grisonnaient à peine, se tenait dans l'embrasure de la porte. Elle savait qui ils étaient. Ses yeux ne souriaient pas et à en juger par son langage corporel, elle n'était pas disposée à les laisser entrer. Comme ils en étaient convenus, Quinn recula d'un pas et laissa Strange prendre les rênes.

– Je m'appelle Derek Strange. Et voici mon équipier, Terry Quinn. (Strange ouvrit l'étui qui contenait son insigne et le referma presque aussitôt.) Comme je vous l'ai expliqué au téléphone, nous enquêtons sur le meurtre de Lorenze Wilder. Nous aurions besoin de parler à votre petit-fils Edward.

– Il a déjà répondu aux questions de la police.

– Je vous ai dit que nous en aurions quelques autres à lui poser.

– Et moi, monsieur Strange, je vous ai répondu qu'il était sur le point de passer la porte. Comme je m'apprête à le faire moi-même.

– Auriez-vous une idée de l'endroit où il se trouve en ce moment ?

– Il est sorti à cause de l'emploi qu'il…

– Il n'a pas d'emploi, mademoiselle Carter.

– À cause de l'emploi qu'il avait une chance de décrocher. Si vous ne m'aviez pas empêchée d'achever ma...

– Sauf votre respect, je n'ai ni le temps ni le goût de vous laisser achever vos phrases. Vous avez averti Edward que nous allions arriver bientôt, et il nous a brûlé la politesse. Alors pour que ce soit bien clair pour vous, je vais vous exposer la suite des événements. Mon coéquipier et moi, nous reviendrons dans une heure avec un mandat. Si Edward n'est pas de retour, nous reviendrons une heure plus tard. Et nous ferons pareil au bout d'une heure de plus. Si c'est nécessaire, nous repasserons toutes les heures pendant vingt-quatre heures. D'après vous, qu'en déduiront vos honorables voisins ?

– C'est du harcèlement.

– Oui, mademoiselle.

– Vous voudriez peut-être que j'appelle vos supérieurs ?

– Je ne peux pas vous l'interdire. (Strange jeta un coup d'œil à sa montre.) Eh bien, nous nous reverrons dans environ soixante minutes. Merci de nous avoir accordé un peu de votre précieux temps.

Tandis qu'ils redescendaient les marches, Strange et Quinn entendirent la porte se refermer derrière eux.

– Tu t'es montré vachement humain, dit Quinn. Les Panthères Grises vont sûrement te décerner leur prix annuel.

– Si tu veux retrouver un mec dans cette ville, mets la pression à sa grand-mère, dit Strange. Un noir comme Diggs voue un respect éternel à la mamie qui l'a toujours bien traité. Et comme elle est plus forte que lui par-dessus le marché, il ne voudrait pour rien au monde encourir ses foudres.

– C'est ton expérience de flic qui t'a appris ça ?

Strange secoua négativement la tête.

– Ma mère disait toujours : « Si tu veux faire lever la perdrix d'un buisson, flanque un grand coup de pied dedans. »

– Bon, mettons que Diggs s'envole du buisson, et après ? Ce mec-là, les flics lui ont déjà posé un tas de questions.

– Ils ignoraient qu'il était comme cul et chemise avec Lorenze. Et les questions que je lui poserai seront d'un autre ordre.

– Bon, on fait quoi maintenant ?

– Allons nous garer hors de vue de chez elle pour mettre notre tactique au point.

Strange fit bifurquer la Caprice à gauche et la gara à deux cents mètres au sud du pavillon de Lucille Carter, hors de son champ de vision. Il composa le numéro de Lamar, qui cette fois lui répondit. Strange mima le geste d'écrire dans le vide et claqua des doigts. Quinn lui tendit un stylo. Strange nota une série de chiffres, posa des questions à Lamar, écouta ses réponses en hochant la tête et lui dit : « T'as fait du beau boulot, fiston », avant de couper la communication.

– Qu'est-ce qui se passe ? demanda Quinn.

– Hier soir, Lamar a vu un des trois petits mecs qui l'avaient accosté à Park Morton. (Tout en parlant, Strange appuyait sur des touches de son portable.) Il m'a dit que ce mec portait le même pull de couleur vive que la première fois qu'il l'avait vu.

– Les pulls de couleur vive, ça court les rues.

– Mais il a une tronche qui ne s'oublie pas, à cause de son pif de tamanoir.

– Et puis ?

– Le jeune mec avait un sac de voyage sur sa banquette arrière et il tenait une carte routière à la main quand Lamar l'a vu sortir d'une supérette qui est à deux pas du Trou Noir. Lamar a eu l'impression qu'il était en cavale.

– Quoi d'autre ?

– Lamar a même relevé le numéro de sa Toyota.

Strange, qui venait d'obtenir sa communication, fit signe à Quinn de patienter quelques instants.

– Janine ? C'est Derek. J'aurais besoin que tu me vérifies un numéro d'immatriculation, c'est urgent. Trouve-moi l'adresse du propriétaire de la voiture et tâche de repérer son numéro de téléphone dans l'annuaire à l'envers.

Strange donna tous les renseignements à Janine et hocha la tête comme s'ils avaient été dans la même pièce.

– D'accord, je compte sur toi.

Strange coupa la communication.

– Janine va me trouver ça en un rien de temps. À Noël, elle n'oublie jamais d'envoyer une carte de vœux au type qu'elle connaît au sein du service des immatriculations. Elle a souvent recours à des petites attentions délicates de ce genre. Ça porte toujours ses fruits.

– Elle sait y faire.

– Oui, c'est une championne.

Du menton, Strange désigna l'extrémité opposée de la rue où ils étaient garés.

– Tu préfères la façade ou l'allée ?

– L'allée.

– Où t'as mis ton flingue, des fois que j'en aurais besoin ?

– Il est là, sous la banquette.

– Il est chargé ?

– Oui.

– T'as ton portable ?

– Dans ma poche.

– Garde-le allumé.

Conservant le stylo que Quinn lui avait passé, Strange glissa un bloc-notes dans la poche de sa veste.

– La vieille dame va bientôt sortir, à mon avis. Soit il est toujours dans la maison, soit elle va lui dire d'y retourner pour prendre ses médicaments. Mais je serais étonné qu'il lui obéisse. Si jamais tu l'aperçois, appelle-moi tout de suite.

– Et si c'est toi qui le vois le premier ?

– C'est moi qui t'appellerai.

Strange se trouva un emplacement à une petite centaine de mètres à l'est du pavillon de Lucille Carter, ses jumelles 10 × 50 autour du cou.

Quinn avança le long de l'allée jusqu'à ce qu'il trouve la maison, et ouvrit rapidement la grille au bout de l'allée en ciment mangée de mauvaises herbes qui menait à la minuscule véranda de derrière. Ensuite il revint sur ses pas et resta campé à trois maisons de là sur les pavés de l'allée. D'un des jardins voisins, un pitbull enfermé dans une cage lui aboya dessus. Personne ne mit le nez dehors pour voir ce qui le faisait aboyer, et aucun rideau ne s'écarta aux fenêtres de derrière des maisons.

Quinn fit les cent pas sur les pavés pendant une heure. Ensuite son portable retentit et il l'ouvrit d'une chiquenaude.

– Oui ?

– La vieille dame vient de sortir. Elle s'éloigne au volant de sa Ford en cet instant même.

– D'accord, dit Quinn.

Une demi-heure s'écoula encore, puis une espèce de pauvre glandu vêtu d'un jean trois fois trop grand et d'un tee-shirt sortit de chez Lucille Carter par la porte de derrière. Il descendit les marches de la véranda dont le bois s'écaillait et tira un paquet de cigarettes d'une poche de son jean. Il en fit tomber une du trou qu'il avait déchiré au fond de son paquet et l'alluma avec une allumette arrachée d'une pochette.

Quinn se dissimula derrière un lilas auquel il restait encore des feuilles. Il appela Strange au téléphone et lui parla à mi-voix.

– Derek, il est sorti dans le jardin. Comment tu veux qu'on la lui joue ?

– Sans ménagement, dit Strange. Fais-le rentrer de force dans la maison et laisse la porte de derrière ouverte. Combien de temps tu vas attendre avant de lui faire réintégrer l'intérieur ?

– Le temps qu'il ait fumé sa clope.

– D'accord, dit Strange.

Strange regagna sa Caprice ventre à terre. Il laissa tomber ses jumelles sur le plancher et tira de sous la banquette l'automatique de Quinn, un Colt .45 noir avec une crosse guillochée et un canon de 12,5 cm. Il en fit jaillir le chargeur et le vérifia : il n'y manquait pas un seul des sept projectiles. Cela faisait longtemps que Strange n'avait pas senti dans sa main le poids d'une arme à feu. Il n'en avait jamais eu autant besoin qu'aujourd'hui.

Edward Diggs tira une dernière taffe de sa Kool, puis après une vraie dernière taffe qui lui brûla la gorge, il écrasa le mégot sous son talon. Mégot qu'il ramassa et jeta par-dessus la clôture dans le jardin d'un voisin qui était fumeur aussi. Sa grand-mère lui interdisait de cloper chez elle, et elle n'aimait pas qu'il en laisse des traces dans le jardin. Vu l'état dans lequel elle s'était mise ce matin-là, Diggs était bien décidé à ne rien faire qui aurait risqué de lui mettre encore plus les nerfs.

Mais si elle se figurait qu'il allait répondre à de nouvelles questions des flics, elle pouvait toujours se brosser. Ils avaient qu'à se pointer tant qu'ils voudraient avec leur connerie de mandat. Il leur avait déjà dit qu'il avait pas la moindre idée de ce qui était arrivé à Lorenze et au gamin, et il allait pas se faire chier à leur répéter ça. Pour rien au monde il leur dirait la vérité ; il avait décidé dès le début de ne pas desserrer les dents. Lui et Lorenze étaient comme les doigts de la main, il l'avait aimé comme un frère et tout, mais Diggs aurait beau déballer ce qu'il savait, ça ne le ferait pas revenir à la vie. Il était persuadé que les flics ne se donneraient pas la peine de protéger un mec comme lui. La seule chose qui lui importait à présent, c'était de sauver sa peau.

Il tourna les talons et reprit l'allée au ciment lézardé, envahi de chiendent et de trèfle. Il lui sembla entendre un bruit derrière lui, mais c'était impossible, ça ne pouvait être que l'écho de ses pas, et ce clébard qui aboyait sans arrêt dans le jardin d'en face.

Quelqu'un lui agrippa la main droite par-derrière et lui tordit le poignet. Une décharge douloureuse lui remonta jusqu'à la nuque et sous le choc il faillit tomber à genoux. Mais le type debout derrière lui le retint.

– Allons-y, Ed.

C'était une voix de blanc, et l'homme prononçant ces paroles le poussait le long de l'allée cimentée vers la véranda de derrière.

– On va entrer dans la maison.

– Qu'est-ce que c'est que ces conneries, merde ? Vous me faites mal.

– Je suis enquêteur à Washington. Allez, avance.

– Je vous préviens, je vais relever votre matricule.

– Mais oui, mais oui.

– C'est une bavure policière !

– Pas encore, dit Quinn. Ouvre la porte et entrons.

Diggs obtempéra et Quinn lui lâcha le bras au moment de franchir le seuil. Ils se retrouvèrent dans une cuisine proprement tenue meublée d'une petite table et de plusieurs chaises. Il y avait sur la table une tasse de café et un numéro du *Washington Post* ouvert à la page des sports. Des couteaux de toutes les tailles étaient fichés dans un bloc en caoutchouc posé sur le plan de travail en Formica. Debout à côté de la table, Diggs posait sur Quinn un regard qu'il s'efforçait de rendre dur. Quinn le mesura soigneusement des yeux, en pensant aux couteaux, et finit par conclure que Diggs ne tenterait jamais un coup pareil.

– Assieds-toi, lui dit-il en désignant une chaise du doigt.

Diggs attira la chaise à lui et s'y assit. Il se marmonnait des paroles incompréhensibles en fixant le sol en lino.

Quinn s'approcha de la fenêtre pour jeter un coup d'œil au jardin de derrière. Strange venait d'y pénétrer par la grille ouverte et il avançait rapidement le long de l'allée en ciment. Les pans de sa chemise flottaient au-dessus de son jean. Sur ce, Strange ouvrit la porte, entra dans la cuisine et la referma derrière lui. Il se dirigea vers Ed Diggs, qui se leva de sa chaise.

– Je te présente Ed Diggs, dit Quinn.

– Ed, dit Strange, et au moment où il arrivait à sa hauteur il lui écrasa le poing droit sur la bouche, l'envoyant dinguer par-dessus sa chaise.

Diggs dérapa sur le linoléum et n'arrêta de déraper que quand l'arrière de son crâne entra en collision avec la porte du placard au-dessous de l'évier. Strange le releva en lui agrippant son tee-shirt de la main gauche, et lui assena une deuxième droite, précise et bien ajustée, sur la bouche. La tête de Diggs fut projetée en arrière et son regard se révulsa. Puis ses yeux revinrent en place et il fixa Strange debout au-dessus de lui tandis qu'un flot de sang lui jaillissait des lèvres, inondant son tee-shirt. Strange le lâcha et il s'effondra de nouveau sur le sol. Ensuite il se remit tant bien que mal debout.

– On t'a dit de te lever ? lui demanda Quinn en redressant la chaise. Pose ton cul là-dessus.

Strange plaça une chaise en face de celle sur laquelle Diggs était assis auparavant. Quinn et lui l'écoutèrent gémir et balbutier des paroles incompréhensibles, attendant qu'il se traîne jusqu'à sa chaise. Strange lui avait fendu la lèvre en profondeur, et à présent du sang s'écoulait à gros bouillons de l'entaille.

Diggs s'affala sur la chaise, le regard mort, la tête rentrée dans les épaules. Glissant une main sous un pan de sa chemise, Strange tira le . 45 de sa ceinture.

– Oh non, fit Diggs, d'une voix de petit garçon. Pitié, pas ça.

– Qui a tué Lorenze ? lui demanda Strange.

– J'en sais rien, moi.

Sa diction était chuintante et mouillée.

– Quelqu'un était sur sa piste. C'était à cause d'une dette de drogue ?

– J'en sais rien.

Strange fit jouer la glissière du Colt.

– Pourquoi tu fais ça, mon frère ? Puisque je te dis que j'en sais rien.

Strange se leva de sa chaise et appuya du plat de sa main libre sur la poitrine de Diggs. Diggs et sa chaise partirent en arrière et s'abattirent sur le sol. Diggs poussa un grognement, et s'accroupissant au-dessus de lui Strange lui inséra de force le canon du . 45 dans la bouche.

– Tu le sais très bien, dit Strange.

Il retira le canon de sa bouche, lui en effleura délicatement la tempe droite, puis l'appuya de toutes ses forces à cet endroit.

– Ils vont me buter, dit Diggs.

– Regarde-moi, Ed. Là, c'est moi qui vais te buter, Dieu m'en est témoin.

– Derek, fit Quinn.

Ce n'était pas prévu dans leur scénario. À en juger par ses yeux, Strange s'en était écarté depuis un bon moment.

– Regarde-moi, Ed.

Diggs le regarda. Sa lèvre inférieure se mit à trembler et il ferma les yeux. Quand il les rouvrit, une larme unique en jaillit, lui roulant sur la joue.

– Ce mec-là, dit-il, Lorenze lui devait des thunes

parce qu'il lui avait procuré de la beu. J'étais là le jour où Lorenze l'a achetée. Le mec, il était pas pressé de le régler… Il lui devait jamais que cent dollars. Ce mec m'a abordé à un combat de chiens de Manor Park ; j'ai tout de suite compris qu'il rigolait pas. Parce qu'il avait le regard complètement vide.

– Quelle dégaine il avait ?

– Grand, mince, clair de peau, un sourire de barge.

– Il avait des équipiers, pas vrai ?

– Ceux qu'étaient venus au combat de chiens avec lui. Un mec avec des petites tresses et des muscles de frimeur. Et un autre, celui qu'avait le clebs, avec un pif pas possible.

– Il t'a dit son nom, le chef ?

– Garfield Potter.

– Tu connais son adresse ?

– Il m'a dit qu'il habitait Warder Street, pas loin du lycée Roosevelt.

– Qu'est-ce que tu sais d'autre ?

- J'en sais pas plus. (Les cils de Diggs se mirent à battre très vite.) À cause de vous, mon compte est bon maintenant. Vous en avez rien à foutre, hein ?

Tout en se redressant, Strange refit disparaître le Colt sous un pan de sa chemise.

– Ne raconte ça à personne, dit-il. T'auras qu'à dire à ta grand-mère que tu t'es fait attaquer dans la rue. Ou que tu t'es cassé la gueule et que t'as roulé plusieurs fois sur toi-même. Mais lui dis pas qu'on est revenus. Il t'arrivera plus rien maintenant. Je te le promets.

Laissant Diggs étendu sur le sol, ils passèrent la porte de derrière et reprirent l'allée cimentée.

Strange restitua le pistolet à Quinn, qui tout en le fourrant dans la ceinture de son jean le gratifia d'un regard en coin.

– Faudrait que tu trouves un moyen de juguler ta colère, Derek. Tu t'en rends compte ?

– Aujourd'hui, ma colère m'aurait plutôt rendu service.

– L'espace d'un instant, j'ai cru que t'allais te servir du . 45.

– Même si j'en avais eu envie, j'aurais pas pu. J'avais vidé le chargeur avant de venir te rejoindre dans la maison.

– Ça t'a fait trop plaisir d'avoir un flingue en main, pas vrai ?

– Tellement plaisir que ça m'a foutu la trouille, dit Strange. Tes balles sont dans le cendrier de la voiture.

Tandis qu'ils regagnaient la Caprice, le portable de Strange sonna et il prit l'appel. Il s'installa derrière son volant sans interrompre la conversation avec Janine. Quinn glissa de nouveau le . 45 sous la banquette. Pendant que Strange notait ce que Janine lui disait sur son bloc-notes, le portable de Quinn se mit à gazouiller. Il prit l'appel, descendit de voiture et s'accota à l'aile arrière de la Caprice.

Strange attendit que Quinn remonte à bord. Il s'aperçut que son visage avait perdu une partie de ses couleurs.

– Janine m'a trouvé le nom et l'adresse du jeune mec que Lamar avait vu, expliqua Strange. Il s'appelle Charles White. Et tu sais quoi, en plus ? D'après sa firme de crédit, sa dernière adresse connue était Warder Street. Je te parie que c'était le seul des trois mecs qui était habilité à régler leurs factures de gaz, électricité et compagnie. Janine m'a aussi dégoté leur numéro de téléphone.

– Tu en sais probablement assez pour appeler Lydell, dit Quinn dont le regard était ailleurs. Il est temps de leur sonner la charge.

– Je n'y suis pas encore tout à fait prêt, dit Strange.

Voyant que les yeux de Quinn allaient se perdre à l'extérieur, de l'autre côté de la vitre, il ajouta :

– Ça va pas, Terry ?

– Je viens d'avoir un coup de fil du commissariat central. Aux urgences de l'hôpital de Washington, on leur a amené une gamine en mille miettes. Tellement rouée de coups qu'elle risque de ne pas s'en sortir. C'est grâce à ses informations que j'avais réussi à choper l'autre mineure. Elle a dit que j'étais la personne à prévenir. Elle s'appelle Stella.

– Si tu veux y aller, te gêne pas. Je peux te déposer à l'hôpital et je poursuivrai l'enquête tout seul.

– D'accord, dit Quinn. Allons-y alors.

Quinn composa le numéro de Sue Tracy tandis que Strange quittait Georgia Avenue et prenait Irving Street en direction de l'est. Strange pénétra dans le complexe hospitalier cinq minutes plus tard, et s'arrêta à la hauteur de l'héliport adjacent aux urgences. Quinn ouvrit sa portière, posa un pied sur l'asphalte, puis se retourna et serra la main de Strange.

– Prends pas d'initiatives sans moi, Derek.

– T'en fais pas, dit Strange.

À l'instant où il disait cela, Strange caressait un projet. Un projet contraire à presque toutes ses convictions, mais qu'il n'arrivait pas à chasser de son esprit.

27

Sans même s'arrêter à l'accueil, Quinn traversa la salle d'attente et entra dans l'unité de soins. Un vigile le détourna de son chemin pour le mener jusqu'à un flic en civil dont le visage était barré d'une moustache noire. Il tenait un gobelet de café dans sa main fine aux veines apparentes.

– Je peux vous parler une minute ? demanda le flic.

– Une fois que j'aurai vu la fille, dit Quinn. Comment elle va ?

– D'après les gens de l'hôpital, elle a subi un passage à tabac en règle. Le type qui lui a fait ça s'est servi de ses poings, mais sans retenir ses coups. Il l'a cognée comme un sauvage. Il lui a cassé plusieurs côtes et elle a une hémorragie interne. Ils essayent de l'enrayer, et le toubib pense qu'ils vont y arriver. Et pour tout arranger, son prince lui a aussi tailladé le portrait avec un couteau.

– Elle va s'en sortir ?

Le flic haussa les épaules. Il porta à ses lèvres le gobelet dans le couvercle duquel il avait déchiré une ouverture triangulaire et but une gorgée de café tout en inspectant Quinn des yeux.

– Vous savez, j'avais vu votre nom sur la feuille et quand vous êtes arrivé dans le couloir vous aviez bien la même tête que dans les journaux. Vous êtes le Terry Quinn qui était de la maison, pas vrai ?

À en juger par l'expression de son regard, le flic était plus intrigué qu'hostile.

– Oui. Je peux entrer ?

– Pourquoi est-ce qu'elle vous a donné comme contact numéro un ?

– J'en sais rien.

– Pas d'adresse fixe, aucune mention de ses parents. Et c'est à vous qu'elle veut parler ?

– Eh oui.

– Bon, d'accord. Elle prétend qu'on lui est tombé dessus par surprise et qu'elle n'a rien vu. Qui a pu lui faire ça, vous en avez une idée ?

– Aucune.

– Tenez, voilà ma carte.

Quinn prit la carte, la glissa dans sa poche et dit :

– Excusez-moi.

Stella était sur un lit roulant, derrière un rideau mobile, au bout d'une rangée de stalles improvisées. Son front et ses joues disparaissaient presque entièrement sous des pansements stériles, humides et constellés de taches brun-rouge. Son bras droit fluet, posé au-dessus des draps, était couvert d'ecchymoses noires parce qu'elle avait essayé de se protéger des coups et parce que l'infirmière y avait cherché une veine pour y planter un tube à perfusion. Montant de quelque part sous les draps, des tubes s'enfonçaient dans ses narines. Le liquide qui y passait était d'aspect douteux, et des particules brunâtres y affleuraient chaque fois que Stella inhalait de l'air. Sa respiration était laborieuse et saccadée.

Quinn trouva une chaise raide et dure, la plaça au chevet du lit roulant, s'assit dessus et prit la main de Stella dans la sienne. Une infirmière vint lui annoncer qu'on allait bientôt la transporter au service des soins intensifs et qu'il ne disposait que d'un temps de visite limité. Au bout de dix minutes, Stella ouvrit les yeux.

Ils étaient sanguinolents et cernés de noir. Sans bouger la tête, elle déplaça son regard vers Quinn et lui pressa la main.

– Salut, Stella.

– Zyeux-verts…

Comme sa voix était à la limite de l'inaudible, Quinn se pencha vers elle et approcha l'oreille de sa bouche.

– Répète voir ?

– T'es venu.

– Évidemment, dit Quinn. On est amis.

Les lèvres de Stella remuèrent, mais n'émirent aucun son. Elle essaya de nouveau et parvint à articuler :

– Glace…

Un gobelet de glace pilée était posé à côté des lunettes de Stella sur la tablette voisine de son lit roulant. Quinn plaça le gobelet contre ses lèvres tuméfiées et l'inclina de façon que quelques copeaux de glace lui coulent dans la bouche. Quand il reposa le gobelet sur la tablette, il vit au pied du lit un sac en plastique dans lequel on avait fourré les vêtements et les chaussures de Stella. Un sac à main en vinyle blanc était posé au-dessus de ses affaires.

Quinn lui caressa la main.

– C'est Wilson qui t'a fait ça, Stella ?

Elle hocha la tête, levant les yeux sur Quinn au prix d'un effort visible. Quinn attrapa ses lunettes sur la tablette et les lui ajusta avec soin sur le visage.

– Ça va mieux ?

Stella fit oui de la tête.

– Quelqu'un d'autre sait que c'est lui qui t'a fait ça ?

Elle secoua négativement la tête.

– Pour l'instant, il ne faut le dire à personne d'autre. C'est compris ?

Elle fit oui de la tête.

– Pourquoi il t'a fait ça, Stella ? Est-ce que Jennifer Marshall lui a dit que son enlèvement avait été monté par toi ?

– Elle lui a téléphoné, dit Stella. Elle s'est encore tirée… elle en voulait à ses parents… et elle a appelé Cosmo.

– D'accord, dit Quinn. N'en dis pas plus.

À présent, les tubes qui lui pénétraient dans les narines étaient pleins de particules brunâtres et sous la main de Quinn sa main était brûlante.

– Terry…

– Chut, plus un mot. Tu te souviens de Sue Tracy ? Elle sera là bientôt. C'est à elle qu'il faudra que tu parles. Tu devras lui expliquer comment contacter les tiens. Tes parents, je veux dire.

– Chez moi, balbutia Stella.

– C'est Sue qui s'en occupera.

L'infirmière refit son apparition et annonça à Quinn qu'il était temps de partir. Quinn effleura d'un baiser le front bandé de Stella, lui dit qu'il reviendrait bientôt la voir et ressortit de derrière le rideau. Le flic l'attendait à côté de la porte de sortie mécanique.

– Elle vous a dit quelque chose ? lui demanda-t-il.

– Non, elle n'a pas desserré les lèvres, lui répondit Quinn en appuyant sur le bouton mural et passant dans l'espace qui venait de s'ouvrir entre les deux vantaux.

Tout en marchant, il décrocha le téléphone portable de son ceinturon et composa le numéro de Strange. Le temps d'être sorti du bâtiment et de se retrouver à l'air libre, Strange lui avait dit où il se trouvait.

Quand il releva les yeux, Quinn aperçut Sue Tracy qui venait dans sa direction. Elle marchait le long du trottoir, une cigarette à la main. Juste avant d'arriver à sa hauteur, elle en tira une dernière bouffée et jeta son mégot dans le caniveau.

– Qu'est-ce qui s'est passé ? lui demanda-t-elle.

– Wilson lui est tombé dessus. Il l'a démolie avec ses poings et un couteau.

– Pourquoi ?

– Si j'ai bien compris, Jennifer Marshall s'est rebarrée de chez elle. Elle a appelé Wilson et l'a mis au parfum au sujet de Stella.

Quinn n'arrêtait pas de jeter des regards autour de lui. Visiblement, il était aux cent coups et avait les nerfs à fleur de peau.

– Écoute, il faut que j'y aille.

– Eh, une minute, dit Tracy en le prenant par le coude. À mon avis, il faudrait d'abord que tu respires un bon coup.

– Va te rendre compte par toi-même de son état, Sue. Toi aussi, ça te mettra du baume au cœur.

– C'est dur, d'accord. Mais on en a vu d'autres tous les deux.

– Ne te mouille pas si c'est ce qui te convient le mieux

– Tu as un lourd passé, Terry. Ne prends pas cette histoire comme prétexte pour régler tes comptes parce qu'une crapule t'a traité de gonzesse et regardé de travers.

– Ben tiens. C'est là que tu vas dire : « Nous vivons dans des univers différents. Ton univers à toi est trop violent. Je ne veux plus y vivre. » Te gêne pas pour me le dire, Sue, parce que bien des femmes me l'ont déjà sorti.

– Foutaises. Je ne vais pas renoncer aussi facilement et je n'ai aucune intention de te planter. C'est pas parce que je me fais du souci pour toi qu'il faut me casser du sucre sur le dos.

Quinn se dégagea le bras de sa prise.

– Comme je te le disais, faut que je me sauve.

– Où tu vas ?

– Rejoindre Derek. On bosse sur un truc important, je peux pas le laisser en carafe.

– T'es sûr que c'est là que tu vas ?

– Écoute, Stella veut retourner chez elle. Faut que tu trouves ses parents. Elle est prête à coopérer.

– Je sais ce que j'ai à faire. T'as pas besoin de me l'expliquer, parce qu'il y a longtemps que je m'occupe de ce genre de choses. C'est moi qui t'ai engagé, t'as oublié ?

- Il y a un flic en civil aux urgences. Il essayera de te tirer les vers du nez. Je ne lui ai absolument rien dit, d'accord ?

– Tu ne veux pas que je révèle quoi que ce soit aux flics ?

– Pas encore. Quand le moment sera venu, tu le sauras.

– Pourquoi tiens-tu tellement à ce que je garde le silence ?

– Occupe-toi de Stella, dit Quinn.

Il prit Tracy dans ses bras et l'embrassa sur la bouche. L'odeur de ses cheveux propres lui envahit les narines. Leur étreinte ne dura qu'un instant. Tracy fit un pas en arrière et pointa l'index sur Quinn.

– N'éteins pas ton portable, Terry. Je veux savoir où tu es.

Après l'avoir regardé s'éloigner au petit trot en direction de la file de taxis garés à l'entrée principale de l'hôpital, elle tourna les talons et entra dans le bâtiment des urgences.

Quinn monta à l'arrière d'une Ford violette. Étant en pleine conversation, un portable à l'oreille, le chauffeur ne se retourna même pas.

– Conduisez-moi dans Warder Street. Au coin de Georgia Avenue, dans Park View.

L'Africain jeta un coup d'œil à Quinn dans son rétroviseur, mais il continua à parler au téléphone, n'esquissant même pas un geste vers le levier de vitesses qui dépassait de la colonne de direction.

Quinn ouvrit d'une pichenette son étui à insigne, passa le bras au-dessus du dossier et le plaça sous le nez du chauffeur de taxi.

– Magne-toi le cul, dit Quinn.

Le chauffeur de taxi abaissa son levier de vitesses et fit démarrer la Ford.

– Lydell ? C'est Derek.

– T'es où, Derek ?

– Quelque part du côté de mon bureau. Tu m'entends ?

– Oui, très bien.

Strange était assis derrière le volant de sa Caprice, garée le long du trottoir de Warder Street, capot pointé vers l'est. Il était à moins de cent mètres de la maison mitoyenne où habitait Charles White, et sans doute aussi Garfield Potter et le jeune mec aux cheveux tressés. Il avait ses jumelles autour du cou.

– Je voulais te prévenir, Lydell. Y a des chances qu'on soit pas à l'entraînement ce soir, Terry et moi.

– Qu'est-ce qui vous en empêchera ?

– On est en planque sur une affaire importante. On n'interrompt pas une surveillance, tu connais la musique.

– Ça nous fera trop de gamins sur les bras, à Dennis et à moi.

– Appelle Lionel Baker et Lamar Williams. Ces deux-là connaissent les exercices et les tactiques de jeu aussi bien que nous. Si tu n'as pas leurs numéros, passe un coup de fil à Janine.

– Bon, d'accord. Mais c'est quoi, ton histoire de planque ? Vous étiez pas censés interroger les relations de Lorenze Wilder aujourd'hui ?

– On l'a fait aussi, dit Strange en posant les yeux sur le perron désert de la maison. Mais pour l'instant, ça n'a rien donné.

– Nous par contre, on a peut-être quelque chose.

– Ah bon ?

– Une bonne femme a appelé le commissariat. Elle espérait palper au moins une partie de la récompense. Elle nous a dit qu'elle traînait dehors un soir, très tard, quelques jours avant les meurtres. Dans la cité de Park Morton, quelques hommes de ses amis qui disputaient une partie de craps se sont fait dépouiller par trois jeunes mecs. Un des trois a braqué un flingue sur un de ses amis, qui s'appelle Ray Boyer. Il s'en est servi comme d'un marteau et lui a cassé le nez. D'après la bonne femme, le jeune mec au flingue correspondait au portrait-robot qui figure sur les affichettes qu'on a placardées dans le quartier. Et tiens-toi bien, d'après elle, le flingue était un revolver de petit format. Tu sais que le labo a identifié l'une des armes du crime comme étant un . 357 à canon court.

– Si ça se trouve, ce jeune mec avait menacé les joueurs de craps d'un . 38, ou d'une arme de n'importe quel autre modèle.

– Ce n'est pas impossible. Mais la coïncidence est trop belle pour qu'on la néglige.

– Je suppose que le tireur le plus rapide de l'Ouest n'a pas laissé son nom.

– En fait, cet abruti leur a dit comment il s'appelait. Mais la bonne femme n'arrive pas à s'en souvenir. Elle a reconnu qu'elle avait trop bu et trop fumé d'herbe, et qu'en plus elle avait une trouille bleue. Du coup, on s'est mis à la recherche de Ray Boyer. Comme il ne s'est pas présenté à son boulot ce matin, on fait la tournée des bars où il a ses habitudes. En espérant qu'il n'aura pas oublié le nom du jeune mec. Comme c'est un ancien du Vietnam, je crois qu'il sera également capable de nous préciser le calibre du flingue.

– Ça paraît prometteur.

– Ce n'est qu'une intuition, Derek, mais il me semble qu'on va alpaguer un suspect aujourd'hui.

– Tiens-moi au courant des progrès de l'enquête, tu veux. T'as mon numéro de portable, hein ?

– Oui, je l'ai.

– C'est parfait, alors. Merci, Lydell.

Strange glissa son portable dans l'étui fixé à sa

hanche. Dans son rétroviseur, il vit Quinn qui venait vers lui, un gobelet de café dans chaque main.

Strange s'inclina vers la droite et lui ouvrit la portière. Quinn se laissa tomber sur le siège du passager et tendit l'un des gobelets à Strange.

– Merci, mon vieux, dit Strange.

– Je sais qu'en planque tu bois que de la flotte.

– Le café me donne envie de pisser.

– Mais t'auras besoin de caféine pour compenser les repas qu'on a sautés aujourd'hui.

– Ça m'était sorti de la tête. Je suis pourtant pas du genre à oublier ma faim.

Du menton, Quinn désigna l'autre extrémité de la rue.

– C'est quelle maison ?

– La troisième à partir du coin. La seule dont le perron est complètement vide. Là-bas, tu vois ?

– Ils ont pointé leur nez ?

– Non. Mais s'ils ont un tant soit peu de cervelle, ils vont rester cloîtrés le plus longtemps possible.

– Et celui que Lamar a vu ?

– Charles White ? Sa Toyota n'est nulle part dans les parages. Peut-être que Lamar avait raison. Peut-être que ce garçon a quitté la ville.

Strange avala une gorgée de café.

– Comment va la gamine ?

– Mal, dit Quinn.

Quinn décrivit ce qu'il avait vu et expliqua qu'il n'avait rien révélé de ce qu'il savait aux flics. Strange apprit à Quinn qu'il avait eu une conversation avec son ami Lydell Blue, et qu'il ne lui avait rien révélé non plus. Il dit à Quinn que la police était apparemment à deux doigts de retrouver les tueurs. Et il lui expliqua ce qu'il avait prévu de faire.

– Bref, en ce qui les concerne, tu jettes l'éponge ? dit Quinn. Si je comprends bien, c'est sans espoir pour eux, à tout jamais ?

– Ils n'ont aucun espoir, c'est sûr.

– Si t'appelais le commissariat central dès maintenant, l'affaire serait réglée.

– Tu crois qu'elle le serait ?

– La peine de mort n'existe pas dans le district de Columbia, si c'est à ça que tu fais allusion. Mais ils croupiraient longtemps en taule. Ils écoperaient de vingt-cinq ou de trente ans. Ou même de perpète avec un peu de chance.

– Et ça nous mènerait où ? À ce que ces jeunes mecs aient droit à un lit et à trois repas quotidiens pendant que Joe Wilder est six pieds sous terre ? Joe va rester mort éternellement, tu vois…

– Je sais, Derek.

– Et à ce moment-là, tu liras dans le journal que la police a trouvé la solution, qu'elle a élucidé le meurtre. Ce qui serait un gros mensonge. Un meurtre n'a jamais de solution. À moins que le gamin assassiné ne se relève de sa tombe et se remette à marcher et à respirer. À moins qu'il ne saute dans les bras de sa mère, qu'il ne joue au football et qu'il continue à grandir jusqu'au jour où il sera devenu un homme et où il partagera le lit d'une femme… qu'il ne vive sa vie, Terry, ainsi que Dieu l'avait prévu pour lui. Alors, quelle solution vas-tu imaginer pour que les choses se passent comme ça pour Joe ? (Strange secoua la tête.) Moi, c'est à une autre solution que j'aspire. Une solution bien plus radicale.

– C'est pour éclairer ma lanterne que tu me dis ça, Derek ? Ou est-ce que tu essayes de te convaincre toi-même ?

– Il y a un peu des deux à la fois, je crois.

– Si tu agis ainsi, tu vas tout perdre, dit Quinn. Je sais que tu crois en Dieu, Derek. Comment vas-tu réconcilier ta foi avec de tels actes ?

– Je ne me suis pas encore penché sur le problème. Mais je n'y manquerai pas.

Quinn hocha lentement la tête.

– Bon mais il faudra que tu te débrouilles seul.

– Tu restes hors du coup, c'est ça ?

– À toi de décider, dit Quinn. Et d'ailleurs, j'ai moi-même une affaire que je dois régler seul ce soir.

Strange le dévisagea attentivement.

– T'as un compte à régler avec le mac ?

– J'ai pas le choix.

– Pas seulement à cause de ce qu'il a fait à la petite, hein ? Il t'a humilié en te traitant de chochotte ?

– Comme tu le disais, il y a un peu des deux à la fois.

– Oh ça bien sûr, dit Strange avec un sourire triste. Ces conneries, c'est vieux comme le monde. Garfield Potter a tué Joe Wilder parce que l'oncle de Joe l'avait offensé en ne lui versant pas assez vite les cent dollars qu'il lui devait. Et maintenant, c'est moi qui vais rendre la justice à ma façon. Et tout ça a commencé parce que Potter se figurait qu'on l'avait pris pour un con.

Quinn avala son reste de café et laissa tomber le gobelet sur le plancher.

– Faut que j'y aille.

– Bon, ben vas-y. Mais n'oublie pas ton flingue. Il est sous la banquette.

– J'en aurai pas besoin.

– Moi non plus.

– Vaut mieux que je le laisse là. Je vais quand même pas me trimbaler avec en ville, hein ?

– Et puis, tu te sentirais mal à l'aise si t'allais affronter ce mac avec une arme en poche.

– Tu n'y es pas.

– D'accord. Tu veux que je te dépose quelque part ?

– Je vais prendre le bus qui remonte tout Georgia Avenue. Je descendrai à Buchanan Street et je récupérerai ma caisse.

– Tu vas poireauter à un arrêt de bus dans un quartier pareil ? La nuit ?

– Il ne m'arrivera rien.

Strange échangea une poignée de main avec Quinn.

– Je prierai le Ciel que t'en sortes indemne.

– Garde ton portable allumé, dit Quinn. Je ferai la même chose de mon côté. On se reparlera plus tard, d'accord ?

Strange hocha la tête.

– Rendez-vous sur l'autre rive.

Quinn descendit de voiture et referma la portière. Strange le suivit du regard dans le rétroviseur, tandis qu'il avançait le long de Warder Street de son pas arrogant, les mains enfoncées dans les poches de sa veste en cuir, carrant les épaules, passant devant des groupes de jeunes mecs qui déambulaient sur le trottoir et d'autres qui s'étaient agglutinés à un coin de rue.

Quinn passa sous un réverbère et en traversa le cercle lumineux. À partir de là, il n'y eut plus moyen de le discerner des autres, il n'était plus qu'une ombre parmi les ombres, se déplaçant à travers la nuit d'encre qui avait enveloppé les rues.

28

Strange appela quelqu'un depuis son portable. Il eut une longue conversation avec l'homme qui était à l'autre bout de la ligne. Quand ils en eurent terminé Strange dit : « À tout à l'heure. » Puis il coupa la communication, composa le numéro de Janine, appuya sur la touche idoine et attendit la connexion. Janine décrocha à la troisième sonnerie.

– Allô ?

– C'est Derek.

– Où es-tu ?

– Je suis sur l'affaire Joe Wilder. À bord de ma voiture.

– Mais où ?

– Dans la rue.

– Tu ne bois pas de café, au moins ?

– Si, j'en ai bu.

– Tu sais bien qu'il a un effet immédiat sur toi.

L'intonation de sa voix était telle que Strange se surprit à sourire.

– Je voulais seulement m'assurer que Lionel était allé à l'entraînement, dit-il.

– Lydell est passé le prendre. Il m'a dit de t'annoncer, si on se parlait, qu'ils avaient mis la main sur le type qui s'appelle Ray quelque chose.

– Ray Boyer. Et Boyer lui a fait des révélations ?

– Pas encore. Lydell m'a expliqué que Boyer voulait d'abord voir un avocat. Il veut disposer de tous les papiers nécessaires pour être sûr d'empocher la récompense.

Strange comprit qu'il n'avait plus beaucoup de temps devant lui.

– Pourquoi tu ne laisses pas tomber pour aujourd'hui ? demanda Janine. À ce qu'on dirait, les flics ont l'affaire bien en main.

– Je vais encore rester là un moment, des fois qu'il se passerait quelque chose.

– Il doit faire frisquet dans la voiture. Je sais que tu ne mets jamais le chauffage en marche. Toi qui répètes sans arrêt à Ron Lattimer que laisser tourner le moteur suffit à compromettre n'importe quelle planque, que si on voit de la fumée sortir du pot d'échappement…

– Tu me connais trop bien

– C'est un fait.

– Tu me proposes de venir me réchauffer chez toi ?

– Tu es prêt à avoir une discussion sérieuse avec moi ?

– Pas encore, dit Strange. Bientôt. Mais je ne t'ai pas appelée que pour te parler de Lionel et de l'entraînement.

– De quoi, alors ?

– Je voulais te poser une question. Dans le temps, ma mère me répétait souvent qu'on n'échange pas la vie d'un innocent contre celle d'un coupable. Tu crois qu'elle avait raison, Janine ?

– Avait-elle raison ? Je n'en sais rien… Mais où es-tu, Derek ? Il y a quelque chose qui m'inquiète dans ta voix.

– L'endroit où je suis n'a pas d'importance, dit Strange en répartissant autrement son poids sur la banquette. Je t'aime, Janine.

– On s'aime autant l'un que l'autre, mais ce n'est pas de ça qu'il est question, Derek.

– Au revoir, mon cœur.

Après avoir coupé la communication, Strange dirigea son regard vers la maison qu'il surveillait, un peu plus loin dans la rue. S'il devait mener son plan d'action à bien, il n'était plus question d'attendre. Il trouva son bloc-notes sur la banquette à côté de lui. Il avait noté le numéro de téléphone de la maison sur la première page. Il le composa sur le clavier de son portable, tout en se repassant dans la tête ce qu'il projetait de dire. C'était risqué, il faudrait jouer serré. Il ne pouvait pas se permettre le moindre impair.

Le téléphone sonna à l'autre bout. Une silhouette bougea derrière les rideaux d'une des fenêtres de la maison.

– Ouais ?

– Garfield Potter ?

– Ouais, c'est moi.

– Lorenze Wilder. Joe Wilder. Ce sont des noms qui te disent quelque chose ?

– Qui ?

– Lorenze Wilder. Joe Wilder.

– Comment t'as eu mon numéro ?

– C'est pas bien sorcier, une fois qu'on a dégoté l'adresse de quelqu'un. Je te collais au train, Garfield.

– Putain, mais t'es qui d'abord ?

– Derek Strange.

– C'est supposé avoir un sens pour moi ?

– Si tu m'avais vu, tu t'en souviendrais. J'étais l'un des entraîneurs de l'équipe de football dans laquelle ce petit garçon jouait. Le gamin que t'as tué.

– J'ai pas tué de gamin.

– Je suis le type que vous avez chambré, tes potes et toi, en m'appelant Fred Sanford et d'autres conneries du même genre pendant que je me dirigeais vers ma voiture. Vous étiez en train de fumer de l'herbe à bord d'une Caprice beige. Toi, un petit mec aux cheveux tressés et un autre petit mec avec un long tarin. Alors, tu me remets ? Moi en tout cas, je te remets.

– Et alors ?

Strange avait perçu une fêlure dans la voix de Potter.

– Je suivais Lorenze et le gamin le soir où tu les as tués. Ce gamin était sous ma responsabilité, donc je le suivais. Sauf que ce soir-là, vous ne vous déplaciez pas à bord d'une Caprice beige. Vous aviez une Plymouth blanche, qui était une ancienne bagnole de flics. Est-ce que je me trompe, Garfield ?

– Une Plymouth blanche ? Les infos en ont parlé, n'importe quel connard qui a la télé est forcément au courant. Si t'as quelque chose de sérieux à me dire, déballe-le tout de suite, vieux schnoque.

– Peut-être que c'est toi qui as des choses à me dire, Garfield. T'as tué un gamin…

– Je t'ai dit que j'avais pas tué de gamin.

– T'as tué un gamin, Garfield, et t'as sûrement quelque chose à me dire.

Sauve ta peau. Si tu veux vivre, mon garçon, c'est maintenant ou jamais.

– Quoi, y a un petit négro qui crève dans le quartier, et moi faudrait que je pleure ? Moi aussi, je vais mourir jeune à tous les coups, et personne viendra verser de larmes sur mon sort.

Tout en fermant les yeux, Strange se mit à parler d'une voix très douce :

– Je veux être payé.

– Quoi ? Je viens de te dire que…

– À présent, c'est toi qui vas m'écouter. J'ai été témoin de ces assassinats. J'ai tout vu de mes propres yeux.

Strange perçut comme un chuintement au loin. On aurait dit que l'air s'était soudain figé. Puis Potter reprit enfin la parole.

– Si t'es aussi sûr de ce que t'as vu, pourquoi t'as pas été chez les flics ? Pour palper ta récompense avant de retourner dans le trou d'où t'étais sorti en rampant ?

– Parce que tu me fileras plus.

– Où t'as été chercher une idée pareille ?

– Les dealers dans ton genre, ça manque jamais de liquidités. Je t'ai dit que je t'avais collé au train, Potter.

– Combien tu veux ?

– T'as qu'à doubler la récompense par deux. Ce qui fera vingt mille dollars. (Strange plissa les yeux.) Et vu la manière dont tu as fait injure à mon intelligence, autant arrondir la somme à vingt-cinq mille.

– L'arme du crime, y en a même plus trace. Et je sais bien que tu vas pas essayer de m'entuber en me racontant que t'as des photos et tout le bordel.

– J'ai pas de photos, mais j'ai une cassette vidéo. Je possède un caméscope huit millimètres équipé d'un zoom. J'étais garé à près de cent mètres de ce marchand de glaces de Rhode Island Avenue, mais avec mon objectif j'ai pris des images qui sont d'une clarté parfaite.

– Une cassette vidéo, ça se truque. Ce genre de pièce à conviction à la con, les tribunaux en refusent tous les jours. Ce qui est clair, c'est que tu peux rien prouver.

– Je peux essayer, dit Strange.

De nouveau il y eut un silence.

– Bon, bon. Faudrait peut-être qu'on se voie pour en discuter.

– Y a rien à discuter. T'as qu'à m'apporter le blé, c'est tout. Je te filerai la cassette et on sera quittes.

– Où on se retrouve ?

– Y a une maison dont je tire un revenu immobilier. Elle a pas de locataire en ce moment. Je me suis dit que tu serais pas assez con pour tenter quelque chose dans un quartier résidentiel. Il faut d'abord que je règle une affaire, alors je n'arriverai là-bas que dans une heure, une heure et demie.

– Elle est où, ta baraque ?

Strange expliqua le chemin à Potter. Il lui répéta ses instructions d'une voix lente, afin qu'il en prenne note.

– T'as toujours la Cadillac noire qui était dans le parking du lycée Roosevelt ?
– Tu te souviens de moi, alors.
– Tu l'as toujours, oui ou non ?
– Oui.
– Si je vois la moindre bagnole qui pourrait être de la police devant la maison, je me casse. Je veux voir que ta Cadillac, t'as compris ?
– Apporte-moi le blé et amène tes deux potes. Je tiens à vous avoir à l'œil tous les trois.
– On n'est plus que deux, dit Potter.
– Rendez-vous dans une heure et demie, dit Strange.
Il coupa la communication, mit le contact et fit démarrer la Chevrolet. Il prit Georgia Avenue en direction du nord et roula rapidement jusqu'à Buchanan Street, où il se débarbouilla, changea de chemise et fit manger Greco.
Une fois dans la rue, Strange mit le cap sur sa Brougham. Ce matin-là, Quinn s'était garé derrière la Cadillac. La Chevelle n'était plus là.

Les flingues que Garfield Potter avait achetés étaient un .38 Special à six coups et un Walther PPK .380 à double détente avec chargeur à sept coups. Le revolver, un Armscor bleu avec crosse en caoutchouc, était destiné à Potter lui-même. Il ne touchait jamais aux automatiques, parce qu'il avait peur qu'ils s'enrayent.
Potter vérifia le barillet de son .38, puis d'une torsion du poignet le remit en place. Geste auquel il s'était exercé devant la glace l'après-midi même.
– T'es prêt, Dèg ?
– Hon-hon, marmonna Little.
Il était assis sur le canapé, pensant à Brianna, et au plaisir qu'il aurait eu à éjecter un coup si elle avait été avec lui en cet instant. Il planait très haut à cause de la beu qu'il venait de se fumer, et il avait les paupières

lourdes. Il était aux anges. Et il avait une faim de loup. Il n'avait pas plus envie de sortir que ça, mais puisque Garfield y tenait, il ne pouvait pas se défiler.

Les yeux de Little se posèrent sur l'automatique qu'il tenait mollement de la main droite. Sa crosse en plastique guilloché portait l'emblème classique de tous les Walther, la marque inscrite dans une espèce d'oriflamme qui avait l'air de flotter au vent. Le cran de sûreté courait dans une rainure et il y avait un petit repère sur le côté qui permettait de savoir si on avait logé une balle dans le canon ou pas, des fois qu'on aurait oublié. Les Walther étaient de beaux joujoux.

– Eh Dèg ! Tu me reçois ?

– Ouais.

– Ramène ta fraise, alors, dit Potter en s'ajustant son bonnet sur le crâne.

Il prit sur la table deux paires de gants en cuir extra-fin, une pour lui et une pour Little. Il savait que Carlton n'aurait pas pensé à s'en munir lui-même.

– Faut qu'on aille en finir avec ça.

Little s'extirpa du canapé pour s'examiner dans le miroir qui était suspendu au-dessus d'un guéridon, au pied de l'escalier. Ses tresses partaient en couille et elles s'ébouriffaient. Il se demanda s'il n'aurait pas dû se faire des tortillons à la place, avec des petites pointes, comme beaucoup de mecs du voisinage. Little se rendit compte qu'il était perdu dans la contemplation de son reflet depuis un bon moment, et il laissa fuser un bref rire qui ressemblait plutôt à un reniflement.

– Viens, Dèg, on bouge.

– Oui, j'arrive.

Little enfila son blouson de cuir et fourra le Walther sous sa chemise. Potter mit aussi son blouson et glissa le . 38 dans sa poche latérale. Il posa les yeux sur Little et sourit.

– Putain, mec, t'en fumes trop de cette merde-là.

– Ça me fait du bien, T. Mais c'est dommage que la poubelle que tu t'es achetée n'ait pas de lecteur de CD. On aurait pu écouter du rap en roulant jusqu'à cette banlieue perdue.

– On captera Flexx sur la fréquence 95. 5. Et puis la prochaine fois, je m'offrirai une Lexus équipée d'une chaîne Bose.

– Y a une éternité que t'en parles de ta caisse d'enfer. Quand c'est que tu vas te l'acheter ?

– Bientôt.

Little et Potter s'esclaffèrent.

– Allons-y, dit Potter. Faut régler cette affaire ce soir.

– Peut-être qu'on apercevra Charles au passage.

– Tu sais bien que Raton s'est planqué quelque part.

Potter sortit ses clés de voiture de la poche de son jean.

– Si on tombe sur lui, on le butera aussi.

D'un mouvement de la tête, Little désigna la télé qui diffusait à plein volume un feuilleton de la chaîne UPN.

– Tu veux que je l'éteigne ?

– Pas la peine, dit Potter. On sera vite revenus.

Ils sortirent de la maison mitoyenne, et les rires préenregistrés de la série télé s'estompèrent une fois qu'ils eurent refermé la porte derrière eux.

Quinn fit des pompes dans son appartement tout en écoutant « Jackson Cage » à fond la caisse. Il en fit cinq séries de cinquante et ne s'arrêta que quand il fut en nage et qu'il eut les pectoraux douloureux. En ressortant de la douche, il mit un CD de Steve Earle et écouta « The Unrepentant » en s'habillant. À présent, son sang s'était bien emballé. Sa transpiration avait repris, fraîche sous sa chemise en flanelle.

Quinn glissa son portable dans la poche de son jean et enfila sa veste en cuir dans la poche latérale de laquelle il fourra une paire de menottes. Il ferma à double tour la porte de l'appartement et se retrouva dehors dans l'air nocturne. Un jeune mec debout sur le trottoir lui adressa un signe de tête, Quinn dit « Salut » et continua à marcher sans ralentir l'allure.

Il s'installa au volant de la Chevelle, mit le contact et prit la direction du centre-ville.

29

Le vendeur du parc de voitures d'occasion de Blair Road avait expliqué à Garfield Potter que le pot d'échappement de la Ford Tempo de 1988 qu'il était sur le point d'acheter cracherait peut-être de la fumée blanche au début, mais qu'il n'y avait pas de raison de s'en inquiéter.

« Elle a besoin de faire un long trajet sur l'autoroute », avait dit le type.

C'était une espèce d'Arabe, ou peut-être de Paki, va savoir ; Potter n'était pas foutu de les distinguer les uns des autres.

« Vous n'aurez qu'à la débarrasser de ses toiles d'araignée, et elle sera comme neuve. »

Potter savait que ce type lui racontait des craques, mais le prix était raisonnable et de toute façon il avait besoin d'une tire qui ne risquerait pas d'attirer l'attention. Et qu'est-ce qui aurait pu passer plus inaperçu qu'une petite chiotte de merde comme cette Tempo de 88 ?

En jetant un coup d'œil à son rétroviseur, tandis qu'il roulait en direction de l'est dans New York Avenue, il vit la traînée de fumée blanche qui s'effilochait dans leur sillage. Carlton Little le lui avait fait remarquer, car il ne se privait jamais de rappeler à Potter que leur bagnole n'était qu'un tas de boue, mais il n'avait pratiquement plus desserré les dents depuis.

Little avait mis la radio à fond. Sur WPGC, Flexx avait une émission qui diffusait presque tous les soirs les tubes les plus réclamés par les auditeurs. Depuis qu'ils étaient partis de chez eux, le DJ leur avait balancé tour à tour des chansons de Mystikal, de R. Kelly et d'Erykah Badu. Little faisait aller sa tête d'arrière en avant, en exécutant toujours le même mouvement, quel que soit le rythme. Potter ne se donnait jamais la peine de lui parler quand il était trop déchiré, comme en ce moment.

Tandis qu'il roulait le long de New York Avenue, Potter aperçut une femme à l'extérieur d'un des motels de l'aide sociale. La femme tenait un petit garçon par la main et une cigarette lui pendait au coin des lèvres. Elle faisait traverser le parking au gamin. Le petit garçon portait un tee-shirt à l'effigie d'un Pokémon, ou d'un autre de ces personnages à la con.

Dans son enfance, Potter avait lui-même possédé un tee-shirt à l'effigie d'E. T. Il était trop jeune pour avoir vu le film au cinéma, mais sa mère lui avait acheté la vidéo au Safeway d'Alabama Avenue, et il l'avait pratiquement regardée jusqu'à l'usure. Il aimait par-dessus tout la scène où le gamin montait au ciel à bicyclette sur fond de bonne grosse lune. Potter s'était longtemps imaginé que s'il avait eu un vélo magique pareil à celui-là, il aurait pu s'envoler aussi. Jusqu'à ce que le type qui squattait toujours leur appart se foute de sa gueule un soir qu'il avait parlé de ça, en lui disant qu'il était con comme un balai.

« Jamais tu t'envoleras, pauvre nouille, lui avait dit le type dont Potter avait gardé les paroles en mémoire. T'es qu'un môme des cités et tu le resteras toute ta vie. »

Sa mère aurait pas dû laisser passer ça. Elle aurait dû dire à ce type de la boucler, lui dire que son fils ferait tout ce qu'il voudrait. Qu'il s'envolerait même jusqu'à la lune si ça lui chantait. Mais elle n'avait pas pipé. Elle savait sans doute que le type avait raison.

Potter s'engagea sur le périph et fit monter la Tempo un peu au-dessus de cent à l'heure. Le dernier Destiny's Child passait à la radio. Little secouait la tête d'arrière en avant, fixant le pare-brise d'un œil hébété, la bouche ouverte.

Elle sentait bon, la mère de Potter. Elle répandait une suave odeur de fraise, ou quelque chose dans ce goût-là. À cause des essences dont elle se parfumait. Potter se souvenait de la façon dont elle lui avait tenu la main autrefois, exactement comme la femme du parking avait tenu la main de son petit garçon. Il lui suffisait de fermer les yeux pour que ses sensations lui reviennent. Elle avait des cals plein les mains à force de travail, mais ses doigts avaient des coussinets, un peu comme l'espèce de couverture molletonnée dont elle le recouvrait pour la nuit. Et la main de sa mère lui tenait toujours chaud, aussi chaud que s'il avait été sous cette couverture. Et des fois, quand il ne trouvait pas le sommeil, elle venait s'asseoir à son chevet, fumait une cigarette et lui parlait jusqu'à ce qu'il ferme les yeux. De temps à autre, même aujourd'hui, il sentait une odeur de cigarette quelque part, était-ce l'odeur d'une cigarette de la même marque que celles qu'elle fumait ? il ne le savait pas, mais tout à coup il la revoyait, assise à son chevet. Dans son enfance, du temps qu'elle était encore présente pour lui, avant qu'elle n'ait succombé à la passion du crack. En oubliant qu'elle avait un gamin qui avait encore besoin de son amour.

Mais bon, il en avait plus rien à branler. Le chiard qu'il avait été était loin derrière lui.

– Eh, Dèg, dit Potter.

– Quoi ?

– Lis-moi les instructions, tu veux, faut que je sache où on est.

Plissant les yeux, Little approcha de son visage la feuille de papier posée sur ses genoux et s'efforça de déchiffrer les gribouillis de Potter dans la pénombre de la voiture.

– Prends la prochaine sortie, dit-il. Celle qui va vers l'est.

Après avoir emprunté la rampe de sortie, ils prirent une route brillamment éclairée au début, puis plongée dans le noir à partir de l'endroit où l'éclairage du comté s'interrompait. Ils passèrent devant des forêts, des complexes sportifs et des ensembles résidentiels protégés par des grilles.

– Ça t'arrive de penser à ta mère, Dèg ?

– Ma mère ? fit Little. Je sais pas, moi. Des fois, je pense à ma tante, parce qu'elle me doit de la thune.

Il eut un sourire en entendant les premières mesures d'une chanson à la radio.

– C'est le dernier tube de Toni Braxton, tu vois, « Just Be a Man » ? Je demanderais pas mieux que d'être un homme pour elle, moi.

Potter ne savait pas pourquoi il se donnait la peine de discuter avec Carlton. Mais il fallait bien qu'il se raccroche à lui comme il pouvait. S'il n'avait pas eu Dèg, il aurait été seul au monde.

– On est où ? demanda Potter.

Little consulta la feuille couverte de gribouillis.

– Normalement, on devrait bientôt tourner une fois qu'on aura dépassé une église sur notre droite.

Little désigna quelque chose à travers le pare-brise.

– Tiens, la voilà, l'église.

À environ huit cents mètres de l'église, Potter tourna à droite et pénétra dans un quartier résidentiel non protégé, dont aucun panneau ne précisait le nom. Il était constitué de vastes demeures entourées de spacieux jardins. La plupart des maisons étaient plongées dans le noir, mais ça ne prouvait rien. On était lundi soir et il commençait à se faire tard.

– Prends à droite là-bas, dit Little. Ensuite la première à gauche.

Quand Potter tourna à droite, la lumière d'un réverbère d'angle de style rétro s'insinua dans la voiture, baignant son visage d'une lueur jaune, à laquelle se substitua aussitôt la phosphorescence verte émanant du tableau de bord.

– Tu sais ce que t'auras à faire une fois qu'on y sera ? demanda Potter avant de tourner pour la deuxième fois.

Little cambra les reins, extirpa le Walther de l'endroit où il l'avait logé et en fit jouer la culasse.

– On tue le vieux schnoque, dit-il.

Sur quoi il refit disparaître le flingue sous sa chemise.

– Il nous file la cassette et on le bute, dit Potter. On lui colle deux balles dans le caisson et on dégage.

Little mit ses gants et maintint le volant d'une main pendant que Potter enfilait les siens. À présent ils étaient dans une impasse le long de laquelle se dressaient trois maisons imposantes entourées de vastes espaces. La première était plongée dans le noir ; seule la lampe qui en surmontait la porte de devant était allumée. La deuxième était dans l'obscurité complète, avec deux Mercedes noires garées dans l'allée circulaire.

– Voilà la Cadillac, dit Little en désignant du menton la Brougham noire garée dans l'allée circulaire de la dernière maison de l'impasse.

Potter se gara le long du trottoir et coupa le contact de la Ford.

Ils se dirigèrent vers les marches par lesquelles on accédait à la maison en briques de style colonial, traversant tour à tour une largeur de trottoir, puis une pelouse. Il y avait de la lumière à toutes les pièces du rez-de-chaussée. Il y en avait aussi à l'intérieur du garage mitoyen, dont la porte était percée d'une rangée de petites lucarnes rectangulaires.

Potter et Little se tenaient sous le portique qui marquait le milieu exact de la maison. Obéissant à un geste de Potter, Little appuya sur la sonnette. À travers la vitre en verre dépoli, Potter discerna l'image déformée d'un homme en noir qui se dirigeait vers eux le long d'un couloir. La porte s'ouvrit et l'entraîneur de football qui s'était donné le nom de Strange se découpa dans l'embrasure.

– Entrez, leur dit-il.

Avançant de deux pas, ils se retrouvèrent dans un hall spacieux. Strange referma la porte et leur fit face.

Potter se passa la langue sur les lèvres.

– T'as quelque chose à me dire ?

– Je voulais te regarder, c'est tout.

– Eh ben c'est fait. Réglons notre affaire maintenant.

– T'as le pognon ?

– Il est dans ma poche, chef.

– Fais-le voir.

– Quand je verrai la cassette.

Strange exhala lentement son souffle.

– Bon, d'accord. Allons-y.

– Attends une seconde. On va s'assurer que t'as pas de calibre.

Strange écarta les pans de sa veste en cuir noir, la tenant ouverte. Little s'avança vers lui et le palpa de haut en bas comme il l'avait vu faire à la télé. D'un hochement de tête, il fit comprendre à son équipier que Strange n'était pas armé.

– Venez par ici, dit Strange. La cassette est dans mon labo, au fond du garage.

Ils le suivirent le long d'un des deux couloirs qui couraient de part et d'autre de l'escalier central. Celui-ci conduisait jusqu'à une cuisine et à une vaste salle de séjour qui renfermait une chaîne stéréo, une télé gigantesque et des meubles massifs, bien capitonnés.

– Tu m'avais pas dit que cette baraque était vide ? demanda Potter.

– Je la loue meublée, lui dit Strange sans même se retourner.

Et tout ça a dû lui coûter la peau du cul, se dit Potter. Puis il se dit : Il y a quelque chose qui colle pas là-dedans.

– Comment t'as pu te payer ça ? demanda-t-il en filant un coup de coude à Little, qui marchait à sa hauteur, d'un pas mal assuré, la tête dans les nuages.

– J'ai une agence de détectives, dit Strange. Au coin de la 9e et d'Upshur.

– D'accord, dit Potter, mais tu dois bien avoir un truc, non ? Personne s'est jamais fait autant de fric avec un boulot de nase.

– Ma spécialité, c'est de retrouver des gens, dit Strange.

Ils passèrent sans s'arrêter devant une porte entrouverte. Strange descendit deux marches qui menaient à une espèce de buanderie, puis se dirigea vers une autre porte en disant :

– C'est ici.

– Il aurait fallu que tu sois vachement fort dans ta spécialité pour avoir amassé tout ça, dit Potter.

– Je t'ai bien retrouvé, toi, dit Strange en ouvrant la porte.

Au-delà du seuil, il n'y avait que de l'obscurité. Potter la scruta du regard, se souvenant de la porte du garage et de ses petites lucarnes, se souvenant de la lumière qu'il y avait eu derrière ces petites lucarnes, quand ils s'étaient avancés vers la maison.

– Dèg, fit Potter, et au moment où il plongeait la main dans la poche latérale de son cuir pour empoigner le .38, il entendit des pas dans son dos et sentit qu'on pressait le canon d'une arme à feu contre la chair tendre qui était juste au-dessous du lobe de son oreille droite.

Little fut projeté vers l'avant par un homme qui lui appuyait son arme contre la nuque, et son visage entra brutalement en collision avec un mur.

Potter ne fit pas un mouvement. Il sentit une main

dans sa poche, laquelle fut allégée du poids de son revolver.

– Entre, fit la voix dans son dos, et on le fit avancer d'une poussée.

Strange actionna un commutateur et fit un pas de côté tandis qu'ils descendaient tous les quatre les marches menant au garage.

Potter se retrouva face à un balèze aux yeux dorés, en survêtement, les bras croisés sur la poitrine. Un jeune mec en costard se tenait à son côté, un automatique à la main. Sur l'autre flanc du balèze se dressait un gamin d'une douzaine d'années, vêtu d'une chemise trop grande dont les pans flottaient au-dessus de son pantalon. À part les gens qui y étaient rassemblés, le garage était vide. On avait disposé une bâche en plastique en travers de son sol cimenté.

Potter reconnut le balèze. C'était Granville Oliver. Toute la ville savait qui il était.

Oliver leva les yeux vers Strange, qui était toujours debout dans l'encadrement de la porte.

– Tout va bien, dit Oliver.

Strange avait les yeux fixés sur le gamin à la chemise flottante. Il hésita encore un instant, puis il s'éloigna à reculons, sortit du garage et referma la porte.

La rangée de néons suspendue au faux plafond bourdonnait sourdement au-dessus de leurs têtes.

– T'es bien Granville Oliver ? demanda Potter.

Oliver et les autres s'avancèrent. Les deux mecs qui avaient braqué Potter et Little avaient rejoint le groupe. Potter et Little battirent en retraite, ne s'arrêtant que lorsqu'ils se retrouvèrent acculés au mur en parpaings du garage. L'un des mecs tendit le bras vers Potter, lui arracha son bonnet de la tête et le jeta au loin

– Pourquoi vous faites ça ? demanda Potter

Il aurait voulu que sa voix ne trahisse aucune fai blesse, mais il savait qu'elle ne faisait illusion à per sonne. La main de Little effleura brièvement la sienne, et il sentit comme une décharge électrique.

Oliver restait silencieux.

– Écoute, y a pas d'embrouille entre toi et moi, dit Potter. J'ai fait gaffe à jamais marcher sur les plates-bandes des gens comme toi.

Les néons bourdonnaient toujours.

Écartant largement les mains, Potter reprit :

– Est-ce que j'aurais empiété sur ton territoire du côté de Georgia Avenue ? Des fois que t'essayerais d'y monter une opération dont j'ai pas entendu parler ? Parce que si c'est ce que tu veux, on remballera la marchandise et on ira se faire voir ailleurs.

Oliver n'ouvrit pas la bouche.

Potter se mit à sourire.

– On bossera pour toi, si c'est ce que tu veux.

Il fit de son mieux pour empêcher son sourire de se fissurer, mais un tic incontrôlable lui tordait la bouche.

Oliver riva son regard au sien.

– Tu veux bosser pour moi ?

– Ben oui, fit Potter. T'as qu'à nous prendre dans ton équipe.

– Passe-moi mon flingue, dit Oliver.

Le gamin debout à côté de lui glissa une main sous un pan de sa chemise et lui tendit un automatique. Oliver s'en empara et en fit jouer la culasse pour qu'une balle se loge dans le canon. Ensuite il le leva et le braqua sur le visage de Potter. Potter vit le doigt d'Oliver se crisper sur la détente.

Potter ferma les yeux. À côté de lui, son ami s'était mis à sangloter, à balbutier, à implorer. Il l'entendit tomber à genoux. Il ne quitterait pas ce monde de la même façon que Dèg. Comme une pétasse suppliant qu'on lui laisse la vie sauve.

Potter se pissa dessus. Il en éprouva la chaleur sur ses cuisses. Ceux qui allaient le tuer riaient à présent. Il voulut ouvrir les yeux, mais il avait les paupières soudées. Il pensa à sa mère. Il essaya de se rappeler la tête qu'elle avait. Mais son image refusait de lui apparaître en esprit. Il se demanda si on avait mal en mourant.

Alors qu'il traversait la cuisine pour rejoindre le couloir, Strange ralentit le pas et s'appuya au plan de travail central sur lequel reposait un grand barbecue d'intérieur. Même depuis cet endroit, séparé du garage par une porte fermée, il entendait pleurer l'un des deux garçons. Et ses larmes étaient entrecoupées de supplications. D'après le son, ça devait être celui qui avait des tresses. Dont Strange ne connaissait même pas le nom.

Toutefois, ce n'était ni à cause de lui ni à cause de Potter que Strange avait été pris d'une hésitation. C'était à cause du jeune garçon qui se tenait à la droite d'Oliver. Celui qu'il avait vu ratisser la pelouse le jour précédent, et qui ne souriait jamais. Comme s'il avait déjà été mort à l'intérieur, alors qu'il n'avait que onze ou douze ans. Quinn aurait dit qu'on ne doit jamais jeter l'éponge avec ces gamins-là, qu'il n'était jamais trop tard pour essayer de les sauver. Strange n'avait pas ce genre de certitude au sujet de Potter et des mecs de son espèce. Mais il savait qu'il y avait encore de l'espoir pour ce gamin qui avait perdu le sourire.

Strange revint sur ses pas et ouvrit sans frapper la porte qui conduisait au garage. Il descendit les marches et entra dans la pièce froide, posant les pieds sur la bâche en plastique. Les têtes se retournèrent vers lui.

Granville Oliver braquait un automatique sur le visage de Garfield Potter. Des filets de salive pendaient de la bouche ouverte de Potter, dont le devant du jean était noir d'urine. Une puissante odeur d'excrétion emplissait le garage. Le garçon aux tresses était à genoux, le visage brouillé de larmes. Ses yeux exorbités étaient bordés de rouge.

– Vous n'avez rien à faire ici, dit Oliver.

– Je ne peux pas vous laisser faire ça.

Oliver braquait toujours son arme sur Potter.

– Vous nous avez livré ces deux mecs. Vous avez fait votre boulot.

– Je le pensais aussi, dit Strange. Vous pouvez m'accorder une minute ?

– Vous plaisantez, ou quoi ?

Strange secoua la tête.

– Regardez-moi, mon vieux. J'ai l'air de plaisanter ? Accordez-moi une minute. Que je puisse défendre mon point de vue.

Oliver le fixa d'un œil dur, et Strange soutint son regard.

– Je vous en prie, dit-il.

Les épaules d'Oliver se décontractèrent et il baissa son arme. Il se tourna vers Phillip Wood, le jeune mec en costard qui se tenait à son côté.

– Garde ces deux-là à l'œil, dit Oliver et il ajouta à l'intention de Strange : Allons dans mon bureau.

– D'accord, répondit Strange.

Au moment où Strange s'installait dans le fauteuil qui faisait face au bureau de Granville Oliver, un téléphone fit entendre son gazouillis. Oliver glissa une main sous sa veste pour saisir son portable.

– C'est le mien, dit Strange en tirant son propre portable de son étui. Allô ?

– Derek ? C'est Lydell. On a le témoignage du type.

– Quel type ?

– Ray Boyer, le joueur de craps. D'après lui, le garçon qui lui a cassé le nez l'a frappé avec un .357 à canon court.

– Il se souvient du nom de ce garçon ?

– Il s'appelle Garfield Potter. On vient de soumettre son nom au programme de recherches, qui devrait nous donner sa dernière adresse connue d'une minute à l'autre.

– Potter est bien le coupable.

– Quoi ?

– Je peux te filer son adresse, dit Strange.

Tout en disant cela, il jeta un coup d'œil par-dessus l'épaule d'Oliver et vit par la fenêtre du bureau l'endroit où Potter s'était garé. Sa voiture n'était plus là.

– Mais il n'y sera pas avant un moment.

– Mais de quoi parles-tu, Derek ?

– Voilà l'adresse, dit Strange qui donna le nom de Warder Street et le numéro de la maison à Blue. C'est la seule baraque de la rangée dont le perron est vide. Ils y seront d'ici une petite demi-heure. Potter et son équipier, celui qui a des tresses. La voiture de Potter est une Ford Tempo bleue qui date de la fin des années 80. Je ne peux pas te dire où est le troisième garçon. Je crois qu'il s'est fait la malle.

– Comment se fait-il que tu sois au courant de tant de choses ?

– Je t'expliquerai ça plus tard.

– Compte là-dessus.

– Envoie toutes tes voitures de patrouille disponibles, Lydell. C'est pas une phrase typique de série policière ?

– Écoute, Derek…

– L'entraînement, ça allait ?

– Pardon ?

– L'entraînement s'est bien passé pour les gamins ?

– Oui oui. Et ils sont tous rentrés chez eux sans problème. Mais n'essaye pas de changer de sujet, Derek…

– Je suis heureux de l'apprendre.

– Je te rappellerai plus tard.

– Je m'y tiens prêt, dit Strange.

Strange coupa la communication, adressa un signe de l'index à Oliver pour lui indiquer qu'il avait encore un coup de fil à passer, et composa le numéro de Quinn.

Quinn avait éteint son portable. Strange lui laissa un message et l'espace de quelques instants il fixa son téléphone muet d'un œil absent avant de se le remettre à la ceinture.

– Vous en avez fini ? lui demanda Oliver.

– Oui.

– Vous savez, votre intervention de ce soir ne changera rien au résultat final. Ils vont mourir tous les deux. Je prendrai les dispositions nécessaires.

– Mais pas ce soir. Pas avec ma participation. Pas devant le petit garçon que vous avez pris à votre service.

– Bon, d'accord. On s'est déjà expliqués là-dessus.

– Tout ce que je souhaite, c'est qu'on laisse au moins une chance à ce gamin.

– Vous me l'avez déjà dit. Mais qu'auriez-vous fait si je n'avais pas fléchi ?

– C'est votre humanité que j'essayais d'atteindre. Vous venez de me prouver qu'elle existe. Merci d'avoir bien voulu m'écouter.

Oliver hocha la tête.

- Ce gamin s'appelle Robert Gray. Vous trouvez que je l'ai pourri, n'est-ce pas ?

– Disons simplement qu'à mes yeux il n'est pas avantageux pour lui d'être embringué dans vos opérations. Sur ce point, nous avons une divergence d'opinion, vous et moi.

– Strange, vous auriez dû voir les conditions dans lesquelles il vivait quand je l'ai sorti de sa cité. À Stanton Terrace, personne ne levait le petit doigt pour lui.

Se laissant aller en arrière, Strange se gratta la tempe.

– Il joue au football, le Robert en question ?

– Que voulez-vous dire ?

– Il sait y jouer, ou pas ?

– Il se défend pas mal quand il s'agit d'esquiver ou de balancer des coups.

Un grand sourire aux lèvres, Oliver considéra Strange du regard.

– Vous êtes vraiment un type incroyable. Il faut toujours que vous essayiez de sauver le monde entier ?

– Non, pas le monde entier.

– Vous savez, ce n'est pas seulement mon humanité qui m'a convaincu de laisser repartir ces deux jeunes mecs.

– Qu'est-ce qui vous en a convaincu, alors ?

– Un de ces jours, je vais avoir besoin de vous, Strange. J'ai eu une espèce de… comment appelle-t-on ça déjà ?… de prémonition. En général, quand j'ai ce genre de sensations, je ne me trompe pas.

Pointant l'index sur Strange, Oliver conclut :

– Vous avez une dette envers moi à cause de ce que j'ai fait pour vous ce soir.

La dette que j'ai envers vous est bien plus grande, songea Strange, mais il dit simplement :

– En effet.

Lorsqu'il eut repris la route de Washington, Strange roula dans un complet silence. En atteignant Georgia Avenue, il essaya encore une fois de joindre Quinn sur son portable, mais n'obtint que sa messagerie vocale. Il dépassa Buchanan Street et continua à rouler vers le nord. Ayant bifurqué à droite dans Quintana, il gara sa Brougham devant chez Janine. Elle le fit entrer et lui dit de s'asseoir sur le canapé de sa salle de séjour. Elle vint le rejoindre quelques instants plus tard avec une bouteille de Heineken fraîche et deux verres. Leur conversation se prolongea jusqu'à une heure avancée de la nuit.

30

Quand la 400 SE de Cosmo Wilson apparut au coin de la rue, Quinn était garé le long du trottoir depuis une demi-heure. Fixant son rétroviseur des yeux, Quinn suivit du regard l'avance de la Mercedes. Au moment où elle le dépassait, il rentra le menton et tourna un peu la tête. La Mercedes se gara en double file, feux de position allumés, et la vitre s'abaissa côté conducteur. Une femme dont le visage était familier à Quinn, la pute noire qui avait essayé de le lever le soir de l'opération coup de poing, passa le buste à l'intérieur. Au bout de quelques instants, Wilson descendit de voiture.

Il portait un trois-quarts en cuir fauve par-dessus son costard. Il était coiffé d'un chapeau du même cuir et avait aux pieds des pompes en croco. Tandis qu'il mettait le cap sur sa maison mitoyenne, la pute noire s'installa au volant de la Mercedes et partit en quête d'un emplacement de parking légal pour la bagnole de son mac. D'un pas souple de grand félin, Cosmo Wilson avança le long du trottoir, gravit les marches de sa maison et y entra.

Quinn fit démarrer sa Chevelle, s'enfila dans la première rue à gauche, puis donna un autre coup de volant à gauche pour bifurquer dans l'allée de derrière, où il se gara le long d'un mur de briques. Le faisceau de ses phares fit scintiller plusieurs paires d'yeux dans l'espace vide séparant les poubelles du sol. Il éteignit ses phares et au moment où leur lueur mourait il vit des rats qui filaient ventre à terre sur les pavés de l'allée. Quinn coupa le contact et écouta les derniers échos du moteur. En faisant le compte des maisons alignées l'une à côté de l'autre, il trouva celle qu'il cherchait, éclairée par un unique spot suspendu au toit. Tandis qu'il regardait, la lumière s'alluma aux fenêtres du premier étage.

Quinn descendit de voiture et se dirigea d'un pas rapide vers l'escalier d'incendie. Le couloir du deuxième étage était éclairé par des ampoules de faible puissance. La fenêtre du deuxième était visible de l'endroit où il se tenait, mais il n'avait pas assez de recul pour déterminer si elle était entrebâillée ou pas.

Il éteignit son portable, se hissa sur l'escalier d'incendie et en entreprit l'ascension. Il entendit de la musique à travers la cloison de bois du premier tandis qu'il gravissait l'escalier en fer ajouré. La musique augmenta de volume, et il en fut reconnaissant tandis qu'il passait devant les fenêtres du palier, qui étaient masquées par des rideaux, et abordait la volée de marches suivantes. Au moment d'arriver à la hauteur du deuxième étage, il distingua nettement la fenêtre donnant sur le couloir, voyant à présent que le châssis inférieur en était entrouvert.

Quinn leva la fenêtre à guillotine et s'introduisit dans le couloir. Il était en nage et le sang lui battait à toute allure dans la poitrine. Le couloir était imprégné d'une odeur de marijuana, de tabac et de désinfectant. Derrière l'une des portes, des coups de boutoir faisaient grincer les ressorts d'un lit, et un homme sur le point de jouir ahanait bruyamment. Quinn la dépassa sans s'arrêter.

Il continua de marcher le long du couloir, faisant glisser une main sur la rampe, et parvenu à son autre extrémité il posa les yeux sur l'étage inférieur du haut de l'escalier. La musique, qui se composait surtout d'une basse, d'un synthé et d'une guitare discordante, venait du premier. Ses bruyants échos se répercutaient dans toute la maison. Quinn mit le pied sur l'escalier. Chaque fois qu'il descendait d'un degré, le volume de la musique s'enflait.

Assis sur un canapé recouvert de velours violet, Cosmo Wilson agitait son verre de vodka on the rocks pour en faire fondre les glaçons, et il écoutait « Cebu », le médiocre instrumental par lequel s'achevait la face deux de *Movin' On*, un vieil album des Commodores. Cela faisait plus de vingt-cinq ans que Wilson était propriétaire de ce vinyle de la marque Motown. Il avait encore toute sa collection de disques, rangés sur des étagères de sa terrasse reconvertie, où il les écoutait avec délice pendant les moments qu'il passait hors de chez lui. Chez lui, il n'avait à se diffuser que des CD, mais ici il n'avait rien d'autre que ses vinyles et sa platine, sans parler de ses enceintes Bang & Olufsen et de son vieil ampli à tubes de chez Marantz. Une bécane avec un max de watts, parfaite pour écouter ses vinyles. Ces disques-là, rien n'égalait l'ampleur de leur sonorité.

Wilson tapota sa cigarette pour en faire tomber la cendre. Il avala une gorgée de vodka, qui était bien fraîche à présent, et se tapissa le gosier du mélange de feu et de glace.

Wilson adorait sa vodka à base de pommes de terre. La bouteille de cette marque-là, en verre givré avec un arbre dénudé sur l'étiquette, il se l'était achetée dans un magasin de spiritueux qui se trouve à la limite du district. Contrairement à la plupart de ses frères de race, il ne se sentait pas obligé de s'envoyer du Courvoisier et du Hennessy pour faire comme tout le monde et parce que l'homme blanc en donnait l'exemple. Cette cochonnerie-là, c'était du poison. On lui donnait même le nom de carcino-quelque chose. Ce qui voulait dire qu'elle donnait le cancer. Le pouvoir blanc fourguait cette merde-là à la population des ghettos, en l'étalant sur des panneaux d'affichage dans les rues, les autobus et des magazines comme *Ebony* et *Jet*, de la même façon qu'il lui fourguait la mort sous forme de clopes. Même s'il ne crachait pas sur le tabac, Wilson ne se laissait pas embringuer dans ces trucs-là, il était toujours resté son propre maître et c'était l'essentiel. Son frangin, qui avait toujours le nez dans des bouquins, lui avait expliqué tout ça alors qu'ils venaient de se fumer de l'hawaïenne chez sa mère où ils s'étaient retrouvés pour fêter Noël. Alors, leur cognac, ils avaient qu'à se le garder. Mais il avait un amour immodéré pour sa vodka hors de prix à laquelle il avait pris goût en Europe.

Elle était sympa, cette piaule. Il l'avait isolée et équipée de radiateurs pour l'hiver. Il en avait tapissé le sol d'une chute de moquette, en avait orné les murs de gravures dans le goût africain qu'il avait dégotées dans un marché aux puces et il s'était acheté ces rideaux épais pour masquer les fenêtres. Les rideaux lui donnaient un sentiment d'intimité ; il avait l'impression d'être dans un club privé qui lui appartenait en propre. Il avait monté le mobilier jusque-là, et il y avait même un lustre suspendu à son putain de plafond. Il avait perdu quelques-unes de ses flammes, mais n'empêche qu'il avait de la gueule. On pouvait ramener ici une petite pécore qui venait de descendre de son autocar et lui en foutre plein la vue dans cette piaule. Dès que les yeux de la pétasse s'étaient posés sur tout ça, c'était fastoche de la mettre au turbin.

Wilson mit les pieds sur la table et tira une bouffée de sa cigarette. Effleurant les fenêtres du regard, il crut voir une ombre passer de l'autre côté du rideau. Il but une autre gorgée de vodka, marqua de la tête le rythme de la musique qui s'échappait de la chaîne et écrasa sa cigarette.

Wilson se leva du canapé, s'approcha des fenêtres et écarta les rideaux. Il jeta un coup d'œil dehors, regarda vers le bas de l'escalier d'incendie, puis inspecta des yeux l'étage du dessus. Apparemment, rien ne bougeait dehors. Mais il se dit qu'il allait faire un petit tour dans le couloir, histoire de s'assurer qu'il n'y avait personne. Deux précautions valaient toujours mieux qu'une.

Quinn, qui venait d'arriver en bas des marches, se tenait sur le palier quand, à l'autre extrémité du couloir, la porte de la piaule dont les fenêtres donnaient sur l'escalier d'incendie s'ouvrit. Cosmo Wilson apparut dans l'embrasure, un verre à la main, vêtu d'un costume vert tilleul au-dessus d'une chemise et d'une cravate vert émeraude. Une expression perplexe lui fronça les traits. Puis il reconnut l'intrus et un sourire lui fendit les lèvres. Un rire sourd et prolongé lui monta du fond de la gorge.

– Ma parole, mais c'est Theresa Bickle, dit Wilson. Tu veux me foutre une dégelée à cause d'une autre gonzesse ? C'est pour ça que t'es revenu ? J'étais justement à court de gamines blanches, Theresa.

D'un pas rapide, Quinn avança dans le couloir.

– T'as dû tomber sur ta copine Stella. C'est trop con qu'elle m'ait obligé à lui faire ça, hein ?

Quinn se mit à courir.

– Ben quoi ? fit Wilson. Tu vas me sauter dessus, petit homme ?

Quinn se lança dans un sprint et fonça tête baissée au moment où Wilson laissait choir son verre et plongeait une main dans la poche de sa veste. La tête de Quinn lui heurta l'abdomen, il lui entoura le torse de ses bras, noua ses mains dans son dos et passant tous les deux à travers la porte ouverte ils se retrouvèrent dans la chambre.

Quinn fit traverser toute la longueur de la pièce à Wilson et le fracassa contre une fenêtre. La vitre explosa derrière les rideaux et des éclats de verre en tombèrent tandis que Quinn, qui n'avait pas lâché prise, faisait tourner Wilson sur lui-même. Wilson riait. Quinn le précipita sur un meuble qui soutenait une platine-disque, et au moment où ils passaient par-dessus le meuble, les mains de Quinn se dénouant, le diamant fit entendre un crissement aigu sur le vinyle et la musique qui leur martelait le crâne se tut subitement.

Quinn et Wilson se remirent debout. Ils étaient à deux mètres l'un de l'autre. Quinn s'aperçut qu'il avait du sang sur les mains. Un éclat de verre lui en avait entaillé une ou peut-être les deux, il ne le savait pas au juste.

– Tu m'as bousillé ma chaîne, dit Wilson d'une voix incrédule.

– Amène-toi, dit Quinn en faisant un geste de la main.

Il s'aperçut alors qu'il avait une longue estafilade en travers du pouce, que l'entaille était profonde et qu'elle pissait le sang.

Wilson fit un pas en avant. Quinn fit porter son poids sur son pied arrière, se replia les coudes contre le ventre et se protégea le visage des poings. Il encaissa les premiers coups de Wilson dans cette posture, mais ils le firent reculer et furent plus douloureux qu il ne s'y serait attendu. Un crochet l'atteignit au flanc et il poussa un grognement, car cela lui avait coupé le souffle. Wilson éclata de rire et le frappa une deuxième fois au même endroit. Quinn baissa sa garde. Wilson le cueillit au menton et sous la violence du coup Quinn tomba à la renverse. Faisant un roulé-boulé, il se redressa. Il bougea la mâchoire, et la douleur lui vrilla le crâne. Wilson sourit, et l'éclat du lustre fit scintiller sa dent en or.

Quinn se rua sur lui. Wilson décocha un coup de poing en direction de son visage tandis qu'il avançait, mais Quinn l'écarta d'un revers de la main et lui balança un direct du droit. Le direct ricocha sur la joue de Wilson et au moment où celui-ci levait une main pour parer un autre direct, Quinn lui flanqua un coup terrible dans le bide. Wilson se plia en deux, puis se redressa tant bien que mal. Ils échangèrent des coups au torse. Quinn fit passer un redoutable uppercut entre les mains rapprochées de Wilson et son poing s'écrasa sur le menton de son adversaire. Les yeux de Wilson se révulsèrent et Quinn le frappa une deuxième fois au menton. Wilson recula d'un pas titubant. Il secoua la tête pour s'éclaircir les idées et d'un coup de pied furieux envoya la table basse voler au loin. Il ne souriait plus.

À présent, un large espace vide s'ouvrait entre eux. Ils tournèrent autour, puis se rencontrèrent en son centre.

Wilson marcha sur le pied de Quinn et enfonça sa garde de son poing fermé. Quinn encaissa un direct raccourci et sa tête partit en arrière. Il sentit le goût du sang qui lui coulait par-dessus la lèvre, et Wilson lui expédia un deuxième jab. Quinn le bloqua de la main ouverte, entoura prestement Wilson de ses bras et entrelaça ses doigts dans son dos encore une fois. Wilson le précipita contre un mur. Quinn sentit le cadre d'une gravure se briser contre son dos. Il prit son élan et expédia un coup de boule dans le nez de Wilson. Le sang de Wilson se mêla au sien. Quinn perçut un grognement de bête sauvage qui émanait de lui et envoya un deuxième coup de boule à Wilson. Des larmes lui montèrent aux yeux, et Quinn le lâcha. Ils reculèrent tous les deux de quelques pas, faisant de leur mieux pour reprendre haleine.

Tout le bas du visage de Wilson était couvert de sang. Sur son costume vert, le sang virait au brun. La chemise de Quinn était trempée de sang.

– Ça suffit, dit Wilson en plongeant la main dans la poche de son veston.

Sa main en ressortit avec un couteau à manche de nacre, dont la lame jaillit tandis que Wilson avançait sur Quinn. Au même instant, le hurlement strident d'une femme envahit la pièce.

Wilson cingla l'air du bras. La lame étincela dans la lumière, et Quinn s'efforça d'esquiver son mouvement circulaire, mais il en sentit l'impact, qui lui fit l'effet d'un coup de poing, et il comprit qu'il avait échoué. Un nouveau flot de sang tiède lui inonda le visage.

Wilson fit tourner le manche du couteau dans sa main pour que la lame se présente dans l'autre sens et il essaya de la projeter de nouveau vers l'avant d'un revers du bras, mais Quinn lui saisit le poignet et le bloqua. Comme les jambes de Wilson étaient largement écartées, Quinn lui balança un coup de pied dans les couilles en y mettant autant d'élan que si elles avaient été un mètre plus loin. Wilson toussa. Quinn sentit que son avant-bras se relâchait, le lui fit passer derrière le dos en le tordant et lui faucha la jambe droite d'un coup de pied. Wilson s'affaissa sur un genou, et Quinn lui tordit le poignet jusqu'à ce qu'il ait lâché son couteau, qui tomba sur la moquette. Quinn rassembla toute la force qui lui restait et balança un coup de pied dans la gueule de Wilson. Le choc produisit une espèce de craquement humide. Le corps de Wilson fut soulevé par un spasme accompagné d'un geyser de sang. Wilson s'effondra sur le flanc, puis s'étala sur le dos et ne bougea plus. Son visage en bouillie était méconnaissable.

Quinn ramassa le couteau. Après en avoir replié la lame, il l'empocha. Il traîna Wilson jusqu'au radiateur auquel il l'attacha à l'aide de sa paire de menottes.

Une femme déversait un flot d'obscénités sur Quinn. Elle se tenait sur le seuil, le cul débordant de sa minijupe et de ses bas résille, mais n'avait manifestement aucune velléité d'entrer dans la pièce.

Quinn plongea une main dans la poche de son jean et

en sortit son portable. Il s assit sur le canapé violet, en plissant les yeux pour lire les chiffres du clavier, et composa le 911 de ses doigts tremblants. Il demanda qu'on lui envoie des voitures de patrouille et une ambulance et donna l'adresse au standard de police-secours. Après avoir coupé la communication, il essaya de se souvenir du numéro de Strange, puis de celui de Sue. Mais ils refusaient l'un et l'autre de lui remonter à la mémoire.

Il respirait lentement. Il savait qu'il saignait toujours, car un filet de sang lui coulait dans le cou. Il lui donnait une sensation d'humidité au sommet de la poitrine et sous la nuque. Il voulait que les battements de son cœur s'apaisent, afin que le sang s'écoule moins vite. À présent, la pesanteur de l'air était sensible sur ses plaies et sa douleur avait augmenté de plusieurs crans. Il fixa du regard les rideaux déchirés et les éclats de verre, et au bout d'un moment il entendit des sirènes et un son étrange qui s'échappait de ses lèvres.

De l'autre bout de la pièce, Wilson lui dit quelque chose. C'était difficile de l'entendre parce que la femme alternait tour à tour entre les sanglots et les imprécations qu'elle faisait pleuvoir sur Quinn.

– Comment ? fit Quinn.

– Qu'est-ce qu'il y a de drôle ? articula Wilson.

– Pourquoi ?

– T'étais en train de rire.

– Moi, je riais ? fit Quinn.

Il n'en était pas surpris. Ça ne l'effrayait pas non plus. Ça ne lui faisait ni chaud ni froid. Quinn laissa aller sa tête en arrière, l'appuya au dossier du canapé et ferma les yeux.

31

Sur les perrons de la rangée de maisons de Buchanan Street, les citrouilles qu'on avait évidées pour Halloween avaient commencé à se flétrir. Le passage du temps et les intempéries avaient altéré les masques qu'on avait sculptés dedans, et des écureuils faméliques les avaient rendus méconnaissables. On avait sorti des gants et des cache-nez de leurs armoires et vidé les réservoirs des tondeuses à gazon avant de les entreposer dans des sous-sols ou des remises à outils. Les feuilles avaient éclaté de couleurs exubérantes, puis en se desséchant avaient viré au brun. Une fête était déjà loin, et la suivante approchait. On n'était plus qu'à une semaine de Thanksgiving.

Tandis qu'il roulait au volant de sa Cadillac vers le prochain coin de sa rue, Strange salua de la main une vieille dame prénommée Katherine qui était emmitouflée dans un gros chandail et ratissait avec des gestes lents son petit bout de jardin. Katherine avait eu une longue carrière d'institutrice dans l'enseignement élémentaire du district de Columbia, avait envoyé sa fille et ses deux fils à l'université, et la délinquance des rues venait de lui ravir un petit-fils. Cela faisait presque trente ans que Strange et cette femme se connaissaient.

Strange bifurqua à droite dans Georgia Avenue. Il fouilla dans sa boîte à chaussures pleine de cassettes et inséra dans le lecteur une vieille compil de Stylistics.

La chanson de Bell et Creed, « People Make the World Go Round », s'ouvrait sur un prologue hivernal, la sublime partie vocale de Russell Thompkins Jr. emplissant la voiture. Tout en suivant Georgia Avenue en direction du sud, Strange fredonna doucement avec le chanteur. À un feu rouge non loin d'Iowa Avenue, il aperçut une affichette ornée des portraits-robots de Garfield Potter, Carlton Little et Charles White encore agrafée à un poteau téléphonique. Ces affichettes, il n'en restait plus beaucoup à présent, la plupart ayant été arrachées.

Potter et Little s'étaient laissé appréhender sans résistance dans leur maison de Warder Street. Une fois inculpés, on les avait incarcérés à la prison centrale du district dans l'attente de leur jugement. Le procès n'aurait pas lieu avant au moins six mois. La presse locale se livrait de loin en loin à des spéculations sur ce qu'il était advenu du suspect manquant, Charles White. Un an et demi plus tard, le nom de White ferait surface dans le cadre d'une nouvelle affaire de meurtre qui venait d'éclater à la périphérie de La Nouvelle-Orléans. Quelque temps après, White se ferait égorger à l'aide d'un triangle de plexiglas dans les douches du pénitencier d'Angola. Événement qui ne mériterait guère plus qu'un entrefilet dans le *Washington Post*, de même que les fins violentes de Potter et de Little. Quant à Joe Wilder, les tee-shirts à sa mémoire ornés de sa photographie avaient été jetés depuis déjà longtemps, ou on en avait fait des chiffons. Son nom ne disait désormais plus rien à la plupart des habitants de la métropole et de ses alentours. « Une statistique parmi d'autres » : c'est l'appellation que réservaient les Washingtoniens endurcis aux gamins comme Joe. Un nom figurant sur une liste parmi des milliers d'autres.

Strange se gara dans la 9e Rue et verrouilla la Brougham. Il passa devant la boutique du coiffeur ; le merlan nommé Rodel, debout sur le seuil, tirait sur une Newport.

– Comment ça va, grand chef ?

– Tout baigne.

– Une petite coupe te ferait peut-être pas de mal.

– Je passerai tout à l'heure.

Il continua d'avancer le long du trottoir et leva les yeux sur l'enseigne surmontant l'entrée de son agence qui annonçait « Strange Enquêtes ». Son rectangle de verre était maculé de petites traînées de crasse, qui débordaient sur la loupe. Il faudrait que Lamar s'en charge dès aujourd'hui.

L'interphone bourdonna quand la porte vitrée de son agence lui fut ouverte de l'intérieur, et Strange entra. Janine était assise à son ordinateur, les yeux rivés sur son écran. Ron Lattimer était installé derrière son bureau, un petit feutre rond à la Lester Young incliné crânement sur sa tête. La couleur du chapeau était assortie à celle des bandes marron qui ornaient horizontalement sa cravate peinte main. Strange s'arrêta à la hauteur du bureau de Lattimer et écouta la musique sur laquelle il avait jeté son dévolu pour la journée, celle d'une trompette à la sonorité familière sur fond de section rythmique fracassante.

– Salut, patron.

– Salut, Ron. C'est Miles, pas vrai ?

Lattimer leva les yeux et hocha la tête.

– C'est *Doo-Bop*.

– Tu vois, je ne suis pas aussi hors du coup que ça.

Strange examina la paperasse qui s'était entassée sur le bureau de Lattimer.

– T'es en train de finir ton enquête sur la bande de la cité des 3 500 ?

– Dans une semaine, je livrerai un dossier bouclé aux magistrats. Ça va nous rapporter un max, patron.

– T'as fait du beau boulot.

– Au fait, on a eu un coup de fil de chez Sears. Pour nous annoncer que les retouches de ton costard étaient finies et que t'avais qu'à passer le prendre dès que tu voudrais.

– Très drôle.

– Non, sérieusement, le teinturier du bout de la rue a téléphoné pour annoncer que ton costume et tes chemises étaient prêts.

– Merci. Je dois aller à un mariage ce week-end. Tu te souviens de George Hastings, n'est-ce pas ? C'est sa petite fille qui convole.

– Ma robe aussi est chez le teinturier, Derek, dit Janine sans quitter son écran du regard. Tu pourrais la récupérer pour moi ?

– Bien sûr.

– Si je peux me permettre une remarque, dit Lattimer, tu devrais te faire ratiboiser un peu les tifs pour aller à ce mariage.

– T'as raison, dit Strange en se tapotant le crâne. Faudrait que je sois plus présentable.

Strange passa devant le bureau de Quinn qui était jonché de vieux papiers et d'emballages de chewing-gums et s'arrêta face à celui de Janine.

– J'ai des messages ?

– Non. Par contre, t'as rendez-vous à la centrale d'arrêt.

– Je m'y rendais justement. J'ai fait un petit crochet pour voir si tout allait bien.

– Y a pas de lézard.

– Tu viendras au match cet après-midi ? C'est le match retour. Le dernier de la saison.

Janine détacha les yeux de son écran et se laissa aller en arrière dans son fauteuil.

– J'y assisterai si tu le désires.

– J'y tiens beaucoup.

– Je me disais que j'amènerais Lionel avec moi.

– Excellente idée.

Janine ouvrit le tiroir de son bureau, en sortit une barre chocolatée PayDay et la tendit à Strange.

– Au cas où tu serais obligé de sauter le repas de midi.

Strange en inspecta du regard l'emballage et le petit cœur rouge que Janine avait dessiné dessus. Après avoir jeté un coup d'œil à Ron, qui était absorbé dans son travail, il reposa les yeux sur Janine et lui murmura :

– Merci, mon cœur.

Les yeux de Janine souriaient. Strange entra dans son bureau et referma la porte derrière lui.

Au moment où Strange avait mis le pied à l'intérieur, Lamar Williams venait de s'accroupir pour attraper la corbeille à papier sous son bureau. Strange contourna le bureau et s'assit tandis que Lamar faisait un pas de côté. Lamar resta debout derrière le fauteuil, regardant par-dessus l'épaule de Strange tandis qu'il mettait son ordinateur en route.

– Vous allez entrer dans le programme PeopleFinder ? lui demanda Lamar.

– Je voulais seulement vérifier si j'avais des e-mails avant d'aller à mon rendez-vous. Pourquoi, tu veux apprendre à te servir de ce programme ?

– J'ai déjà appris un peu. Janine et Ron m'ont montré quelques trucs.

– Si tu veux en apprendre plus, je viendrai m'installer à l'ordinateur avec toi un de ces jours. On pourra étudier ça à fond, si le cœur t'en dit.

– Je demanderais pas mieux.

Strange fit pivoter son fauteuil pour se placer face à Lamar.

– Tu sais, Lamar, Ron ne restera pas éternellement ici. J'en suis conscient. Les gens les plus efficaces ne font jamais de vieux os dans une petite entreprise comme celle-ci ; un employeur qui se montre équitable envers eux ne leur en demanderait d'ailleurs pas tant

Un jour ou l'autre, j'aurai besoin d'un jeune homme pour le remplacer.

– Ron est un vrai pro.

– Oui, mais quand il a fait ses débuts chez nous c'était un novice.

– D'accord, mais il avait fait l'université, dit Lamar. Moi, déjà que je lutte comme un malade rien que pour décrocher mon diplôme du lycée.

– Tu le décrocheras, dit Strange. Et si on t'envoie suivre des cours du soir, t'auras même un diplôme d'études supérieures. Mais je ne te raconterai pas de bobards ; ça te coûtera énormément de travail. Qui te prendra des années, tu comprends ce que j'essaye de t'expliquer ?

– Oui.

– De toute façon, si tu veux qu'on en discute encore, je suis à ta disposition.

– Merci.

– Y a pas de quoi. Tu viendras au match ?

– Oui, j'y serai.

Lamar se dirigea vers la porte, la corbeille à papier à la main.

– Lamar ?

– Oui ? dit-il en se retournant.

– L'enseigne au-dessus de l'entrée…

– Je sais. J'avais prévu d'aller chercher l'escabeau dès que j'aurais vidé cette corbeille à papier.

– Bon, d'accord.

– Ça marche.

Quand Lamar eut refermé la porte derrière lui, Strange s'empara de la barre PayDay qu'il avait posée sur son bureau. Il s'abîma dans sa contemplation l'espace de quelques instants, puis il éteignit son ordinateur et ressortit de son bureau. Il s'arrêta face au bureau de Janine.

– Je me demandais si Lionel ne pourrait pas rentrer

chez vous avec ta voiture après le match, lui dit-il. Comme ça on pourrait aller faire une petite balade à nous deux, si ça te dit.

– Ça me déplairait pas, dit Janine.

– Je te retrouverai au stade, dit Strange.

Strange se rendit en voiture jusqu'à la centrale d'arrêt qui se trouve 1901 D Street, à Southeast. Il se gara le long du trottoir et relut les notes qu'il avait prises en parcourant des articles de presse sur le Net.

Granville Oliver venait tout juste d'être arrêté et inculpé dans le cadre de l'une des affaires criminelles qui avaient fait le plus de bruit à l'échelle locale ces dernières années. Il avait plongé quand son lieutenant numéro un, Phillip Wood, s'était fait arrêter pour meurtre à la suite d'une dénonciation anonyme. L'arme du crime ayant été retrouvée, Wood avait logiquement fait l'objet d'une inculpation. Ayant passé un accord avec le procureur, il avait accepté d'impliquer Oliver dans cette affaire de meurtre. C'était exactement ce qu'Oliver avait prédit au sujet de Wood le jour où Strange et lui s'étaient vus pour la première fois.

Oliver avait été inculpé plusieurs fois à l'échelle fédérale, notamment pour avoir été un gros bonnet de la drogue et avoir trempé dans un meurtre lié à son trafic. Lors d'une récente conférence de presse, qui fut diffusée par toutes les chaînes de télé et les stations de radio locales, le procureur et la ministre de la justice avaient conjointement annoncé qu'ils feraient tout ce qui était en leur pouvoir pour obtenir une condamnation à mort dans le cadre de cette affaire. Bien que les citoyens du district de Columbia aient exprimé par leurs bulletins de vote leur opposition massive à la peine de mort, le gouvernement fédéral voulait faire un exemple de Granville Oliver en l'envoyant dans l'État d'Indiana, où les crimes fédéraux étaient passibles de mort.

Strange referma son bloc-notes et se dirigea vers le centre de détention.

Il se présenta au service d'accueil et poireauta une bonne demi-heure dans la salle d'attente. On le mena ensuite dans la salle du parloir, qui était composée de plusieurs espaces plus ou moins privés divisés par des cloisons en plexiglas. Deux autres tête-à-tête se déroulaient au parloir entre des avocats et leurs clients. On fit asseoir Strange à un pupitre de format standard, en face de Granville Oliver.

Oliver était vêtu de la combinaison orange classique de l'administration pénitentiaire. Il avait des menottes aux poignets et des chaînes aux pieds. Assis derrière une vitre, à l'intérieur d'une cabine plongée dans le noir, un gardien surveillait la salle.

Oliver salua Strange de la tête.

– Merci d'être venu me voir.

– C'est la moindre des choses. On peut se parler dans cet endroit ?

– Je vois pas dans quel autre on pourrait.

– Vous êtes traité correctement ?

– Correctement ? fit Oliver avec un reniflement de mépris. On me laisse sortir une heure de ma cellule tous les deux jours. Je suis en isolement, dans la section qu'on appelle le mitard. C'est là qu'on boucle les délinquants de haut vol. Y a un truc qui va vous plaire, Strange : devinez qui d'autre on a enfermé dans cette rangée de cellules.

– Qui ça ?

– Garfield Potter et Carlton Little. Oh, je ne les aperçois jamais, bien sûr. Ils sont au mitard comme moi. N'empêche qu'on est voisins d'étage.

– En ce moment, ces deux-là doivent être le cadet de vos soucis.

– C'est vrai. (Oliver se pencha en avant.) Si je vous parle de ça, c'est parce que j'ai des contacts partout.

Ces deux dernières années, je me suis fait pas mal d'amis chez les El Ryukens. Vous voyez qui ils sont, non ? Ils prétendent qu'ils sont les descendants des Maures. Moi, ces choses-là j'y connais rien. Ce que je sais par contre, c'est qu'il n'existe pas de pires salopards au monde. Ils n'ont peur de rien et ne se laissent marcher sur les pieds par personne. Ils ont des mecs partout, et comme je viens de vous le dire, eux et moi on est amis. Quel que soit l'endroit où on enverra Potter et Little, que ce soit une centrale d'arrêt ou un pénitencier fédéral, ils y passeront.

– Rien ne vous oblige à m'en parler, Granville.

– Je me disais que ça vous intéresserait, c'est tout.

Strange changea de position sur sa chaise.

– Pourquoi m'avez-vous fait venir ?

– Je voudrais vous engager, Strange.

– À quelle fin ?

– Pour que vous collaboriez avec mes hommes de loi. J'ai deux des meilleurs avocats noirs de Washington.

– Ives et Colby. J'ai lu ça dans le journal.

– Ils auraient besoin qu'un détective privé les aide à préparer ma défense contre le dossier d'instruction que le gouvernement fédéral est en train de monter contre moi. Ça n'a rien d'exceptionnel, mais c'est une affaire qui sort des sentiers battus.

– Je sais comment ça marche. Ce genre de boulot, c'est mon pain quotidien.

– Je n'en doute pas. Mais le drame qui se joue ici n'est pas des plus communs. C'est une question de vie ou de mort. Et je ne ferai appel qu'à un noir pour s'occuper de mon affaire. Vous faites de l'excellent travail, alors je vous le propose. Ces avocats vont avoir besoin d'un témoignage qui contredira celui que le procureur va soutirer à Phillip Wood.

– En gros, qu'est-ce qu'il leur dira ?

– Je vais être spécifique sur ce point. Quand il déposera à la barre des témoins, il jurera que c'est moi qui ai ordonné le meurtre de mon oncle. Que j'ai personnellement chargé Phil de lui régler son compte, et qu'il a appliqué mes consignes.

– C'est la vérité ?

Oliver haussa les épaules.

– Qu'est-ce que ça y changerait ?

– Rien, j'imagine.

Oliver tourna la tête et fixa du regard l'un des murs impersonnels et blancs du parloir, comme si c'était une fenêtre donnant sur le monde extérieur.

– Phil est incarcéré dans le bâtiment voisin, vous le savez ? On l'a bouclé dans une cellule qui porte un numéro bas, CB-4, CB-5, ou une connerie du même genre. C'est une aile spécialement réservée aux indics et aux donneuses. La première fois qu'il a été en taule, Phil s'est fait défoncer le cul. Comme tout le monde lui est passé dessus, il peut pas retourner en taule. C'est la cause de tout ça. Évidemment, on pourrait lui régler son compte de la même façon qu'on réglera celui de Potter et de Little. Mais ça prendrait du temps, et le temps, je n'en dispose pas.

– Je vous ai dit que rien ne vous obligeait à me parler de ça.

– D'accord. Mais est-ce que vous m'aiderez ?

Strange ne lui répondit pas.

– Vous ne regarderiez quand même pas quelqu'un me tuer sans lever le petit doigt, hein, Strange ?

– Non.

– Ça va de soi. Mais on m'a inculpé aux termes d'une loi fédérale contre le crime organisé, et c'est grâce à elle que le gouvernement veut avoir ma peau. Vous vous souvenez de la photo que je vous avais montrée, la promo pour mon nouvel album sur laquelle on me voit avec des flingues entre les mains ? L'équipe du procureur va s'en servir contre moi au tribunal. Vous savez pourquoi ? Vous savez pourquoi c'est moi qu'ils veulent exécuter, le seul accusé du district de Columbia qu'ils feront tomber sous le coup de la peine de mort, à la place de tous les assassins qu'ils ont arrêtés ces dernières années ? Eh bien, cette photo explique tout. C'est la photo d'un noir qui est fort, qui déborde de fierté, qui n'en a rien à foutre de rien, et qui est armé par-dessus le marché. C'est le pire cauchemar de l'Amérique, Strange. Mon exécution, ils la feront avaler sans peine à l'opinion publique, et elle n'empêchera personne de dormir. Parce qu'il ne s'agit que d'un négro qui n'a descendu que d'autres négros à Washington. Ce qui aux yeux de l'Amérique n'a rien d'une perte.

Strange resta silencieux et il soutint le regard d'Oliver.

– À présent, reprit Oliver, la ministre de la justice veut me pousser dans cette salle d'exécution où on m'injectera une dose de poison mortel. C'est comme ça qu'ils veulent me venir en aide, son gouvernement et elle. Aucun gouvernement n'a jamais essayé de m'aider au temps où j'étais un môme des cités. Aucun gouvernement n'a jamais essayé de m'aider quand je traversais mon quartier de merde pour me rendre dans mon école de merde. Il était où, le gouvernement, à cette époque-là ? Maintenant, il va me venir en aide en se mêlant de mon existence. Vous ne trouvez pas qu'il est un peu tard pour ça ?

– Vous en avez bavé, comme beaucoup d'autres gosses, dit Strange. Ce n'est pas moi qui prétendrai le contraire. Mais vous avez fait votre lit vous-même, et comme on fait son lit on se couche.

– C'est vrai. N'empêche que je n'en ai pas honte.

Oliver ferma lentement les yeux, puis il les rouvrit.

– Vous travaillerez pour moi ?

– Dites à vos avocats de se mettre en contact avec mon bureau, dit Strange.

Strange adressa un signe au gardien, puis il laissa Oliver assis, enchaîné, de l'autre côté de la table.

– VOUS VOUS SENTEZ COMMENT ?
– GONFLÉS À BLOC !
– VOUS VOUS SENTEZ COMMENT ?
– GONFLÉS À BLOC !
– FENTE AVANT !
– HOU !
– FENTE ARRIÈRE !
– HOU !
– FENTE AVANT !
– HOU !

Les Panthères de Petworth avaient formé un cercle à côté du terrain de football du lycée Roosevelt. Prince et Dante Morris étaient au milieu du cercle et ils dirigeaient les mouvements de gymnastique des Petits Bouts. Strange, Blue et Dennis Arrington étaient en conférence à quelques pas de là, passant les positions de l'équipe en revue. Lamar et Lionel se faisaient des passes avec un ballon de football sur la piste bordée de bleu ciel.

Janine avait pris place sur les gradins avec le groupe de parents et de tuteurs, qui était aussi petit et bruyant que d'habitude. Il y avait parmi eux des parents et tuteurs venus prodiguer des encouragements à l'équipe adverse, celle des Anacostia Royals.

Arrington aperçut un homme blanc et une femme blanche qui traversaient le terrain à pas lents, marchant bras dessus bras dessous du côté de la ligne centrale où les deux arbitres étaient en plein conciliabule. Arrington donna un coup de coude à Strange, dont le regard se déplaça vers le terrain et qui se mit à sourire.

– Bonjour, Terry, dit-il en serrant la main de Quinn quand ce dernier fut arrivé à sa hauteur. Bonjour, Sue.

– Salut, Derek, dit Sue Tracy en écartant de la main la mèche blonde rebelle qui lui barrait le visage.

– Vous arrivez un peu en retard, non ? demanda Strange.

– J'avais rendez-vous avec mon avocat, dit Quinn.

Il avait un gros pansement sur la joue. Le bord inférieur de sa mâchoire était couvert de zébrures jaunâtres mais l'ecchymose y avait considérablement pâli.

– Les poursuites contre toi ne vont pas être abandonnées ? lui demanda Strange.

– On m'a inculpé de violences et voies de fait, dit Quinn en hochant la tête. Il fallait bien m'inculper de quelque chose, pas vrai ?

Une petite flamme se mit à danser dans les prunelles de Strange.

– Évidemment, c'est pas Wilson qui a fait irruption chez toi pour te casser la gueule, dit-il.

– C'est vrai, dit Quinn. Mais avec le témoignage de Stella, il va passer quelque temps en taule.

– Dès qu'on lui aura retiré les pailles qu'il a dans les narines et recousu la mâchoire avec du fil d'acier.

– En tout cas, ça l'empêchera de mettre le nez dehors pendant un bon moment. Quant à moi, d'après mon avocat, si j'écope d'une condamnation, ce sera avec sursis.

– Les pouvoirs publics ne voudraient pas qu'on te confonde avec un héros.

– J'ai rien d'un héros, dit Quinn. J'ai un sale caractère, c'est tout.

– Ah bon, tu crois ? dit Strange.

Il désigna la joue de Quinn d'un mouvement de la tête.

– T'as toujours besoin de ce pansement ?

– Avec toutes ces cicatrices, je ressemble à Frankenstein.

Quinn sourit, ce qui lui donna dix ans de plus. Jamais Strange ne l'avait vu paraître aussi vieux.

– Je voudrais pas faire peur aux gamins.

– Ramenez-vous ! cria Blue.

Les équipes cessèrent leurs abdos, rejoignirent leurs entraîneurs au petit trot et posèrent un genou en terre.

– Heureux que vous ayez pu venir, dit Arrington en inspectant Quinn du regard au moment où ils arrivaient à la hauteur des gamins.

– Je suis comme vous, dit Quinn. Je ne manquerais ça pour rien au monde.

– Je fais le travail de Dieu, c'est tout, dit Arrington avant de serrer la main de Quinn.

Quinn et Blue passèrent les positions en revue et expliquèrent aux gamins ce qu'ils attendaient d'eux. Arrington leur fit réciter une prière, puis Strange fit un pas en avant pour leur adresser un petit speech tandis que Dante, Prince et Rico, les capitaines désignés de l'équipe, allaient prendre place au centre du terrain.

– Chacun doit protéger son frère, conclut Strange.

La partie s'engagea, et dès le début l'affrontement fut féroce. Souvent, quand une des équipes noires de Washington jouait contre une équipe de banlieusards dont presque tous les membres étaient blancs, le sort de la partie était réglé dès le premier coup de sifflet. Leurs parents leur ayant appris, directement ou indirectement, à redouter les gamins noirs, les gamins blancs baissaient quelquefois les bras à l'instant où ils voyaient des joueurs noirs entrer au pas de course sur le terrain. Cette peur de l'inconnu était la source même du racisme.

Mais ici les choses ne se présentaient pas ainsi. Aujourd'hui, les deux équipes étaient issues du cœur même de la ville, il s'agissait d'une rencontre entre Northwest et Southeast, et les gamins ne s'affrontaient pas pour remporter des coupes mais pour la seule gloire de leur quartier. Ça se voyait dans la violence des charges offensives, les yeux pleins de dureté des défenseurs, le fait que les gamins devaient s'y mettre à trois pour plaquer un adversaire. On le reconnaissait aussi au choc de deux joueurs qui se tamponnaient, avec un son semblable à celui d'un bélier contre une porte, dont les gradins du lycée Roosevelt renvoyaient l'écho. À la mi-temps, Strange comprit que l'enjeu de la partie ne serait pas décidé par une tactique de grande envergure, mais par une erreur fatale. À quelques minutes de la fin, alors que le score était à égalité et que les Panthères de Petworth faisaient ce qu'ils voulaient du ballon et menaçaient leurs adversaires, ce fut exactement ce qui se produisit.

Prince expédia le ballon entre ses jambes à Dante Morris, qui le passa à Rico. C'était un simple trente-deux, au cours duquel un demi devait traverser la brèche numéro deux. Les joueurs de Petworth qui étaient sur la ligne d'attaque bloquèrent efficacement l'adversaire pour ouvrir le passage, mais Rico avait mal placé les mains pour recevoir le ballon et celui-ci lui échappa au moment où il atteignait la brèche. Il continua à courir en laissant le ballon derrière lui et un joueur d'Anacostia l'attrapa avant même qu'il soit retombé sur le sol. Cette fausse manœuvre démoralisa les Panthères. Les joueurs d'Anacostia n'eurent besoin de tenter que six rapides percées pour marquer un essai et gagner la partie.

Au coup de sifflet final, les gamins se mirent sur une ligne au milieu du terrain pour féliciter leurs adversaires. Les entraîneurs agirent de même avec ceux de l'équipe adverse.

– Mettez un genou en terre, dit Lydell Blue.

Les gamins formèrent un groupe compact. Leurs parents et leurs tuteurs se tenaient à quelques pas de là en compagnie de Lamar, de Lionel, de Janine et de Sue Tracy. Blue posa tour à tour les yeux sur Arrington et Quinn. Il semblait dans tous ses états. Quinn eut un mouvement du menton en direction de Strange, et Strange fit un pas vers les gamins afin de prendre la parole.

Baissant les yeux sur eux, il regarda leurs visages. Des

touffes de gazon s'étaient accrochées aux grilles de leurs casques, dont certains avaient des éraflures du même bleu que les casques des joueurs d'Anacostia. Agenouillé à côté de Prince, Dante fixait le sol des yeux. Rico, qui pleurait à chaudes larmes, regardait ailleurs.

– D'accord, nous avons perdu, dit Strange. Nous avons perdu une partie. Mais nous n'avons pas tout perdu. Vous n'avez aucune raison d'avoir honte, vous comprenez ? Absolument aucune. Regarde-moi, Rico. Regarde-moi, fiston.

Les yeux de Rico rencontrèrent ceux de Strange.

– Tu peux garder la tête haute, mon garçon. Tu as fait une erreur et tu crois que c'est ce qui nous a coûté la partie. Mais si tu n'avais pas été là pour courir, si tu n'avais pas fait preuve d'autant de courage et d'adresse, on n'aurait même pas disputé ce match. Ce qui vaut pour chacun d'entre vous.

Strange baissa les yeux sur les gamins, essayant de les regarder l'un après l'autre, de dévisager chacun d'entre eux individuellement avant de passer au suivant.

– Cette saison a été dure pour nous. Très dure même, et de plus d'une façon. Vous avez perdu un de vos camarades de combat, qui était un vrai frère pour vous. Et pourtant, vous avez tenu bon. Ce que j'essaye de vous dire, c'est que régulièrement, jour après jour, vous perdrez quelque chose. Personne ne vous fera jamais de cadeau, et vous serez étendus pour le compte. Mais il faudra vous relever et continuer d'avancer. La vie est ainsi faite. Se remettre debout, reprendre le combat, et gagner une manche le lendemain. Vous l'avez déjà fait. Vous m'avez prouvé que vous aviez un caractère bien trempé, à maintes reprises.

Le regard de Strange se déplaça vers Lionel.

– Moi-même, je n'ai jamais eu de fils, vous savez. Mais je sais ce que c'est que d'en aimer un comme le mien.

Le regard de Strange croisa celui de Janine, puis il accorda de nouveau toute son attention à l'équipe agenouillée devant lui.

– Chacun de vous est comme un fils pour moi.

Rico s'essuya le visage du dos de la main. Dante releva le menton et Prince s'arracha un sourire.

– Je suis tellement fier de vous, les enfants, dit Strange.

Quand Prince, Lamar et Janine furent assis à bord de sa Cadillac, Strange prit congé de Blue et d'Arrington, puis se dirigea vers Quinn, qui se tenait côte à côte avec Sue Tracy, adossé à sa Chevelle. Mues par un vent d'après-midi frisquet qui avait surgi du nord, des feuilles mortes volaient à travers le parking du lycée Roosevelt.

Strange salua Tracy et l'embrassa sur la joue.

– Excuse-moi, mais j'ai pas eu le temps de te parler tout à l'heure.

– T'étais bien trop occupé, dit Tracy.

– Alors, dit Strange, vous aurez encore du travail à nous filer ?

– Il m'avait semblé que tu ne tenais pas à te mêler d'affaires de prostitution, dit Tracy.

Strange jeta un coup d'œil à Quinn, puis son regard revint se poser sur Tracy.

– Bon, d'accord, j'avais des problèmes personnels à régler dans ce domaine particulier. Mais je pense leur avoir trouvé une solution.

– Du travail, on n'en manque jamais, dit Tracy. On a réussi à convoyer Stella jusqu'à son domicile familial de Pittsburgh. On verra combien de temps ça va durer.

– Qu'est-ce qu'est devenue la gamine que vous avez arrachée des pattes de Wilson ? demanda Strange.

– Jennifer Marshall ? Elle s'est encore barrée de chez elle, et on a perdu sa trace.

– Il y a des jours où vous devez vous demander pourquoi vous vous acharnez tant, dit Strange.

– Comme tu viens de l'expliquer aux gamins, on doit reprendre le combat chaque jour.

– On va boire une bière, Derek, dit Quinn. Vous voulez vous joindre à nous, Janine et toi ?

– Merci, dit Strange, mais il y a un sujet dont je dois débattre avec elle en privé, si t'y vois pas d'inconvénient.

– Une autre fois peut-être.

Strange échangea une poignée de main avec Quinn.

– On a eu une bonne saison, Terry. Merci de ton aide précieuse.

– On a tous fait de notre mieux.

– Je te passerai un coup de fil demain. À ce qu'on dirait, une grosse affaire va me tomber dessus et j'aurai sans doute besoin de toi. Tu seras à la librairie ?

– Bien sûr, dit Quinn.

Sue et lui regardèrent Strange traverser le parking et monter à bord de sa Brougham.

– La première fois qu'on s'est vus avec lui, Karen et moi, je lui ai dit qu'il ferait sûrement notre affaire, expliqua Tracy.

Quinn enlaça Tracy, l'attira à lui et l'embrassa sur la bouche. Il fit durer le baiser, puis écarta son visage du sien et lui frôla la joue des doigts.

– C'était en l'honneur de quoi ? lui demanda Tracy.

– De ta présence, répondit Quinn. Et de ta persévérance.

Après avoir déposé Prince et Lamar chez eux, Strange fit un saut à Buchanan Street et entra dans sa maison afin d'y prendre Greco tandis que Janine l'attendait dans la voiture. Ils roulèrent jusqu'à Missouri Avenue, bifurquèrent à gauche et continuèrent jusqu'à Military Road. Strange se gara dans un petit parking à la bordure orientale de Rock Creek Park.

Strange mit sa laisse à Greco, et ils gagnèrent tous trois l'allée cavalière en gravissant la berge abrupte du ruisseau. Strange prit le bras de Janine et lui raconta sa visite à Granville Oliver pendant que Greco courait entre les rais de lumière du sous-bois. Ils reprirent le chemin de la voiture tandis que le pâle soleil de novembre s'engloutissait derrière les arbres. Greco grimpa sur son coussin rouge à l'arrière et s'endormit.

Strange mit simplement le contact, afin qu'ils puissent écouter de la musique. Il passa de la soul des années 70, en réglant le volume au minimum.

– Tu vas accepter l'affaire Oliver ? lui demanda Janine.

– Oui, dit Strange.

– Il représente presque tout ce qui te fait horreur.

– J'en suis conscient. Mais j'ai une dette envers lui.

– À cause de la façon dont il s'est conduit avec Potter et les autres ?

– Ce n'est pas la seule raison. À mes yeux, la majorité des problèmes avec lesquels nous sommes obligés de nous colleter sont dus à quelques causes simples. Il y a le racisme pur et simple, on ne peut pas se voiler la face à son sujet, ça fait des siècles qu'il dure. Et il est directement lié à la misère. Tu peux en penser ce que tu veux, mais ce sont des données sur lesquelles nous n'avons jamais eu aucun contrôle. Nous n'avons le pouvoir d'agir que sur une seule chose, en décidant que nous sommes directement responsables du sort des nôtres. Je le vérifie tous les jours, et j'en suis convaincu. Les enfants qui sont déjà défavorisés au départ ont besoin de parents pour leur servir de guide, d'un père et d'une mère. Granville Oliver a lui aussi été un enfant jadis.

Le regard de Strange alla se perdre sur le paysage qui s'assombrissait, de l'autre côté du pare-brise.

– Ce que je veux dire par là, c'est qu'Oliver avait un sérieux handicap au moment de sortir de la cité. Sa mère était junkie. Il n'avait jamais connu son père. Et j'y étais pour quelque chose, Janine.

– De quoi parles-tu ?

– Je connaissais son père, dit Strange. C'est moi qui l'ai tué il y a trente-deux ans.

Strange parla à Janine de la vie qu'il avait menée dans les années 60. Il lui parla de sa mère, de son père et de son frère. Il lui raconta l'année qu'il avait passée sous l'uniforme de la police dans les rues de Washington, qui s'étaient embrasées en avril 1968. Quand il fut arrivé au bout de son récit, un crépuscule gris avait enveloppé Rock Creek Park.

Strange inséra une cassette dans le lecteur. Les premières notes pleines de douceur du « Simply Beautiful » d'Al Green s'en échappèrent.

– Terry m'a offert le vinyle de l'album, dit Strange. Cette chanson est la plus merveilleuse qu'Al ait jamais enregistrée.

– C'est beau, dit Janine en glissant sa main dans celle de Strange.

– Bref, je t'ai raconté mon histoire.

– C'est pour ça que tu m'as amenée ici ?

– J'avais aussi cette raison-là, dit Strange en tirant de la poche de sa veste en cuir un petit écrin vert et en le tendant à Janine. Tiens, regarde. C'est pour toi.

Janine ouvrit l'écrin. Un fin anneau d'or avec un diamant en son centre y était enchâssé. Obéissant au geste de Strange, Janine sortit l'anneau de son écrin et se le passa au doigt.

– Il appartenait à ma mère, dit Strange. Il doit être un peu grand pour toi, mais on le fera resserrer.

– Tu comptais me proposer quelque chose, Derek ?

Strange se tourna vers elle.

– Épouse-moi, Janine, s'il te plaît. Lionel a besoin d'un père. Et j'ai besoin de toi.

Janine lui pressa la main en lui répondant du regard. Ils s'embrassèrent.

Strange garda la main de Janine dans la sienne. Ils

restèrent assis en silence dans la Cadillac, en écoutant la chanson. Strange pensait à Janine et à son cœur. Il pensait à Joe Wilder, qui était tombé, et à tous les gamins qui étaient encore debout. De l'autre côté des vitres de la voiture, les dernières feuilles mortes de l'automne chutaient lentement de leurs branches dans le crépuscule.

Le cœur de l'automne pesait sur la ville à présent. C'était le moment de l'année que Strange préférait à Washington.

DISCOGRAPHIE

Voici la liste alphabétique des albums et des chansons cités dans *Tout se paye*, avec les noms des personnages et des lieux qui y correspondent.

Nous avons laissé de côté les bandes-sons de westerns affectionnés par Strange et qu'il écoute généralement en consultant son ordinateur. Toutes sont de ses musiciens de film favoris, Elmer Bernstein et Ennio Morricone.

L. D. et F. L.

- Toni Braxton . « Just Be a Man », sur l'album *The Heat* (2000) (Carlton Little)
- James Brown : « The Payback », sur l'album *The Payback* (1974) (Derek Strange)
- The Commodores : « Cebu », sur l'album *Movin' On* (1976) (Cosmo Wilson)
- D'Angelo : album *Voodoo* (2000) (magasin de chaussures Mean Feets)
- DMX : album *And Then There Was X* (1999) (Garfield Potter)
- Dr Dre : album *2001* (1999) (combat de chiens)
- Steve Earle : « The Unrepentant », sur l'album *I Feel Alright* (1996) (Terry Quinn)
- Al Green : « Simply Beautiful », sur l'album *I'm Still in Love With You* (1972) (Derek Strange et Terry Quinn)

– The Isley Brothers : compilation *Beautiful Ballads* (1994) (Cosmo Wilson)
- Wyclef Jean : « 911 » (en duo avec Mary J. Blige), sur l'album *The Ecleftic : 2 Sides II a Book* (Lamar Williams)
– Kool and the Gang : « Soul Vibration », sur l'album *Everything's Kool and the Gang* (1988) (boîte de strip Rick's)
– Lil' Bow Wow : « Bounce With Me », single de 2001 (Charles White)
– Limp Bizkit : « Faith », sur l'album *Three Dollar Bill, Y'all* (1997) (boîte de strip Rick's)
– Shane McGowan & Sinéad O'Connor : « Haunted », single de 1996, reprise d'une chanson qui avait d'abord été créée par McGowan et Cait O'Riordan pour le film d'Alex Cox *Sid and Nancy* (1986) (Terry Quinn)
– Mazzy Star : compilation personnelle de chansons provenant des trois albums du groupe, enregistrés en 1990, 1993 et 1996 (Sue Tracy)
– Dorothy Moore : « Misty Blue » (1976), sur l'album du même titre (1996) (Janine Baker)
– The Ohio Players : « Sweet Sticky Thing », « Far East Mississippi », « Skin Tight », grands succès des années 70 qui furent repris sur l'album *Funk on Fire* (1995) (boîte de strip Rick's)
– OutKast : album *Stankonia* (2000) (Potter, Little et White)
- Otis Redding et Carla Thomas : « Tramp », sur l'album *King and Queen* (1967) (Derek Strange)
- Bruce Springsteen : « Jackson Cage », sur le double album *The River* (1980) (Terry Quinn)
- The Stylistics : « People Make the World Go Round », sur l'album *Round 2* (1972) (Derek Strange)
– Tower of Power : « Clever Girl », sur l'album *Tower of Power* (1973) (Derek Strange et Eve au Rick's)

- War : « Spill the Wine », sur l'album *Eric Burdon Declares « War »* (1970) (boîte de strip Rick's)
- War : « So », sur l'album *Why Can't We Be Friends* (1975) (Derek Strange)
- Johnny Winter : « Prodigal Son », sur l'album *Johnny Winter And* (1970) (Terry Quinn, dans la librairie)
- Stevie Wonder : « Heaven Is 10 Zillion Light Years Away », sur l'album *Fulfillingness' First Finale* (1974) (Derek Strange)
- Stevie Wonder : album *Talking Book* (1973) (Janine Baker)
- Wu-Tang Clan : « Tearz », sur l'album Enter the Wu-Tang (36 Chambers) (1993) (White, Little et Potter)

DU MÊME AUTEUR

Le Chien qui vendait des chaussures
Gallimard, "Série noire", 1997
et « Folio Policiers » n°391

King Suckerman
L'Olivier, 1999
et Seuil, « Points », n° P847

Anacostia River Blues
Murder Inc., 1999
et « Pocket Thriller », n° 10988

Suave comme l'éternité
L'Olivier, 2000
et Seuil, « Points », n° P1001

Un nommé Peter Karras
Murder Inc., 2000
et « Pocket Thriller », n° 11294

Funky Guns
L'Olivier, 2001
et Seuil, « Points », n° P1158

Nick's trip
Murder Inc., 2001
et « Le Livre de poche », 2005

Blanc comme neige
L'Olivier, 2002
et Seuil, « Points », n° P1105

Tout se paye
L'Olivier, 2003
et Seuil, « Points », n° P1245

Liquidation
Murder Inc., 2003

Soul Circus
L'Olivier, 2004
et Seuil, « Points », n° P1393

Hard Revolution
Seuil Policiers, 2005

RÉALISATION : PAO ÉDITIONS DU SEUIL
IMPRESSION : S.N. FIRMIN-DIDOT AU MESNIL-SUR-L'ESTRÉE
DÉPÔT LÉGAL : JUIN 2004. N° 65399-3 (78519)

IMPRIMÉ EN FRANCE

Collection Points Policier

P572. Mort en terre étrangère, *Donna Leon*
P573. Complot à Genève, *Eric Ambler*
P606. Bloody Shame, *Carolina Garcia-Aguilera*
P617. Les Quatre Fils du Dr March, *Brigitte Aubert*
P618. Un Vénitien anonyme, *Donna Leon*
P626. Pavots brûlants, *Reggie Nadelson*
P627. Dogfish, *Susan Geason*
P636. La Clinique, *Jonathan Kellerman*
P639. Un regrettable accident, *Jean-Paul Nozière*
P640. Nursery Rhyme, *Joseph Bialot*
P644. La Chambre de Barbe-Bleue, *Thierry Gandillot*
P645. L'Épervier de Belsunce, *Robert Deleuse*
P646. Le Cadavre dans la Rolls, *Michael Connelly*
P647. Transfixions, *Brigitte Aubert*
P648. La Spinoza Connection, *Lawrence Block*
P649. Le Cauchemar, *Alexandra Marinina*
P650. Les Crimes de la rue Jacob, *ouvrage collectif*
P651. Bloody Secrets, *Carolina Garcia-Aguilera*
P652. La Femme du dimanche
Carlo Fruttero et Franco Lucentini
P653. Le Jour de l'enfant tueur, *Pierre Pelot*
P669. Le Concierge, *Herbert Lieberman*
P670. Bogart et Moi, *Jean-Paul Nozière*
P671. Une affaire pas très catholique, *Roger Martin*
P687 Tir au but, *Jean-Noël Blanc*
P693. Black Betty, *Walter Mosley*
P706. Les Allumettes de la sacristie, *Willy Deweert*
P707. Ô mort, vieux capitaine…, *Joseph Bialot*
P708. Images de chair, *Noël Simsolo*
P717. Un chien de sa chienne, *Roger Martin*
P718. L'Ombre de la louve, *Pierre Pelot*
P727. La Morsure des ténèbres, *Brigitte Aubert*
P733. Le Couturier de la Mort, *Brigitte Aubert*
P734 Entre deux eaux, *Donna Leon*
P742. La Mort pour la mort, *Alexandra Marinina*
P754. Le Prix, *Manuel Vázquez Montalbán*
P755. La Sourde, *Jonathan Kellerman*
P756. Le Sténopé, *Joseph Bialot*
P757. Carnivore Express, *Stéphanie Benson*
P768. Au cœur de la mort, *Laurence Block*
P769. Fatal Tango, *Jean-Paul Nozière*
P770. Meurtres au seuil de l'an 2000
Éric Bouhier, Yves Dauteuille, Maurice Detry, Dominique Gacem, Patrice Verry

P771. Le Tour de France n'aura pas lieu, *Jean-Noël Blanc*
P781. Le Dernier Coyote, *Michael Connelly*
P782. Prédateurs, *Noël Simsolo*
P792. Le Guerrier solitaire, *Henning Mankell*
P793. Ils y passeront tous, *Lawrence Block*
P794. Ceux de la Vierge obscure, *Pierre Mezinski*
P803. La Mante des Grands-Carmes
Robert Deleuse
P819. London Blues, *Anthony Frewin*
P821. Palazzo maudit, *Stéphanie Benson*
P834. Billy Straight, *Jonathan Kellerman*
P835. Créance de sang, *Michael Connelly*
P847 King Suckerman, *George P. Pelecanos*
P849. Pudding mortel, *Margaret Yorke*
P850. Hemoglobine Blues, *Philippe Thirault*
P851. Exterminateurs, *Noël Simsolo*
P859. Péchés mortels, *Donna Leon*
P860. Le Quintette de Buenos Aires
Manuel Vázquez Montalbán
P861. Y'en a marre des blondes, *Lauren Anderson*
P862. Descentes d'organes, *Brigitte Aubert*
P875. La Mort des neiges, *Brigitte Aubert*
P876. La lune était noire, *Michael Connelly*
P877. La Cinquième Femme, *Henning Mankell*
P882. Trois Petites Mortes, *Jean-Paul Nozière*
P883. Le Numéro 10, *Joseph Bialot*
P888. Le Bogart de la cambriole, *Lawrence Block*
892. L'Œil d'Eve, *Karin Fossum*
P898. Meurtres dans l'audiovisuel, *Yan Bernabot, Guy Buffet,*
Frédéric Karar, Dominique Mitton
et Marie-Pierre Nivat-Henocque
P899. Terminus pour les pitbulls, *Jean-Noël Blanc*
P909. L'Amour du métier, *Lawrence Block*
P910. Biblio-quête, *Stéphanie Benson*
P911. Quai des désespoirs, *Roger Martin*
P926. Sang du ciel, *Marcello Fois*
P927. Meurtres en neige, *Margaret Yorke*
P928. Heureux les imbéciles, *Philippe Thirault*
P949. 1280 Âmes, *Jean-Bernard Pouy*
P950. Les Péchés des pères, *Lawrence Block*
P964. Vieilles dames en péril, *Margaret Yorke*
P963. L'Indispensable Petite Robe noire, *Lauren Henderson*
P965. Jeu de main, jeu de vilain, *Michelle Spring*
P971. Les Morts de la Saint-Jean, *Henning Mankell*
P972. Ne zappez pas, c'est l'heure du crime, *Nancy Star*
P976. Éloge de la phobie, *Brigitte Aubert*
P989. L'Envol des anges, *Michael Connelly*

P990. Noblesse oblige, *Donna Leon*
P1001. Suave comme l'éternité, *George P. Pelecanos*
P1003. Le Monstre, *Jonathan Kellerman*
P1004. À la trappe !, *Andrew Klavan*
P1005. Urgence, *Sarah Paretsky*
P1016. La Liste noire, *Alexandra Marinina*
P1017. La Longue Nuit du sans-sommeil, *Lawrence Block*
P1029. Speedway, *Philippe Thirault*
P1030. Les Os de Jupiter, *Faye Kellerman*
P1039. Nucléaire chaos, *Stéphanie Benson*
P1040. Bienheureux ceux qui ont soif..., *Anne Holt*
P1042. L'Oiseau des ténèbres, *Michael Connelly*
P1048. Les Lettres mauves, *Lawrence Block*
P1060. Mort d'une héroïne rouge, *Qiu Xiaolong*
P1061. Angle mort, *Sara Paretsky*
P1070. Trompe la mort, *Lawrence Block*
P1071. V'là aut'chose, *Nancy Star*
P1072. Jusqu'au dernier, *Deon Meyer*
P1081. La Muraille invisible, *Henning Mankell*
P1087. L'Homme de ma vie, *Manuel Vázquez Montalbán*
P1088. Wonderland Avenue, *Michael Connelly*
P1089. L'Affaire Paola, *Donna Leon*
P1090. Nous n'irons plus au bal, *Michelle Spring*
P1100. Dr la Mort, *Jonathan Kellerman*
P1101. Tatouage à la fraise, *Lauren Henderson*
P1102. La Frontière, *Patrick Bard*
P1105. Blanc comme neige, *George P. Pelecanos*
P1110. Funérarium, *Brigitte Aubert*
P1111. Requiem pour une ombre, *Andrew Klavan*
P1122. Meurtriers sans visage, *Henning Mankell*
P1123. Taxis noirs, *John McLaren*
P1134. Tous des rats, *Barbara Seranella*
P1135. Des morts à la criée, *Ed Dee*
P1146. Ne te retourne pas !, *Karin Fossum*
P1158. Funky Guns, *George P. Pelecanos*
P1159. Les Soldats de l'aube, *Deon Meyer*
P1162. Visa pour Shanghaï, *Qiu Xiaolong*
P1174. Sale Temps, *Sara Paretsky*
P1175. L'Ange du Bronx, *Ed Dee*
P1187. Les Chiens de Riga, *Henning Mankell*
P1188. Le Tueur, *Eraldo Baldini*
P1189. Un silence de fer, *Marcelos Fois*
P1190. La Filière du jasmin, *Denise Hamilton*
P1197. Destins volés, *Michael Pye*
P1206. Mister Candid, *Jules Hardy*
P1207. Déchaînée, *Lauren Henderson*
P1215. Tombe la pluie, *Andrew Klavan*

P1224. Le Vagabond de Holmby Park, *Herbert Lieberman*
P1225. Des amis haut placés, *Donna Leon*
P1228. Chair et Sang, *Jonathan Kellerman*
P1230. Darling Lilly, *Michael Connelly*
P1239. Je suis mort hier, *Alexandra Marinina*
P1240. Cendrillon, mon amour, *Lawrence Block*
P1242. Berlinale Blitz, *Stéphanie Benson*
P1245. Tout se paye, *George P. Pelecanos*
P1251. Le Rameau brisé, *Jonathan Kellerman*
P1256. Cartel en tête, *John McLaren*
P1271. Lumière morte, *Michael Connelly*
P1291. Le croque-mort a la vie dure, *Tim Cockey*
P1292. Pretty Boy, *Lauren Henderson*
P1306. La Lionne blanche, *Henning Mankell*
P1307. Le Styliste, *Alexandra Marinina*
P1308. Pas d'erreur sur la personne, *Ed Dee*
P1309. Le Casseur, *Walter Mosley*
P1318. L'Attrapeur d'ombres, *Patrick Bard*
P1331. Mortes-eaux, *Donna Leon*
P1332. Déviances mortelles, *Chris Mooney*
P1344. Mon vieux, *Thierry Jonquet*
P1345. Lendemains de terreur, *Lawrence Block*
P1346. Déni de justice, *Andrew Klavan*
P1347. Brûlé, *Leonard Chang*
P1359. Los Angeles River, *Michael Connelly*
P1360. Refus de mémoire, *Sarah Paretsky*
P1361. Petite Musique de meurtre, *Laura Lippman*
P1372. L'Affaire du Dahlia noir, *Steve Hodel*
P1373. Premières Armes, *Faye Kellerman*
P1374. Onze Jours, *Donald Harstad*
P1375. Le croque-mort préfère la bière, *Tim Cockey*
P1393. Soul Circus, *George P. Pelecanos*
P1394. La Mort au fond du canyon, *C. J. Box*
P1395. Recherchée, *Karin Alvtegen*
P1396. Disparitions à la chaîne, *Ake Smedberg*
P1407. Qu'elle repose en paix, *Jonathan Kellerman*
P1408. Le Croque-mort à tombeau ouvert, *Tim Cockey*
P1409. La Ferme des corps, *Bill Bass*
P1414. L'Âme du chasseur, *Deon Meyer*
P1417. Ne gênez pas le bourreau, *Alexandra Marinina*
P1425. Un saut dans le vide, *Ed De*
P1435. L'Enfant à la luge, *Chris Mooney*
P1436. Encres de Chine, *Qiu Xiaolong*
P1437. Enquête de mor(t)alité, *Gene Riehl*
P1451. L'Homme qui souriait, *Henning Mankell*
P1452. Une question d'honneur, *Donna Leon*
P1453. Little Scarlet, *Walter Mosley*